L'ANGE DE L'ABÎME

PIERRE BORDAGE

L'Ange de l'Abîme

AU DIABLE VAUVERT

ISBN : 2-253-11286-0 – 1re publication – LGF
ISBN : 978-2-253-11286-0 – 1re publication – LGF

Le cœur des sages est dans la maison de deuil, et le cœur des fous est dans la maison de joie.

L'Ecclésiaste,
Sainte Bible du chanoine Crampon 7-4.

Il chassa l'homme, et il mit à l'est du jardin
d'Éden les chérubins et la lame de l'épée
flamboyante, pour garder le chemin
de l'arbre de vie.

Genèse,
Sainte Bible du chanoine Crampon 3-24.

Pibe n'aimait pas le ciel.

Il tombait toujours quelque chose de ce plafond sale et bas, eau, grêle, éclairs, nuées d'insectes, merdes d'oiseaux, missiles longue portée dont les sifflements précédaient de quelques secondes les terribles impacts, averses de bombes larguées par des fantômes d'avions aux bourdonnements ténus, presque abstraits.

Pibe n'aimait pas la nuit non plus. C'était toujours en plein cœur des ténèbres et des rêves que surgissaient les légionnaires, les anges gardiens de l'Europe occidentale. Une fois, réveillé en sursaut par le rugissement d'un moteur, Pibe avait eu le courage de se glisser hors du lit et de risquer un regard par une lézarde du volet de sa chambre : un camion bâché, perché sur ses hautes roues, avait vomi une vingtaine de silhouettes vêtues de l'uniforme noir de l'archange Michel et armées de fusils d'assaut plaqués argent. Les légionnaires avaient fracassé la porte d'une maison proche d'où ils étaient ressortis quelques minutes plus tard en traînant sans ménagement un homme et une femme. Pibe avait reconnu les parents de Zara, l'une de ses copines – pas vraiment une copine, sa voisine de classe, une pure grosse tête, première dans toutes les matières, mignonne, frimeuse, toutes les raisons de la détester. Il lui en restait deux images saisissantes : les jambes maigres du père tombant comme des crayons brisés de sa veste de pyjama boutonnée à la diable ; le corps épais et blême de la mère crevant par intermittences les pans fuyants de son peignoir – même pas eu le réflexe de se rincer l'œil.

Zara n'avait pas remis les pieds à l'école. La prof principale avait expliqué que sa famille avait trahi la confiance du Prophète et la cause du peuple occidental assiégé par les armées du Jihad. À Pierre-Jean, qui s'était inquiété du devenir de Zara et de ses deux sœurs, la prof avait répondu qu'elles seraient sans doute transférées dans un prime nid, une école prophétique, et qu'ainsi libérées de l'influence néfaste de leurs parents, elles deviendraient de bonnes chrétiennes et de vraies patriotes. La prof en avait profité pour glorifier le sacrifice de *nos* soldats sur le front Est. Sans eux, sans leur bravoure, les fanatiques du Jihad se seraient répandus dans les pays de l'Europe occidentale comme une nuée de scorpions. « Le scorpion est un insecte venimeux qui résiste aux explosions nucléaires et qu'il faut écrabouiller à coups de talon », avait-elle rappelé d'une voix vibrante. Pibe l'avait soupçonnée d'en rajouter pour éloigner d'elle tout soupçon. L'année précédente, l'année de sa sixième, quatre professeurs de français, deux d'instruction religieuse et trois d'histoire s'étaient succédé dans sa classe, preuve que l'enseignement, comme les rues, comme les routes, comme les frontières orientales de Roumanie et de Pologne, était devenu un territoire hasardeux depuis l'avènement des légions de l'archange Michel.

« Tes profs, t'es sûr qu'ils vous fourrent pas de drôles d'idées en tête ? lui demandait régulièrement son père.

Parce que, si c'est le cas, faut nous le dire, à ta mère et à moi. On ira en toucher deux mots au commissaire du quartier. »

Pibe ne voyait pas à quelles drôles d'idées son père faisait allusion. La prof principale disait qu'autrefois les hommes croyaient descendre du singe, et ce genre d'affirmation devait sans doute être rangé dans la catégorie des drôles d'idées, mais, devant les bouilles dégoûtées de ses élèves, elle ajoutait aussitôt qu'elle-même n'accordait aucun crédit à ces affabulations, que le Créateur avait façonné l'homme à son image, comme stipulé dans la Genèse, qu'un être d'essence divine ne pouvait en aucun cas descendre d'un animal velu, puant et stupide, Dieu merci.

L'électricité était coupée tous les jours aux alentours de 20 heures, sans compter les interruptions dues aux bombardements, aux orages, aux sabotages ou à la vétusté des disjoncteurs. Les bougies supplantaient alors les ampoules et grignotaient les ténèbres en grésillant et répandant leur pénible odeur de cire chaude. Les flammes dansantes donnaient une autre dimension aux objets et aux gens. Elles transformaient, par exemple, les visages du père et de la mère de Pibe en masques durs, grinçants, et celui de sa sœur en pointe de lame toujours prête à piquer. Elles symbolisaient également le couvre-feu, les heures lentes et étouffantes de l'enfermement, du confinement. Les auxiliaires civils de la légion avaient reçu l'ordre de tirer sans sommation sur tout individu surpris dehors entre 8 heures du soir et 6 heures du matin. Ils ne s'en privaient pas : certaines nuits, les labyrinthes des rues étaient le théâtre de véritables chasses à l'homme.

Bien qu'observant les lois divine et martiale avec un zèle digne d'éloges, les parents de Pibe passaient la majeure partie de leur temps à s'inquiéter. De tout, de rien, des bruits, des ombres, des dénonciations anonymes, du temps, du présent, de l'avenir, du passé. À la moindre rumeur suspecte, ils se ruaient dans la cave de leur maison où ils avaient entassé des réserves pour dix mois, eau, conserves, farine, huile, sel, sucre, lampes de poche, piles, bougies, allumettes, filtres à air, masques, bouteilles d'oxygène, recharges de gaz. Ils y passaient parfois la nuit entière, obligeant Pibe et sa jeune sœur à dormir sur des matelas mous et puants dans une atmosphère irrespirable. Pibe détestait cette pièce sinistre et minuscule, comme il détestait son père lorsqu'il entreprenait de grimper sa mère après avoir vérifié – tu parles – que les gosses dormaient. Ça faisait des bruits insupportables de chairs mouillées, de draps froissés, de siphons d'évier, de pneus crevés, de chiens assoiffés. Un souffle brûlant effleurait parfois la nuque de Pibe et lui donnait envie de vomir, ou de mordre. Il se demandait si ses copains éprouvaient les mêmes sensations dans l'intimité nocturne de leurs logements. Il jalousait les enfants jetés dans les rues par les bombardements, les cailleras, des gosses retournés à l'état sauvage, selon son père, des petits merd… truands qu'on devait d'urgence boucler dans des centres de redressement. Mais on manquait de locaux pour les accueillir et de volontaires pour les capturer. Équipés de gros calibres, de lance-roquettes, de grenades, les cailleras rackettaient les quartiers des grandes cités qu'ils parcouraient à bord de véhicules blindés, en plein jour, histoire de bien montrer aux forces de l'ordre qu'ils n'en avaient rien à foutre de Dieu, de la Loi et de la Patrie, les trois piliers de la Grande Europe. Les légionnaires s'en désintéressaient pour l'instant. Ils avaient d'autres dragons à fouetter, repousser l'offensive du Jihad sur le front Est, traquer les esprits soupçonnés de sympathies musulmanes, rétablir et consolider le droit divin bafoué par les gouvernements apostats des XIXe et XXe siècles et du début du XXIe.

« Ils finiront bien par leur régler leur compte, à ces vauriens ! Une fois que Dieu nous aura donné la victoire sur les… les… »

Papa ne trouvait jamais de termes assez haineux pour qualifier les fanatiques du Jihad. Pibe lui aurait bien suggéré « coupeurs de couilles », « faces de culs » ou « enculés de leur race », comme les enfants les appelaient entre eux dans la cour de récréation, mais il n'était pas certain de la réaction de ses parents. « Bordel » lui avait valu une claque retentissante, « putain » trois jours sans télé – pas trop grave, les couleurs, les mouvements et les scénarios des dessins animés diffusés entre 17 heures et 17 h 30 par la commission Jeunesse & Morale étaient vraiment à chier –, « couilles, culs, enculés » n'avaient aucune chance d'être acceptés dans la bouche d'un garçon de douze ans, bientôt treize, fier de ses trois ou quatre poils à la teub, déjà trois filles embrassées, une sans la langue, une avec, une dont il avait peloté les bourgeons de seins sous son tee-shirt.

Pibe avait demandé à ses parents pourquoi Dieu, puisque c'était le Vrai, l'Unique, tardait tant à donner la victoire aux armées européennes massées sur le front Est. De leurs explications embrouillées, il ressortait que le Seigneur, loué soit-Il, éprouvait la foi de ses serviteurs, comme Job sur son tas de fumier, comme son fils Jésus-Christ dans le désert.

« Qui aime bien châtie bien », avait ajouté maman, clamant sa foi à l'adresse du Tout-Puissant en même temps qu'elle avertissait son rejeton des futures roustes que ses incartades ne manqueraient pas de lui valoir.

Pibe pensait que, c'est vrai, quoi, Dieu, puisqu'il est omnipotent, omniscient, omnivore – non, ça, c'est le cochon… –, aurait pu aider les *nôtres* à écraser les scorpions d'enculés de leur race de faces de culs de coupeurs de couilles d'en face. La guerre entrait dans sa quinzième année, les morts se comptaient par millions des deux côtés, les soldats partaient de plus en plus jeunes vers le front Est, à seize ans, et de moins en moins aptes : on enrôlait désormais les myopes, les sourds, les asthmatiques, les débiles, les sidéens, les golféens et les autres. Les recruteurs venaient les traquer dans leurs chambres, les arrachaient des bras de leurs mères, parlaient déjà de mobiliser les filles et les hommes de plus de quarante ans.

Dans trois ans, ce serait au tour de Pibe.

Dans trois ans, peut-être moins, un archange en uniforme noir se présenterait à la maison et dirait à ses parents que l'Europe comptait sur leur fils pour défendre les terres et les vertus occidentales. Papa se gonflerait d'importance, déjà que l'inactivité lui gonflait pas mal le ventre et le menton, maman verserait des larmes discrètes, comme il sied à une mère chrétienne, Marie-Anne, la frangine, l'emmerdeuse, ricanerait, pas fâchée d'occuper enfin tout l'espace familial et la chambre de son frère. Pibe serait jeté dans un camion bâché en compagnie d'autres recrues de son âge, il partirait après dix jours de formation militaire pour la Roumanie ou la Pologne, quelque part entre les mers Noire et Baltique, il croupirait dans l'un de ces bunkers sinistres que montraient avec un mélange de fierté et de dégoût les reportages de la TEU, la Télévision européenne unique, jusqu'à ce qu'un officier de la légion lui ordonne de se présenter le cœur joyeux face à la mitraille impie.

Papa appelait ça une guerre de tranchées, comme la Grande Guerre 1914-1918 entre les nations chrétiennes. De part et d'autre, on avait enrayé la progression des blindés adverses et détruit la plupart des aéroports, porte-avions et avions de combat, puis on s'était installé dans un pilonnage mutuel et intensif égayé de temps à autre par des sorties suicidaires. Les rares bombardiers ayant échappé aux missiles à tête chercheuse se contentaient de dévaster les villes, les campagnes et les populations civiles. On manquait dorénavant de projectiles capables d'allumer les gros-porteurs à dix mille mètres d'altitude. À défaut de bombes intelligentes, précises – la toile des derniers satellites aurait de toute façon brouillé leurs systèmes de guidage –, on larguait les charges les plus dévastatrices possible, les faiseuses d'Apocalypse, les « mères de toutes les bombes ». Elles déchiraient le plafond des nuages et s'écrasaient où elles pouvaient, dix ou douze tonnes mugissantes dégringolant dans les rues, sur les immeubles, sur les places, dans les forêts, dans les champs, traversant les toitures comme des feuilles de papier, forant des cratères de plus de trente mètres de profondeur, se fragmentant en centaines de charges fusantes qui pourchassaient les gens dans leurs planques, incendiant, pulvérisant, écharpant, mutilant. La plupart d'entre elles étaient en UA, uranium appauvri, une dénomination plutôt comique à en juger par la richesse des dégâts. Elles perforaient les blindages des abris creusés une vingtaine de mètres sous terre au début de la guerre. Les parents de Pibe n'avaient pas eu les moyens de s'en payer un, mais ils s'étaient consolés lorsqu'on avait retrouvé les Morillon, de bons amis à eux, déchiquetés dans le bunker – elle, une femme grasse et pétulante, prononçait *bunnecœur* – qui leur avait coûté deux cent mille euros, oui, deux cent mille – lui, un grand maigre à la mine sinistre, avait lâché la somme avec une négligence mortifiante. On n'avait pas réussi à reconstituer leurs corps ni ceux de leurs trois enfants dans le trou noir et fumant qui avait gobé leur pavillon et leur jardin.

Aux bombes, aux missiles, il fallait ajouter les AK. André, un copain, un fanatique des jeux de guerre, avait appris à Pibe qu'AK signifiait attentat kamikaze, du nom de ces aviateurs japonais qui piquaient leurs zincs sur les bateaux, les tours ou les foules pendant la Deuxième Guerre mondiale. Les AK d'aujourd'hui, les islamistes, se faufilaient entre les lignes occidentales et gagnaient les grandes villes de l'Union européenne où ils se faisaient sauter en entraînant le plus grand nombre possible de chrétiens dans la mort. Ou bien ils brandissaient un fusil d'assaut, AK47 ou AK74 – AK comme attentat kamikaze d'accord, mais pourquoi 47, pourquoi 74 ? –, et tiraient dans le tas jusqu'à l'intervention des forces de l'ordre. Ou encore ils se glissaient la nuit dans les appartements et les maisons dont ils égorgeaient les occupants endormis. Certains d'entre eux avaient perpétré plus de trois cents meurtres avant d'être repérés, pourchassés et livrés aux foules ivres de colère. Leurs corps démembrés, émasculés, écorchés, pourrissaient plusieurs jours sur les trottoirs. Des passants ne pouvaient s'empêcher de leur cracher ou de leur pisser dessus. Pibe avait vu des hommes attacher la dépouille d'un AK au pare-chocs de leur bagnole et rouler dans les ruelles du centre ville en klaxonnant et en poussant des glapissements de bête sauvage.

Pibe avait parfois l'impression qu'il n'appartenait pas à ce monde. Qu'il déambulait dans un univers d'ombres. Que son moi en cachait un autre, une sorte d'être ou de monstre tapi dans une grotte profonde et qui, parfois, passait une tête ébahie par l'ouverture. Bien que rares et furtives, les apparitions de ce Pibe mystérieux, inaccessible, lui flanquaient une frousse de tous les diables.

Entre l'école et la maison, il longeait plusieurs terrains vagues autrefois couverts d'immeubles, de galeries marchandes, de jardins publics, de terrains de sport. Les déflagrations avaient transformé le quart de la ville en collines de gravats nettoyés par les pillards avant d'être abandonnés aux SD, les sans-domicile. Et encore, les agglomérations de moyenne importance étaient moins touchées que les métropoles européennes telles que Paris, Lyon, Marseille, Bruxelles, Prague, Rome, Barcelone ou Munich, survolées au moins une fois par semaine par les bombardiers du Jihad et métamorphosées en champs de ruines. Les forces de l'ordre avaient classé les quartiers rasés, d'abord convertis en aires de jeux par les enfants, en zones dangereuses, puis interdites. C'est là qu'on avait les plus grandes probabilités d'être écrabouillé par un éboulement ; là qu'on mesurait les plus fortes concentrations de poussières radioactives et chimiques ; là qu'on risquait de choper la golfée, la maladie apparue dans le golfe Persique à la fin du XXe siècle, une saloperie qui dégénérait en leucémie foudroyante et provoquait des malformations congénitales ; là qu'on rencontrait la faune des SD, un ramassis de pauvres bougres grouillant avec les rats dans les caves ou les vestiges des bâtiments.

« Y a de la vermine sur tous les cadavres, grommelait papa. Cette vermine-là disparaîtra une fois que Dieu aura guéri les blessures de l'Europe. »

Pibe se disait qu'il ne resterait pas grand-chose de l'Europe une fois que Dieu aurait donné la victoire aux siens. Il préférait garder cette pensée pour lui. Il ne priait pas pour le triomphe légitime des chrétiens, comme le lui suggéraient ses parents et ses profs, il implorait le Seigneur de lui accorder le sommeil lorsqu'un grondement suspect les entraînait, sa famille et lui, dans la cave de la maison.

Cette fois encore, Pibe ne dormait pas – le Dieu de ses pères avait sans doute des prières plus importantes à exaucer. Il subissait avec un énervement grandissant les frottements, les gargouillements, les couinements étouffés de ses parents. Et puis son moi caché, sorti de sa tanière, s'associait à leur raffut. Et puis les ronronnements des bombardiers l'emberlificotaient dans une angoisse nauséeuse. Et puis il avait mal au ventre, peut-être à cause de l'eau qu'il avait bue directement au robinet. Comme on soupçonnait l'ennemi d'avoir empoisonné les stations d'épuration, le dernier cri en matière d'attentat terroriste, le ministère de la Santé recommandait l'usage intensif de filtres. La mère de Pibe ne se contentait pas de passer l'eau dans des entonnoirs garnis de trois épaisseurs de charbon, elle la faisait bouillir deux fois pour, disait-elle, éliminer tout risque. La prof de sciences de Pibe avait laissé entendre que ni les filtres ni la chaleur ni les pastilles purificatrices à base de chlore n'empêchaient les molécules malfaisantes de s'inviter dans les verres ou dans les casseroles. La preuve : le retour en force de la variole, du typhus, du choléra, des fléaux qu'on croyait définitivement éradiqués de la surface de la terre, et aussi l'émergence de nouvelles maladies.

Les premières déflagrations retentirent non loin dans un fracas d'épouvante, le sol et les murs tremblèrent, des lueurs fulgurantes dansèrent sur le plafond, Marie-Anne, la trouillarde, se mit à chialer, papa relâcha maman le temps qu'elle console son tout petit poussin, là, là, puis le silence retomba, chargé d'odeurs et de menaces.

Le mal au ventre de Pibe s'accentua et, avec lui, une énorme envie de pisser. Il ne bougea pas, il attendrait que les autres se soient endormis pour transvaser le contenu de sa vessie dans la cuvette chimique. Pas envie de partager ses écoulements intimes avec les parents et la frangine. Tant pis si la rétention tournait à la torture. Les bourdonnements des avions et le chapelet des explosions lui vrillaient la poitrine et la colonne vertébrale. Impossible de décontracter les muscles de son cou à moitié enfoncé dans ses épaules. Les douleurs aux omoplates et au dos se prolongeaient plusieurs jours après une nuit d'alerte.

Les parents se débarrassèrent de Marie-Anne endormie et reprirent leurs activités nocturnes. Ils semblaient pressés d'en finir, ils accéléraient le rythme, ils perdaient le contrôle de leurs souffles, de leurs gémissements, ils s'entrechoquaient comme des taureaux furieux. Un cri monta des tripes de Pibe, mais s'enraya dans sa gorge, Papa poussa un jappement étranglé de chiot, maman l'encouragea d'un râle odieux. N'y tenant plus, Pibe repoussa le drap, sauta sur ses jambes comme éjecté par un ressort du matelas et se rua vers la cuvette des chiottes, séparé du reste de la pièce par un mur de moellons.

C'est cet instant que choisit une mère de toutes les bombes pour dégringoler sur la maison.

Pas vraiment sur la maison, ou Pibe se serait instantanément évaporé en poussière sanglante, mais pas loin. La déflagration lui déchira les tympans, l'éclair lui brûla les yeux, le sol se gondola sous ses pieds, le souffle l'envoya percuter une surface dure, une violente odeur de poudre lui submergea les narines, une poutre maîtresse s'affaissa et se coinça au-dessus de sa tête, des moellons, des pierres, des bouts de cloison, des éclats de ciment et tout un tas d'autres objets dégringolèrent en pluie autour de lui, une poussière âcre, suffocante, lui tapissa les narines et la gorge.

Il resta un long moment interdit, incapable de penser, tandis que la maison familiale achevait de se désagréger dans un concert de craquements et de grincements.

Le silence reprit ses droits sans toutefois dissiper le tumulte qui ruinait la tête et le corps de Pibe. Il crut qu'une mouche lui agaçait la tempe et la joue avant de se rendre compte qu'il s'agissait d'un filet de sang. Il ne ressentait aucune douleur, seulement cette vibration fracassante, cette corde épaisse tendue entre son crâne et les extrémités de ses membres. Il y avait aussi, entre ses jambes, cette humidité poisseuse, persistante. Il s'était pissé dessus, la honte totale quand cette vipère de Marie-Anne s'en apercevrait – elle s'en apercevrait, aucun doute. Un cri déchira la nuit dévastée, un vagissement d'enfant suivi d'un hurlement de femme. Les bras de Pibe serraient avec force la cuvette, les doigts et le front enfoncés dans l'émail fendillé. Non loin de lui s'élevait un gazouillement, un robinet mal fermé, une fuite d'eau plutôt.

Il eut la vague intention de bouger, son corps ne lui obéit pas. Changé en pierre, soudé aux chiottes. Les parents et Marie-Anne se foutraient de lui s'ils le surprenaient dans cette posture. Pas moyen de se lever, ni même de remuer les doigts, la déflagration avait lapidifié son système nerveux. Un souffle d'air tiède lui léchait le visage, adoucissait les brûlures à ses paupières, à ses narines.

Il réussit enfin à jeter un regard sur le côté. Des poutrelles métalliques s'enchevêtraient, s'agençaient en abri protecteur autour de lui. Un mikado géant. Des reliefs étranges émergeaient des volutes de poussière écharpées par les rafales, là, un ustensile de cuisine, là, une boîte métallique, là, des fragments de tuile, là, un sac de riz éventré, là, un masque à gaz… Et là, tout près, presque à toucher la sienne, la tête de Marie-Anne.

Ils habitaient l'un de ces villages de l'Ouest qu'ailleurs on juge typiques, accueillants et paisibles – bien qu'il y pleuve neuf jours sur dix. Ils avaient pensé qu'en s'éloignant de la grande cité et de son cortège de problèmes, bombardements hebdomadaires, pollutions chimique et nucléaire, coupures quotidiennes d'eau, de gaz, d'électricité, difficultés d'approvisionnement, généralisation de la délation et de la délinquance, répression de plus en plus féroce, ils amélioreraient leurs conditions d'existence.

Ils avaient eu raison, du moins au début.

Ils avaient retapé une vieille bicoque posée au beau milieu d'un terrain de cinq mille mètres carrés à la sortie du bourg. Ils l'avaient choisie malgré son délabrement pour son verger et son puits, et aussi parce qu'un haut mur de pierre et de lierre leur offrait une intimité rassurante. Ils y avaient ajouté un potager, quelques moutons, un élevage de poules et de lapins qui couvraient la majeure partie de leurs besoins en produits frais, œufs, viande, légumes. Ils achetaient le reste, le pain, le lait, l'huile, le sucre, le sel à la supérette locale – pittoresque elle aussi avec la moustache de sa caissière, la couperose de son patron et son défi permanent à l'hygiène.

Lui avait perdu son emploi de fraiseur après la destruction de l'usine d'armement où il travaillait ; elle avait abandonné sans préavis son poste d'auxiliaire d'éducation, prévenue un soir par la directrice de l'école que des parents d'élèves menaçaient de la dénoncer au bureau de la légion. Un héritage imprévu – un héritage prévu relève pratiquement toujours du droit pénal –, la vente de leur appartement et quelques économies leur permettraient sans doute de tenir une dizaine d'années sans rentrée d'argent et d'attendre le retour des jours meilleurs. Ils avaient remplacé la plus onéreuse de leurs deux voitures par des VTT aux peintures écaillées et inscrit leurs trois enfants, deux garçons et une fille, à l'école du village.

Ils avaient été bien accueillis au début. Les villageois voyaient d'un bon œil ces familles citadines s'installer dans les maisons abandonnées par leurs propres enfants. Les nouveaux arrivants retardaient l'agonie des campagnes désolées par la mondialisation sauvage du début du XXIe siècle, cette décennie maudite où les compagnies agroalimentaires avaient délocalisé l'agriculture en Europe de l'Est et en Asie ; leur politique avait provoqué un effondrement total des cours et une désertification dramatique des campagnes occidentales. En défendant pied à pied les frontières de la Pologne et de la Roumanie, les légions de l'archange Michel protégeaient également les derniers greniers à blé de l'Europe. L'aide nord-américaine s'était interrompue depuis plus de dix ans : les États-Unis avaient connu de tels déboires avec leurs semences OGM qu'ils peinaient désormais à ravitailler leur marché intérieur et que, repris par leurs vieux démons isolationnistes, ils se désintéressaient du reste du monde, officiellement du moins. De toute façon, la destruction systématique des aéroports avait coupé les voies aériennes, et la prolifération des sous-marins nucléaires du Jihad dans les fonds atlantiques et méditerranéens interdisait tout commerce maritime. L'Europe assiégée ne devait plus compter que sur elle-même pour nourrir ses trois cents millions d'âmes.

Les premières réflexions avaient fusé au bout d'un an de présence au village. Sur le mode indirect, dans la supérette. Elle était passée à proximité d'une grappe de femmes vêtues d'austérité – elles avaient toutes perdu un fils, un neveu ou un frère à la guerre – et plantées comme des statues funèbres devant le rayon boucherie. *Y en a qu'on ne voit jamais à l'église. Ils ne croient donc pas en Dieu ?* Elles ne lui avait pas adressé la parole, elles avaient juste causé assez fort pour qu'elle les entende. *Sont-ils seulement baptisés ?* Elle s'était abstenue de répondre qu'ils n'adhéraient plus depuis longtemps à la religion de leurs parents, que, non, elle n'était pas baptisée, que ça ne les empêchait pas de croire en Dieu, mais pas en celui des chrétiens ni en celui des juifs ni en celui des musulmans. Leur Dieu à eux était lumière en expansion, big-bang perpétuel, et la lumière brille pour tous les êtres vivants sans exception. Seulement on n'avait pas le droit d'affirmer ce genre de croyance dans le royaume de l'archange Michel. Nées en Europe de l'Est, en Roumanie précisément, grossies par la jeunesse chrétienne des autres pays d'Europe Unie, les légions du Prophète avaient mis moins de dix ans à planter les drapeaux frappés des deux L, *Loi & Lance*, sur l'ensemble des terres occidentales. Les gouvernements n'avaient pas eu d'autre choix que de capituler devant cette armée forte d'un million de fanatiques, d'une vingtaine de divisions blindées et de cinq cents avions de combat payés rubis sur l'ongle aux compagnies européennes, chinoises ou américaines. Encouragés par la population, les légionnaires avaient arrêté et fusillé les rares élus ou intellectuels qui s'étaient insurgés contre cette violation des principes de la démocratie et des droits fondamentaux de l'homme. Roumains, Polonais, Tchèques, Ukrainiens, Biélorusses, Baltes, Moldaves,

Autrichiens, Allemands, Belges, Néerlandais, Espagnols, Italiens, Scandinaves, Français, les soldats de l'archange Michel brandissaient d'une main la Bible et de l'autre leur fusil d'assaut avec l'ignorance arrogante de leurs dix-sept ou dix-huit ans. Un regard de travers, une parole mal interprétée, et ils lâchaient une rafale meurtrière avec la même négligence qu'ils auraient craché par terre ou écrasé un insecte.

Elle avait rapporté à son mari l'escarmouche de la supérette. Il avait hoché la tête et dit que les villageois n'étaient pas méchants dans le fond, juste un peu frustes, comme la plupart des gens vivant à la campagne, puis il l'avait embrassée, elle s'était embrasée comme de la paille sèche et ils avaient fait l'amour dans l'atelier, au milieu des copeaux et des monticules de sciure, craignant à tout moment d'être surpris par les enfants batifolant dans le jardin.

L'attaque suivante se produisit environ deux mois plus tard. Plus incisive. Un couple âgé l'apostropha, elle, au sortir de la boulangerie et lui demanda d'où elle tenait ces cheveux bruns et frisés, ces yeux noirs, cette peau mate. Elle leur répondit avec son sourire le plus obséquieux qu'elle était d'origine méditerranéenne, sans préciser de quel côté de la mer venait sa famille, puis elle s'enfuit, affolée par leurs regards inquisiteurs et leurs rictus carnassiers.

Le lendemain, les enfants rentrèrent de l'école en pleurs, les vêtements déchirés, le visage tuméfié, les jambes et les bras zébrés d'ecchymoses. Ils racontèrent qu'une bande les avait attendus et agressés près de ces ruines mangées par les ronces que les villageois s'obstinent à appeler le château. Ils les avaient frappés à coups de poing, de bâton et de pierre, même qu'il y avait d'anciens copains parmi eux, et aussi des garçons et des filles de vingt ans, ils les avaient traités d'enculés de leur race, ils avaient hurlé qu'ils grilleraient pour l'éternité en enfer, comme des merguez, ils avaient menacé de couper les couilles des garçons et de violer la fille, ils avaient sorti des couteaux, des vrais, ils avaient entrepris de leur arracher leurs vêtements.

« On leur a jeté des cailloux, on a réussi à leur échapper, on a couru comme des fous jusqu'à la maison... »

Les mâchoires serrées, le regard sombre, le père décida qu'ils ne retourneraient plus à l'école, que, comme leur mère était une ancienne auxiliaire d'éducation, elle leur enseignerait les matières principales, qu'il valait mieux se faire oublier jusqu'à ce que les choses se tassent. La mère répliqua, d'une voix vibrante de colère, qu'ils n'allaient pas se terrer comme des rats à cause d'une poignée de culs-terreux, qu'ils seraient de toute façon obligés d'en sortir, de leur trou, au moins pour faire les courses, qu'ils ne devaient pas faire le jeu de ces minables en baissant les bras et la tête.

« C'est la guerre, murmura le père d'une voix douce. La guerre, tu comprends ? »

Non, non, mille fois non, elle ne comprend pas qu'on maltraite ses gosses, qu'on laisse une poignée de pedzouilles ignares et stupides imposer leur loi dans un village de deux mille habitants.

« Ce ne sont pas seulement ces gamins qui sont ignares et stupides, mais la loi, le pays tout entier, dit-il sans hausser le ton. Ils souffrent, ils cherchent des boucs émissaires.

— Nous aurions dû rester en ville...

— Et attendre que les auxiliaires de la légion viennent te chercher ? »

Elle se détourna et alla dans la buanderie cacher ses larmes. Elle revint quelques instants plus tard, les yeux rougis, un sourire mal vissé aux lèvres, belle et forte dans son désarroi. Après avoir désinfecté les plaies et les bosses des enfants, elle leur tendit des tartines beurrées sur lesquelles elle avait posé quatre carrés de chocolat noir au lieu des deux réglementaires et les pria d'aller goûter dans le jardin, puis elle s'assit en face de son mari.

« Tu aurais pu avoir une vie tranquille avec une autre femme. »

Chaviré par la tristesse de sa voix et de son regard, il lui prit les deux mains et les serra avec force.

« Tu es un vrai Français, toi, un vrai Occidental, un Européen pur jus », continua-t-elle. Elle renifla bruyamment mais ne réussit pas à empêcher les larmes de rouler sur ses joues. « Moi je ne m'appelle pas Marie, ni Marthe, ni Madeleine, mais Zina, je ne suis qu'une fille d'émigrés, une mauvaise herbe islamique, une ennemie de la chrétienté.

— Je ne me sens pas plus chrétien que tu ne te sens musulmane. Tu es ma femme, je suis ton mari, point final. »

Elle désigna la porte d'un mouvement de tête qui escamota son visage sous un rideau de mèches vives.

« Va donc leur dire, à eux !

— Quand le moment sera venu, je le leur dirai. À ma façon. »

La résolution inhabituelle, la dureté même de son regard et de sa voix la surprirent, l'alarmèrent. Il lui signifiait que, puisque la spirale fatale les avait happés, puisqu'il n'y avait pas moyen d'infléchir le cours du destin, il entrait à sa façon dans la résistance, il déclarait *sa* guerre.

Les jours suivants, ils achetèrent des sacs entiers de farine et vécurent en autarcie, lui ne sortant que pour se rendre à l'épicerie du bourg voisin distant de dix kilomètres, toujours en voiture, le matin de préférence. Tandis qu'il s'employait à réparer et consolider la maison, à la rendre à la fois plus sûre et confortable, elle enseigna les matières principales aux enfants, auxquelles elle ajouta la confection du pain et l'entretien du potager.

Cette stratégie de l'escamotage ne donna pas les résultats escomptés, au contraire. Les villageois frustrés déversèrent des tombereaux d'insultes, de déchets et de pierres dans la cour, déposèrent des tas de fumier devant l'entrée, balancèrent des cadavres de chats ou de rats dans le puits. Puis, un matin pluvieux de juin, se présentèrent les chasseurs, armés de leurs antiques fusils à deux coups, de pistolets-mitrailleurs ou de fusils d'assaut pour les plus débrouillards. Une grêle de balles et de plombs s'abattit sur la maison, vitres et tuiles volèrent en éclats, le crépi de la façade se désagrégea en gerbes ocre, les volets de bois se fendillèrent comme de l'écorce sèche. Embusqués derrière le mur de clôture, sanglés dans leurs tenues vert kaki, coiffés pour certains de casques cabossés et rouillés, les villageois déclenchaient la bataille qu'ils ne pouvaient pas mener sur le front Est, contre l'ennemi intérieur.

Il conduisit sa femme et ses enfants effrayés dans la cave, devant l'entrée d'un souterrain qui menait, d'après un vieux plan retrouvé dans le grenier, aux ruines du «château». Elle le supplia de les accompagner, il lui répondit, avec douceur et fermeté, qu'il les rejoindrait après avoir retardé les assaillants et effacé les traces de leur fuite.

«Tu es sûr qu'on peut passer par cette galerie?

— Je l'ai explorée presque jusqu'au bout.

— Et toi? Si… enfin, si tu ne peux pas venir?

— Une fois dans les ruines du château, tu prendras l'ancien chemin de randonnée, tu marcheras jusqu'à la gare, tu sauteras dans le premier train et tu emmèneras les enfants loin d'ici, en Espagne par exemple.»

Il lui tendit un étui de cuir usé et gonflé à craquer. Elle reconnut le portefeuille qu'elle lui avait offert à leur premier anniversaire de mariage. Elle s'en saisit et le glissa dans la poche intérieure de son imper sans en vérifier le contenu. Il avait tout prévu sans doute, l'argent pour leur voyage, de faux papiers d'identité, et même leur photo fétiche, le Polaroïd de leur rencontre immortalisée par un photographe anonyme et complice. Les couleurs de leur amour ne s'étaient, elles, jamais délavées. Ils s'étreignirent sans un mot, avec un tel désespoir qu'elle crut se liquéfier dans ses bras, puis, lorsque retentirent les nouvelles salves, elle se détourna avec brusquerie et poussa les enfants dans le souterrain. L'obscurité avala le rayon de leur lampe et le bruit de leurs pas.

Il s'installa dans l'entrée de la maison, assis sur une chaise à bascule, son fusil d'assaut, un Galil israélien acheté dans une armurerie clandestine, posé sur les genoux. Il fourra les vingt magasins de balles dans les innombrables poches de son gilet reporter usé jusqu'à la trame. Il ne ressentait aucune haine pour les agresseurs, mais, même s'il n'avait jamais été placé dans l'obligation de tuer un homme, il n'hésiterait pas une seule seconde à leur tirer dessus. C'était le prix à payer pour offrir une petite chance aux siens de survivre. Ils auraient dû partir des années plus tôt pour l'Espagne, l'Italie ou la Grèce, l'un de ces pays du Sud où on peut associer peaux basanées et chrétienté authentique, où le physique de Zina et des enfants n'aurait pas attiré l'attention. Ils avaient fui la peste des villes pour se jeter dans le choléra des campagnes ; cette décision qu'ils avaient crue judicieuse se révélait désastreuse. Leur foi en l'être humain les avait aveuglés et entretenus dans un optimisme béat, illusoire. L'Europe des légions de l'archange Michel acculait les gens comme eux au pire, les poussait sans cesse de Charybde en Scylla.

Le comportement des villageois avait réveillé ses instincts guerriers. La perspective de cette bataille, de *sa* bataille, le galvanisait. Il mourrait sans doute, mais il en entraînerait quelques-uns avec lui dans la fosse communale. Il aurait pu foutre le camp avec femme et enfants, il aurait pu, avec un peu de chance, gagner ces terres à moitié brûlées, parées de toutes les vertus – à tort sans doute, les légions de l'archange Michel les tenaient elles aussi sous leur coupe –, mais il en avait assez de subir, assez de fuir, assez de baisser la tête et les bras selon l'expression de Zina.

Zina…

Il contint une envie poignante de se ruer dans le souterrain, de la rattraper, de la serrer dans ses bras, de s'enivrer de son odeur, de sa chaleur. Il devait occuper les chasseurs, fixer leur attention sur la maison, les empêcher de faire fonctionner le mollusque qui leur tenait lieu de cerveau, d'organiser une battue dans les environs, de prévenir leurs confrères des villages proches. Ralentie par les enfants, elle mettrait trois bonnes heures pour atteindre la gare, puis entre trois et six jours pour passer les Pyrénées, selon la fréquence des bombardements, l'état des voies et du réseau électrique.

Il se levait de temps à autre pour coller son œil au mouchard de la porte. Il voyait les têtes des chasseurs – les plus jeunes, douze ou treize ans, maniaient visiblement une arme pour la première fois de leur vie – apparaître furtivement au-dessus des tuiles faîtières. Tellement trouillards qu'il n'avait pas besoin de riposter pour les dissuader d'escalader le mur. Ils avaient déjà gaspillé plusieurs centaines de balles, saoulés par l'odeur de poudre et la vinasse qu'ils lampaient à grandes gorgées au robinet de cubis. Ils imitaient les soldats glorifiés par les reportages de la TEU, enfoncés jusqu'aux genoux dans des tranchées glaciales infestées de rats, s'arrachant parfois de la boue pour mitrailler sans conviction les lignes d'en face. Les matamores du village ne risquaient pas de recevoir un obus en pleine tronche, de quitter ce monde dans un ultime regret de terre et de sang, et pourtant ils pissaient dans leur froc. Combien étaient-ils, les vaillants auxiliaires de l'archange Michel ? Probablement une trentaine, voire plus. Il y avait fort à parier que, pas téméraires au point de se passer de la bénédiction officielle, ils avaient demandé une autorisation en bonne et due forme avant d'engager cette opération contre la famille ennemie de la Foi.

Zina n'avait pas voulu rejoindre les rangs des bannis après le décret de Préférence Chrétienne – le gouvernement de l'Europe unifiée avait choisi le mot «préférence» afin de ménager les esprits délicats, mais il s'agissait d'une expulsion pure et simple des «ennemis de l'intérieur», des Européens de confession musulmane. On leur avait donné quinze jours, pas un de plus, pour quitter le territoire. Descendante d'émigrés marocains, Zina avait choisi, comme une poignée de femmes et d'hommes mariés avec des chrétiens de souche, de rester avec conjoint et enfants. Elle avait espéré que les persécutions épargneraient les familles mixtes, elle s'était trompée: renseignés par les populations zélées, les serviteurs de l'archange Michel séparaient sans pitié l'ivraie islamique du bon grain chrétien. Ils exécutaient sommairement le membre du couple d'origine musulmane, pendaison, garrot ou balle dans la tête, ils condamnaient l'autre membre coupable de traîtrise et d'apostasie à quinze années d'emprisonnement dans un camp, ils confiaient les enfants aux écoles prophétiques et, enfin, ils confisquaient les biens, maisons, voitures, comptes bancaires, meubles, dont une part minuscule revenait aux délateurs.

Un premier assaillant franchit le mur avec agilité et se planqua derrière le tronc d'un cèdre. Quel âge pouvait-il avoir? Quinze ans? Il se croyait dans l'un de ces jeux vidéo qui avaient captivé plusieurs générations avant leur interdiction. Il progressait entre les arbres, le dos courbé, la tête vissée dans les épaules, se retournant de temps à autre pour inciter les autres, moins audacieux, à lui emboîter le pas. Ce petit crétin servirait d'exemple à ses comparses, puisqu'il fallait une victime expiatoire, puisque son sang versé, le premier, refroidirait l'ardeur des vaillants soldats de la Foi et offrirait un supplément de temps à Zina et aux enfants.

Il laissa le garçon prendre confiance, se griser de danger, monta quatre à quatre se poster sur le palier du premier étage, glissa le canon de son fusil d'assaut entre les éclats de vitre accrochés au bois de la fenêtre comme des dentelles de givre.

Deux autres silhouettes dégringolèrent des frondaisons surplombant le mur d'enceinte. L'adolescent s'élança sur la partie dégagée entre les arbres et la maison et, tout en courant, lâcha une rafale de fusil d'assaut sur la porte d'entrée.

Une balle, une seule, le cueillit en pleine tête.

La bombe hurlait toujours en Pibe, comme une pensée qui ne lui appartenait pas et l'empêchait de se réinstaller dans sa tête et dans son corps. Des gens gesticulaient autour de lui, s'adressaient à lui, mais il ne les entendait pas, cerné par une armée de marionnettes détraquées et muettes.

La bombe, une mère d'au moins dix tonnes, avait explosé à environ trois cents mètres de la maison et rasé le quartier sur un rayon d'un demi-kilomètre. Elle avait creusé un cratère plus vaste qu'un cirque lunaire et laissé sur le carreau trois ou quatre mille habitants, impossible de compter les corps, encore moins de les reconstituer. Si les représentants de la Grande Europe n'avaient pas juré, la main sur le cœur, que le Jihad avait solennellement renoncé à l'arme nucléaire – juste avant la guerre, les diplomates réunis à Mumbaï, Inde, avaient arraché un traité de non-utilisation des armes de destruction massive –, on aurait pu croire à la visite éclair d'une bombe atomique.

Pibe s'était extrait des ruines de la maison à l'aube, bien avant l'arrivée des secours, bloquant machinalement sa respiration afin de ne pas inhaler les particules radioactives abandonnées par l'uranium appauvri. Il avait croisé des silhouettes hagardes, silencieuses, trop abasourdies par la déflagration pour gémir ou pleurer.

Des gens qui, comme lui, n'habitaient plus leur corps, des zombies, des morts vivants. Il n'avait pas cherché à savoir si la tête de Marie-Anne était toujours soudée à son tronc. Les yeux exorbités et vitreux de sa sœur l'avaient informé que sa vie minuscule s'était brisée sous les tonnes de gravats. De même ses parents avaient cessé de bruire au fond de lui, pulvérisés en plein cœur de leur tapage nocturne. Il aurait dû se réjouir d'être enfin libéré de leur tutelle, enfin jeté à la rue, enfin enrôlé dans l'armée des orphelins des bombes, mais il ne ressentait ni tristesse ni joie, empli tout entier de vacarme, les tympans lardés par des épingles chauffées à blanc, la gorge et la poitrine broyées par des mâchoires féroces, le cou, les épaules et les bras pelés par les brûlures. Il s'était rendu compte qu'il avait perdu son pantalon de pyjama quand une femme, une secouriste en combinaison blanche et aux gestes hypnotiques, lui avait ceint les hanches d'une serviette-éponge brodée d'une lance rouge. On l'avait conduit près d'une ambulance où un toubib mal réveillé et grincheux l'avait examiné de la tête aux pieds, on avait badigeonné ses égratignures et ses brûlures d'un liquide piquant, noirâtre, on l'avait obligé à ingurgiter des pilules infectes, on lui avait jeté une couverture sur les épaules, puis on l'avait abandonné au milieu d'autres rescapés, des hommes et des femmes de tous âges, plongés dans la sidération.

Les cailleras s'étaient pointés peu de temps après les secours. Trois camions déglingués, cuirassés de métal, des *camérhinos* comme on les appelait dans la cour d'école, s'étaient immobilisés à quelques mètres des ambulances dans un tintamarre de moteurs surchauffés et de freins à l'agonie. Des dizaines d'ombres s'étaient égaillées dans les ruines, une volée de corbeaux. Sans accorder le moindre regard aux secouristes ni aux rescapés, les petits charognards avaient fouillé les décombres et récupéré les rares objets et meubles encore intacts qu'ils avaient entassés dans les camions. Une femme en chemise de nuit avait hurlé qu'ils étaient la honte de l'Europe, la lie de l'humanité, la mauvaise graine pire que l'ivraie islamique ; pour toute réponse, l'un d'eux avait tiré un énorme flingue de sa ceinture et mis fin à ses récriminations d'une balle dans le ventre. Transpercée de part en part, elle s'était affaissée au ralenti, avec une légèreté de plume. Les secouristes avaient attendu un long moment avant de s'approcher d'elle à pas prudents. Le tueur, une vingtaine d'années, crâne rasé, près de deux mètres de morgue empaquetés dans du cuir noir, avait continué de jouer avec son flingue sans les quitter des yeux, jouissant visiblement de la peur qu'il leur inspirait. Ils avaient posé l'agonisante sur un brancard avec une absence de précautions révélatrice de leur frayeur. Le sang collait la chemise de nuit de la femme à son ventre, à ses tripes, à ses cuisses, son visage avait la couleur du ciel matinal.

Les sirènes des keufs trouèrent le silence de cimetière. Les cailleras se replièrent aussitôt vers les camions sans qu'aucun ordre ou un quelconque signal ne retentisse, abandonnant sur place les meubles ou les objets les plus lourds. La cohérence et l'efficacité de leurs mouvements rendaient patente, accablante, l'agitation désordonnée des secours. Pas un geste inutile, pas une hésitation, même chez les plus jeunes, âgés d'une dizaine d'années. Dévalant les pentes des montagnes de débris avec une agilité de chats sauvages, ils convergeaient vers les camérhinos dont les pots d'échappement crachaient une poix noire. Leurs hardes rafistolées flottaient autour d'eux comme des voiles de brume.

Fasciné, Pibe se releva et s'approcha machinalement d'un camion. Il croisa le regard du mec au crâne rasé qui avait tiré sur la femme. Il y lut une méfiance, une sauvagerie comparables à celle des loups qu'il avait entrevus à la télé – la TEU abusait des reportages animaliers destinés, selon la présentatrice, à célébrer la gloire de la Création. Les plus âgés des cailleras portaient, en signes distinctifs de leur autorité, des combinaisons de cuir surchargées de plaques métalliques ou de chaînes, ainsi que des pistolets ou des revolvers glissés dans leurs ceintures.

Tandis que les pillards s'entassaient à l'arrière du camion, le garçon au crâne rasé s'avança vers Pibe. Son énorme flingue pendait au bout de son bras ballant. Affolé, Pibe recula, se prit les pieds dans la couverture, s'étala sur une plaque de béton écaillé. Son premier réflexe fut de rabattre le bas de sa veste de pyjama sur son bassin découvert ; son second, de chercher ses parents du regard. Ils ne l'avaient pas étouffé d'affection, ni maltraité d'ailleurs, ils avaient balisé avec neutralité le territoire de son individualité, ils l'avaient élevé en gardant leurs distances, selon les préceptes de l'archange Michel, qui assimilait la tendresse à la faiblesse. Le regard du tueur le glaça de terreur. Il fixa jusqu'au vertige le canon du flingue, cet œil sombre d'où la mort pouvait surgir à tout instant, plus précise que la bombe, imparable. Une énorme envie de pisser, à nouveau.

« … as… core… rents ? »

Pibe mit une poignée de secondes à se rendre compte que le tueur s'adressait à lui. Il percevait de nouveau les sons, assourdis, comme s'ils traversaient un mur d'eau.

« T'as encore tes parents ? »

Pibe secoua la tête avec un peu trop de précipitation, se cogna la tempe à l'arête d'une pierre. Le garçon au crâne rasé enfonça son flingue dans sa ceinture, se dirigea d'une allure de fauve vers l'arrière du camérhino le plus proche, se retourna avant de grimper dans la remorque bâchée.

« Si tu veux venir avec nous, t'es le bienvenu ! hurla-t-il. On recrute. T'as le choix : c'est nous, ou une école prophétique ! »

Le ululement de la sirène couvrit en partie sa voix. Pibe ne réagit pas lorsque le camion s'ébranla dans un grincement d'essieux et gagna en cahotant la partie relativement dégagée du boulevard. Puis, tandis que deux secouristes se précipitaient vers lui, il prit sa décision. Davantage un réflexe qu'une décision. Son corps pensait à sa place. Il bondit sur ses jambes et fonça vers le camion, oubliant la couverture, oubliant la serviette, oubliant sa nudité. Quelques voix s'élevèrent derrière lui, lui ordonnèrent de s'arrêter, mais personne ne tenta de le retenir. Le tueur au crâne rasé se pencha sur le hayon élévateur du camion, agrippa d'une main une saillie métallique et tendit le bras dans sa direction. Le véhicule ne ralentirait pas, c'était à lui de combler la distance, à lui de prouver qu'il avait la capacité d'intégrer la caillera. Des garçons et des filles l'observaient par les interstices de la bâche ; leurs yeux luisaient comme des étoiles vives dans un ciel clandestin. La terreur et la fatigue de la nuit le rattrapaient, lui sciaient les jambes, lui déchiraient les poumons, lui serraient les dents. Il sentait sur sa nuque le souffle de l'école prophétique, sa réputation pourrie, son service religieux tous les matins à 5 heures, son étude trois heures par jour de l'Ancien et du Nouveau Testament, sa discipline de fer, ses châtiments corporels, et même, même, les mutilations des malheureux surpris à se branler.

Des gravats éparpillés sur le bitume freinèrent le camion. Pibe accéléra l'allure et saisit la main du garçon au crâne rasé. Soulevé du sol, hissé sur le hayon élévateur, poussé entre les pans faseyant de la bâche, il s'affala sur un plancher raboteux et vibrant. Autour de lui, un bric-à-brac d'objets de récupération, des chaussures, des jambes ; plus haut, une ronde de bouilles juvéniles extraites de la pénombre par des stries lumineuses. Leurs regards rigolards lui rappelèrent qu'il se présentait à eux sans pantalon ni caleçon. Bien qu'exténué par la violence de l'effort, il se redressa, ramena ses genoux contre sa poitrine, passa les bras autour de ses jambes et s'adossa au pied d'une table à demi défoncée.

« Salut, moi, c'est Stef. Certains m'appellent Fesse, mais, franchement, je préfère Stef. »

Posée sur un coin de la table, la fille s'était penchée sur lui pour lui glisser ces quelques mots à l'oreille. Une grande, quatorze ou quinze ans, peut-être seize, de longs cheveux noirs hérissés de mèches claires et drues, le teint pâle, des yeux si clairs qu'ils paraissaient transparents, pas de maquillage, pas de piercing, ni même de chaîne ou de boucles d'oreilles, rien de cette ferraille en général prisée par les meufs.

« Et toi ? »

Pibe s'appliqua à reprendre son souffle avant de répondre. Elle lui faisait un drôle d'effet, l'impression de l'avoir déjà rencontrée dans un rêve, dans une autre réalité. Les autres, bercés par le ronronnement et les tremblements du camion, ne leur prêtaient plus attention.

« Pibe.

— C'est ton vrai nom ?

— Le père de mon père adorait un joueur de foot, un Argentin, El Pibe de Oro. Ça veut dire le gamin en or, j'crois.

— Ils sont où, tes parents ?

— La bombe, elle les a... »

Une crue de larmes emporta les mots de Pibe. Il ne les reverrait jamais, il n'avait plus de famille, plus de foyer, plus de passé, plus d'avenir. La fille s'assit près de lui et le serra dans ses bras avec une douceur et une tendresse que sa mère ne lui avait jamais prodiguées.

Stef n'avait intégré la caillera de la Croix du Sud que depuis deux semaines. Personne ne lui avait demandé d'où elle venait, ni comment elle avait atterri dans le coin. Elle se montrait efficace dans le pillage et redoutable dans le maniement des armes, elle obéissait aux ordres sans rechigner, des critères amplement suffisants pour se ménager une bonne place dans l'organisation. Elle avait juste fait savoir qu'elle ne voulait pas être dérangée, et, hormis quelques indécrottables qu'elle envoyait balader d'une parole ou d'un regard assassin, les mecs lui fichaient la paix. Elle avait tout ce qu'il fallait pour les allécher pourtant, un corps pulpeux qu'elle promenait sans pudeur dans les couloirs des douches, une peau couleur de lait, des seins arrogants, des hanches généreuses, des fesses rondes et haut perchées – peut-être l'origine du surnom de Fesse. Elle était intervenue à deux reprises pour éviter à Pibe les affres du bizutage. Des garçons et des filles de douze, treize ans, avaient coincé le bleu dans un garage et entrepris de lui retirer les sapes qu'on lui avait données afin de lui enduire le corps de graisse et de poudre, une coutume destinée à le familiariser avec son nouvel univers. Stef n'avait pas eu besoin de hurler ni de menacer, il lui avait suffi d'apparaître pour que les bourreaux se dispersent comme une grappe de souris surprises par un chat. Elle avait aidé Pibe à se rhabiller. Les effleurements de ses mains sur sa peau lui avaient laissé des souvenirs enchantés. La seconde fois, quatre garçons avaient accusé le nouveau de leur avoir dérobé une boîte de barres chocolatées et s'étaient chargés d'appliquer la sentence: une grêle de coups de pied et de poing. Comme il n'avait pas appris à se battre, il s'était recroquevillé sur le sol, la tête et le ventre protégés par les bras et les jambes. Stef s'était jetée dans la mêlée avec une fureur de lionne et avait mis les quatre justiciers en déroute. On avait appris ensuite qu'ils avaient porté de fausses accusations pour graver dans l'esprit du nouveau les principes élémentaires de la hiérarchie. Les lois de la caillera, elles, leur avaient valu dix jours d'isolement dans des cellules de deux mètres carrés sans lumière ni eau ni chiottes, « pour leur apprendre à vivre avec leur merde », avait déclaré Sangoan, commandant de la Croix du Sud.

Depuis, plus personne n'avait cherché des noises à Pibe. Ses blessures et ses brûlures s'étaient cicatrisées, la rumeur de la bombe s'était tue en lui. Un décurion avait chargé Salomé, dite Sol, une fille de onze ans, de lui inculquer les rudiments de la vie communautaire. Les trois règles de base n'étaient pas difficiles à mémoriser : obéir aveuglément aux ordres de son supérieur direct, ne pas foutre le bordel, ne pas emmerder son voisin.

« On appelle ça l'Oborsin, précisa Salomé en remontant une mèche de ses cheveux. OB comme obéir, BOR comme bordel, SIN comme voisin. Ça veut rien dire, c'est juste un truc pour se souvenir. »

Drôle de fille, Salomé, plus maigre qu'un chat errant, des cheveux châtains à la fois raides et rebelles, des yeux noisette et mornes, toujours emmitouflée dans un fatras de fringues trop grandes pour elle. Elle portait en permanence des gants troués. Elle occupait le lit voisin dans le dortoir de leur décurie et s'arrangeait, comme la plupart des filles, pour ne dévoiler d'elle que sa face chiffonnée ou ses pieds déformés par ses bottes.

Ils dormaient sous les toits d'une ancienne usine désaffectée et transformée en logements sommaires. À chacun était allouée une armoire métallique fermée par un cadenas dans laquelle il pouvait ranger ses effets personnels et, à condition d'avoir un minimum de fric, les confiseries achetées à la coopérative de la caillera.

Salomé avait perdu sa famille lors d'un raid sanglant de la Croix du Sud et suivi sans hésitation les assassins de ses parents. Dans la caillera, elle mangeait au moins à sa faim, elle se sentait en sécurité, et surtout elle ne subissait plus les agressions de son père, un auxiliaire de la légion, un gros porc.

« J'ai craché sur son cadavre, dit-elle avec une moue de dégoût. Et sur celui de ma mère. Elle n'a jamais rien fait pour l'empêcher de me… enfin, tu vois, de… de… »

Sol se crispa, se mordit la lèvre inférieure pour ne pas éclater en sanglots, puis entraîna Pibe dans une visite guidée des bâtiments ; le quartier du commandant Sangoan, des trois capitaines et des neuf centurions, disposant chacun d'un appartement ou d'une chambre individuelle ; la maison des décurions, répartis dans des chambrées de trois ou quatre lits ; les parties communes, le réfectoire, les cuisines, les garages, les ateliers, le dépôt des marchandises et enfin, aménagé dans les anciennes caves, l'arsenal. Une dizaine de soldats des deux sexes gardaient en permanence les milliers d'armes tapies sur des rayonnages, pistolets, revolvers, pistolets-mitrailleurs, fusils d'assaut, lance-roquettes. Les ampoules nues éclairaient également, posées sur des palettes, des caisses de munitions, de grenades, de détonateurs et de ceintures d'explosifs.

« Tu pourras bientôt en choisir un… »

Sol tira du fouillis de ses vêtements un pistolet sombre qu'elle leva et examina dans le halo d'une ampoule pendue au bout d'un fil torsadé.

« Moi, j'ai pris celui-là, un Baby Eagle, un ancien cz75, dix-sept coups, un kilo. Je l'adore. C'est mon baby. Il dort avec moi. Là. » Elle désigna son ventre d'un mouvement de menton avant de reprendre : « Il me garde et me tient chaud. Le prochain qui m'emmerde, il se prend un pruneau en plein dans la… dans les… »

Des larmes de haine scintillèrent entre ses cils.

« On te donnera l'équivalent de cinq magasins. Quand ils seront vides, à toi de te démerder pour te fabriquer tes balles. On a tout le matos qu'il faut. J't'apprendrai. »

Les gardes n'étaient pas beaucoup plus âgés qu'elle, mais leur gravité et leur fatigue creusaient leurs traits et révélaient les vieillards qu'ils auraient pu devenir un jour – le père de Pibe disait que l'espérance de vie de ces petits démons ne dépassait pas les vingt-cinq ans. « Les voies de Dieu se confondent parfois avec les voies de la sélection naturelle », ajoutait-il, les joues gonflées, fier de sa formule.

Papa, maman, Marie-Anne... Il les oubliait déjà, ils n'étaient plus que des souvenirs en lambeaux, des êtres dont il avait le plus grand mal à reconstituer les traits, des fantômes, des abstractions.

Salomé l'entraîna devant les masques à gaz et les combinaisons alignés sur des portants métalliques. On aurait dit que l'armée des clones de l'épisode II de *La Guerre des étoiles*, l'une des rares séries de films non censurés par la commission Jeunesse & Morale, s'était rassemblée dans l'arsenal souterrain de la Croix du Sud.

« Faudra aussi apprendre à enfiler ça. Sangoan dit que le protocole de Mumbaï, c'est de la merde, que le Jihad peut nous balancer à tout moment des bombes nucléaires, chimiques ou bactérilo... enfin, pleines de microbes, ou même chargées de bouts d'ADN qui agissent sur le cerveau, enfin ça te rend complètement débile.

— Quand on le saura, ce sera trop tard, objecta Pibe.

— T'es ouf ! C'est bourré de détecteurs, ici. Ils gueulent leur mort quand ils captent une modification de l'air et de l'eau. T'inquiète pas : on sera prévenus à temps. »

Pibe ne partageait pas l'optimisme de Salomé, mais, en tant que nouveau, il préféra garder ses impressions pour lui. Il avait hâte maintenant de sortir de l'arsenal, hâte de respirer un air débarrassé de ses relents de métal et de renfermé.

« Je vois pas comment je pourrais choisir un flingue, murmura-t-il, j'ai jamais tiré de ma vie. »

Elle l'enveloppa d'un regard indéfinissable, entre étonnement, pitié et nostalgie, et pointa le canon du Baby Eagle sur la porte.

« J't'emmène au pas de tir. »

Situé dans le prolongement de l'un des garages, sur les berges sablonneuses de la Loire, le pas de tir était désert. Personne n'aurait eu l'idée saugrenue de dilapider sa réserve de balles pour un simple exercice. Salomé concéda huit projectiles à Pibe, soit la moitié de son chargeur. En échange, il l'aiderait à refaire le plein, elle en profiterait pour lui apprendre les calibres, les dosages de poudre et le maniement des machines, trois ou quatre heures de boulot. Elle choisit pour cible une silhouette humaine à demi déchiquetée, dressée une vingtaine de mètres plus loin. Pas le choix de toute façon : le système de remplacement automatique des cibles ne fonctionnait plus depuis des lustres. Elle expliqua à Pibe comment déverrouiller le cran de sûreté du flingue, armer, viser, presser la détente. Elle tira la première balle. Pibe vit apparaître une étoile noire supplémentaire dans la région du cœur de la silhouette humaine. Il vit aussi les yeux de Sol se dilater et son visage de fouine se métamorphoser en un masque guerrier, terrifiant.

« T'as… t'as déjà tué quelqu'un ? »

Elle replia le bras et posa sur son flingue un regard d'adoration avant de le tendre à Pibe.

« C'est mon baby, fais-y super attention. Ah ouais, j't'l'ai pas encore dit : faudra que tu descendes un légionnaire ou un keuf dans les quinze jours pour faire vraiment partie de la Croix du Sud. »

« On a fini par l'avoir, cet enc… ce fumier ! »

Il était rentré à la tombée de la nuit après une journée de siège, puant la poudre, la sueur et le vin aigre. Elle lui avait servi le dîner dans la cuisine, le ragoût de la veille réchauffé au micro-ondes. Il avait posé son fusil-mitrailleur sur le verre fumé de la table circulaire. Acheté une fortune deux mois plus tôt à un trafiquant d'armes, il ne s'en séparait jamais, pas même pour travailler ou dormir. Il bourrait de balles et de grenades les innombrables poches de sa veste de treillis, un arsenal ambulant complété par un poignard dont il laçait la gaine autour de sa cuisse et par un casque cabossé, rouillé et légèrement trop petit pour son crâne.

Elle se tenait à l'écart, debout contre le frigo, ne sachant pas s'il avait eu son compte de violence ou s'il n'avait pas tout à fait évacué son besoin de cogner. Il lui arrivait parfois de la frapper à coups de poing jusqu'à ce qu'elle s'effondre, puis de la bourrer de coups de pied avant de lui retrousser sa robe, de lui arracher sa culotte et de la posséder, ensanglantée, à moitié morte, sur le carrelage.

Les chuchotements inquiets des gosses couchés depuis peu s'immisçaient entre les lattes du plancher. Le plus gros défaut de la maison, un bien grand nom pour une baraque en préfabriqué qui ployait et gémissait sous le poids de ses vingt-cinq ans, c'était son défaut total d'isolation phonique, son manque désespérant d'intimité. Vraiment pas le logement de ses rêves. Elle grimpait régulièrement sur la toiture pour changer les tuiles ou déboucher les chéneaux, épuisait son temps et son dos en travaux de plomberie, d'électricité ou de maçonnerie.

Lui ne fichait strictement rien en dehors de son boulot. Il ne bossait pourtant qu'un jour sur deux. Son employeur, l'usine de pièces métalliques du bourg voisin, souffrait selon le journal local d'une conjoncture économique difficile : l'enlisement de la guerre sur le front Est ne favorisait pas l'utilisation des chars et autres engins militaires, l'industrie automobile traversait un véritable désert depuis une bonne douzaine d'années. Il se contentait de chasser, de braconner, de boire et de traîner avec ses copains, des bons à rien dont le cerveau tombait peu à peu dans le cou et dans le ventre. Sa bande s'était acoquinée avec l'auxiliaire de la légion du village, une brute forte en gueule et dotée de deux énormes poings qui avaient fracassé plus d'une mâchoire récalcitrante – les mauvaises langues insinuaient que le représentant de l'autorité officielle organisait lui-même les divers trafics dans les environs, armes, excitants chimiques, cigarettes, alcool.

« Il a descendu Raphaël, cet enc… ce salaud ! Et puis aussi Jean, le fils Maraud. Une balle entre les deux yeux. Tu te rends compte, les pauvres gosses. Et puis il a blessé Rémy à la guibolle. Heureusement que Guy a fini par le toucher. Quand on l'a chopé, putain, il a dégusté, crois-moi ! Reste pas grand-chose de lui. Mais on n'a pas trouvé sa bonne femme, la moricaude, ni ses bâtards de gosses. Envolés, les zoziaux. »

Elle garda le silence, les yeux baissés sur le sol. Elle remarqua une fissure nouvelle, une ligne brisée, un éclair figé entre les carreaux grisâtres. L'odeur persistante de la fosse septique, engorgée depuis des lustres, lui parut plus âpre que d'habitude, insupportable. La pluie tombait pratiquement sans interruption depuis le mois de novembre. Ni les feux de cheminée ni le chauffage ne réussissaient à chasser l'humidité pénétrante. Même s'ils habitaient une région épargnée par les bombardements, ils subissaient les mêmes coupures quotidiennes d'électricité et d'eau que le reste du pays, ils enduraient les mêmes pénuries d'essence et de produits de première nécessité.

« On lui a fait bouffer ses couilles et ses tripes, à ce fumier ! Tu l'aurais vu gueuler ! Un vrai veau ! Marié à une ousama, tu te rends compte ? Les Judas, faut tous les zigouiller ! »

Elle acquiesça d'un vague hochement de tête. Elle aurait bien aimé, elle, que le Judas en question dégomme les abrutis, y compris son mari, qui avaient pris d'assaut sa maison. Ce n'était sûrement pas une pensée chrétienne, mais la religion revisitée par l'archange Michel n'avait rien de très chrétien elle non plus. Les légionnaires avaient renvoyé les femmes dans leurs foyers et réservé l'espace public aux seuls hommes. Ils régnaient de nouveau en maîtres, recouvrant ces réflexes tyranniques un temps estompés par les errements féministes de la fin du XXe siècle. Rien que dans le village, un bon nombre de femmes et de filles étaient battues, violées, séquestrées, humiliées.

Comme elle.

Il lui adressa par-dessus sa fourchette un regard égrillard, un regard chaviré de vinasse et de mauvais désir qu'elle ne connaissait que trop bien. Cette nuit, elle passerait à la casserole, il lui planterait son engin noueux et blessant, entre les cuisses, il mettrait un temps fou à l'inonder, engourdi par l'alcool, puis, une fois son affaire faite, il s'endormirait comme une bûche, l'abandonnant à ses frustrations, ses larmes et ses insomnies.

Elle traîna dans la cuisine longtemps après qu'il eut fini de dîner, ramassa ses frusques tachées de terre et de sang, balaya et nettoya l'évier trois fois de suite, retarda jusqu'à l'inéluctable le moment du coucher. Elle espérait qu'il s'endormirait, mais elle sut qu'elle n'échapperait pas à la corvée de foutre lorsqu'il la héla d'une voix impatiente au travers du plafond. Alors elle se hâta, de crainte qu'il ne réveille les enfants et que, dérangé par leurs pleurs, il ne s'acharne sur eux. Par chance, elle avait réussi à obtenir une boîte de pilules du lendemain par Christelle, sa meilleure amie. Elle avait déjà mis au monde un garçon et une fille, elle n'avait plus envie de croître et de multiplier dans l'Éden sans avenir de l'archange Michel. Elle se déshabilla dans la salle de bains, se rafraîchit le visage, s'examina dans le miroir, se trouva terne de la tête aux pieds, se brossa les dents puis, avant de passer sa chemise de nuit, se versa quelques gouttes d'huile d'amande sur les doigts. Elle s'en enduisit la vulve, résista à la tentation de prolonger la caresse, se rendit dans la chambre, s'allongea aux côtés de son mari, se crispa dans l'attente de la saillie. Il lui retroussait d'habitude sa chemise de nuit en guise de préliminaires, se perchait sur elle en soufflant comme un bœuf, lui écartait les jambes du genou et la pénétrait d'un puissant coup de bassin. Sans l'huile, elle aurait eu l'impression d'être perforée par une barre chauffée à blanc. La lubrification, un des nombreux trucs que lui avait appris Christelle. Personne ne lui avait donné le mode d'emploi de l'amour, et elle n'avait pas connu d'autre homme que celui qu'on lui avait imposé comme mari à l'âge de dix-huit ans.

Un ronronnement lourd, régulier, sabrait le silence, un tapage nocturne synonyme pour elle de soulagement, de délivrance. Il avait sombré dans le sommeil, vaincu par le vin et les émotions du jour. Elle contint un cri de joie, attendit encore quelques instants pour s'assurer qu'il s'était bel et bien endormi, puis sa main se faufila entre ses cuisses et, contrôlant son souffle, elle acheva ce qu'elle avait commencé dans la salle de bains.

Elle admirait la maison de Christelle, une bâtisse de pierre, vaste, lumineuse et parfaitement entretenue. Elle aimait par-dessus tout l'envolée majestueuse de l'escalier, les arabesques du chemin aux tons pourpres, la fenêtre aux allures de vitrail d'où dégringolaient des cascades de lumière ambrée.

« Et sa femme ? Et ses gosses ? »

L'autre visiteuse s'était présentée comme la présidente régionale d'une association archangélique chargée de réunir des fonds pour les plus démunis, entre autres les familles victimes des bombardements et les enfants de légionnaires morts au front. Une femme sans âge, les cheveux tirés en chignon, vêtue d'un tailleur austère. Ses yeux clairs, pétillants, démentaient ses allures de grenouille de bénitier.

« Ils sont probablement en sécurité, répondit-elle. Nous les avons vus prendre le train.

— Personne ne les a dénoncés ? »

Christelle versa le café dans les trois tasses et retira le couvercle d'argent du sucrier.

« Nous ne le saurons jamais.

— Qu'est-ce qu'ils deviennent, les musulmans capturés par les légionnaires ? »

La présidente haussa les épaules.

« Personne ne sait au juste. On suppose qu'ils sont expulsés d'Europe. Ou parqués dans des camps. »

Les trois femmes papotèrent un moment et grignotèrent des gâteaux secs avant d'entrer dans le vif du sujet. Dehors il pleuvait, la nuit s'invitait en plein jour, le mois de juin s'enfonçait dans une morosité pathétique.

« Christelle me dit que vous souhaitez rejoindre notre association... »

Elle remua sur sa chaise et acquiesça d'un clignement de cils, effrayée tout à coup par sa propre audace. Elle but une gorgée de café pour masquer son trouble. Pourtant meilleur que les lavasses servies dans la plupart des autres maisons, le café de Christelle n'avait qu'un lointain rapport avec le breuvage noir et velouté de son enfance.

« Vous a-t-elle parlé de la nature exacte de notre activité ? »

Deuxième battement de cils. Elle avait cru comprendre que l'association recueillait les dons, organisait les ventes de charité, les distributions semestrielles de vêtements et de nourriture, et aussi qu'elle servait de couverture à des activités nettement moins archangéliques.

« Vous a-t-elle dit que nous agissons à différents niveaux ? »

Christelle n'avait jamais précisé d'où venaient les pilules du lendemain, ni comment la petite Isabelle Durveille, une gamine de quinze ans, avait réussi à se faire avorter, mais les fils s'agençaient en cet instant, elle prenait conscience qu'elle s'engageait dans un réseau clandestin, qu'elle franchissait une frontière dangereuse. Son cœur s'emballa, sa respiration se suspendit, son ventre se noua. Elle devrait apprendre à fermer davantage son corps, son visage et ses yeux, à maintenir la distance du secret avec ses proches.

« En quoi consistent… en quoi consistent… »

Elle ne trouva pas les mots pour aller au bout de sa question. Elle avala d'une seule gorgée le contenu de sa tasse. L'acidité du café se prolongea en piques acérées sous ses mâchoires.

« Une réunion par mois. Dans l'une ou l'autre des grandes villes les plus proches. Une par an à Paris. Avec d'autres associations. Sans compter les services et les activités… annexes. »

La présidente reposa sa tasse sur la soucoupe avec une délicatesse affectée. La pluie redoubla de violence. Son crépitement évoqua le grondement d'une escadre de bombardiers. Les ténèbres se déployèrent dans la maison comme une armée d'ombres.

« Vous serez tenue informée par nos correspondantes. Vous pouvez nous demander n'importe quel service par ces mêmes correspondantes, Christelle en l'occurrence. Nous essaierons de le satisfaire. Dans la mesure de nos possibilités. Certains d'entre eux sont gratuits, d'autres payants. La cotisation annuelle, elle, est fixée à quinze euros. Je dois partir maintenant. Avez-vous des questions ? »

Des questions roulaient en effet dans le fond de sa gorge ; elles ne concernaient pas l'association, mais la réaction de son mari, les mensonges qu'elle serait obligée d'inventer, les risques qu'elle encourait à enfreindre la loi archangélique, pour elle et ses enfants. Elle mourrait de chagrin si on lui arrachait la chair de sa chair pour l'envoyer pourrir dans une école archangélique.

« Jusqu'à maintenant, nous n'avons pas eu d'ennuis avec la légion, reprit la présidente. Et nous n'en aurons pas tant que chacune d'entre nous tiendra sa langue. Nous devons apprendre à nous méfier de tout. Des enfants surtout. Nous ne disposons plus que d'une liberté restreinte. À nous de la préserver, et de l'étendre. »

Elle rentra chez elle perplexe après s'être acquittée des quinze euros de la cotisation annuelle. Elle récupéra les enfants chez sa belle-sœur, une harpie dont le pavillon délabré s'affaissait au cœur d'un océan d'épaves rouillées. Il lui semblait que chacun des hommes et des femmes qu'elle croisait lisait dans ses yeux comme dans un livre ouvert.

« Madame Priou ! »

Elle sursauta, serra les mains de ses enfants et finit de

traverser la rue principale. Une silhouette massive surgit de la nuit naissante et fondit sur elle, l'auxiliaire de la légion, béret noir, lunettes noires, uniforme noir frappé de la lance d'argent, bottes noires. Elle s'arrêta et le laissa approcher, le cœur affolé, les yeux rivés sur le bout de ses chaussures.

« Content de vous voir, madame Priou. »

Elle lui tendit son plus beau sourire contraint. Il la dominait de pratiquement deux têtes. La douceur presque enfantine de son visage offrait un contraste saisissant, presque obscène, avec la grosseur de ses poings, l'épaisseur de son cou, la largeur de ses épaules. Un vernis vermeil plaquait la crosse du pistolet saillant de l'étui passé dans sa ceinture, ainsi que la lance minuscule épinglée sur le devant de son béret. Les villageois se demandaient pourquoi il n'avait pas été affecté au front Est. Pas un d'entre eux n'avait eu l'audace de lui poser directement la question.

« Je voulais vous dire : votre mari, il a fait preuve d'un grand civisme, d'un grand courage. J'envisage… »

Il retira son béret et lissa ses cheveux châtain clair du plat de la main. Elle respira une furtive mais écœurante bouffée de sébum. Des gouttes éparses dégringolèrent des nuages éventrés. Une rigole jaunâtre charriait des papiers, des feuilles et des brindilles le long du caniveau. L'ombre humide et tentaculaire de l'église s'étendait sur les maisons resserrées autour de la place principale.

« J'envisage de le recommander au nid légionnaire de la région. Il ferait un bon auxiliaire. Il devrait pour ça suivre une formation de six mois. L'idée de séparer une famille ne plaît à personne, mais, en contrepartie, il gagnerait deux ou trois fois plus qu'à l'usine, il prendrait du galon, vous bénéficieriez d'un logement correct, vous seriez classée en ravitaillement prioritaire. Qu'est-ce que vous en pensez ? »

Elle devina, à sa voix, à son comportement, que cette

proposition enrobait des intentions nettement moins avouables. Le feu de son regard lui incendiait la face à travers le verre teinté de ses lunettes. Peu d'hommes avaient jeté leur dévolu sur elle, mais elle savait reconnaître le désir dans leurs manières, dans leur voix, dans leurs silences. Elle se surprit à penser qu'elle aurait dû passer une robe un peu plus gaie, un peu plus courte, se laver les cheveux, enflammer ses joues creuses et pâles.

« C'est lui le premier concerné, répondit-elle. Qu'est-ce qu'il en pense ?

— Je voulais d'abord avoir votre assentiment avant de lui en parler. »

L'idée d'être débarrassée pendant six mois de son mari ne pouvait que la séduire, mais elle se retrouverait désemparée, sans défense, face aux entreprises de l'auxiliaire de la légion. Elle ne savait pas si elle gagnerait au change : elle avait appris à composer avec son bourreau quotidien. Ses enfants la tiraient impatiemment par les bras, sans doute avertis par leur instinct que leur mère courait un danger. Qu'est-ce qu'elle risquait dans le fond ? Malgré sa carrure imposante, l'auxiliaire pouvait difficilement se montrer plus brutal que son mari. Et puis elle n'était plus seule désormais, elle appartenait à une organisation clandestine, ses consœurs l'aideraient à le repousser au cas où il se montrerait trop pressant, au cas où elle choisirait de ne pas céder à ses avances.

« Je… je vous la donne.

— Quoi donc ?

— Eh bien, mon approbation. »

Elle eut l'impression, en prononçant ces mots, de lui entrebâiller la porte de sa chambre. Elle baissa la tête pour dissimuler sa rougeur, ce feu aux joues et au front qu'elle avait appelé de tous ses vœux quelques instants plus tôt, puis, feignant d'être entraînée par les enfants, elle se jeta comme une voleuse dans la première ruelle.

Après avoir couché les enfants, elle fit part à son mari de son intention de s'engager dans une association caritative et de se rendre aux réunions au moins une fois par mois. À sa grande surprise, il n'essaya pas de l'en dissuader. Elle en comprit les raisons lorsqu'il lui annonça, la moustache et le ventre bouffis d'orgueil, que l'auxiliaire lui avait proposé d'intégrer la légion, une opportunité qu'il n'avait le droit de manquer sous aucun prétexte, même s'il lui fallait partir six mois dans les Carpates, en Roumanie, le berceau de l'archange Michel et de ses légions. Elle l'assura de tout son soutien, bien que « triste à l'idée d'être séparée de lui pendant six longs mois ». Il fêta sa promotion en la prenant sur le canapé du salon avec sa délicatesse coutumière, puis il remonta son pantalon et sortit pour une « affaire urgente » – retrouver ses compagnons de beuverie au troquet du village.

Elle reçut quelques jours plus tard un coup de fil de Christelle.

« C'est bien ton anniversaire la semaine prochaine ? »

Ah oui, tiens, elle n'y pensait plus… Ses derniers anniversaires s'étaient soldés par les mêmes soirées que d'ordinaire, solitaires, mornes, bercées par le fond sonore et visuel de l'antique télé. Depuis que la commission *M & M*, Média & Morale, avait pris en main les destinées culturelles de l'Europe, la plupart des téléviseurs avaient été rétrogradés au rang d'aquariums.

« L'association organise une petite fête à Paris. Je t'y emmène.

— Paris ? Mais… mais je n'ai pas prévenu mon mari. Et puis il faut que je trouve une solution pour les enfants…

— On se débrouillera. Jeudi prochain. Officiellement, il s'agit d'une réunion de préparation à la prochaine vente de charité. Officieusement, je te promets une soirée… décapante. Départ chez moi vers 20 heures. Je te confirme tout ça dimanche à la sortie de la messe. »

La messe, personne ne l'aurait manquée au village, moins par conviction que par peur des représailles. Le déploiement des légions de l'archange Michel avait de nouveau rempli les églises, les prêtres s'étaient multipliés comme des petits pains, avaient renoué avec les joies de la soutane, réappris le latin, reconquis cette cène centrale qu'ils avaient crue à jamais désertée. La vitesse à laquelle Rome s'était adaptée à l'émergence d'un catholicisme passéiste et fanatique sur les frontières orientales de l'Europe faisait dire à certains que le pape Jean-Paul III et la curie avaient eux-mêmes programmé le phénomène archangélique.

« À dimanche. »

Pour elle la messe n'était qu'une corvée supplémentaire dans une vie placée sous le signe du labeur, du fardeau, de la peine. Son mari, lui, approuvait à trois cents pour cent la pose de la chape catholique sur les territoires européens.

« Sans la légion, y a bien longtemps qu'on ploierait sous le joug de ces fumiers d'ousamas. »

Il se réappropriait, avec plus ou moins d'habileté, les arguments qu'il avait entendus à plusieurs reprises dans des bouches officielles.

Elle reposa le combiné et s'assura, par la fenêtre, que les enfants jouaient toujours dans le jardin.

Jeudi prochain.

Elle frémissait de curiosité. Un peu moins d'une semaine à patienter. Le temps se coagulait déjà comme du sang.

Car la mort est certaine pour ce qui est né, et la naissance est certaine pour ce qui est mort. Veuille je te prie ne pas t'affliger de ce qui est inévitable.

Bhagavad-Gîtâ,
Traduit du sanskrit par J. M. Rivière II-27.

« Tuer un keuf ou un auxiliaire de la légion… » avait dit Sol.

Plus facile à dire qu'à faire.

Jamais l'occasion de buter son homme ne s'était présentée à Pibe. La Croix du Sud avait pourtant effectué trois razzias depuis le bombardement qui avait coûté la vie à ses parents et à sa sœur. Il n'avait pas non plus cherché à provoquer la chance. Le décurion lui avait remis provisoirement un flingue, un vieux et volumineux Mauser avec le magasin devant le pontet, ainsi que trois chargeurs. Il choisirait son arme définitive lorsqu'il serait admis officiellement dans la caillera.

Ils avaient pillé un quartier éventré par une grêle de missiles, chinant principalement le fric, les bijoux et autres objets de valeur au milieu des cadavres et des meubles déchiquetés. La Croix du Sud arrivait à peu près en même temps que les secours et toujours avant les forces de l'ordre. Les pillards disposaient d'un peu moins d'une heure pour nettoyer les décombres, un temps très court qui requérait une organisation sans faille. La règle était simple : au premier coup de sifflet, on cessait les fouilles et on se repliait à toute allure vers les véhicules. Tant pis pour les retardataires. Jamais un camion ne rebroussait chemin pour récupérer un caillera négligent ou distrait. Celui-là tombait au mieux entre les mains des keufs ou des auxiliaires de la légion, au pire entre les griffes de survivants fous de douleur et de colère. Pibe, lui, avait détalé comme un lapin dès qu'il avait entendu le coup de sifflet. Talonné par la peur, il avait dévalé sans toucher terre les collines de décombres et s'était propulsé d'un bond de géant sous la bâche du camion. Il ramenait pour tout butin une poignée de bricoles sans valeur, de la bimbeloterie que le centurion avait jetée avec négligence dans un grand sac-poubelle.

Pibe avait cru un moment qu'il couperait aux formalités d'admission, mais un soir, le décurion avait déboulé dans le dortoir et lui avait rappelé qu'il ne lui restait plus que deux jours pour gagner sa place dans la Croix du Sud. Et qu'il lui faudrait un témoin pour valider son examen. Le décurion, un garçon de dix-huit ans aux joues mangées par un mélange d'acné et de duvet, s'était assis sur son lit dans un gémissement de cuir et de ressorts fatigués.

« J't'aime bien, Pibe, mais si tu échoues, j'serai obligé de te jarter, tu piges ? »

Salomé lui avait lancé un regard désolé avant de s'enfouir sous les draps. Pibe ne pouvait compter sur elle ni sur aucun autre membre de la décurie. Ils aspiraient à la tranquillité en dehors des razzias. Pas question de prendre des risques inconsidérés pour servir de témoin à un nouveau qui, coincé par le temps, n'avait pas d'autre choix que se lancer dans une entreprise suicidaire. Personne n'avait envie d'embarquer sur une galère aux trois quarts coulée. Comment leur en vouloir ?

Assis sur son lit, Pibe regardait les heures défiler au

triple galop par la lucarne du plafond. La pluie se déversait en trombes sur les plaques de tôle ondulée. Il se remémorait les derniers instants avant l'explosion de la bombe, le bourdonnement des avions, les halètements, les gémissements, les frottements de ses parents, la peur tentaculaire, la terrible envie de pisser. Un film dégoulinant d'angoisse, de poisse. Un mauvais rêve. Il restait incapable de déterminer si sa famille lui manquait. Oui, sans doute, il s'attendait sans cesse à voir entrer ses parents et sa sœur quand une porte s'ouvrait, à les découvrir au bout des couloirs, derrière les tentures, de l'autre côté des cloisons. Ils continuaient de s'agiter en lui, informes, comme si la déflagration avait à jamais brouillé leur image.

La porte du dortoir s'ouvrit dans un grincement discret et livra passage à une ombre pâle et silencieuse. Pibe cessa de respirer jusqu'à ce qu'il reconnaisse Stef. Presque dix jours qu'il ne l'avait pas vue. D'après Sol, Fesse était coutumière de ce genre d'éclipse. Comme elle faisait partie des électrons libres, de ceux qui avaient le droit d'aller et venir à leur guise, elle n'avait de comptes à rendre à personne d'autre qu'au commandant Sangoan et aux centurions. Sol prononçait Fesse d'une voix acide avec une moue pincée. Elle n'aimait pas les grandes qui pendaient leurs seins à quelques centimètres du nez des garçons. Une fois, Pibe avait surpris Sol en train d'examiner sa PMP – poitrine morne plaine ou poitrine ma planche – dans l'un des miroirs embués des douches communes.

La peau de Pibe se hérissa. La visite nocturne de Stef réveillait son trouble. Elle portait un ample tee-shirt d'où s'évadaient ses jambes claires et nues qu'elle croisa en se posant sur le bord du lit.

« Paraît que t'as pas encore réussi ton épreuve, Pibe, chuchota-t-elle. Tu ferais bien de te dépêcher, il ne te reste plus qu'un jour et une nuit.

— J'trouve personne pour me servir de témoin », bredouilla-t-il, les yeux embués de larmes.

Il n'ajouta pas qu'il crevait de trouille à l'idée de flinguer un homme, fût-il le représentant le plus dégueu de l'espèce humaine. Elle se pencha sur lui. Il respira son odeur à pleines narines, un mélange de sueur, de savon et de parfum légèrement rance. Il se contint pour ne pas plonger les yeux dans l'échancrure de son tee-shirt. Il aurait donné n'importe quoi pour qu'elle allonge le bras, qu'elle glisse la main sous sa chemise.

« Tu me l'as proposé, à moi ?

— Pourquoi ? Tu… tu veux bien ?

— À condition qu'on parte tout de suite. On a déjà trop perdu de temps.

— Mais le décurion…

— Il n'y a pas eu de bombardement cette nuit, il n'y aura pas de raid demain.

— Et le couvre-feu ?

— N'oublie pas ton flingue. »

Il attendit que Stef s'éloigne pour repousser les draps et se lever. Sur le lit voisin, Sol s'appliquait à jouer la parfaite endormie, respiration profonde, traits figés, mais il surprit une étincelle d'éveil entre ses paupières closes. Il enfila son pantalon, ses chaussures, récupéra le gros Mauser et les balles dans l'armoire métallique, passa le blouson récupéré lors du dernier raid avant de se lancer sur les traces de Stef.

Ils traversèrent l'île déserte sous une pluie battante et franchirent la passerelle de bois qui enjambait le bras du fleuve. La ville gisait dans un trou noir d'où surgissaient les façades grises des immeubles et les lignes brisées des monceaux de gravats. Pas une lumière n'égayait la nuit, pas même les phares d'une bagnole, ni un éclat de lune ou une poussière d'étoile sur la surface frissonnante de la Loire. Comme tous les soirs, la CER, la Compagnie des énergies réunies, avait coupé l'électricité et plongé la ville, la région, le pays, l'Europe entière dans des ténèbres sans fond.

Ils s'engagèrent sur un grand boulevard en direction du centre. Des mouvements furtifs agitaient l'obscurité. Des rats, omniprésents dans les ruines, mais aussi les SD, des hommes, des femmes, des gosses qui dormaient où ils le pouvaient, sous des abris fabriqués avec des matériaux de récupération, sous des bouts de tôle, sous des planches ou, pour les plus désespérés, à la belle étoile. Les bombardements jetaient chaque semaine des hordes de citadins à la rue. Ils perdaient tôt ou tard leur travail puisqu'ils n'avaient plus d'adresse, plus de téléphone, plus de vêtements de rechange, plus d'existence légale. Du jour au lendemain, des fonctionnaires, des cadres, des employés, des artisans en étaient réduits à mendier, à faucher, à se bagarrer comme des chiffonniers pour gagner leur pitance quotidienne. Débordées, les autorités avaient depuis longtemps renoncé à juguler les flots sans cesse grossissants des malchanceux des bombes. Les ambitieux programmes de relogement avaient été abandonnés à peine ébauchés. Après quinze ans de guerre sur le front Est, les caisses de l'Europe Unie avaient des allures de tonneau des Danaïdes. Quand il avait abusé du vin, le père de Pibe vilipendait les incapables qui, là-haut, à Bruxelles, jouaient avec *notre* argent, dilapidaient *nos* impôts, se gobergeaient avec *notre* fric. À jeun, il reconnaissait que les dirigeants européens agissaient au mieux de *nos* intérêts dans une période difficile.

Pibe peinait à suivre le train imprimé par Stef. Elle marchait d'une foulée ample, énergique, pressée de crever les rideaux de pluie. Elle gardait la main gauche glissée sous son treillis gris taché de noir et fermée sur la crosse de son Colt 22. Elle s'immobilisait au moindre bruit et balayait la nuit d'un regard d'oiseau de proie.

L'eau avait agrégé ses crêtes décolorées à sa crinière noire. Pibe tremblait de froid, de peur également, malgré la présence rassurante de Fesse. L'humidité débordait son blouson, s'infiltrait sous sa chemise, lui griffait la peau, le pénétrait jusqu'aux os. Il regrettait la tiédeur de son lit, le confort du dortoir, le martèlement tranquillisant des gouttes sur les tôles. Le canon du Mauser enfoncé dans la ceinture de son pantalon lui irritait l'aine et le haut de la cuisse.

« Bouge pas. »

D'un mouvement de menton, Stef désigna les trois silhouettes déployées sur le trottoir une dizaine de mètres plus loin. Elles avaient surgi de l'entrée d'un immeuble en partie soufflé par une explosion. Trois hommes aux crânes rasés, vêtus de manteaux de cuir droits, si longs qu'ils frôlaient le sol.

« Zombies », souffla Stef.

Ce mot fit à Pibe l'effet d'un coup de poignard au plexus. Il voulut prendre ses jambes à son cou, mais son corps refusa d'obtempérer, déconnecté, pétrifié. Pierre-Jean, à l'école, lui avait foutu les boules en lui parlant des zombies, des mecs complètement barrés, gavés de produits chimiques qui les rendaient insensibles à la douleur, des PVC, ou PBC, ou quelque chose d'approchant. Ils se mettaient en chasse entre minuit et 4 heures du matin, ils pendaient leurs proies par les pieds et leur arrachaient les ongles et les dents avant de les couper en petits morceaux. Pierre-Jean avait précisé que les keufs retrouvaient des victimes encore vivantes à l'aube, tellement amochées qu'ils préféraient les achever d'une balle dans la tête plutôt que de les envoyer à l'hosto, si, si, c'est son père qui le lui avait raconté, même que son père, il travaillait au bureau de la légion.

« Alors, la meuf, on fait prendre l'air à son petit frère ? »

La voix était subitement sortie de sa tonalité grave

pour se percher dans d'improbables aigus. Pibe aurait été incapable de dire lequel des trois avait parlé. Ils ne bougeaient pas, répartis sur toute la largeur du trottoir, leur immobilité avait quelque chose d'inexorable. Pibe se demanda pourquoi Stef ne donnait pas le signal de la débandade, pourquoi elle n'exploitait pas l'obscurité et la pluie. Avec un peu de chance, ils auraient pu semer ces tarés dans le dédale des rues et des ruines. L'autre solution aurait consisté à sortir les flingues et à les canarder comme les cibles en carton du pas de tir, mais ils donnaient l'impression d'être invulnérables, taillés dans un matériau à l'épreuve des balles. Une tache de chaleur s'épanouit entre les jambes de Pibe. Il était encore en train de se pisser dessus, ça sortait tout seul, en jets désordonnés, irrépressibles. Et merde.

« Appétissant, le menu de la nuit, hein ? »

Une autre voix, aux reflets métalliques, impersonnels.

« Pas très prudent pour de la viande fraîche de se balader à cette heure-ci sur le territoire des grands méchants loups. »

Salve de ricanements hystériques. Ils s'avancent sans hâte vers Stef et Pibe. Leur décontraction apparente dissimule une méfiance, une vigilance de tous les instants. Pibe lance un regard épouvanté à Stef. Elle n'esquisse pas un geste. Un cliquetis retentit, à peine perceptible, mais suffisant pour arrêter les zombies.

« La pute ! Elle est armée ! »

Stef tire au travers de sa veste. Les mains du zombie du milieu volent vers sa gorge, puis, comme projeté par son mouvement, il part en arrière et recule de quelques pas avant de s'effondrer sur le dos. Son râle se noie dans un gargouillis lamentable. Les autres marquent un temps d'hésitation que Stef met instantanément à profit. Un deuxième coup de feu atteint le zombie de droite à la poitrine. Il lâche un objet luisant, ondulant, une cordelette métallique, et s'affaisse contre le mur de l'immeuble. Ses membres claquent en cadence sur le béton du trottoir. Stef n'a pas besoin de gaspiller une troisième balle : le dernier zombie s'évanouit sans demander son reste dans les ténèbres battues par les trombes.

« Les zombies méprisent les flingues. Ils n'utilisent que les armes blanches. Un truc nostalgique. Leur code d'honneur. Et leur faiblesse. »

La pluie ayant redoublé de violence, ils s'étaient réfugiés dans une maison à laquelle il ne restait qu'un bout de toit. Bien qu'au sec et blotti dans la tiédeur de Stef, Pibe continuait de trembler de la tête aux pieds.

« Ils ne pouvaient pas s'imaginer qu'on appartenait à une caillera, poursuivit Stef.

— Pourquoi ?

— Les cailleras ne se déplacent habituellement qu'en bande. Ils nous ont pris pour de simples SD. Ils ne pensaient pas que nous étions armés. Ils sont nombreux à commettre la même erreur.

— Quelle erreur ?

— Juger sur les apparences. Sous-estimer l'adversaire.

— Qu'est-ce qu'ils nous auraient fait s'ils nous avaient chopés ? »

Stef s'écarta pour décontracter ses jambes. Pendant deux ou trois secondes, une éternité dans les circonstances, Pibe eut la sensation désagréable d'être expulsé d'un cocon doux et fragile. Elle revint se coller à lui et chasser de nouveau la froidure mordante.

« Ils nous auraient torturés jusqu'à l'aube. Ils auraient ensuite bouffé nos organes, le cœur, le foie, les reins… tes petites couilles. »

Joignant le geste à la parole, elle agrippa le bas-ventre de Pibe. Il frissonna, se souvint que son pantalon était imprégné d'urine, se liquéfia de honte.

« Ils sont cannibales, défoncés et jamais emmerdés : ils débarrassent les villes d'une partie de leurs SD. Je crois bien que ce sont les keufs et la légion qui leur fournissent leur saloperie de poudre. »

Pibe prit une longue inspiration avant d'expulser les mots qui lui obstruaient la gorge. Tricher avec elle était au-dessus de ses forces, il aurait eu l'impression de souiller ses yeux clairs.

« Tu devrais… ôter… ta… ta main, j'ai… j'ai…

— Pissé sur toi ? Tu crois que je ne l'ai pas remarqué ? Tu crois que je n'ai pas de nez ? »

Il balança entre honte et vertige jusqu'à ce qu'elle retire la main de son entrejambe. Il faillit la supplier de l'y reposer, se consola en se disant que ce contact en appelait d'autres, beaucoup d'autres. La lumière sale de l'aube se glissait par les béances de la maison, effleurait les monticules de gravats, les tables et les chaises renversées, une armoire penchée dépourvue de portes, des livres surnageant dans les flaques disséminées. Du lierre s'envolait le long des murs et s'amoncelait dans les lézardes. Par-dessus le toit, les nuages se tordaient sur eux-mêmes en versant leurs dernières gouttes.

« La peur, elle nous fait faire de drôles de trucs, reprit Stef. On ne risque pas grand-chose pourtant.

— Ben là, tu disais que les zombies, ils nous tortureraient avant de nous bouffer les organes. Y a de quoi avoir la trouille, non ? »

Stef se leva et se défit de sa veste, laissant le froid s'emparer à nouveau de Pibe. Des taches d'humidité plaquaient sa chemise à sa poitrine. Elle ne portait pas de soutien-gorge. Pibe fut secoué par une envie brutale de toucher ses seins, de vrais seins, pas comme les bourgeons durs de la fille qu'il avait réussi à peloter dans les chiottes de l'école. Elle tira son Colt 22 de la ceinture de son pantalon et, avec des gestes méticuleux, remplaça le chargeur.

« Qu'est-ce qui peut nous arriver de pire, finalement ? demanda-t-elle.

— Ben, c'te question ! Mourir. »

Les yeux d'eau claire de Stef se posèrent sur Pibe avec la légèreté d'un songe.

« Tu crois donc que la mort existe ? »

Drôle de question. Tout le monde était terrorisé par la mort, mais tout le monde mourait. Le gouvernement européen avait condamné formellement le clonage et toute expérience visant à prolonger l'existence humaine. Le taux de mortalité avait d'ailleurs considérablement augmenté depuis l'avènement de l'archange Michel. L'espérance de vie des femmes européennes était passée à soixante-treize ans, et celle des hommes ne dépassait pas les quarante-quatre – la guerre faussait cette dernière statistique.

« Tu crois donc que la mort est une fin ? Qu'il n'y a rien après ? »

Le paradis ou l'enfer, une éternité de délices ou une éternité de souffrances…

Parfois, Pibe essayait d'imaginer ce que signifiait la souffrance éternelle ; il ne parvenait qu'à sombrer dans des abîmes d'épouvante. Alors il se promettait d'être un bon chrétien, de respecter et de servir le Seigneur, de repousser de toutes ses forces le démon, le péché, la tentation, les mauvaises pensées, d'obéir à ses parents, à ses profs, d'aimer ses camarades, sa sœur et tous les autres chrétiens comme lui-même. Ses bonnes résolutions s'envolaient devant le petit déjeuner, à la première réflexion venimeuse de Marie-Anne, l'emmerdeuse, le serpent. Les hommes d'Église ne précisaient pas que les petites sœurs étaient les premiers obstacles sur le chemin de la sainteté.

« Ben, y a le paradis pour les bons chrétiens, et l'enfer pour les… »

Il se tut quand Stef, après avoir posé son pistolet sur un pan de cloison affaissée, retira sa chemise et entreprit de l'essorer. Enfouir son visage dans cette poitrine enfin révélée était sans doute l'idée la plus juste qu'on pouvait se faire du paradis.

« C'est ça le secret, Pibe : la peur de la mort. Si c'est la pire chose qui puisse t'arriver, et si elle n'existe pas, alors tu as peur de quelque chose qui n'existe pas.

— Elle existe, putain ! hurla Pibe, soudain hors de lui. J'ai vu ma sœur morte ! T'entends ? Morte ! »

Stef épousseta du revers de la main les poussières et les scories disséminées sur sa peau.

« Tu as vu son corps sans vie, mais elle, elle, tu sais ce qu'elle est devenue ? »

Une colonne de lumière tomba en oblique sur Pibe et l'irradia de la chaleur naissante de ce matin de juin.

« Tu sais pourquoi tu refuses ton épreuve, Pibe ? »

Stef s'étira avec la souplesse et la grâce d'un chat.

« Tu crois que donner la mort est une responsabilité écrasante, une faute irréparable, mais c'est un jeu. Juste un jeu. »

Il avait enfin trouvé du boulot. Après trois ans de recherche. Le ministère des Armées avait cessé de lui verser sa pension d'ancien combattant vingt-quatre mois après sa démobilisation. Les planqués du gouvernement européen avaient craché sur leur promesse d'indemniser jusqu'à leur décès les soldats rapatriés du front Est. Il avait écrit, protesté, alerté, mais ses démarches n'avaient rencontré aucun écho chez ses concitoyens, encore moins chez les journalistes, les intellectuels ou les artistes, si prompts pourtant à stigmatiser la menace et l'horreur islamiques. Oubliaient-ils donc qu'ils devaient leur reliquat de liberté à des pauvres types embourbés dans les tranchées de Pologne et de Roumanie ? Peut-être lui reprochaient-ils d'être revenu vivant d'une guerre réclamant, comme l'Agneau biblique, comme le Christ en croix, le suprême don de soi ? Il n'était pas mort sur ce gigantesque autel où les sacrificateurs œuvraient sans relâche, il avait seulement perdu un bras, des lambeaux de chair et ses dernières illusions. L'Europe chrétienne n'aimait pas ses mutilés. Puisqu'ils n'avaient pas eu la décence de périr sur les frontières lointaines, puisqu'elle ne pouvait plus se permettre de les prendre en charge, l'Europe aurait souhaité qu'ils se cachent, qu'ils se taisent, qu'ils se terrent. Mais ils brandissaient les anciennes promesses avec une hargne décuplée par leurs handicaps, ils s'associaient et s'organisaient afin de donner davantage de poids à leurs revendications, et l'opinion publique, la grande versatile, finirait tôt ou tard par pleurer sur leur condition et soutenir leur cause.

Sa propre famille l'avait rejeté. Ils lui reprochaient de ne leur avoir envoyé que trois lettres au long des huit années passées au front. Difficile d'écrire dans des tranchées arrosées presque en permanence par des pluies glacées, même l'été, avait-il rétorqué. Les doigts gourds, l'esprit congelé, sans compter la boue, les difficultés à dénicher un stylo et du papier… Ils n'avaient rien voulu savoir, claquemurés dans leur déception, mais son neveu, en partance pour la Roumanie, lui avait révélé que la famille préférait couper définitivement les ponts plutôt que d'être un jour obligée de débourser le moindre centime pour un membre mutilé. Il n'avait jamais pensé que leur avarice, cette avarice paysanne qu'il avait héritée dans d'assez larges proportions, les pousserait un jour à le renier.

Sa pension d'ancien combattant lui avait suffi pour se ménager une vie sans excès et sans histoire les deux premières années. Il avait loué en ville une chambre de dix mètres carrés, économisant sur la nourriture pour s'offrir une fois par mois les services d'une dame de compagnie – une pute, avant l'avènement des légions de l'archange Michel. Elle lui fournissait, outre quelques minutes de plaisir, des pilules bleues qui l'aidaient à se consoler de la perte de son bras et de sa jeunesse. Elle disait qu'il avait un corps et une queue magnifiques, elle aimait caresser et lécher ses cicatrices, elle lui posait des rafales de questions sur la guerre, sur les conditions de vie dans les tranchées, sur l'armée ennemie. Les islamiques, il les avait vus seulement de loin, des ombres insaisissables surgissant des ténèbres et crachant autant de mots que de projectiles. Il en avait sûrement zigouillé un paquet, impossible de savoir s'ils étaient tombés sous ses balles ou sous celles de ses frères d'armes.

Le ministère des Armées ayant coupé la pompe à fric, il avait cessé, à son corps défendant, de voir sa dame de compagnie. Il avait tenu une année supplémentaire grâce au don génétique de l'avarice, puis il avait contacté le fournisseur de pilules bleues dont il était devenu l'un des revendeurs attitrés. Il n'avait pas amassé des fortunes, mais il avait pu garder sa chambre et manger à sa faim. En renouant avec le danger, il avait eu la sensation d'être projeté quelques années en arrière, de faire son retour dans la vraie vie. Il avait déjoué les descentes des auxiliaires de la légion avec la même habileté qu'il avait échappé aux balles et aux obus islamiques. Il avait rencontré un tas de gens très différents, bourgeois des quartiers aisés, artistes maudits, paumés de toutes sortes, hommes et femmes au bout du rouleau, mendiant, volant ou braquant pour se payer leur dose hebdomadaire de paradis artificiel. La BB, la Belle Bleue, offrait trois jours d'euphorie pour une somme relativement modique, trois jours qui aidaient à supporter la lèpre quotidienne. Ensuite s'amorçait la descente, entre vingt-quatre et quarante-huit heures selon les organismes, un atterrissage brutal, nauséeux, que ni les somnifères ni le teush ne pouvaient amortir. Le prix à payer pour un ersatz de béatitude.

Il avait arrêté d'en consommer quand il avait constaté que l'enfer prenait le pas sur le paradis. La dame de compagnie avait un beau matin frappé à sa porte pour lui proposer du boulot. Et, accessoirement, lui offrir une passe. Ils avaient consommé la passe avant de parler boulot. Elle avait elle-même retiré la capote pleine de foutre et l'avait jetée dans la poubelle comme un animal malfaisant. Le SIDA, ce vieux fléau de Dieu, continuait de faire des ravages dans la vertueuse Europe de l'archange Michel.

« C'est quoi, le job ?

— Ça se passe la nuit et c'est clandestin, avait-elle répondu en allumant un de ces clopes à l'odeur immonde fabriqués par la Régie européenne des tabacs.

— Dangereux ?

— Moins que de revendre les BB. »

Il s'était redressé avec vivacité, comme piqué par un scorpion.

« Tu sais que…

— T'inquiète pas ! J'suis pas une lance. J'le sais par mon fournisseur. Le taf consiste à s'exhiber devant des femmes.

— C'est pas un boulot, ça ! »

Elle s'était rallongée à ses côtés et avait rejeté une triple guirlande de fumée par les narines et la bouche.

« Pendant une demi-heure, tu seras leur chose. Tu devras vaguement danser, remuer le bassin en cadence si tu préfères, comme quand tu baises. Elles pourront te désaper, te peloter et te sucer autant qu'elles en auront envie. Faudra seulement faire gaffe à ne pas décharger trop vite. Elles doivent en avoir pour leur fric. Tu toucheras cent cinquante euros. D'habitude les mecs payent pour une branlette ou une pipe. Qu'est-ce que t'en dis ? »

Il était resté un long moment interloqué par la proposition, incapable de rassembler ses pensées.

« Pourquoi moi ? Il me manque un bras et…

— La dernière mode, c'est de mater et de tripoter des soldats qui reviennent du front. Il y a une grosse demande, et pas beaucoup de mâles présentables. Je te l'ai déjà dit : tu as un beau corps, une belle queue, plein de cicatrices, tout ce qu'il faut pour plaire à ces dames. Si tu fais l'affaire, il y aura une dizaine de soirées par mois. Mille cinq cents euros pour cinq petites heures de taf. Et encore, quand je parle de taf… »

De bons arguments. Il ne gagnait même pas le tiers avec les Belles Bleues. Et puis, il n'avait rien à perdre :

il n'aimait personne, personne ne l'aimait. En outre, la perspective d'être soumis comme un toutou aux caprices de spectatrices anonymes ne le dérangeait pas. Honneur, fierté, dignité, morale, courage, rectitude, ces mots ne signifiaient plus rien après un séjour de plusieurs années dans les tranchées des frontières polonaise et roumaine. Dieu lui-même et ses saints cessaient d'exister. À force de patauger dans la mort et la boue, ne subsistaient plus que l'instinct de survie, le dégoût, le cynisme, des protections dérisoires contre l'inoxydable désespérance. Quant à l'archange Michel, le prophète de malheur dont la bouche d'or les avait plongés dans ce merdier, il s'était transmué en objet de rancœur, en fétiche de haine.

La dame de compagnie lui avait fixé un premier rendez-vous avec Joseph, mac notoire et organisateur de spectacles nocturnes. La rencontre s'était déroulée dans un appartement vaste et lumineux des grands boulevards. Une bombe de douze tonnes était tombée quelques jours plus tôt dans le coin, mais l'immeuble, une somptueuse bâtisse du XVIIIe siècle, n'avait pas souffert de la déflagration.

« Cléo m'a parlé de toi en bien, mais faut que je vérifie, tu comprends ? »

D'un geste, Joseph lui avait fait comprendre qu'il devait retirer ses vêtements. Le teint mat et les yeux noirs du mac dénonçaient ses origines méditerranéennes. Il ensevelissait ses cheveux sous des tonnes de gel pour leur donner un aspect lisse, mais ils se rebiffaient par endroits et trahissaient leur naturel frisé. Il portait un costume clair à l'élégance discrète et une chemise tabac assortie à ses chaussures.

Joseph s'était carré dans son fauteuil en cuir et l'avait examiné sous toutes les coutures avec l'attention distante et grave d'un marchand de tableaux – de bestiaux plutôt.

« Tu sais bouger en musique ?

— Ça doit pas être trop difficile…

— Bon, je te prends à l'essai. Je te conseille de prendre un truc la première fois. Pas d'alcool : ça t'empêcherait de bander. Un excitant, un euphorisant, juste ce qu'il faut pour te débarrasser du trac. De la couche superficielle d'inhibitions. L'archange Michel a fait beaucoup plus de ravages qu'on croit dans les esprits. On commence après-demain. »

Joseph avait griffonné une adresse sur un bout de papier.

« Sois là-bas vers 11 heures 30. Ne parle à personne de cette adresse. À personne, tu piges ? Le show commence à minuit. Tâche d'être à la hauteur : y a du fric à se faire, pour toi et pour moi.

— Elles sortent d'où, ces femmes ?

— De toutes les régions de France. De tous les milieux. Elles montent des associations pour faire croire à leurs mecs qu'elles se rendent à des réunions de charité.

— Quel intérêt de…

— Lâcher la vapeur. Elles ne sont pas à la noce depuis que les légions de l'archange Michel se sont emparées de l'Europe. La condition de la femme européenne n'a plus grand-chose à envier à celle de la femme musulmane. Elles sont redevenues des pondeuses, des ventres, des ombres. Plus de contraception, plus d'avortement. Chaque fois qu'elles passent à la casserole, elles se retrouvent en cloque. La mère patrie est gourmande en soldats. Ce que je leur propose, c'est un grand défoulement, une revanche secrète sur les mâles. C'est ça le boulot, mon pote : défouloir à gonzesses.

— Qu'en pense la légion ? »

Joseph avait changé de position dans un grincement de cuir usé. Des lueurs fugaces, menaçantes, avaient enflammé ses yeux sombres.

« La légion ne pense rien parce qu'elle ne sait rien.

Je n'ai aucun doute sur mes correspondantes ni sur mes rabatteuses. Les femmes, quand elles ont décidé de garder un secret, sont plus fiables que les hommes. »

La salle s'emplissait de femmes de tous âges et de toutes conditions. Cent euros la soirée. Pas donné dans un contexte de guerre et de marasme économique persistants. Il se demanda comment les plus pauvres d'entre elles avaient pu réunir cette somme. Il calcula que Joseph toucherait deux mille euros rien qu'avec les entrées, auxquelles il conviendrait d'ajouter les bénéfices secondaires, alcool, pilules, clopes. Après avoir payé ses deux strippers et ses quatre serveurs, il lui resterait probablement plus de trois mille euros. Quand le mac prétendait qu'il y avait du fric à se faire, il escomptait avant tout ses propres bénéfices.

Elles s'asseyaient en silence de chaque côté des tables disposées en quatre rangées. On pouvait les classer en deux catégories, les habituées, aux yeux déjà brillants, aux traits détendus, aux gestes tranchés, et les nouvelles, crispées, inquiètes, effrayées même par leur audace. Celles-là se posaient du bout des fesses sur leurs chaises en serrant leurs sacs sur leurs genoux, jetaient d'incessants coups d'œil vers la porte comme si elles craignaient à tout moment d'en voir surgir leurs maris ou une escouade de légionnaires. La salle n'avait rien de folichon avec ses murs pisseux, son éclairage glauque, son carrelage hôpital, ses haut-parleurs habillés de tissus criards et son mobilier bas de gamme. Cent euros pour se retrouver coincées deux plombes dans un local sordide, certaines commençaient à regretter l'investissement. Elles buvaient d'un air perplexe le contenu du verre posé devant elles, un alcool fort auquel on avait ajouté un mélange de substances chimiques aux effets désinhibants.

« Elles viennent de la cambrousse profonde, ces meufs. Va falloir les chauffer. »

Le second stripper avait été démobilisé six mois plus tôt après avoir reçu des éclats d'obus dans l'œil et le ventre. Lui n'avait pas attendu que sa pension d'ancien combattant lui soit sucrée pour se produire dans les folles nuits de Joseph. Sa quarantaine de prestations lui valaient un statut de conseiller, même s'il éprouvait toujours le besoin d'ingurgiter une ou deux pilules avant d'entrer en scène. Beau gosse à part ça, des épaules de déménageur, des muscles bien dessinés, des cheveux en pétard, un visage encore juvénile encanaillé par un bouc décoloré et un bandeau de pirate. Ils attendaient dans une petite pièce abusivement baptisée loge et séparée de la salle principale par une vague tenture. Les serveurs, des hommes élancés et vêtus de collants, préparaient les cocktails dans une annexe attenante.

« Elles peuvent vraiment devenir dingues. Y en a qui ont essayé de m'arracher mon bandeau pour foutre leurs doigts dans la cavité oculaire. L'apothéose, c'est de décharger juste avant la sortie. Ça les met en transe. Elles se battent pour avaler les moindres gouttes. Trop barrées pour se préoccuper du SIDA. Fais gaffe : elles vont essayer de te faire venir avant. Toutes celles qui réussiront à te toucher. À toi de te débrouiller pour leur échapper, pour garder le contrôle. Mais sans leur donner l'impression de les dédaigner. Pas de préférence. Elles ont toutes payé cent euros, elles sont toutes dignes d'attention. Toutes les reines de la soirée. »

Il suivit le conseil de son confrère et de Joseph en gobant une gélule de couleur mauve au goût amer et en la faisant passer avec une gorgée de bière tiède. Ils étaient convenus qu'il débuterait, estimant que le plus expérimenté des deux pourrait rattraper le coup au cas où le nouveau foirerait. Il avait revêtu l'uniforme noir de la légion préparé à son attention, avec, brodée sur le devant, la lance d'argent, le symbole honni de l'archange Michel. On avait simplement remplacé les boutonnières traditionnelles par un système de pressions facile à dégrafer. Sa peur, son trac s'estompèrent quelques minutes avant de se lancer entre les tables. La salle bruissait de cris et de rires, l'alcool et les molécules chimiques commençaient à produire leur effet. Il flottait dans un état bizarre, un mélange de fébrilité, de rage et d'euphorie, comme au sortir d'une tranchée après une interminable nuit de veille.

À minuit, tandis que les femmes de plus en plus réchauffées manifestaient leur impatience en frappant en cadence dans leurs mains, les lumières s'éteignirent, les premières notes d'un morceau vaguement techno dégringolèrent des haut-parleurs. D'une bourrade, Joseph le propulsa vers les tables.

Longtemps après, il se demanda ce qui s'était réellement passé dans cette salle. Il était ressorti de son exhibition étourdi, défoncé. Tanguant comme un bateau ivre, l'hydre aux mille mains, aux mille bouches, lui avait arraché ses vêtements, l'avait submergé d'attouchements, de frottements, l'avait arrosé d'huile, d'eau, de parfum, de crème, lui avait pétri avec une fièvre hystérique la queue, les bourses, le bas-ventre, les cuisses, les fesses, le moignon de son bras, les boursouflures de ses cicatrices. Leurs paumes, leurs doigts, leurs ongles, leurs lèvres, leurs langues avaient semé des frémissements électriques sur sa peau. Il s'était extirpé sans dommage des mains ou des bouches trop avides, il s'était déplacé de table en table jusqu'à ce que les spectatrices déchaînées, dépoitraillées, échevelées, s'agrègent en une masse compacte et le cernent au milieu d'une allée. Elles s'étaient presque battues pour l'approcher, pour le toucher, comme si leur existence se résumait tout entière à ce contact, comme si elles vénéraient une idole au bras coupé et au phallus miraculeux. Elles avaient léché sa sueur mêlée des saveurs d'huile et de crème. La musique avait cogné en lui comme un cœur géant et détraqué. Il avait perdu toute notion de temps, ne sachant plus s'il lui fallait encore durer ou s'il pouvait enfin se laisser aller, soulager cette raideur qui le tirait vers l'avant et réduisait son corps à un écho lointain de son sexe. Alors elles avaient poussé entre ses cuisses une femme jeune et timide en lui souhaitant un bon anniversaire. Elle avait hésité un moment, puis, exhortée par ses compagnes, elle avait posé mains et lèvres sur le membre offert et amorcé un lent, un très lent, mouvement de va-et-vient. Ensorcelé par sa douceur, il n'avait rien fait cette fois pour enrayer la montée du plaisir. Il avait joui en salves répétées, avec une intensité dantesque, il avait maculé les cheveux blonds et sagement tirés en arrière de sa tortionnaire, la joue de sa voisine de droite, le cou de sa voisine de gauche. Contrairement à Ulysse, il avait fini par céder au chant des sirènes. Un roulement d'applaudissements et de hurlements avait salué son feu d'artifice. Étourdi, en apesanteur, il avait ramassé ses frusques et fendu la mer de mains et de lèvres frissonnantes.

Joseph s'était déclaré satisfait, très satisfait même. Il lui avait remis les cent cinquante euros convenus et lui avait fixé rendez-vous pour la prochaine soirée, dans trois jours, même endroit, même heure. Il n'avait pas assisté à la prestation de son confrère, il était rentré chez lui, il s'était allongé tout habillé sur son lit et endormi comme une brute.

Le lendemain au réveil, aux alentours de 9 heures, il entama la descente. Des frissons de la nuit ne subsistaient plus que des vibrations désagréables et une vague douleur au bas-ventre ; du plaisir flamboyant, une nausée morne et tenace ; de l'amertume de la pilule mauve, une brûlure féroce à l'estomac. Un ou deux jours d'enfer pour quelques instants de fulgurance, affres de l'éblouissement clandestin.

Il se leva et prépara le café, un grand mot pour désigner la poudre insipide et noirâtre qu'il versait dans le filtre. Depuis la rupture des relations commerciales avec les continents américain et africain, le café véritable se vendait plus cher que l'or dans les brûleries.

Malgré la gueule de bois, il se rendrait à la prochaine soirée de Joseph. Pas seulement pour le fric : il préférait confier les moignons de son existence aux mains et aux bouches de femmes frustrées plutôt que de les consumer au petit feu de l'avarice et de l'ennui.

Après avoir pressé le bouton de la cafetière, il se déshabilla, s'examina dans le miroir en pied encastré dans la paroi de la cabine de douches. Il eut la nostalgie de son bras, amputé juste en dessous du coude.

La nostalgie de sa jeunesse.

La nostalgie de la guerre.

« Il te plaît pas, celui-là ? »

Pibe peinait à stabiliser le canon du vieux Mauser, pesant et tremblant au bout de son bras. L'auxiliaire de la légion fumait une cigarette à moins de vingt pas. Il avait glissé son béret dans l'épaulette argentée de sa chemise et dévoilé une calvitie précoce qu'il s'efforçait de planquer sous un pont de cheveux filasse. Les rondeurs de l'enfance enrobaient encore son visage imberbe. Il n'avait sans doute pas atteint les vingt-cinq ans. Son uniforme noir entretenait l'illusion qu'il était entièrement constitué d'ombre, celle qui se dressait sur le trottoir et celle que le soleil crépusculaire étirait sur le mur granuleux de l'ancienne manufacture. Le canon de son fusil d'assaut dépassait de son bras droit replié.

« Un planqué, murmura Stef. Un fils à papa. Normalement il aurait dû être expédié sur le front Est. »

Juste un jeu avait-elle dit quelques heures plus tôt. Pouvait-on faire confiance à quelqu'un qui proclamait que la mort n'existait pas ? Ses parents et ses profs avaient enseigné à Pibe que la vie était un don de Dieu, que l'homme n'avait pas le droit de prendre un cadeau qui ne lui appartenait pas – ce beau principe n'avait pas empêché les légionnaires de l'archange Michel de rétablir la peine de mort et d'exécuter sommairement quiconque s'opposait à leur vision céleste du monde.

« Il va bientôt se retourner, fredonna Stef. Lui, il n'hésitera pas à nous transformer en pommes d'arrosoir. »

La nuit s'étalait déjà dans les ruelles perpendiculaires et dans les cours intérieures. Ils avaient traîné toute la journée à la recherche d'une cible potentielle. Les pains au chocolat achetés par Stef dans une boulangerie miteuse étaient restés sur l'estomac de Pibe. Il n'avait pas réussi à les faire passer avec les rasades de soda bues au goulot d'une bouteille piquée pour le « neuf » – le fun – dans un supermarché pourtant bardé de caméras de surveillance. S'il ne réussissait pas son épreuve maintenant, il serait viré de la caillera le lendemain matin, il devrait rendre le flingue et les balles à son décurion, il se retrouverait seul et sans défense dans un monde hanté par les zombies, les kamikazes du Jihad, les SD et les rats. Les relents de chocolat viraient à l'aigre dans le fond de sa gorge.

Un vol d'oies sauvages traversa le ciel rougeoyant dans un froissement de soie et fixa pendant quelques secondes l'attention de l'auxiliaire de la légion. Stef poussa un soupir excédé, contourna la carcasse rouillée derrière laquelle ils s'étaient planqués, s'engagea dans la ruelle d'une allure décidée, fonça tout droit vers la silhouette noire en brandissant son Colt. Alerté par le bruit de ses pas, l'auxiliaire de la légion jeta sa cigarette et pivota sur lui-même, le fusil d'assaut déjà épaulé.

« Halte ! »

Tétanisé, Pibe vit le doigt de l'auxiliaire se replier sur la détente de son arme.

« Halte, ou je tire ! »

Stef continua d'avancer vers l'œil sombre du canon sans marquer d'hésitation ni trahir le moindre signe d'affolement. Elle ne bluffait pas quand elle déclarait n'accorder aucune espèce d'importance à la mort. Par son allure insouciante, joyeuse, elle donnait vraiment l'impression de participer à un jeu. Ou bien c'était une forme d'inconscience, de folie, et il fallait la protéger d'elle-même, lui épargner une fin stupide. Pibe cessa de penser, de trembler, pointa à nouveau le Mauser sur la silhouette sombre.

« Hal… »

L'index de Pibe enfonça la détente raide et grinçante du pistolet. Le rugissement du Mauser lui déchira les tympans ; le recul, d'une puissance saisissante, lui souleva le bras. Il faillit lâcher la crosse, plus chaude que le manche d'une casserole oubliée sur le feu. Il crut d'abord qu'il avait manqué sa cible. L'auxiliaire, toujours debout, gardait son fusil d'assaut braqué sur Stef. Pibe oublia la brûlure qui l'irradiait du poignet à l'épaule et poussa un hurlement de rage. Comme achevé par son cri, l'auxiliaire de la légion vacilla, lâcha son arme, battit des bras à la recherche d'un équilibre fuyant, s'écroula sur le trottoir. Son crâne heurta le bitume dans un tintement de gong.

Stef se pencha sur le corps inerte, lui posa l'index et le pouce sur les jugulaires, récupéra son fusil d'assaut et son béret avant de rejoindre Pibe derrière la carcasse rouillée.

« Tu l'as eu en plein cœur ! »

Son sourire espiègle souffla sur la colère de Pibe comme un vent mauvais sur des braises.

« T'es complètement ouf ! Il aurait pu te tuer ! »

Elle lui tendit le béret noir de l'auxiliaire sans remballer son sourire.

« Ton trophée. Tu as réussi ton épreuve, Pibe. Bienvenue à la Croix du Sud. »

Elle glissa la lanière du fusil d'assaut autour de son épaule et s'éloigna à grandes foulées en direction de la Loire.

« Fichons le camp. Ton coup de feu a dû alerter les autres. Le coin va bientôt grouiller de keufs et d'anges noirs. »

Le soir même, Pibe fut intronisé officiellement dans la caillera de la Croix du Sud. Le témoignage de Fesse ainsi que le trophée, le béret noir, suffirent à convaincre le commandant Sangoan et les trois centurions de la validité de son épreuve. Après les félicitations d'usage, le chef de sa décurie et Salomé, « vraiment trop contente », le conduisirent à l'arsenal. Atteint d'une golfée qui le transformait en petit vieux d'une quinzaine d'années, Charron, le responsable des armes et munitions, lui proposa de choisir son arme. Pibe lorgna d'abord sur les PM, mais ces derniers étant réservés aux cailleras confirmés, il n'eut pas d'autre choix que de se rabattre sur les pistolets ou les revolvers. Il en soupesa un bon nombre avant d'opter pour un SIG P230, une arme relativement légère, maniable, dotée d'un chargeur de dix-sept balles, plutôt attirante avec son canon chromé et sa crosse gris clair. Le responsable lui laissa le temps de se familiariser avec son nouveau jouet avant de lui remettre deux chargeurs vides et les cinquante balles réglementaires.

« Un bon choix. 9 millimètres, modèle 1996, précision moyenne, mais bonne réserve et bonne puissance, approuva Charron. Je te conseille d'aller t'exercer au pas de tir pour t'habituer à son poids et à son recul. Ça va te changer d'une vénérable antiquité comme le Mauser. N'oublie pas de le démonter et de le graisser de temps en temps. Avec cette putain d'humidité, les pièces métalliques ont tendance à rouiller. Il a été vérifié, mais, si tu as des problèmes avec, n'hésite pas à revenir me voir. C'est ton ange gardien maintenant, et c'est trop con de se foutre dans la merde à cause d'un ange mal embouché. »

Pibe se rendit donc au pas de tir en compagnie de Sol et essaya le SIG sur une cible en carton. Il lui fallut seulement cinq balles pour corriger la différence entre la ligne de visée et le point d'impact. Il lui suffisait de baisser la mire d'un centimètre par rapport à la cible pour obtenir un résultat satisfaisant. Sol affirma qu'à force de se servir de son Baby, elle tirait maintenant à l'instinct, à la hanche.

« Comme ça, je ne quitte jamais mon adversaire des yeux et je gagne du temps. »

Il enjamba le comptoir de tir et alla examiner la silhouette en carton une vingtaine de mètres plus loin : une première balle juste au-dessus de la tête, une deuxième dans le front, la troisième dans la bouche, les deux dernières dans la région du cœur. La crosse de son nouvel ange gardien ne chauffait pratiquement pas, contrairement à celle du vieux Mauser, et le recul, bien que perceptible, ne lui cassait pas le poignet. Sol le rejoignit dans l'allée et jeta un coup d'œil appréciateur sur la cible.

« Pas mal, pour une première fois...

— T'as toujours pas répondu à ma question de l'autre jour : t'as déjà tué des gens ?

— Ben ouais. Des fois, les keufs déboulent comme des oufs avant qu'on ait eu le temps de sauter dans les camions. On est bien obligés de les canarder.

— Tu en as tué, oui ou non ?

— Ben ouais. Une fois, y en a deux qui ont essayé de me coincer dans les caves d'un immeuble. J'en ai aligné un, bing, en plein dans le cou. L'autre m'a tiré dessus. Les balles me sont passées à ça de la tronche. »

Un écart d'un centimètre entre son pouce et son index.

« J'l'ai eu en lui faisant croire que j'étais touchée. Ce con s'est pas méfié. Il est sorti de son trou, j'l'ai laissé approcher, et puis, bing, une balle dans son gros bide, il s'est penché vers l'avant, bang, une autre entre les deux yeux, il est parti en arrière. J'ai pas cherché à vérifier s'il avait son compte, j'étais trop pressée de me casser. »

Pibe glissa le canon de son SIG dans sa ceinture, à la

mode caillera. Surpris par la chaleur du canon, il faillit l'arracher aussi sec, puis il croisa le regard de Salomé et s'efforça de supporter la brûlure sans ciller.

« Et… euh, ça t'a fait quel effet ?

— Ben, j'étais vachement contente d'être restée en vie.

— Non, je veux dire, de tuer ces hommes… »

Une moue de mépris allongea le visage déjà étroit de Sol.

« C'étaient des pourris, comme tous les hommes. Enfin, presque tous. »

À peine eut-elle prononcé ces mots qu'elle se pencha sur lui et l'embrassa sur les lèvres. Le baiser ne dura qu'une fraction de seconde, mais il embrasa Pibe avec la même ardeur que le canon du SIG. Elle le fixa d'un air dont il n'aurait su dire s'il était malheureux ou provocant.

« J'aurais bien voulu t'aider, tu sais, pour l'épreuve, mais le décurion disait que… enfin, j'pouvais pas…

— J't'ai rien demandé, coupa Pibe.

— Je… j'dormais pas quand Fesse est venue te chercher, j'ai bien vu l'effet qu'elle te faisait. »

Pibe rougit jusqu'à la racine des cheveux et acheva de se transformer en torche vivante.

« Elle est pas pour toi, poursuivit Sol. C'est une grande. Et puis, elle passe ses nuits dans la piaule d'un centurion.

— Qu'est-ce que t'en sais ?

— Tout le monde le sait.

— Pourquoi elle est venue me chercher la nuit dernière, alors ? »

Il lut cette fois de l'agacement dans les yeux habituellement éteints de Sol.

« Elle se prend pour ta reum. Les grandes, elles se croient toutes obligées de jouer les mères avec les plus petits.

— Je ne suis pas un petit ! J'ai presque treize ans. »

Elle haussa les épaules et, la bouche en coin, souffla sur une mèche collée à sa joue.

« Les garçons, ils restent petits même quand ils se croient grands. Fesse, elle t'aime bien, mais elle sera jamais ta meuf. »

Il comprit qu'elle se proposait d'être celle-là, mais il ne donna pas suite, pas encore, il lui fallait d'abord faire un peu de ménage dans sa tête. Elle respecta son choix. Elle était passée par le même chemin, elle avait dû, comme lui, endosser une nouvelle existence, s'habituer à une nouvelle famille. Elle le prit par la main avec une douceur inattendue et l'entraîna vers la sortie du pas de tir.

« Si on n'y va pas tout de suite, y aura plus rien à bouffer. »

Aidé par Sol, il prit rapidement ses repères dans l'organisation de la Croix du Sud, où les devoirs étaient simples et les droits réduits à leur plus simple expression : les pillages rapportaient un peu de fric à chacun, entre dix et cent euros selon la qualité des razzias. En général, cette somme servait à acheter les sucreries, les boissons, les jeux, les bricoles, les revues et les bouquins en vente à la coopérative. Fauchés au bout de deux jours, la plupart des cailleras n'avaient pas d'autre choix que de se porter volontaires pour le raid suivant. L'argent distribué par les décurions roulait en circuit fermé et contribuait au passage à renforcer l'assise financière de la Croix du Sud. Le gîte, le couvert, les divers avantages offerts par l'organisation se payaient en tours de corvées, cuisine, vaisselle, lessive, nettoyage, entretien des bâtiments, des camérhinos, des berges de la Loire. Il en coûtait cinq cents euros pour remplacer un flingue perdu, l'équivalent d'une vingtaine de pillages. Une amende au montant variable sanctionnait tout dommage occasionné au matériel commun. Les manquements aux règles de l'Oborsin valaient un séjour de plus ou moins longue durée dans l'une de ces cellules minuscules et nues appelées les tarmis – aucun membre de la Croix du Sud n'aurait pu expliquer l'origine de ce nom. Quant aux vêtements, chaussures, savons, shampooings et autres produits d'hygiène personnelle, il revenait à chacun de se les procurer dans les décombres des quartiers rasés par les bombes et de les stocker dans son armoire personnelle. Si on savait garder sa langue dans sa poche, fournir sa part de boulot, se tenir à l'écart des provocateurs et se contenter, en guise de récompenses, de barres chocolatées au goût rance ou de boissons pétillantes dépourvues de la moindre bulle, les conditions de vie à la Croix du Sud n'étaient pas pires qu'ailleurs. La caillera présentait même un gros, un énorme avantage : la suppression de l'école. Finis les cours de maths, d'écriture, de grammaire, de latin, de sciences de la religion. Finis les devoirs, les bulletins de notes, les conseils de classe. On pouvait se lever le matin sans penser aux tronches des profs tapies dans un coin de sa tête, on pouvait dévorer à sa guise les bandes dessinées comiques, fantastiques ou pornos des années préarchangéliques, on pouvait redécouvrir les jeux vidéo ou les DVD clandestins sur les murs d'écrans à cristaux liquides, on pouvait jouer aux dés, au billard, aux fléchettes, à plein d'autres trucs, on pouvait tirer sa flemme sur son pieu, explorer les berges de la Loire, tailler des bouts de bois, démonter et remonter son flingue, bref, on disposait de tout son temps, et, même si cette orgie de liberté débouchait parfois sur de longues heures de désœuvrement, voire d'ennui, personne ne boudait son plaisir. À la Croix du Sud, aucun adulte ne vous obligeait à faire des trucs que vous n'aviez pas envie de faire, à bouffer des trucs que vous n'aviez pas envie de bouffer, à vous expédier au lit dès la nuit tombée, à vous hurler dans les oreilles au moindre rot, au moindre pet, au moindre ongle sale, à la moindre tache sur les fringues.

Le commandant Sangoan prenait ses repas dans ses appartements, le plus souvent en compagnie des trois centurions et de quelques-uns – quelques-unes surtout – des électrons libres. Il limitait ses apparitions publiques à deux ou trois par semaine. Les spéculations allaient bon train sur son âge, vingt-deux selon une petite minorité, vingt-huit à l'autre extrémité, vingt-quatre ou vingt-cinq selon la majorité. Pas très grand ni très baraqué, un mètre soixante-quinze tout en sécheresse, combinaison de motard en cuir bleu et blanc, cape noire à l'ample col relevé, cheveux en pétard à la mode des mangas de la fin du XXe siècle et du début du XXIe. Il ne se croyait pas obligé, pour affirmer son autorité, d'élever la voix, de rouler ses muscles ou de dégainer son énorme pistolet plaqué or. Personne ne s'avisait de contester ses décisions en public, pas même les centurions, pourtant plus costauds que lui – dont Vegeta, le garçon de deux mètres qui avait flingué la femme en chemise de nuit et suggéré à Pibe d'incorporer la Croix du Sud.

Stef faisait partie des filles souvent conviées à la table du commandant. Ce privilège, outre qu'il semblait confirmer les assertions de Sol, plongeait Pibe dans des abîmes de désolation et de fureur. Bien sûr Fesse préférait la compagnie des keums de son âge, bien sûr il valait mieux fréquenter les chefs que les cailleras de base, bien sûr elle n'avait aucun intérêt à fricoter avec des nouveaux qui pissaient dans leurs frocs à la moindre poussée de trouille, mais il avait cru que leur aventure avait noué entre eux un lien profond, insécable. Il l'avait sauvée d'une mort certaine en descendant l'auxiliaire de la légion, il avait tué pour elle, et elle ne le regardait plus que du bout des yeux lorsqu'il la croisait dans le réfectoire ou dans les couloirs, comme si elle avait rayé son acte de sa mémoire, comme si elle avait oublié leur rapprochement, leurs chaleurs mêlées dans la maison en ruine. Alors il essayait de s'intéresser à Sol, il s'imaginait en train d'embrasser et de caresser Sol. Il ne l'aimait pas, ni même ne ressentait la moindre attirance pour elle, mais elle s'arrangeait pour partager ses tours de corvée, elle traînait toujours dans les parages quand, désespéré par l'attitude de Stef, il se recroquevillait dans un coin, elle dormait dans le lit d'à côté, elle se couchait et se levait en même temps que lui, elle attendait, ombre patiente et silencieuse, que l'habitude ou la lassitude le délivre de ses chimères.

Les choses auraient certainement suivi leur cours naturel si un certain Killian, surnommé Kil, n'avait pas revendiqué Sol comme *sa* meuf. Elle n'avait pas prêté attention à ses divagations lorsqu'il lui avait affirmé, un soir, qu'il la trouvait bonne et qu'elle serait à lui un jour ou l'autre. Elle avait haussé les épaules sans imaginer un seul instant que ces propos, si souvent proférés dans les bâtiments de la caillera, avaient pour Kil valeur de serment. D'autant qu'il ne s'était plus manifesté après cette première déclaration. Elle le trouvait moche avec ses cheveux blond filasse, ses traits rugueux, ses oreilles décollées qu'il planquait le plus souvent sous un bonnet crasseux. Elle frissonnait de dégoût à l'idée d'être offerte à ses ongles noirs, ses dents jaunes et son haleine de hyène. Maintenant qu'il avait un rival déclaré, Kil revenait tourner autour d'elle, gonfler ses muscles et brandir ses poings sous le nez de Pibe – sans jamais déclencher les hostilités ; il ne tenait pas à violer l'Oborsin et goûter les joies de l'isolement dans le tarmi. Il se comportait comme les mâles de certaines espèces animales dont les gonflements de poils ou de plumes suffisent à s'épargner des combats à l'issue incertaine. En l'espèce, il ne réussissait qu'à se rendre un peu plus ridicule et un peu moins désirable auprès de la femelle convoitée. Sol s'ingéniait à lui faire comprendre qu'il ne l'intéressait pas, se planquait lorsqu'il se présentait dans le dortoir ou le réfectoire, posait la tête sur l'épaule de Pibe quand elle ne parvenait pas à l'éviter.

La confrontation eut lieu lors d'un raid matinal dans une banlieue sud, un quartier résidentiel haché menu par un chapelet de cinq bombes à uranium appauvri. Alors que Pibe fouillait les restes d'un pavillon perché de guingois au bord d'un cratère, trois garçons surgirent dans son dos et le poussèrent dans l'une des rares pièces intactes. Sur le lit maculé de sang gisait le cadavre d'un vieux dont le cou avait été transpercé par un éclat pointu de miroir. On distinguait plus loin un second corps enveloppé d'un linceul de poussière blanche et tassé contre le bas d'un mur. La puanteur de sang et de merde suffoqua Pibe, le plia en deux. Le canon de son SIG s'enfonça dans son bas-ventre, lui comprima la vessie. Il s'efforça de surmonter sa nausée galopante pour observer ses agresseurs.

Ils avaient enfilé des cagoules de laine noire, mais il n'eut pas besoin de discerner leurs visages pour identifier Kil et deux de ses potes. Ils braquaient sur lui deux revolvers et un pistolet minuscule, un Colt Pony Pockett peut-être. Où était passée Sol ? Il lui semblait qu'elle était entrée en même temps que lui dans cette foutue maison. Un crachin tenace se glissait par les brèches et tendait un voile luisant sur les gravats et les meubles. Les premiers secours, pour une fois en retard sur la caillera, n'étaient pas encore arrivés. Les gémissements des blessés s'élevaient en entrelacs plaintifs dans la sourdine de l'aube. Les courants d'air déposaient une vague odeur de poudre.

« T'es vraiment qu'un sale con ! grogna Kil.

— Descends-le, putain, et fichons le camp ! aboya un de ses potes.

— Les autres croiront qu'il s'est fait pécho par les keufs », ajouta le troisième.

Pibe chercha des yeux une issue, mais les volets de la fenêtre étaient restés fermés et ses agresseurs bloquaient l'accès à la porte. Kil s'avança et, du canon de son revolver, l'obligea à s'asseoir sur le lit, près des jambes du cadavre. Ses yeux marron clair brillaient d'un feu que Pibe avait appris à reconnaître en trois semaines de présence dans la Croix du Sud : le feu du meurtre. Sans doute un observateur aurait-il décelé le même éclat dans ses yeux lorsqu'il avait flingué l'auxiliaire de la légion ? Il avait éprouvé des remords, « t'es trop plein de foutaises religieuses » avait craché Fesse, mais, sous les cendres du repentir, couvaient des braises d'exaltation : il n'y avait sans doute pas de plaisir plus vertigineux, plus divin, que d'exercer son pouvoir de vie et de mort sur un semblable. Et son moi caché sortait de temps à autre la tête de son antre pour s'associer à son exaltation morbide. Il s'empressait de le repousser dans les fosses profondes de son être. Trouille atroce de découvrir que sa réalité ultime n'abritait qu'un monstre, une créature ivre de sang et de sensations fortes.

Kil s'empara d'un coussin et, avec un ricanement, l'appuya sur le front et le nez de Pibe. Se servir d'un oreiller ou d'un traversin pour étouffer la détonation, un truc employé par les tueurs professionnels dans les films DVD.

Cette fois, ni Stef ni Sol ni personne d'autre ne viendrait au secours de Pibe. Il tremblait de tous ses membres, mais il n'avait pas envie de pisser. Même pas peur.

Quand même, fallait vraiment être frappé pour assimiler la mort à un jeu.

« T'es jamais qu'un bougnoul, Joseph. »

Il plissa les yeux, se carra dans le fauteuil en cuir, savoura son plaisir à voir se fissurer l'armure de certitudes du mac. Il détestait ce genre de type, ce genre d'activité, ce genre de fringues, ce genre de meubles, ce genre d'appartement, autant d'expressions du mauvais goût, autant de preuves de la suprématie du vice, autant de chiures sur la toile immaculée de la chrétienté européenne.

« C'est pas parce que t'as changé de nom et effacé les traces de ta naissance que t'es devenu un vrai chrétien, Joseph.

— C'est pas non plus parce qu'on est originaire d'Afrique du Nord, un bougnoul comme vous dites, qu'on est nécessairement islamique », répliqua Joseph.

Une femme légèrement vêtue s'affairait dans une pièce voisine, la cuisine probablement. Ce petit salaud s'envoyait des filles au corps sublime tandis que lui était condamné à supporter le même épouvantail depuis plus de trente ans, une cohabitation étouffée par l'exiguïté de leur deux pièces humide et sombre. Son traitement d'inspecteur de police – pardon, d'auxiliaire civil de la légion – ne lui permettait pas de s'acheter un supplément d'espace, de lumière et d'amour. Et sa foi chrétienne lui interdisait de divorcer, de trancher un lien noué par Dieu.

« Juste, mais t'aurais quand même dû te soumettre au décret et te barrer avec les autres. Et puis un bon chrétien devrait être capable de me fournir son certificat de baptême.

— J'en ai un !

— Je parle d'un vrai certificat, pas de celui que tu as acheté dans l'arrière-boutique de… comment s'appelle-t-il déjà ?… Edgar. »

Le tressaillement du petit mac ne lui échappa pas, un mouvement convulsif de la paupière doublée d'une brève et rageuse crispation de la mâchoire. Même s'il ne touchait qu'un salaire de misère, son métier de flic – d'auxiliaire civil de la légion… – lui apportait son lot de satisfactions, dont celle de traquer ses proies dans l'intimité de leurs repaires. Un furet dans un terrier de lapin. Jouissance suprême de bouleverser l'existence de ceux qui s'imaginent au-dessus des lois divines et humaines, de les déboulonner de leurs socles, de les expédier au royaume des ombres. Et celui-là, ce faux Joseph qui avait eu l'audace de se draper dans le nom du père du Seigneur, ce rejet islamiste planté dans le terreau chrétien comme une herbe du diable, ce souteneur qui avait changé en proxénétisme la polygamie perverse de son Prophète, ce portier des nuits de débauche pour les épouses en mal de luxure, celui-là, il l'alpaguerait ou il lui collerait une balle dans la tête avec une jubilation sans bornes. Il attendait seulement le feu vert de son supérieur, le commissaire divisionnaire – ou principauté, ou responsable de l'autorité civile. En vain : on avait besoin du petit mac, du menu fretin, pour attirer de gros poissons dans la nasse.

« Ah bon ? Ce cachottier d'Edgar vend de faux certificats ? » feignit de s'étonner Joseph.

Il se contint pour ne pas bondir de son fauteuil et lui flanquer une paire de claques par-dessus le bureau imitation Louis XVI.

« Dix mille euros le certificat. Ils te sont restés en travers de la gorge, pas vrai ? Pas de chance pour toi, Joseph : Edgar n'a pas pu résister au désir sincère de soulager sa conscience. On en a appelé à ses vertus chrétiennes. La confession, tu connais ? Non, bien sûr. Vous autres, les ousamas, vous n'avez qu'une façon de purger vos fautes : vous faire sauter avec vos satanées ceintures de bombes. »

Joseph se crispa sur sa chaise.

« Qu'est-ce que vous voulez au juste ? »

La femme, alarmée par son éclat soudain, s'invita dans la pièce. Son peignoir court dévoilait avec générosité sa peau blanche et ses sous-vêtements de dentelle pourpre. Qui d'autre qu'une pute aurait pu porter un corps et des sous-vêtements pareils ? Combien coûtait une passe avec elle ? Trente euros ? Cinquante ? Combien d'années d'enfer pour un plaisir à trente deniers ?

« Si elle vous intéresse, monsieur l'auxiliaire de l'autorité civile, je peux vous arranger un tête-à-tête… »

La proposition de Joseph lui fit l'effet d'une douche glacée. La gorge douloureuse, il s'appliqua à ignorer la présence de la fille, à garder ses yeux plantés dans ceux du mac.

« Dis à ta pute de foutre le camp. »

Un petit sourire aux lèvres, Joseph ordonna à la fille de s'éloigner d'un geste de la main ; elle s'exécuta en soupirant et traînant les pieds.

« Et de refermer la porte. »

Il reprit le contrôle de lui-même après qu'elle eut claqué la porte et qu'elle l'eut laissé seul avec le mac. Le terrier était aussi vaste et lumineux que les appartements des personnalités politiques et artistiques les plus en vue de Paris. Rien d'étonnant, puisque Joseph habitait le même quartier qu'eux, le cœur de la métropole française, une partie du 15e, les 6e et 7e arrondissements sur la rive gauche, le 16e, le 8e et la pointe sud du 17e sur la rive droite. Un périmètre restreint, alimenté en permanence par une centrale nucléaire en forme de bunker à demi enterrée sur le bord du fleuve, enfouie sous des tonnes de béton, protégée par une batterie de missiles antimissiles, surveillée par plus d'un millier d'hommes en arme. Les coupures d'électricité ne concernaient pas le palais de l'Élysée, ni les grands ministères, ni les privilégiés regroupés autour des centres de décision. Lui, il habitait le 20e et, tous les soirs à partir de 8 heures, les ampoules s'éteignaient, les appareils électriques s'arrêtaient, la lumière frêle et dansante des bougies donnait aux façades environnantes de faux airs d'enluminures.

Il avait fini par se débarrasser de son congélateur après avoir mis le nez à plusieurs reprises dans les crèmes glacées réduites en flaques, les légumes en bouillies, les viandes et les poissons en petits tas informes. Comme la plupart de ses voisins, il achetait le soir des sacs de cubes de glace pour retarder la fonte du beurre et la corruption des produits frais. La chaleur et l'humidité, deux adversaires redoutables pour l'hygiène alimentaire. Ses nausées et ses maux d'estomac récurrents semblaient indiquer qu'il avalait autant de bactéries, de virus et d'autres saletés microbiennes que de nourriture. Il avait un temps essayé de noyer les agents infectieux dans de généreuses rasades d'alcool. Il en avait gardé l'habitude de plonger quotidiennement ses douleurs et ses pensées dans les brumes de rhum, de cognac ou de bourbon. En revanche, jamais il n'avait touché aux BB, les pilules bleues, ou aux autres saloperies chimiques. Il en avait eu maintes fois l'occasion pourtant : certains de ses collègues ne se gênaient pas pour affecter les drogues saisies à leur usage personnel. On ne se décidait pas, là-haut, à nettoyer ces écuries d'Augias qu'était devenu le CALRAC, le corps auxiliaire de la légion responsable de l'autorité civile. Il aurait fallu pourtant assainir le tronc, couper les branches pourries, les brûler, les expédier dans le royaume des ombres ou les tranchées du front Est. Lui s'était engagé à vingt ans dans la bonne vieille police d'avant l'archange Michel afin de défendre les valeurs éternelles, le droit, la justice, la morale, le lien, dans une Europe tombant en putréfaction. Il y avait gagné un surnom, John Wayne, en référence à un acteur américain du siècle dernier, l'incarnation de la foi pionnière et de la justice expéditive. Il avait accueilli avec joie l'arrivée des premières légions archangéliques, ces divisions juvéniles venues des frontières orientales de l'Europe pour chasser les cliques des politiciens et des affairistes véreux. La guerre contre le Jihad islamique avait malheureusement interrompu leur œuvre de salubrité publique, et les armées du vice, un temps dispersées, en avaient aussitôt profité pour s'engouffrer dans les brèches.

« Alors, qu'est-ce que vous voulez ? »

Le petit mac reprenait du poil de la bête, estimant sans doute que l'attaque était la meilleure des défenses. Siffle toujours, beau merle : ce n'est pas ton appartement au cœur de Paris, ni tes fringues à mille euros, ni ta pute aux sous-vêtements rouges qui te confèrent ton importance, ton arrogance, mais ton réseau de relations, tes protections. Tu tiens quelques gros bonnets par les couilles, tu nourris leurs vices en échange de promesses d'impunité, seulement là-haut, dans les sphères secrètes de la légion, on a décidé de virer les fruits pourris du panier. On jettera tes clients en pâture aux foules afin d'enseigner aux âmes simples que nul ne peut se soustraire à la loi, que ni le rang ni l'argent ne dispensent des devoirs, même si, selon les paroles du Christ, il est plus difficile à un chameau de passer par le chas d'une aiguille qu'à un riche d'entrer dans le royaume des cieux, amen.

Prendre maintenant le lapin à la gorge, serrer jusqu'à ce qu'il sente les crocs lui caresser la glotte.

« Voilà, Joseph : on sait qu'une douzaine de filles travaillent pour toi. Juteux, ton petit commerce.

— Je ne sais pas qui peut bien répandre ces calomnies sur mon compte, mais… »

Il l'interrompit d'un geste péremptoire du bras : ne me fais pas, s'il te plaît, le coup du brave type victime d'un complot, ne me fais pas le coup de l'innocent outragé.

« Les filles, y a plein de façons de les faire cracher. On n'aura aucun mal à obtenir des aveux, des témoignages à charge. Le proxénétisme, ça va chercher entre sept et dix ans de trou. Mais qu'un rejeton d'ousama organise des soirées de débauche pour de bonnes épouses et mères de famille chrétiennes, ça vaut plus, beaucoup plus, un camp à perpète, peut-être même la mort, tout dépend de l'humeur du juge.

— Qu'est-ce qui vous fait penser que j'organise ce genre de soirées ? »

Le lapin comprenait maintenant que le furet ne le lâcherait pas, que des prédateurs plus influents que ses protecteurs s'apprêtaient à tendre un gigantesque filet, et il s'adaptait, il changeait de stratégie, il s'efforçait de lire entre les mots du flic, de passer au travers des mailles.

« Je ne le pense pas, j'en suis sûr. On s'est expliqués avec l'un des… soyons charitable, danseurs que tu as employés ces derniers temps. Un ancien du front Est. Paraît que les femmes adorent balader leurs mains sur les borgnes et les manchots. »

Il se tut et, laissant mijoter Joseph quelques minutes dans son jus, il s'absorba dans la contemplation des moulures. Lui, il se cognait le front au plafond de son deux pièces quand il dépliait brutalement son mètre quatre-vingt-quinze, et il avait un peu de mal à tasser ses épaules et son bide dans la salle de bains et les chiottes. Il épuisait son temps à jouer les furets dans les terriers des beaux quartiers et il habitait un clapier ; les voies du Seigneur étaient, sinon cruelles, à tout le moins ironiques. Il espérait seulement que la dérision divine ne le poursuivrait pas jusque dans sa tombe. L'incertitude s'associait parfois aux microbes pour lui ronger les tripes et pourrir la moitié de ses nuits. Il s'asseyait sur le lit en essayant de ne pas réveiller l'épouvantail bruissant à ses côtés – peine perdue, elle se réveillait toujours – et se demandait jusqu'à l'aube s'il y avait vraiment une vie de l'autre côté, si Dieu n'était pas une pure invention des hommes, s'il avait choisi le bon camp, s'il toucherait un jour les dividendes de ses frustrations. La prochaine fois, Seigneur, évitez de me faire flic et chrétien.

Joseph parla le premier, ce qui, dans les circonstances, équivalait à une reddition.

« C'est quoi, le marché ? »

Il marqua encore un temps avant de répondre. Trop bon de contempler la peur dans les yeux exorbités d'une proie.

« Nous savons que tu as fourni des, disons, services spéciaux à certains hommes proches du pouvoir.

— Je n'ai eu affaire qu'à des anonymes, des intermédiaires. Une ou deux fois. Comme ça puait grave l'embrouille, je me suis aussitôt retiré du circuit.

— Nous aimerions précisément que t'y reviennes, dans le circuit, que tu reprennes des contacts.

— Vous avez besoin d'un flag ? »

Il s'inclina pour rendre un hommage ironique à la perspicacité de son interlocuteur.

« Nous marchons sur des œufs. On n'a pas le droit de se planter dans ce genre d'affaire. Le gros gibier est méfiant, protégé, dangereux.

— De qui parlez-vous, exactement ? »

Il se leva, s'étira, se dirigea vers la fenêtre donnant sur le boulevard. Il aimait le craquement des lattes du parquet sous le caoutchouc de ses chaussures. Un bruit moelleux, confortable, qui le changeait agréablement des couinements misérables du lino de son salon.

« Des représentants du pouvoir européen en France. Nous n'avons pour l'instant que des soupçons.

— Qui veut les abattre ?

— Je ne peux pas répondre à cette question.

— Vous ne pouvez pas ou vous ne voulez pas ?

— Comme je ne peux pas répondre, tu ne le sauras pas. »

La pluie brouillait les vitres, métamorphosait les arbres dégoulinants en spectres las et les rares bagnoles en traînées grises.

« Je suppose que c'est un coup des fanatiques de la légion », lâcha Joseph.

Il se retourna avec une rapidité a priori incompatible avec son gabarit et foudroya le mac du regard.

« T'es mal placé pour donner des leçons en matière de fanatisme, Joseph ! Chez toi, y a que des fanatiques ! »

Le mac désigna la pièce d'un ample mouvement du bras.

« C'est ici, chez moi. Je suis né en France, mes parents, mes grands-parents sont nés en France. Je parle français, je n'ai pas appris l'arabe, je suis incapable de lire le Coran.

— Tu n'es pas non plus baptisé et tu ne vas pas à l'église. »

Joseph repoussa sa chaise et le rejoignit près de la fenêtre. Le mac compensait sa petite taille et sa carrure moyenne par une vivacité d'oiseau de proie. Il portait son costume gris perle et sa chemise rose saumon avec une élégance indéniable. Un démon tiré à quatre épingles, le genre de serpent qui réveillait Ève dans chaque femme, qui bannissait chaque jour l'humanité du jardin d'Éden.

« Je ne crois pas en Dieu, monsieur l'auxiliaire de la

légion. Et je ne vois pas ce que ça peut vous foutre. Ce pays était autrefois réputé pour sa liberté de conscience.

— Ah, parce que pousser des filles sur le trottoir, organiser des soirées de débauche pour d'honnêtes mères de famille, t'appelles ça la liberté de conscience ?

— La loi de l'offre et la demande. Ces femmes, je ne vais pas les chercher dans leurs trous. Elles crèveraient d'ennui si on ne leur permettait pas de prendre une revanche sur leurs mâles.

— Pardon, j'avais pas pigé que tu te souciais de leurs états d'âme. Je croyais, bêtement hein, que tu pompais d'un côté leur fric et de l'autre le fric de leurs maris. »

Joseph hocha la tête avec une douceur empreinte de nostalgie. Le lapin se révélait plus intéressant, plus émouvant, dans la défaite.

« Le vice, monsieur l'auxiliaire de la légion, se tient toujours dans l'ombre de la vertu. »

Il décida de rentrer à pied malgré le vent et la pluie. Ou peut-être à cause du vent et de la pluie : il avait besoin d'être purifié par l'eau et par l'air, de recevoir un nouveau baptême. Traverser Paris d'ouest en est ne l'effrayait pas. Il donna un coup de fil à son épouvantail, dont les grognements lui apprirent qu'elle n'avait pas que ça à faire, l'attendre, qu'il devrait se débrouiller pour le dîner, ou bien se contenter d'un sandwich dans un troquet. Il était autorisé, en tant que flic, à posséder un téléphone portable, un privilège partagé avec les légionnaires, les médecins, les pompiers et les hauts fonctionnaires. Le réseau, Neorop, couvrait en théorie l'ensemble du territoire de l'Europe, mais les bombardements et les attentats avaient détruit un grand nombre d'antennes et borné l'espace de communication aux archipels citadins. L'interdiction des téléphones mobiles avait engendré divers trafics vite abandonnés parce que peu rentables et dangereux – relié aux satellites, Neorop servait également de toile de surveillance et gardait en mémoire toutes les communications. C'était sans doute moins vrai aujourd'hui, les agences spatiales n'ayant plus les moyens d'expédier de nouveaux satellites ni de maintenir les anciens en orbite. L'oreille du Grand Frère, le surnom du réseau, ne captait plus que des bribes de conversation.

Il s'accouda au parapet de la passerelle Debilly et fixa jusqu'au vertige la surface tumultueuse de la Seine, aussi boueuse que son âme. Un peu plus loin, les deux cheminées de la centrale nucléaire du cœur parisien crachaient leurs colonnes de fumée blanche, piliers jumeaux et instables d'un plafond nuageux bas et noir.

Il vieillissait, sa foi s'effilochait, les ténèbres le happaient, il n'avait plus la force ni la volonté de résister à leur attraction. En un éclair d'honnêteté, de lucidité, il admit qu'il enviait les hommes comme Joseph. La perspective d'enfourner sa carcasse dans son deux pièces exigu et sombre, de passer une nouvelle nuit d'insomnie aux côtés de son épouvantail, le révulsa, réveilla sa nausée.

Elle ne lui avait même pas donné d'enfant. Les analyses médicales avaient démontré qu'elle était parfaitement féconde et suggéré, par défaut, que l'infertilité de leur couple venait d'une insuffisance de son sperme, mais, plutôt que d'être confronté à la révoltante, à l'humiliante réalité, il avait choisi le silence et la rancœur.

Il avait placé son existence sous le signe de l'illusion, du mensonge.

De l'échec.

Il enjamba le parapet de la passerelle. Il n'avait jamais appris à nager. Un hurlement retentit dans son dos. Le Seigneur n'admettait pas le suicide. Quelle importance ? Lui n'admettait plus le Seigneur. Il n'avait rien gagné sur une rive, il n'y avait rien à gagner sur l'autre. Baisé des deux côtés. Joseph, au moins, vivait en accord avec son absence de principes.

« Ne faites pas ça ! »

Faire quoi ? Il s'agissait de défaire.

Il s'agrippa à la barre supérieure de la rambarde et jeta un coup d'œil par-dessus son épaule. Une femme courait dans sa direction. Les pans de son imperméable ouvert flottaient au-dessus de la flamme noire de sa chevelure. Le vent plaquait sa robe sur sa poitrine et son ventre ronds. Pleine d'une autre vie, sans aucun doute, belle, émouvante dans sa tentative éperdue de sauver de la noyade un homme déjà renié. Ses talons hauts se tordaient dans les interstices des traverses, la passerelle battait à chacun de ses pas, comme un cœur métallique.

Elle arrivait top tard.

Le cadavre coincé contre le bas du mur avait remué et gémi. Un bruit de siphon en train de se vider. Les deux potes de Kil s'étaient sauvés comme s'ils avaient une cohorte de démons aux trousses. La femme se relevait d'entre les morts en secouant sa gangue de poussière. Kil lui jetait d'incessants coups d'œil, le canon de son revolver tremblait sur le front de Pibe, la peur supplantait la haine dans ses yeux brun clair, d'épaisses gouttes de sueur perlaient au-dessus de ses sourcils et à la naissance de son nez. Cette femme avait paru tellement… morte quelques instants plus tôt ! Sa résurrection le paralysait, l'empêchait de presser la détente.

« Lâche-le ! »

Kil ne chercha pas à savoir d'où tombait cette voix, il se rua vers la porte, bousculant au passage la silhouette qui venait de faire son apparition dans la pièce. Il fallut une poignée de secondes à Pibe pour prendre conscience que son agresseur s'était enfui. Son cœur cognait et s'affolait dans sa poitrine, une fouine en cage. En apnée depuis que le revolver de Kil lui avait mordu le front, il ouvrit la bouche et aspira une grosse bouffée d'air humide. Le brutal afflux d'oxygène lui fit tourner la tête.

La femme acheva de se mettre debout et chancela contre le mur en marmonnant des sons incohérents.

« On fout le camp, Pibe. »

Stef le fixait avec ce regard détaché et ironique qu'elle semblait poser sur le monde en toutes circonstances. Stef et ses yeux aussi transparents que des billes, Stef et ses cheveux noirs, ses mèches décolorées, sa peau claire, ses frusques informes, son Colt 22, son mystère. Qu'est-ce qu'elle fichait là ? Pibe ne l'avait pas vue grimper dans l'un des trois camérhinos en partance pour la razzia. Elle ne s'était pas montrée à la Croix du Sud depuis une bonne semaine, au point qu'il s'était demandé si elle ne s'était pas définitivement envolée. Dans électron libre, il y avait le mot libre, et elle pouvait sans doute quitter la caillera, changer de crémerie ou partir pour un lointain ailleurs quand bon lui semblait. Pibe crut qu'il rêvait, qu'il allait émerger d'un moment à l'autre dans le dortoir, accueilli par le grondement des trombes et l'indéchiffrable regard de Sol allongée sur le lit voisin et réveillée depuis des heures.

« Qu'est-ce… que vous faites chez moi ? »

La femme, toujours appuyée contre le mur, avait réussi à se tourner dans leur direction. Ses yeux ronds, assombris par la méfiance, crevaient le masque de poussière agrégée sur son visage. Âgée, lourde, vêtue d'une chemise de nuit déchirée par endroits, elle ne prêtait aucune attention au cadavre allongé sur le lit. Elle ne se rendait pas compte que sa maison et sa vie venaient d'être ruinées par une averse de bombes.

« Sortez, ou j'appelle la légion ! »

Sans cesser de les observer, elle se pencha sur le côté et lança la main à la recherche de quelque chose, le téléphone sur la table de chevet sans doute. Elle refusait obstinément de baisser les yeux vers le lit. Un sourire chassa la crispation de ses lèvres et creusa de nouvelles rides en haut de ses pommettes.

« Pardon, je ne vous avais pas reconnus, mes chéris. Vous avez tellement grandi. Tellement changé. Vous êtes venus rendre une visite à votre vieille tante Lætitia, hein ? Thierry, Thierry, lève-toi, les enfants de Béatrice sont à la maison. »

D'un geste de la main, Stef invita Pibe à sortir. Dehors, le ciel et la terre s'épousaient dans une désolation poisseuse et grise. Chargés de butin, les cailleras jaillissaient des décombres et convergeaient vers les camions. Quelques-uns coupaient par les flancs du grand cratère sur lesquels ils récupéraient divers objets éparpillés par les déflagrations. Les bombes avaient remodelé ce quartier résidentiel en océan tempétueux aux vagues pétrifiées. Les vestiges des pavillons naufragés gisaient entre les haies déchiquetées de tilleuls et de lauriers.

« Qu'est-ce que tu fous là ? » demanda Pibe.

Stef s'avança au bord du grand cratère et se jucha sur un pan de mur à demi enfoui dans le sol.

« Tu n'as pas encore pigé que je suis ton ange perso ? Je m'arrange toujours pour mettre mes pas dans tes pas. »

Une bourrasque emporta son éclat de rire. Elle se foutait de lui, encore. Exaspéré par ses moqueries, par le crachin, par sa peur rétrospective, il pulvérisa d'un coup de pied une motte de terre. S'il s'était retrouvé devant Kil à cet instant, il l'aurait buté sans la moindre hésitation, une balle dans le ventre, il l'aurait regardé crever à petit feu, ce salaud.

« Fais chier avec tes conneries, Fesse !

— Sans mes conneries, tu serais mort à l'heure qu'il est ! Et puis j'aime pas quand tu m'appelles Fesse !

— J'croyais que la mort n'avait aucune importance, Fesse ! »

Elle se retourna, pointa le canon de son Colt sur Pibe et le tint en joue. Il crut qu'elle allait vraiment tirer, qu'elle allait achever le boulot salopé par Kil. Il ne comprenait plus rien, il tremblait de froid, cette putain d'humidité lui tapait sur les nerfs.

« Rentrez, mes chéris, vous allez attraper la mort avec cette pluie. »

La vieille femme était sortie des ruines de sa maison comme Lazare de son tombeau. Le crachin enveloppait d'une mantille luisante ses cheveux et ses épaules blanchis par la poussière. Elle marchait d'une allure traînante, trébuchant sur les obstacles disséminés sous ses pieds. Son apparition accentuait l'impression de Pibe d'être piégé dans l'univers des rêves. Il ferma les yeux et pria le Seigneur Tout-Puissant de le renvoyer non pas dans le dortoir de la Croix du Sud, mais dans la maison familiale. Il abjurait les anciennes suppliques, il voulait à nouveau respirer l'air moisi de la cave, entendre la respiration sifflante de Marie-Anne, les frottements horripilants de ses parents, revenir aux temps bénis d'avant la bombe.

Un coup de feu claqua, une balle siffla sur la gauche de Pibe.

« Les keufs ! Vite ! »

Quoi, les keufs ? Il rouvrit les yeux. Leurs sirènes n'avaient pas retenti, ni le coup de sifflet donnant le signal du repli. Stef désigna les centaines de silhouettes déployées sur toute la largeur du quartier rasé par les bombes. Un filet aux mailles serrées, infranchissables. Le nombre et la progression régulière des keufs indiquaient qu'ils avaient engagé une guerre totale contre la Croix du Sud. Ils avaient sans doute pris position sitôt après le bombardement de la nuit, une manœuvre qui expliquait la non-intervention des secours. Ils sacrifiaient les blessés pour en finir une fois pour toutes avec la caillera. La lumière encore livide de l'aube se réfléchissait sur leurs boucliers et leurs casques. Ils lâchaient sans sommation des rafales de fusils d'assaut sur les pillards surpris. Des colonnes de fumée noire montaient des camérhinos désagrégés par des tirs de mortier.

Le premier réflexe de Pibe fut de courir dans la direction opposée. Il s'aperçut très vite que le cordon des forces de l'ordre formait un cercle, que le filet se resserrait inexorablement sur eux.

« On est foutus ! gémit-il.

— Sois pas idiot. »

Le calme de Stef le hérissa. Les keufs avaient visiblement reçu la consigne de ne pas faire de quartier. Il ne s'agissait pas d'accroître la surpopulation des prisons, des camps ou des écoles prophétiques, encore moins de mobiliser un appareil judiciaire réduit à sa plus simple expression, mais de débarrasser l'Europe de sa chienlit.

« T'as une solution ? cracha Pibe.

— Tante Lætitia a raison : il pleut, et nous ferions mieux de nous mettre à l'abri en attendant le retour du beau temps. »

Stef n'attendit pas l'approbation de la vieille femme pour se diriger vers l'entrée du pavillon dont le pignon de guingois saillait du bord du cratère comme la proue d'un bateau échoué.

« Thierry, arrête un peu de dormir et viens dire bonjour aux enfants de Béatrice. »

La vieille femme avait installé Stef et Pibe dans les vestiges de la cuisine et entrepris de leur préparer un chocolat chaud. Comme il n'y avait plus d'électricité, elle s'était contentée de poser la casserole emplie de lait sur une plaque vitrocéramique. Elle avait retiré des décombres des cuillères, des bols intacts et la plupart des ingrédients nécessaires au petit déjeuner, l'ersatz de chocolat en poudre, le sucre, le pain de mie, les confitures. Pibe et Stef l'avaient aidée à relever la table, les tabourets, et s'étaient installés sous un pan de toit affaissé, le seul endroit de la pièce épargné par le crachin.

« Il devient de plus en plus feignant avec l'âge… »

La vieille femme ne cessait de marmotter en s'affairant devant les plaques de cuisson. Une phrase cohérente surnageait parfois dans sa logorrhée, mais elle n'attendait pas les réponses, ou elle les faisait elle-même avant de s'étourdir dans une nouvelle série de marmonnements. Des rafales de fusils d'assaut, les explosions de mortiers, des hurlements trouaient le silence matinal.

Stef retira sa veste de treillis, ses chaussures, ses chaussettes, son pantalon, sa chemise, puis, ne gardant que son tee-shirt et sa culotte de coton, elle roula ses frusques en boule autour de son pistolet et alla planquer le tout dans la partie basse d'un placard intact.

« T'es ouf !

— Nous avons dormi chez notre tante, murmura-t-elle en revenant s'asseoir à la table. Les neveux qui dorment chez leur gentille tante ne sont pas fringués ni armés comme des cailleras. Et puis tu ne devrais pas dire ouf pour une fille, mais lof. »

Des éclats de voix retentirent tout près de la maison. Trop paniqué pour saisir toutes les subtilités du raisonnement de Stef, Pibe se dévêtit à son tour avec une fébrilité attisée par les staccatos rapprochés des fusils d'assaut, glissa son flingue dans ses vêtements, enfourna le tout dans le placard, revint s'asseoir précipitamment pour planquer sous la table ses jambes maigres et son slip auréolé de taches suspectes.

La vieille femme souffla sur le lait avant de le verser dans les bols. La mixture obtenue, grumeaux sombres sur fond blanchâtre, raviva la nausée de Pibe, latente depuis son réveil. Le décurion les avait tirés de la tiédeur du lit aux alentours de 4 heures 30. Ils n'avaient pas eu le temps de prendre le petit déjeuner, ils s'étaient entassés sous les bâches des caméhrinos dont les moteurs tournaient déjà et, bercés par les cahots, coincés entre rêve et réalité, ils étaient arrivés sur les lieux de la razzia vingt minutes plus tard. Sol s'était endormie sur l'épaule de Pibe. Elle l'avait irradié de sa chaleur, il ne l'avait pas réveillée de gaîté de cœur.

Sol.

Qu'est-ce qu'elle était devenue ? Est-ce qu'elle avait échappé aux keufs ? Patiente, obstinée, elle s'était installée dans la salle d'attente de sa vie, persuadée qu'il lui ouvrirait tôt ou tard la porte. La proximité, l'habitude avaient noué entre eux des liens plus profonds qu'il ne l'aurait pensé.

« Mangez, mangez, mes chéris. Thierry, Thierry, viens manger avec nous, espèce de paresseux ! »

Stef étala de la confiture sur une tranche de pain de mie. Un craquement précéda de peu l'irruption de trois hommes dans la cuisine ravagée. Casques aux visières rabattues, lances argentées brodées sur le devant de leurs combinaisons noires et brillantes, fusils d'assaut flambant neufs. Ils s'étaient introduits dans la maison avec une discrétion d'ombres. Leurs uniformes et leurs armes ne les désignaient pas comme des keufs ni des auxiliaires ordinaires. Leur façon d'occuper l'espace, leur économie de gestes, leur efficacité avaient quelque chose d'implacable, de mécanique.

Des robots programmés pour tuer.

Pibe cessa de respirer. Impossible de deviner quoi que ce soit sur les traits, ni dans les yeux de Stef, impossible de se caler sur ses réactions, sur ses intentions. La vieille femme, elle, ne paraissait même pas avoir remarqué la présence des intrus. Elle continuait à s'affairer entre la table et les placards aux étagères affaissées.

« On ne bouge plus ! »

Des tonalités métalliques, menaçantes, dans la voix filtrée par la visière du casque.

« Elle ne vous entendra pas. » Malgré sa frayeur, Pibe ne put s'empêcher d'admirer le sang-froid de Stef. « Elle a perdu connaissance après l'explosion de la bombe, et elle divague depuis qu'elle s'est réveillée. »

L'un des trois hommes s'approcha de la table en gardant son fusil d'assaut pointé sur Stef et son index replié sur la détente.

« C'est votre mère ?

— Notre tante.

— Qu'est-ce que vous faites chez elle ?

— Nous sommes venus passer la soirée chez elle. Enfin, chez eux. Notre oncle, lui, n'a pas survécu au bombardement.

— Vous venez d'où ?

— De la banlieue ouest. Nous n'avons pas pu rentrer à la maison à cause du couvre-feu. Si on avait su que le quartier serait bombardé, on se serait débrouillés pour rentrer avant la nuit. »

D'un geste du bras, l'homme ordonna à ses deux acolytes de fouiller les autres pièces. Après qu'ils eurent disparu, il demeura silencieux et immobile. Pibe entrevit les éclats de ses yeux au travers de la visière sombre et convexe de son casque.

« Thierry, lève-toi, des messieurs veulent te parler », cria la vieille femme.

Pibe marinait dans un bain de sueur glacée. Il craignait maintenant que leur « tante » ne recouvre subitement la mémoire et ne les dénonce aux tueurs chargés de liquider la caillera. Il craignait également d'être trahi par ses réactions organiques, ses tremblements, sa transpiration ; les battements de son cœur lui ébranlaient tout le corps. Il n'aurait pas dû penser au placard du bas, là où étaient cachées leurs fringues et leurs armes, mais il ne pouvait se l'ôter de la tête, comme s'il n'avait pas d'autre choix que d'attirer l'attention du légionnaire sur leur planque, sur la preuve de leur forfaiture. Aux tréfonds de lui, son moi dissimulé le considérait avec une ironie cuisante, crispante.

« Je vais aller le sortir du lit ce fainéant, ronchonna la vieille femme.

— On ne bouge pas, j'ai dit ! »

Elle se dirigea vers la porte de la cuisine sans tenir compte de l'ordre de l'homme en noir. Il lui bloqua le passage du canon de son arme. On ne distinguait pas la moindre trace de glissière ou d'un autre système de fermeture sur sa combinaison ; les gouttes glissaient sur la surface noire et lisse comme sur une vitre.

« Un pas de plus, et je tire.

— Je suis chez moi, protesta la vieille femme. Je dois aller réveiller Thierry.

— Pas la peine. Vos neveux ont dit qu'il était mort. »

Elle se tassa sur elle-même, comme si elle avait reçu un coup au plexus, puis elle se redressa, les cheveux en bataille, les sourcils froncés, les yeux étincelants de colère.

« Ces gosses… ces gosses ne sont que des petits menteurs ! »

Un spasme vomitif secoua Pibe de la tête aux pieds, un goût de fiel lui envahit la gorge.

« Mon Thierry ne peut pas être mort ! Il dort dans la chambre d'à côté. Si vous m'y laissez aller…

— On ne va pas tarder à le savoir. En attendant, vous ne bougez pas. »

La vieille femme parut un moment sur le point de forcer le passage, finit par se résigner et se laisser choir sur un tabouret.

« Les gosses sont tous des menteurs, des voleurs, des bons à rien. Il ne faut pas croire ce qu'ils racontent… »

La fin de sa phrase se perdit dans un brouillamini sonore en partie couvert par le vacarme extérieur.

« Vous avez le cœur de prendre un petit déjeuner dans ces circonstances ? » demanda le légionnaire.

Pibe baissa la tête et se mordit l'intérieur des joues

pour résister aux spasmes, maintenant répétés et violents.

« Elle refuse de voir la réalité, elle fait comme s'il ne s'était rien passé, murmura Stef. Nous n'osons pas la contrarier.

— Vous n'avez pas demandé du secours ?

— Le téléphone est coupé. J'ai bien essayé de sortir, mais il y avait plein de pillards dans le quartier, et j'ai pensé qu'il était préférable de rester dans la maison.

— Pas forcément une bonne idée. S'ils s'étaient introduits chez vous et qu'ils vous avaient trouvés, ils auraient pu vous tuer.

— Les pillards ne sont pas tous des meurtriers. »

Pibe trouva parfaitement déplacée la réflexion de Stef. Le moment était vraiment mal choisi pour jouer les avocats des cailleras.

« C'est ce que vous croyez, répliqua le légionnaire. On a tendance à les plaindre parce qu'ils ont perdu leurs parents, leurs familles, mais ils doivent tuer un homme pour être admis dans une caillera. Ce sont des meurtriers, tous sans exception.

— Vous avez décidé de les arrêter ? »

L'homme en noir marqua un silence avant de répondre :

« Ils ont été jugés coupables. Et condamnés. La prison serait une perte de temps et d'argent. »

Les deux autres légionnaires firent leur réapparition dans la cuisine.

« Personne dans les autres pièces. Juste un mort. »

Les trois hommes se retirèrent au bout de quelques instants qui, pour Pibe, prirent des allures d'éternité.

« Nos excuses pour le dérangement. »

Dès qu'ils furent sortis de la cuisine, il se pencha sur le côté et put enfin vomir toutes ses tripes.

Ils ne quittèrent la maison qu'au début de l'après-midi. Les rafales des fusils d'assaut et les explosions avaient cessé depuis un bon moment, mais Stef pensait que des soldats étaient peut-être restés en embuscade dans les ruines pour liquider les pillards ayant échappé au coup de filet. La vieille femme s'enfonçait dans de longues périodes de stupeur dont elle émergeait de temps à autre pour ânonner des suites de mots sans queue ni tête. Ils trouvèrent, dans les penderies et les coffres des chambres, des fringues passe-partout, différentes en tout cas du style caillera. Pas trop nulles non plus : depuis que les faiseurs de mode et de pub s'intéressaient à la génération *senior*, majoritaire dans les sociétés européennes, les vieux ne s'habillaient plus comme des vieux. Par chance, « l'oncle » décédé était de petite taille et avait gardé la sveltesse de ses vingt ans, si bien que Pibe, plutôt grand et costaud pour son âge, ne rencontra aucune difficulté à trouver un pantalon, un polo, une parka et des chaussures de sport à sa taille. Stef opta pour un ensemble en jean, veste et pantalon, qu'elle compléta avec un imperméable beige serré à la taille. Ils récupérèrent flingues et balles et s'aventurèrent hors du pavillon démoli après avoir salué leur « tante ». Affalée dans un fauteuil, elle ne leur accorda ni un regard ni un geste de connivence, à jamais emmurée dans sa folie. Des larmes s'écoulaient de ses yeux et finissaient de désagréger le masque de poussière blanchissant son visage.

Ils s'engagèrent avec prudence sur le terrain vague. Le vent poussait des nuages bas et porteurs de nouvelles averses. Au loin clignotaient les lumières rouges et retentissaient les sirènes des ambulances. Il ne restait aucune trace de l'imposante légion déployée sur les lieux quelques heures plus tôt. La vague noire s'était retirée en laissant sur la grève des dizaines et des dizaines de cadavres.

Pibe s'accroupit pour régurgiter ses ultimes réserves

de bile, ses dernières amertumes. Ses yeux embués de larmes furent attirés par un corps criblé de balles et couvert d'un linceul de terre sur la pente d'un cratère. Il sut, bien avant de distinguer son visage, qu'il avait retrouvé Sol, sa petite sœur de la Croix du Sud.

Ne meurt-il pas le sage comme le fou ?

L'Ecclésiaste,
Sainte Bible du chanoine Crampon 2-16.

Il n'arrivait pas à croire que John Wayne était mort. Le flic le plus expérimenté, le plus robuste, le plus équilibré de tout le bureau auxiliaire de la légion s'était jeté dans la Seine comme la dernière des midinettes terrassée par une peine de cœur. Le responsable du bureau – « principauté » dans la hiérarchie archangélique, mais les anciens commissaires divisionnaires détestaient qu'on les appelât « monsieur la principauté » ou simplement « principauté » ; ils toléraient éventuellement « principe » – lui avait remis le rapport sur les circonstances du suicide de John Wayne. S'il n'y avait pas eu le témoignage de la femme enceinte qui avait essayé de l'empêcher de sauter, s'il n'y avait pas eu le flingue posé sur le parapet de la passerelle comme la signature authentique de son acte, tout le monde aurait pensé qu'il avait été victime d'un règlement de comptes, d'une vengeance. Il avait eu le temps de s'attirer de solides inimitiés en trente-cinq ans de carrière, d'autant que son efficacité lui avait valu de mettre à l'ombre, au royaume des ombres selon son expression, un bon paquet de malfrats.

Avec feu John Wayne, il avait en commun la taille, la carrure, le penchant pour la bouteille et la brutalité. En revanche, il ne partageait pas les vues de son aîné sur le devoir, l'honneur, cette morale à la con pêchée dans les fonds des bénitiers. Lui n'hésitait pas à détourner une partie des drogues saisies pour les refourguer à des revendeurs ou des relations, il prenait les enveloppes bourrées de liquide pour couvrir des activités illégales, il acceptait de faire disparaître les rapports compromettant des personnalités politiques ou artistiques. Il tissait une toile de plus en plus complexe, de plus en plus large, de plus en plus gluante. S'il avait dû se contenter de son salaire de misère, il n'aurait jamais pu s'offrir un triplex de la banlieue ouest de Paris, la banlieue forteresse, le coin le mieux protégé de Paris avec le cœur élyséen. Du fric, il lui en fallait pour assurer son train de vie, pour s'introduire dans les cercles de jeux les plus fermés d'Europe, pour continuer de se défoncer aux senteurs du pouvoir et du prestige. Une drogue. Qui, comme toutes les drogues, réclamait des doses de plus en plus fortes.

Et puis il y avait Félicie.

Félicie, vaguement mannequin, vaguement comédienne, vaguement écrivaine, vaguement chanteuse, vaguement présentatrice télé, vaguement peintre, vaguement ex-maîtresse d'un ex-ministre. Félicie, une vraie fausse, une « sef » comme disaient les gosses des rues, refaite du sol au plafond, lèvres, dents, seins, fesses, côtes, hanches, cuisses, une pure créature de la fée silicone. Félicie avait daigné poser les yeux sur lui, dîner avec lui, monter avec lui, coucher avec lui. Jamais il n'avait tenu un corps aussi perfectionné dans ses bras, jamais dans ses rêves les plus fous. Il ne se lassait pas d'épouser sa peau dorée, de se rouler dans ses courbes, de boire sa salive, sa sueur, ses humeurs. Elle parlait maintenant de se marier avec lui, comme l'exigeaient les règles archangéliques. Elle avait cependant précisé, avec l'adorable moue de circonstance, qu'elle n'aimerait pas être un jour obligée de fabriquer des gosses ni de vivre dans un « trou à rats ».

La paternité et la misère ne l'intéressaient pas non plus. Il se rappelait être un jour entré dans le deux pièces de John Wayne, un vrai trou à rats, avoir croisé l'espèce d'ectoplasme qui servait d'épouse à son aîné, et il s'était juré que jamais, non jamais il ne sombrerait dans une déchéance pareille. Le suicide de son vieux collègue n'était finalement pas si étonnant que ça. Les grands principes, s'ils servaient à ouvrir les portes de l'administration contrôlée par les purs et durs de la légion, n'alimentaient ni les comptes en banque ni les fantasmes.

Personne n'était allé à l'enterrement de John Wayne. L'église lui avait refusé une sépulture chrétienne, comme à tous les suicidés. Son corps avait probablement été confié à un crématorium et ses cendres, dispersées sur un terrain vague. Le bureau s'était contenté de renvoyer ses quelques effets personnels à sa veuve.

« Asseyez-vous. »

Il se demandait pourquoi le principe l'avait convoqué. Un homme plutôt élégant, son supérieur, cheveux gris soigneusement tirés en arrière, cravate gris brillant, costume gris perle taillé sur mesure dans un tissu de qualité. Une classe discrète incompatible avec son traitement. Même en admettant qu'il touchât le triple du salaire d'un auxiliaire de base, cela ne suffisait pas à se payer des vêtements et des chaussures de cette qualité, encore moins les havanes qu'il mâchonnait à longueur de temps et dont la fumée empestait tous les locaux du bureau. Monsieur la principauté ne crachait pas non plus sur les extras.

« On m'a dit que vous étiez l'un des collaborateurs les plus proches de Garraud. »

Garraud ? Il y eut un blanc dans son cerveau. Ce nom n'évoquait aucun visage, aucun souvenir.

« Ce cher John Wayne nous manquera à tous. »

Ah, John Wayne s'appelait Garraud. Première fois

qu'il entendait son vrai nom, enchanté. Les poignées de main furtives, les bouts de phrases et les coups de fil échangés avaient suffi à nouer entre eux un semblant de complicité. L'aîné aurait pu servir de modèle au cadet si ce dernier avait cru à la mission rédemptrice de la légion.

« Il était chargé d'un travail délicat, et j'ai pensé à vous, son fils naturel, pour reprendre le flambeau. »

Il se retint de répliquer que le fils naturel avait tué le père depuis bien longtemps.

« Un travail délicat, dites-vous ?

— On n'est pas satisfait, tout là-haut, des comportements de certains de nos dirigeants.

— On ? »

Le principe lissa ses cheveux déjà gominés du plat de la main, un geste d'agacement connu de tous ses subordonnés.

« Peu importe. On a besoin d'exemples et j'ai reçu des ordres. Il s'agit d'organiser un vaste coup de filet dans lequel on ramassera de gros, de très gros poissons. »

Aïe, les gros poissons en question avaient toutes les chances d'être englués dans sa toile de relations, ou de connaître quelqu'un qui... Les probabilités étaient fortes pour que le scandale l'éclaboussât, d'une manière ou d'une autre. Il avait horreur des éclaboussures, et Félicie ne les aurait pas tolérées non plus. Elle approuvait à trois cents pour cent la décision européenne de passer par les armes les bandes de pillards, parce que, affirmait-elle avec un sérieux de papesse, ils souillaient *nos* villes, ils se multipliaient comme des rats (elle n'aimait décidément pas les rongeurs), ils donnaient une image détestable de *notre* Europe, ils salissaient la grandeur de *notre* chrétienté. Des reporters télé avaient suivi une légion spécialisée dans la guérilla urbaine et filmé leur combat contre une caillera. La vue des corps brûlés ou criblés de balles avait provoqué d'étranges réactions chez Félicie, davantage que de la fascination, une salivation, une jouissance à peine contenue. Elle ne regardait pas les cadavres déchiquetés de ces gosses comme des éclaboussures, mais comme des agneaux immolés, comme un sang rédempteur, purificateur.

« Vous avez sans doute des insp… des auxiliaires plus expérimentés que moi pour traiter ce genre d'affaire.

— Possible, mais je n'en ai pas qui soient aussi bien introduits que vous dans certains milieux.

— John Wayne ne l'était pas. Ça ne vous a pas empêché de lui confier ce boulot. »

Le principe posa les coudes sur le bois du bureau et dévisagea son interlocuteur.

« Il avait d'autres qualités, dont l'expérience et la ténacité. Maintenant, mon vieux, je ne vous demande pas votre avis, je vous donne un ordre. Garraud avait noué les premiers contacts avec un certain Joseph, un souteneur sans envergure qui nous servira de courroie, d'intermédiaire. On peut compter sur lui : on le tient par les… »

Le principe hésita, ses yeux voltigèrent d'un point à l'autre de la pièce. Des oiseaux en cage. Il déployait le même embarras, les mêmes précautions, à chaque fois qu'il s'apprêtait à expectorer un gros mot.

« … couilles. Nous organiserons le coup de filet quand il nous aura précisé la date et le lieu de la prochaine… session.

— Session ?

— Des soirées privées, très privées, où les invités torturent, violent et sacrifient de jeunes enfants. Rassurez-vous : pas des enfants européens, mais des Maghrébins ou des Africains, des petits musulmans achetés dans les camps. Nous n'avons pour l'instant que des soupçons, nous sommes chargés, vous êtes chargé d'obtenir des preuves.

— On se soucie de rejetons d'islamistes, là-haut ?

— On s'efforce de restaurer une certaine moralité dans la société européenne.

— Et si je refuse votre proposition ? »

Le principe eut un sourire aiguisé, une lame de couteau coupant ses joues d'une oreille à l'autre.

« Nous appartenons à la légion, et, dans la légion, on ne refuse pas un ordre de son supérieur hiérarchique. Vous me direz qu'on peut l'exécuter avec une mauvaise grâce telle qu'elle équivaut à de la désobéissance pure et simple. Je vous répondrai qu'il vaut mieux ne pas se livrer à ce petit jeu. Je préfère évoquer avec vous la notion de dernière chance. Ne nous obligez pas à exhumer ces dossiers où sont consignées de sombres affaires de corruption, de détournement de biens publics, de faux témoignage. Une somme d'accusations qui, si elles se révélaient fondées, pourraient valoir entre vingt et trente ans d'internement. Vingt ou trente ans en compagnie de fauves en cage. »

Il s'efforça de garder bonne figure, mais le sang s'était déjà gelé dans ses veines. Sa hiérarchie n'ignorait rien de ses combines, de ses trafics, de son réseau de relations, elle le tenait lui aussi par les couilles, elle en faisait son pion majeur, son cheval de Troie, pour attaquer les reines, les tours et les fous des échiquiers fortifiés. Il en renverserait peut-être quelques-uns, mais il serait tôt ou tard éliminé du jeu. La hiérarchie s'en foutait : elle le remplacerait par un autre cheval jusqu'à ce qu'elle ait achevé le nettoyage des écuries. Planqué derrière la fumée de ses havanes, monsieur le principauté se prenait pour un nouveau Kasparov ; il connaîtrait un jour la défaite, il serait à son tour battu et taillé en pièces.

Contre mauvaise fortune bon cœur, disait le proverbe… Il s'éclaircit la gorge.

« Parlez-moi donc de ce Joseph… »

La hiérarchie lui renvoya un détestable petit sourire satisfait.

Il rentra dans son triplex à huit cent mille euros aux alentours de 20 heures. Félicie lui bondit sur le poil sans lui laisser le temps de s'asseoir ni de s'enfiler sa dose quotidienne d'alcool.

« Va t'habiller. On va être en retard, mon poulet. »

Elle l'appelait mon poulet sans aucune once d'ironie. En retard pour quoi, déjà ? Elle avait passé une robe de soirée qui suggérait toutes ses formes sans les dévoiler et sorti les bijoux réservés aux grandes occasions. Cadeaux de l'ex-ministre – et probablement de plusieurs ex –, les bijoux avaient provoqué chez lui une crise de jalousie dantesque à laquelle Félicie avait mis fin en disant qu'elle n'allait tout de même pas foutre à la poubelle cinq cent mille euros de pierres précieuses pour ménager son orgueil de mâle. Il se souvint qu'ils devaient se rendre au vernissage d'un ami peintre de Félicie – un ex, lui aussi ? –, puis finir la soirée dans un quelconque raout mondain où se presserait une partie du Tout-Paris intellectuel, artistique et politique.

Il n'avait pas envie de sortir, pas ce soir, il aurait préféré rester seul avec Félicie, seul avec les courbes et les creux de Félicie. Il n'essaya même pas de lui proposer une soirée en tête à tête : elle serait partie sans lui, l'abandonnant avec ses frustrations et ses fièvres, il aurait guetté jusqu'à l'aube les cliquetis discrets de la porte blindée et les claquements de ses talons aiguille sur le marbre de l'entrée. Les nerfs par-dessus la peau, des envies de meurtre plein la tête.

« Dépêche-toi, mon poulet. »

Il monta se changer dans l'une des chambres transformées en dressing. Il n'avait pas besoin de se rendre à la soirée pour en connaître l'exact déroulement : on se bousculerait dans une galerie moins grande que le deux pièces de John Wayne, on s'extasierait, face à l'artiste, devant ses taches et ses traits de couleurs encadrés, on se regrouperait entre mauvaises langues, coupe de champagne en main, pour rouler l'expo dans le fiel, une telle prétention, un tel manque de culture, une « œuvre » à peine digne d'être punaisée sur les murs d'une école primaire, on fustigerait le goût atroce de la propriétaire de la galerie, on se demanderait si elle ne couchait pas avec le peintre, et avec tous les autres, vous avez remarqué, elle n'expose que des hommes, on lâcherait de menues perfidies sur l'âge et le tour de taille de ces vampires anorexiques et décolorés qui hantaient les hauts lieux de la culture parisienne depuis la nuit des temps, non, non, pas française, ni européenne, parisienne, on saluerait d'un sourire, d'une inclinaison du buste, d'un geste ostentatoire de la main, les représentants de la légion reconnaissables à leurs uniformes noirs ou aux petits L argentés brodés sur le revers de leur veste, on les prierait de donner des nouvelles fraîches du front Est, on se rassurerait en apprenant que les armées islamiques n'avaient pas avancé d'un pouce depuis maintenant trois ans, que l'archange Michel s'apprêtait à lancer une contre-offensive générale avec l'aide de Dieu, on s'étourdirait de bulles, de bons mots, de frottements, de compliments, de venin, puis, comme averti par un mystérieux signal, on se rendrait en cortège pépiant à la soirée dans un appartement ou un hôtel particulier du cœur de Paris, on se précipiterait, affamé, vers le buffet, on se piétinerait presque pour se frayer un passage jusqu'aux tables, on lamperait un quelconque grand cru comme on avalerait un soda, on ingurgiterait les petites pilules bleues, vertes ou jaunes disséminées dans des coupes, et la soirée débuterait vraiment, dans un tourbillon de musique, de cris et de rires, on s'agiterait jusqu'à l'absurde, on finirait les verres, pas forcément le sien, on s'embrasserait, on se tripoterait, on se dévêtirait, on se lécherait dans les coins, on s'enfilerait debout dans les couloirs ou sur le balcon sans craindre les réactions des archanges eux-mêmes enfermés dans les cercles du vice, on rentrerait chez soi, gavé jusqu'à la nausée de drogues, d'alcool et de sexe, on redescendrait dans le monde des communs, on renouerait avec les fils un instant distendus des jalousies et des rancœurs, on se jetterait des reproches et des insultes entre deux vomissements, on absorberait un peu de chimie endormante, on se supporterait jusqu'au jour suivant en s'abrutissant dans un sommeil sans rêve ni couleur. Et lui, il passerait son temps à surveiller Félicie, à surveiller le jeu des mains sur la robe ou dans la robe de Félicie, il suivrait Félicie quand elle s'éclipserait dans un couloir, il serrerait les poings et les mâchoires quand un homme, jeune ou vieux, beau ou moche, collerait son bassin contre le bassin de Félicie, il se demanderait pourquoi elle riait à leurs plaisanteries grasses, pourquoi elle tolérait leur haleine tiède et leurs paumes moites, pourquoi elle ne les envoyait pas promener, pourquoi elle ne lui prenait pas le bras en le suppliant de la ramener chez lui, chez eux.

En bref, une vraie soirée de merde.

Elle se déroula comme prévu, à quelques variantes près. L'artiste n'avait pas commis des traits et des taches de couleurs vives, mais des couches diaphanes superposées et symbolisant, selon la brochure de présentation, la danse des sept voiles de Salomé. On pouvait effectivement discerner, en prenant trois ou quatre pas de recul, la silhouette d'une femme nue dans une posture de danseuse, ainsi que, dans un coin, la tête en filigrane d'un homme barbu qui était sans doute Jean le Baptiste – certains virent plutôt une représentation du saint suaire, ou encore une allégorie de la tentation de la chair, et le peintre, un homme d'une quarantaine d'années au visage poupin encadré d'une épaisse tignasse blonde, ne les démentit pas.

Félicie et la plupart des vampires décolorés adôôôôrèrent. Cependant, aucune d'elles ne passa une commande ferme malgré la pression insidieuse de la propriétaire de la galerie, une totale sef dont les lèvres et les pommettes gonflées semblaient tout droit sorties d'une toile du mouvement néocaricaturesque. Après les politesses et les piques d'usage, on ne se rua pas dans un appartement ou un hôtel particulier, mais dans une péniche de quatre cents mètres carrés appartenant au patron d'un grand groupe d'édition. Tout près de la centrale nucléaire du cœur de Paris.

Les artistes et intellectuels riverains avaient vigoureusement protesté contre l'implantation d'une centrale dans un site aussi prestigieux et peuplé. Le gouvernement leur avait expliqué qu'elle serait détruite à la fin de la guerre, qu'en attendant tous les habitants du quartier ne souffriraient plus des coupures d'électricité. Ils avaient fini par tolérer la présence de ce bubon d'acier et de béton sous leurs fenêtres, ils l'avaient adopté comme le symbole de la résistance aux invasions islamiques, comme la flamme éternelle de la chrétienté européenne. Moins hautes que celles des autres générateurs, ses deux cheminées restaient imposantes. Elles vomissaient en permanence des telles quantités de fumée blanche qu'il semblait acquis que jamais Paris ne reverrait le bleu pur du ciel au-dessus de sa tête. Quant aux poissons de la Seine, il y avait belle lurette que les pêcheurs avaient renoncé à les taquiner. L'eau du fleuve avait pris une curieuse teinte verte. L'augmentation sensible de la radioactivité – deux milliards de becquerels rejetés par année selon les rapports confidentiels ayant transité par le bureau auxiliaire de la légion, soixante pour cent d'uranium, quarante pour cent d'américium ; un individu peut incorporer au maximum dix becquerels par an –

avait favorisé le développement d'une algue mutante et prédatrice qui avait bouleversé le fragile écosystème de la Seine.

Félicie but trois coupes de champagne, avala trois petites pilules et pendit son corps appétissant sous le nez des mâles. Les bretelles de sa robe glissèrent sur ses épaules et ses seins se révélèrent à plusieurs reprises dans toute leur splendeur artificielle. En transe, elle attendit de longues, longues minutes avant de les recouvrir. Il aurait volontiers abattu les spectateurs, il se contenta d'implorer Félicie du regard ; elle feignit de ne pas le voir, elle continua de jouer avec le désir des hommes, avec la fureur de leurs femmes, avec sa jalousie.

Il les observa, ces maudits voyeurs, il grava leurs visages dans sa mémoire. Son flair de flic lui disait que certains d'entre eux se retrouveraient bientôt emberlificotés dans le filet que la hiérarchie s'apprêtait à relever. Alors il s'arrangerait pour croiser leurs regards, ils comprendraient qu'ils lui devaient leur chute, ils le supplieraient en silence, il savourerait sa revanche. En attendant, il lui fallait tenir jusqu'à l'aube dans cette satanée péniche sans se laisser déborder par la rage.

Des anciennes usines ne subsistait plus qu'un terrain vague tendu d'un linceul de cendres. La grêle d'obus avait également déchiqueté la végétation et les roseaux. La Loire s'enfuyait en courbes grises entre les rives noires et nues. Après la guerre, les promoteurs immobiliers se jetteraient avec voracité sur l'ancienne Croix du Sud. Peut-être même avaient-ils déjà conclu un accord avec les autorités de la ville ? Il faudrait reconstruire une fois que les légions de l'archange auraient écarté la menace du Jihad, et les quartiers pour l'instant à l'abandon et rachetés une bouchée de pain prendraient une valeur considérable, surtout sur les bords de la Loire. Lorsque le père de Pibe voyait tout en noir – que l'excès d'alcool dispersait les brumes de l'idéal archangélique –, il affirmait que toutes sortes de prédateurs se disputaient la charogne européenne, pas seulement les islamistes, mais aussi les traîtres d'Amérique, les affairistes, les marchands, les corrupteurs, les planqués. Ceux-là exploitaient les incertitudes de la guerre et le désarroi des populations pour former de nouveaux cercles de possédants. Ils n'émergeraient de l'obscurité qu'à la fin des hostilités, en apparence respectables, protégés par un bataillon d'avocats et de gardes du corps, ils exhiberaient leurs titres fonciers avec l'assurance de ceux qui ont plié la loi à leurs désirs, ils s'associeraient aux légions triomphantes et aux dynasties agonisantes pour investir les forteresses publiques et assurer leur pérennité. Le père de Pibe ajoutait qu'il aurait pu lui aussi s'enrichir sur le dos de la misère, mais, Dieu soit loué, ses parents, morts tous les deux de leucémie foudroyante quelques mois avant la naissance de Pibe, lui avaient transmis de solides notions de morale.

« Qu'est-ce qu'on va faire maintenant ? » murmura Pibe.

Stef et lui avaient passé les nuits précédentes dans les sous-sols d'un immeuble infestés de rats. D'interminables heures d'insomnie pendant lesquelles Pibe, malgré la proximité et la chaleur de Stef, avait amèrement regretté la promiscuité de la cave familiale. Des heures suspendues aux grattements et aux couinements des rongeurs. À peine s'endormait-il qu'une sensation de frôlement le réveillait en sursaut, qu'il croyait voir des éclairs couinant disparaître entre les pierres disjointes des fondations. Cœur totalement déréglé, nerfs à fleur, peur cauchemardesque d'être submergé et dévoré par une horde de rats. Stef dormait à ses côtés, détendue, indifférente à ses tourments nocturnes. Elle ne prenait même pas la précaution pourtant élémentaire de dégager son flingue et de le poser à portée de main. Lui gardait les doigts crispés sur la crosse de son SIG et l'index enroulé autour de la détente, ce qui l'obligeait à de savantes contorsions lorsqu'il changeait de position sur leur lit de fortune – des couvertures étalées les unes sur les autres. Il pensait souvent à Sol, il revoyait son visage à demi enfoui sous la terre et le sang, son œil grand ouvert, le trou béant et sanguinolent sous l'autre sourcil. La balle lui avait emporté un bout de la joue et dénudé la mâchoire. Il ne l'avait pas pleurée. Il ne réussissait pas à se fourrer dans le crâne qu'elle était morte. Le moi de Sol continuait de graviter autour de son moi caché, ombre omniprésente et silencieuse, toujours disponible quand il éprouvait le besoin d'être rassuré ou consolé. Il lui parlait comme avant, elle l'écoutait avec la même gravité, la même certitude qu'ils étaient unis pour la vie.

« Continuer à nous frotter à la vie, répondit Stef. Respirer, manger, boire, dormir… »

Pibe poussa un soupir d'agacement.

« Ça te fait vraiment rien de savoir qu'ils sont tous morts ? »

Il suivit des yeux les manœuvres de camions militaires sur un boulevard proche avant de reprendre :

« Ah oui, c'est vrai, pour toi la mort n'est qu'un jeu… »

Il avait prononcé ces mots avec l'ironie appuyée de circonstance et, pourtant, depuis que les balles de la légion avaient frappé Sol, ils éveillaient un écho en lui.

« Y en a que tu connaissais de vachement près, non ? »

Elle ignora cette allusion grossière à ses relations privilégiées, ou supposées telles, avec l'un des trois centurions de la Croix du Sud. Ils s'étaient installés sur le toit du seul immeuble encore debout dans les environs, une construction des années 1990. Les explosions avaient soufflé vitres et cloisons, mais les escaliers, bien qu'encombrés par endroits de monceaux de gravats, restaient praticables. Leur passage avait déclenché des mouvements dans les zones de pénombre. Pibe, nerveux, avait glissé la main sous sa parka et empoigné la crosse de son pistolet. Arrivés en haut sans encombre, essoufflés par les trente étages, ils avaient touché la récompense promise par Stef : une vue magnifique sur la ville, sur les méandres de la Loire, sur les bancs de sable, sur les îles coiffées de vieilles maisons de pêcheurs ou de bâtiments anguleux. Des colonnes de lumière tombaient entre les nuages et frappaient de leurs cercles dorés le miroir ridé du fleuve, les terrains vagues, les toits d'ardoises. Du cœur de la ville jaillissait l'esquille monstrueuse d'une tour dont l'effondrement avait taillé une immense clairière dans la forêt d'habitations proches. Un vent d'ouest s'était levé, chargé de sel, annonciateur de pluie.

« T'étais déjà venue là avant ? »

Pibe avait compris que, s'il voulait continuer à converser avec Stef, il avait intérêt à mettre son agressivité en veilleuse.

« Souvent. Presque toutes les nuits. L'endroit idéal pour celui qui cherche la paix.

— Tu t'es jamais fait embêter ?

— On n'a jamais le sentiment qu'on peut se faire embêter quand on plonge dans la sérénité du monde.

— La sérénité du monde ? On vit pas dans le même, on dirait ! »

Elle le dévisagea avec ce sourire lointain qui avait le don de le hérisser. Il aurait bien aimé qu'elle fasse de temps à autre semblant de s'inquiéter.

« Les hommes croient que le monde se réduit à leurs petites affaires, à leurs petites pulsions, à leurs petites colères. Est-ce que le désespoir d'un homme a empêché un jour le soleil de se lever ?

— Ben, t'en fais aussi partie, des hommes, non ? »

Les yeux clairs de Stef s'agrandirent comme s'ils voulaient englober Pibe, le toit de l'immeuble, la ville, l'immensité du ciel.

« Ceux-là, en tout cas, ils en font partie. »

D'un mouvement de tête, elle désigna la terrasse derrière lui. Il se retourna, assailli par une brusque inquiétude. Des hommes et des femmes venaient de se déployer sur le toit, une quinzaine de SD, hirsutes, vêtus de haillons, visages et membres couverts de plaies et de croûtes. Agrégés par le hasard sans doute, ils avaient compris que leurs chances de survivre augmenteraient s'ils restaient unis et solidaires. Ils s'approchaient d'une allure à la fois sournoise, craintive et décidée, armés de sortes de fléaux fabriqués avec des matériaux de récupération.

« Qu'est-ce qu'ils veulent ? murmura Pibe.

— Ça ne te paraît pas évident ? Nous piquer nos fringues, notre fric, nos armes. »

Pibe se pencha par-dessus le parapet du toit. Une descente par la façade se révélerait délicate, voire dangereuse, sans compter qu'elle laisserait tout le temps aux SD de descendre par l'escalier et de les précéder en bas. Stef et lui n'avaient pas d'autre choix que d'emprunter le même chemin qu'à l'aller.

« On n'a même pas de fric, merde ! souffla Pibe.

— Ils ne le savent pas. Nos vêtements sont en bon état.

— Ils vont tout de même pas nous zigouiller pour des fringues !

— Je te l'ai déjà dit, Pibe : de nos jours, la mort n'a plus aucune importance. »

Il réprima une brutale envie de lui décocher un coup de pied dans les tibias, juste pour froisser son sourire, juste pour plisser son front et assombrir ses yeux. Il reporta son attention sur les SD qui continuaient de se rapprocher à pas prudents. Des hordes de nuages lourds et pressés déferlaient au-dessus de la ville.

« Le temps est venu de changer d'air, tu ne crois pas ? »

Changer d'air ? Elle avait parfois des réflexions vraiment idiotes, Fesse. Il s'agissait surtout de se tirer sans dommages du coupe-gorge où elle l'avait entraîné.

« Tu savais qu'il y avait des SD là-dedans, hein ? T'as fait exprès de m'emmener ici, hein ? »

Pibe avait oublié de contrôler sa voix. Comme frappés par son éclat, les SD s'étaient immobilisés. Ils ressemblaient à des charognards tournoyant autour d'une proie à moitié dévorée et craignant le retour des prédateurs. Les extrémités de leurs fléaux crissaient sur les gravillons du toit parsemés d'herbes folles. Les nuages effilochés par le vent lâchèrent quelques-unes de leurs gouttes.

« C'est toi qui as choisi de revenir ici, tu ne te souviens pas ? »

Stef avait raison sur ce point : il avait voulu revoir les bâtiments de la Croix du Sud. Elle lui avait affirmé qu'ils n'y trouveraient rien, pas même des regrets, mais il avait insisté, certain que des survivants s'étaient repliés dans les anciennes usines des bords de la Loire. La caillera l'avait recueilli après la mort de ses parents et de sa sœur, et il ne se résolvait pas à renoncer à cette deuxième famille qui, pendant quelques semaines, lui avait apporté sécurité, confort et fraternité – l'épisode Kil était déjà sorti de sa mémoire.

« Peut-être, mais pas sur ce putain de toit ! »

Les SD avaient repris leur marche en se répartissant sur toute la largeur de la terrasse. Une averse rageuse dégringolait maintenant des nuages crevés. De la ville, on ne discernait plus qu'une masse moutonnante et grise traversée par la faille sombre du fleuve.

« Sur lequel tu tirerais en premier, Pibe ? »

La question de Stef lui replongea les deux pieds dans la réalité. Au premier coup de feu, les agresseurs oublieraient toute prudence pour se ruer sur leurs proies. Bien qu'armés, Stef et Pibe finiraient par succomber sous le nombre. Ils ne devaient donc pas tirer au hasard, mais repérer et viser la tête, désorganiser le groupe, créer un temps de suspension, de latence, qui leur permettrait d'atteindre la trappe ouvrant sur l'escalier. Les yeux plissés, Pibe observa les SD maintenant très proches. La tension fantastique engendrée par le sentiment d'urgence dispersa sa peur, affûta ses perceptions. Rapidement son attention se fixa sur un homme petit, maigre, chauve, aux yeux de fouine, et sur une femme forte, rousse, échevelée, vêtue d'un manteau de laine largement échancré sous lequel elle portait des sous-vêtements déchirés. Elle avançait entre deux costauds armés de fléaux tandis que le petit homme chauve, le bas du visage enfoui sous le col relevé de son blouson, se tenait prudemment au milieu du groupe.

« La femme rousse au manteau, souffla Pibe. Et l'homme chauve au milieu, celui qui a le col relevé.

— Bon choix. J'ai fait le même. Je m'occupe de l'homme. Toi de la femme. À mon signal. »

Du coin de l'œil, Pibe vit que Stef glissait lentement la main sous son imperméable. Lui-même avait agrippé la crosse de son flingue depuis un bon moment sous sa parka, depuis, en fait, qu'il avait aperçu les SD sur le toit. Il constata, avec amertume, que la perspective de tuer des êtres humains ne le dérangeait plus, qu'il avait rejoint Fesse dans ce pays où la mort se distribuait avec une facilité terrifiante. D'accord, ils ne lui laissaient pas le choix, d'accord, c'était lui ou eux, mais il gardait, au plus profond de lui, l'impression terrible de profaner un sanctuaire. Des fléaux se mirent à danser, et leurs sifflements, leurs grincements se mêlèrent aux ululements du vent. À chaque battement, le cœur de Pibe semblait sur le point de briser les barreaux de sa cage thoracique.

« Maintenant. »

Pibe dégagea son flingue avec une fluidité, une vivacité hallucinantes. Il pressa la détente dans le mouvement, les yeux rivés sur la femme rousse, sur le décolleté vertigineux de son manteau. Le coup de feu de Stef retentit pratiquement en même temps que le sien. Son champ visuel se troubla, comme perturbé par la vibration de son poignet. Il y eut devant lui des mouvements incohérents, contradictoires, en partie estompés par les rideaux de pluie. Quelqu'un le saisit par le bras et l'entraîna vers l'avant.

« Vite. »

Il reconnut, parmi les effluves de poudre et de rouille,

l'odeur de Stef. Une odeur dont il avait eu tout le temps de s'imprégner au long de ses insomnies. Il s'élança sur ses talons en direction de la trappe de l'escalier. Ils enjambèrent un corps allongé dans une flaque rougissante, agité de soubresauts. Pris de panique, les SD s'étaient égaillés vers les anciennes cheminées ou tout autre relief pouvant servir d'abri. Aucun d'entre eux n'eut le courage ni même l'idée de se jeter en travers de leur chemin.

Ils s'engouffrèrent par la trappe restée ouverte et dévalèrent les marches quatre à quatre. Une fois en bas, ils filèrent en direction du centre-ville, indifférents aux trombes. À bout de souffle, les cuisses carbonisées, ils se réfugièrent dans un troquet à peu près présentable au croisement de deux boulevards. Le serveur leur apporta avec mauvaise grâce les deux chocolats chauds commandés, dix euros, une fortune pour quelques gouttes de lait rance et un succédané de poudre de chocolat.

« Putain, l'arnaque ! » maugréa Pibe après que le serveur eut empoché le billet tendu par Stef.

Les autres clients s'abrutissaient pour la plupart d'un vin blanc dont les relents acides s'associaient à la fumée de leurs cigarettes pour maintenir le troquet dans une poix irrespirable. Leurs regards embrumés tombaient régulièrement sur Stef, miracle de grâce et de beauté dans cette ronde de trognes rongées par l'alcool, le tabac, la misère et l'ennui.

« Tu l'as eue en plein cœur, dit-elle après avoir bu une gorgée de chocolat et s'être essuyé les lèvres d'un revers de manche.

— Je sais pas, j'ai rien vu », marmonna Pibe.

Il se sentait las, au bord d'un gouffre, et son abattement n'avait rien à voir avec leur cavalcade dans les escaliers de l'immeuble et sur le trottoir défoncé du boulevard.

« Depuis que je te connais, je passe mon temps à flinguer des gens, ajouta-t-il, endiguant une subite montée de larmes.

— Depuis que tu me connais ou depuis que la bombe a détruit ta maison ? »

Que serait-il devenu s'il n'avait pas rencontré Stef ? L'élève plus ou moins docile d'un nid prophétique, puis, quatre ans plus tard, de la chair à canon sur le front Est… D'une manière ou d'une autre, il aurait été confronté à la nécessité de tuer. Sous les pluies de bombes, ballotté par les tourbillons de cette interminable guerre, chacun se débrouillait pour survivre. Les uns s'entouraient de légalité, les autres non, les uns brandissaient l'idéal, la pureté angélique, les Saints Évangiles, les autres se contentaient de rapines, de trafics, mais tous défendaient avec acharnement leur espace vital, leur peau, leurs biens, gras ou maigres. Les Européens étaient repris par ces pulsions bestiales qui, aux dires des professeurs, des livres et des CD d'avant l'archange Michel, prouvaient les origines animales de l'humanité et confirmaient la théorie de l'évolution.

« N'empêche, on finira par être descendus à notre tour. Vu ce qu'est arrivé à Sol, à tous les cailleras de la Croix du Sud.

— On finira tous par mourir de toute façon. C'est juste qu'on ne connaît pas la date ni l'heure.

— Y a encore plein de choses que j'aimerais connaître. »

Il ne précisa pas lesquelles, il rougit jusqu'à la racine des cheveux. Avec les copains de classe, ils s'étaient promis de ne pas mourir avant d'avoir perdu leur pucelage. Ils avaient entendu tant de merveilles, réelles ou imaginaires, sur la baise, la nique, la tringle, mille fois mieux que la branlette, qu'ils auraient eu l'impression de passer totalement au travers s'ils avaient dû quitter cette terre sans avoir planté leur étendard dans une terre féminine. Comme la légion avait interdit toute forme de pornographie, ils se contentaient d'imaginer, de fantasmer, de dessiner pour les plus audacieux en se basant sur les planches anatomiques et outrageusement chastes des livres de sciences. Les plus veinards – les plus vantards ? – avaient découvert des trésors clandestins d'avant l'archange Michel dans le grenier familial, des revues pornos où on voyait tout, tout je te dis, même qu'ils font ça à trois ou quatre, même que les mecs, ils ont des teubs grandes comme ça, oui, oui, comme ça, non, j'dis pas de conneries. Pibe n'avait jamais parlé des nuisances nocturnes de ses parents dans la cave, par pudeur, mais aussi parce que ces frottements, ces soupirs, ces borborygmes, ces chuintements, ces halètements, ces couinements entachaient l'idée grandiose que ses copains et lui se faisaient de la chose dans la cour de récréation.

« On ne sait pas à l'avance ce que nous apportera la vie, dit Stef.

— Pour l'instant, elle nous apporte un chocolat dégueu à dix euros ! » grogna Pibe.

Les éclats du rire de Stef dominèrent un instant le brouhaha des conversations et le grondement du déluge qui s'abattait sur les boulevards, chassait les passants et brouillait les vitres du troquet.

« Pourquoi t'as dit tout à l'heure que le temps était venu de changer d'air ?

— Depuis le temps que j'entends parler de ce prophète, l'archange Michel, j'ai envie de voir à quoi il ressemble, pas toi ? »

Des vestiges de rire chahutaient encore la voix de Stef. Des tonnes de glace tombèrent sur la nuque et les épaules de Pibe, et pourtant il savait déjà qu'il la suivrait jusqu'au bout du monde, jusque dans les éternités infernales s'il le fallait.

« Pas la peine, j'ai déjà vu sa tronche à la télé », bredouilla-t-il.

Il se souvenait d'un homme aux cheveux et à la barbe

blanche, un grand-père à la face austère, à la voix grave, aux yeux terrifiants.

« Ça pourrait être intéressant de passer de l'autre côté de l'écran.

— Pourquoi ? »

Stef posa les coudes sur le faux marbre de la table, le menton sur ses doigts croisés, et traqua le regard fuyant de Pibe.

« Tu n'as jamais envie d'aller voir ce qui se trame derrière les miroirs ? »

Il n'était pas certain d'avoir bien compris, mais il acquiesça d'un hochement de tête. Elle lui proposait une association, une intimité de longue durée, le reste n'avait aucune importance.

« Nous partirons demain vers l'Est.

— Demain ?

— Le temps de trouver du fric, des munitions, des billets de train. »

Il frissonna, but le chocolat amer jusqu'à la dernière goutte, resta planqué derrière la tasse pour combattre le vertige qui le saisissait et le plongeait dans le cœur de ses terreurs enfantines.

Son premier bouquin n'avait pas déclenché les foudres de la commission de censure : on lui avait seulement demandé d'expurger trois scènes, la première à cause de son contenu un tantinet érotique – il y était question des seins d'une femme qu'un homme en mal d'amour maternel se mettait à téter avec une avidité incoercible ; or, on ne pouvait glorifier la poitrine d'une femme que pour ses vertus laitières, nourricières –, la deuxième pour sa remise en cause, subtile mais réelle, de l'attitude de l'Église catholique dans certaines périodes de l'histoire, la troisième parce qu'un esprit mal intentionné aurait pu y discerner une apologie de l'adultère – l'héroïne, la femme aux seins généreux, envisageait un instant de refaire sa vie avec un employé de son mari, et les censeurs avaient jugé que l'intention valait l'acte. Son roman avait donc été publié, après corrections, par l'une de ces éditions dites germanopratines avec tout ce que ce qualificatif sous-entend de prestige littéraire, de querelles byzantines et de cocktails mondains.

Il avait obtenu un succès d'estime : il avait plu à la critique et conquis le milieu sans rencontrer un véritable triomphe public. Mais, comme l'avait affirmé Gaspard, l'éditeur, nous avons fait le lit de notre deuxième ouvrage, il y aura bien un deuxième ouvrage n'est-ce pas ? Nous avons posé la première pierre de notre grand édifice littéraire, nous comptons bien passer des deux mille cinq cents exemplaires de prestige aux vingt-cinq mille de confirmation, puis, soyons téméraires, aux deux cent cinquante mille de consécration.

Il avait donc été admis dans cet Olympe où se côtoient les puissants de ce monde et leurs thuriféraires, où chaque geste, chaque parole, chaque regard est une promesse d'avancement ou un signe de disgrâce. Il avait découvert cette loi géographique et humaine qui veut que plus on s'approche des cimes et plus on frôle les abîmes. Et aussi que l'air des sommets est nettement plus grisant que celui des mornes plaines. Comme il était célibataire et plutôt agréable de sa personne, on l'avait rapidement invité dans les coulisses de l'Olympe, dans ces nuits closes où on jetait les masques des apparences pour revêtir ceux des perversions. Il était devenu objet sexuel pour ces dames et ces messieurs qui aimaient se frotter aux futurs génies de ce siècle. Les corps féminins et masculins qu'il avait affrontés se ressemblaient tous, minces, angéliques, formatés par la chirurgie esthétique. De ces expériences parfois extravagantes, parfois vénéneuses, parfois nauséeuses, il avait retenu que l'inventivité humaine n'avait pas de limites en matière de sexualité. Il s'en était inspiré pour rédiger son deuxième roman tout en restant dans un flou artistique acceptable. Un magnifique sens de la retenue, de la métaphore, avait commenté Gaspard, exactement ce qu'il faut pour abuser nos enragés de la coupe. L'éditeur avait vu juste : la commission de censure n'avait rien retranché à son œuvre. Il s'était réjoui, devant l'élite éditoriale et les critiques les plus influents, de publier un texte *in extenso*, mais comment oublier les passages qu'il avait lui-même expurgés, ces mots arrachés, ces mutilations volontaires, ces regrets mortifiants ? Il s'était glissé sous les fourches Caudines de la commission pour s'épargner l'exercice humiliant d'une émasculation publique ; il s'était condamné à être hanté par un fantôme jusqu'à la fin des temps.

Gaspard le harcelait toutes les semaines pour savoir comment avançait *notre* troisième : notre deuxième, notre cadet, hi, hi, a dépassé les vingt-cinq mille, je vous l'avais dit, vous vous souvenez que je vous l'avais dit ? Battez le fer pendant qu'il est chaud. Mais voilà, il restait sec de cœur et d'esprit, stérile, incapable de féconder le moindre mot sur sa vieille machine à écrire ni sur son cahier d'écolier. Seul et désemparé dans son trois pièces au cœur de Paris acheté à crédit par l'entremise de la femme d'un banquier de ses admiratrices. Il avait tout essayé, la vie saine, le sommeil, la régularité, la fièvre nocturne, le café, l'alcool, la défonce aux pilules bleues, jaunes, roses ou vertes, le plaisir jusqu'à la nausée, l'épuisement, l'écriture automatique, la retraite dans l'une des maisons de Gaspard réservées à l'usage des auteurs en mal d'inspiration, les excursions dans cette France défigurée par les bombes… Rien n'avait déclenché le jaillissement libérateur. À force de dessécher les mots, il avait tari la source.

À l'occasion d'une soirée étincelante chez une très chère amie de Gaspard, on lui fit passer les écrits prohibés de certains confrères qui avaient refusé de se soumettre aux exigences de la commission de censure. Malades de l'Europe, du monde, de l'archange Michel, ils avaient craché des textes dont la liberté et la puissance donnaient le frisson. Leurs pages torrentueuses, raturées, surchargées, dégoulinaient de pus, de sperme et de sang. Mis en quarantaine, dénués de ressources, les plus chanceux de ces esprits libres traînaient leur misère dans des logements miteux ; les moins vernis grossissaient les populations des camps fortifiés dans les régions tchèque et slovaque.

« Fascinant, n'est-ce pas ? »

La maîtresse de maison le couvait d'un regard provocant par-dessus les feuilles qu'il parcourait avec frénésie. Tout en courbes, la très chère amie de Gaspard, épaules rondes et dégagées, lèvres gonflées de silicone, seins relevés par un décolleté savant, hanches épanouies comprimées par une robe légèrement trop étroite et courte. Il la situait entre soixante et soixante-cinq ans ; elle en paraissait trente-cinq. Il se demanda s'il ne l'avait pas butinée au hasard de ses errances nocturnes, il avait goûté tant de chairs anodines. La terreur de la vieillesse se traduisait chez elle par un combat de tous les instants contre les rides et les affaissements. Lifting, injections, liposuccion, hormones, cures, teintures, elle menait tambour battant sa guerre du front ; elle commençait à la perdre dans ces territoires mal défendus que sont les yeux et le cou.

« Comment trouvez-vous ma collection ?

— Ces manuscrits vous appartiennent ? »

Elle eut l'un de ces sourires enjôleurs censés illustrer son pouvoir de séduction, mais qui, par un effet pervers de balancier, brisaient son miroir lisse et révélaient en filigrane son âge véritable, Cendrillon ramenée brutalement à la réalité de sa peau flasque et de ses maux ordinaires.

« Certains de ces gens-là ont fait partie de mes amis dans un autre temps. Mais je n'aurais pas dû vous le dire. »

Il embrassa du regard les petits groupes s'étourdissant de mots, de rires, de bulles devant les buffets dévastés, puis dit, à voix basse :

« Vous craignez les yeux et les oreilles de la légion ? »

Elle éclata de rire, partit en arrière, lui agrippa le bras pour se maintenir en équilibre. Elle avait sans doute absorbé une dose d'alcool incompatible avec ses talons aiguille.

« La légion ? Grands dieux, grands dieux… »

Elle se servit de son avant-bras comme d'une prise

pour hisser son visage près du sien. Il reçut son haleine de plein fouet, un mélange d'éthanol, de tabac et de bile. Il se contint pour ne pas reculer. Il aurait bougé d'un millimètre, elle se serait vautrée comme une flaque sur le parquet blond.

« Vous montrer ces manuscrits, vous parler de ces gens-là, c'était vous avouer mon âge. Une simple et stupide coquetterie de bonne femme. »

Elle rit encore, s'écarta, retourna se percher sur ses talons, au grand soulagement de son interlocuteur, saisit une flûte posée sur un guéridon et but une gorgée de champagne. Une moue d'amertume lui étira les lèvres et lui donna un air de petite fille boudeuse.

« Ceux-là étaient de grands esprits et de vrais hommes. Pas comme… pas comme…

— Moi ? »

Il le pensait. Les phrases qu'il venait de lire sur ces pages clandestines le désignaient comme un imposteur, réveillaient le fantôme de son deuxième livre, lui rappelaient qu'il avait vendu son âme aux démons de la renommée, du renoncement et du luxe. Il n'était pas un écrivain, un aventurier de l'inconscient, mais un chasseur de prestige, un insecte piégé par la lumière, un vulgaire opportuniste.

« La plupart de nos auteurs actuels n'ont ni le talent ni les couilles, je ne parle pas seulement des hommes. Vous, au moins, vous avez une vraie plume. Vous êtes une promesse, un germe, mais je crains que l'époque ne vous laisse pas le loisir de vous épanouir.

— Vous semblez le regretter. Regretter vos anciens amis… »

Elle vida sa flûte et la tint collée contre sa joue. Au second plan, les groupes se défaisaient et se recomposaient au gré des bribes de conversations. La voix tonnante de l'imposant Gaspard, tout de sombre vêtu, dominait les caquètements des grappes égrenées sur les somptueux tapis chinois. On disait l'éditeur homosexuel, mais on ne l'avait jamais surpris avec un homme, et certaines langues insinuaient qu'il entretenait le mystère pour attiser la compassion et la curiosité des femmes. Il conversait pour l'instant avec un type grand et large d'épaules, un auxiliaire de la légion, un flic accompagné d'une femme à la plastique parfaite et glaçante.

« Je regrette la liberté et l'insouciance de mes jeunes années, je regrette les temps d'avant la contamination.

— La contamination ?

— Le venin inoculé par l'archange Michel, le poison lent qui étouffe peu à peu l'Europe. »

Il s'assura que le grand flic ne les écoutait pas. Tu es gouverné par des réflexes de lâche, pensa-t-il aussitôt.

« Vous devriez éviter de vous confesser à n'importe qui. Je pourrais être un… agent de la légion.

— Vous ? » Elle eut l'un de ces ricanements empreints de dérision et de futilité qui n'appartiennent qu'aux mondains authentiques. Il fut renvoyé tout à coup à sa condition de bourgeois minuscule, de fils de commerçants, de banlieusard, d'arriviste. « Vous n'êtes pas n'importe qui. On place de grands espoirs en vous, on vous suit à la trace, on vous connaît sur le bout des doigts. Vous êtes protégé, mon cher…

— Protégé ? Par qui ? Pourquoi ?

— On pense que le vent du renouveau soufflera par les idées, par les écrits, on endort la méfiance de la commission de censure, on parie que vous serez de ceux qui feront sauter les verrous. »

Elle se plaqua contre lui et lui pressa les testicules au travers de son pantalon et de son caleçon.

« Vous en avez le talent, mais en aurez-vous les couilles ? »

La chaleur de sa paume lui irradia le bas-ventre et lui valut un début d'érection. Il n'avait vraiment pas envie d'elle pourtant. La perspective de plonger sa langue dans cette bouche qui refoulait comme un vieil alambic le révulsait. Quant à l'idée de fourrer sa queue dans une chatte aussi blette…

Le grand flic leur jetait de fréquents regards par-dessus son épaule, l'œil rond et vif d'un faucon en chasse.

« Dans trois jours, quelqu'un de mes relations organise une réception très privée. Je vous téléphonerai dès qu'on m'aura confirmé l'adresse. Nous descendrons d'un cran dans l'abjection. Nous devons de temps à autre plonger dans nos fosses. On y découvre des choses passionnantes sur la vie et la mort. Soyez là : je suis certaine que vous trouverez l'inspiration pour votre troisième roman, pour votre triomphe.

— Ah, vous savez que… »

Elle lui lâcha enfin l'entrejambe et lui posa l'index sur les lèvres.

« Je vous l'ai déjà dit : je n'ignore rien de vous. »

Il ne put écrire la moindre ligne pendant les trois jours suivants. L'amie de Gaspard lui avait confié deux manuscrits interdits en lui recommandant la plus grande discrétion. Il les avait dévorés en une nuit, subjugué par la verdeur et la puissance des mots. Le vent qu'ils soufflaient n'était pas celui du renouveau, mais celui tout aussi salutaire du mépris, de la révolte, de l'écœurement. Les auteurs s'étaient emparés des règles romanesques, tombées en disgrâce avant l'avènement de l'archange Michel, pour ouvrir leur âme, leur boîte de Pandore. Ils avaient sacrifié le je tout-puissant, glorifié, ils avaient espéré tromper la censure de plus en plus dure en s'exprimant par la bouche de leurs personnages, mais la fiction, loin d'affaiblir leur propos, le renforçait, le rendait à la fois plus percutant et crédible. Si l'écrivain croit s'adresser à l'intelligence ou à l'émotion du lecteur, ses personnages, eux, parlent à son âme. Et les censeurs l'avaient bien compris, qui avaient interdit la publication de ces romans et condamné leurs auteurs à la misère, à l'emprisonnement, à l'oubli. Ils avaient également bâillonné les rares voix qui s'étaient élevées pour les défendre. On avait posé le même joug sur le cinéma, le théâtre, la chanson, la peinture. Quant aux arts dits mineurs comme la bande dessinée, on les avait réservés à un usage strictement religieux. Les légionnaires avaient démantelé le Net, saisi les ordinateurs, les livres, les cassettes, les CD, les DVD des temps d'avant, des temps de la perdition, puis ils avaient organisé, sur les places des villes et des villages, d'immenses autodafés que les larmes des esprits libres n'avaient pas réussi à éteindre.

Le téléphone sonna.

« Maud, l'amie de Gaspard, vous vous souvenez ? »

Comment ne pas se souvenir d'une femme qui vous crache son haleine de poivrote à la face et s'agrippe à vos couilles tout en pérorant sur votre avenir de grand libérateur ?

« L'adresse, comme convenu. Vous avez de quoi noter ? »

Elle lui aurait au moins offert l'occasion de griffonner quelques mots sur un bout de papier.

« Soyez ce soir devant la porte à 11 heures. Pas avant, ni après. On vous réclamera un mot de passe. Retenez-le tout de suite, je vous prie, je ne le répéterai pas : *Zarathoustra*. À bientôt. »

Elle raccrocha sans lui laisser le temps de poser la moindre question ni même celui de prendre congé. Un mot de passe ? Maud et les siens sombraient décidément dans la paranoïa. Les séides de l'archange Michel savaient que les esprits les plus brillants de l'Europe occidentale se rassemblaient pour des expériences qu'ailleurs, hors du cœur, dans la plèbe, on appelait des partouzes. Les autorités n'intervenaient pas tout simplement parce que des officiers supérieurs de la légion y participaient et que ces activités, bien que prohibées par les deux L de *Loi & Lance*, ne constituaient pas une menace prioritaire. Plus tard, quand les hordes islamiques auraient définitivement été renvoyées dans leur désert infernal, les légions auraient tout le loisir d'arracher les mauvaises herbes dans le jardin de l'archange Michel. Ce mot de passe, donc, une autre coquetterie de femme vieillissante, une pincée de frayeur dans un océan de frivolité et d'ennui.

Agacé, il décida d'abord de ne pas s'y rendre, pas envie d'être entraîné dans un tourbillon de corps anonymes, puis, les heures passant, il fut repêché par la curiosité : Maud avait parlé de descendre d'un cran dans l'abjection, or il croyait qu'ils avaient touché le fond. Ils se défonçaient aux bulles de champagne, aux pilules de toutes les couleurs, aux intrigues de salon et aux perfidies minuscules pendant que les bombardements jetaient des familles entières dans les rues, pendant que l'existence de millions d'hommes jeunes se brisait sur le front Est, pendant que la légion traquait et exterminait des hordes d'orphelins livrés à eux-mêmes. Ils bavardaient, ricanaient, dansaient, agrippés à leurs flûtes, à leurs émotions, à leurs obsessions, pendant que la grande Europe, tel un gigantesque paquebot sabré par une forêt d'icebergs, craquait de toutes parts et sombrait dans les eaux ténébreuses et glaciales. Personne n'osait envisager la défaite – les rares Cassandre qui s'y étaient essayées avaient aussitôt disparu de la scène publique –, mais que se passerait-il si les armées islamiques massées entre les mers Noire et Baltique réussissaient à enfoncer les légions de l'archange Michel et à déferler jusqu'aux rives de l'océan Atlantique ? Que deviendraient-ils, les oiseaux aux plumages chatoyants qui pépiaient dans leurs cages dorées, les chantres de la futilité, de la dérision ? Le bruit courait que les fanatiques de l'islam lapidaient les femmes adultères, émasculaient leurs amants, crevaient les yeux des impies, coupaient la langue des menteurs et la main des voleurs. Les rues du cœur de Paris se peupleraient-elles d'eunuques, de borgnes, de muets, de manchots, de femmes condamnées au mystère et à la vertu sous l'épaisseur de leurs voiles ?

Il se mit en chemin après un dîner froid et léger, estimant qu'il lui faudrait une petite heure pour se rendre à pied à l'adresse indiquée par Maud. Il espérait que la marche dissiperait le sombre pressentiment qui le tenaillait depuis la communication de la très chère amie de Gaspard. La nuit n'était pas tombée sur Paris bien qu'on eût renoncé une décennie plus tôt à l'heure d'été, une idée du diable selon l'archange Michel. Les gouttes de pluie hérissaient la surface tumultueuse de la Seine. Le fleuve n'avait pas encore atteint la cote d'alerte, nettement rehaussée l'année précédente, mais déjà les péniches ne pouvaient plus se glisser sous les ponts ni sous les passerelles. Des taxis fendaient les trombes tous phares allumés, arrachant des gerbes rageuses aux rues défoncées.

Son vieux parapluie ne le protégeait pas des projections. Quelle importance ? L'eau submergeait déjà le pont du vieux paquebot européen.

Vêtu d'un uniforme noir semblable à celui des légionnaires, le contrôleur progressait péniblement dans l'allée bondée du compartiment. Le train s'était immobilisé à plusieurs reprises en pleine voie et était reparti au bout de plusieurs heures d'une attente crispante. Comme on ne donnait aucune indication aux passagers, ni sur les causes ni sur la durée de l'arrêt, ils se perdaient en conjectures, les uns se prononçant pour un bombardement ou un sabotage de la voie, d'autres pour une inondation, d'autres pour une panne de la locomotive ou un dysfonctionnement du réseau électrique.

Stef, elle, gardait les yeux rivés sur les paysages gorgés d'eau, ces immenses nappes grises et figées où se miroitaient les buissons et les arbres décharnés. Elle n'avait pas prononcé un mot depuis que Pibe et elle étaient montés dans leur wagon. Elle ne lui avait pas dit comment elle s'était débrouillée pour obtenir des billets qui nécessitaient normalement une attente de trois ou quatre mois. Ni comment elle les avait payés. Ni pourquoi elle avait décidé de partir vers l'Est, vers la Roumanie de l'archange Michel, vers les frontières les plus lointaines et les plus exposées de l'Europe occidentale.

Et Pibe restait incapable de comprendre les raisons qui l'avaient poussé à la suivre malgré sa peur. Pour continuer de respirer le même air qu'elle ? Parce qu'elle était son ange gardien, sa seule famille, comme elle le prétendait ? Parce qu'il espérait en secret qu'elle l'aiderait à grandir, à devenir un homme ?

Aller à l'Est, c'était se jeter dans la gueule du loup islamique, au moins respirer son haleine brûlante. Bon nombre d'habitants des régions polonaise, slovaque, hongroise, roumaine, bulgare, yougoslave avaient reflué vers des terres plus accueillantes au début de la guerre, Allemagne, Autriche, Italie, Suisse, France, mais, repoussés par les populations locales, les réfugiés avaient été parqués dans des camps de fortune, surveillés par des milices et rapidement transformés en mouroirs.

Stef et Pibe étaient parvenus à s'installer près d'une fenêtre. Ils n'avaient pas bougé de leurs sièges, pas même pour soulager leurs vessies, conscients qu'ils perdraient définitivement leurs places s'ils s'aventuraient dans le couloir. Ils rencontraient déjà les pires difficultés à conserver leur espace vital. Pibe s'arc-boutait de toutes ses forces sur ses jambes pour empêcher la chair débordante de la femme assise à ses côtés de le tasser encore plus contre la cloison du compartiment. Reine d'une famille de cinq membres, cheveux et bras courts, tête enfoncée dans un cou en forme de pneu, elle passait la majeure partie de son temps à bâfrer, à boire, à s'agiter. Le regard vicieux du père, un peu moins volumineux qu'elle, venait sans cesse échouer sur la poitrine ou les jambes de Stef. Les gosses, un garçon et une fille d'une dizaine d'années en cours d'obésité, sautaient sur tous les prétextes pour s'invectiver, se bagarrer, hurler et se plaindre. La tante, la sœur de la reine, une femme tout en arêtes et en angles, l'air sournois d'un chien famélique et battu, se jetait avec férocité sur tout ce qui ressemblait de près ou de loin à de la nourriture. De ce petit monde s'exhalait un bouquet d'odeurs indéfinissables.

Le père avait amorcé la conversation: ils partaient pour quelques semaines de vacances en Italie, où ils trouveraient un peu de ce soleil qui se montrait si avare dans l'ouest de la France. La reine l'avait interrompu en lâchant que leur vie privée n'intéressait personne et en distribuant la première paire de claques au garçon agrippé aux cheveux de sa sœur. Elle avait préféré jeter dans un sac-poubelle les sandwiches boudés par la chair de sa chair plutôt que de les offrir à leurs compagnons de voyage – sa sœur affamée n'avait pas osé les récupérer quand la reine s'était absentée. Les effluves de fromage, d'œuf dur et de saucisson avaient aiguisé l'appétit de Pibe, mais les multiples arrêts retardaient le moment où il pourrait enfin combler le gouffre de son estomac. En attendant, il subissait leur hégémonie avec un ressentiment grandissant tandis que Stef, indéchiffrable, indifférente aux savantes manœuvres du père pour se coller contre elle, semblait s'être retirée dans un autre monde.

« Billets, messieurs dames. »

L'irruption du contrôleur valut à la fille une gifle retentissante pour lui « apprendre à se tenir tranquille quand un monsieur s'adresse à sa mère ».

« Pourquoi tous ces arrêts ? » demanda le père.

Le contrôleur, un homme aux cheveux grisonnants et aux traits las, s'agrippa au compartiment à bagages pour résister à la pression des voyageurs comprimés dans le couloir. En lieu et place de la lance d'argent des légionnaires, il portait sur le revers de sa veste ouverte le sigle de la CER, la Compagnie européenne du rail. Comme tous les agents de l'État européen, il était habilité à se servir de l'imposant pistolet qui lui battait la hanche et le haut de la cuisse.

« Paraît qu'y aurait des coulées de boue sur la voie entre Bordeaux et Toulouse. »

Accent prononcé du Sud-Ouest qui enrobe de chaleur

les nouvelles les plus sombres ; soupir tonitruant de la reine.

« Eh ben, on n'y est pas encore, en Italie !

— Faut compter après-demain en fin de journée. Si y a pas trop de problèmes cette nuit.

— C'est autant de temps pris sur nos vacances. Vous vous rendez compte, ces pauvres gosses, deux nuits dans le train… »

Le contrôleur laissa tomber un regard machinal sur les deux gosses en question ; aucune lueur de compassion ni même d'intérêt ne s'alluma dans ses yeux mornes.

« On n'y peut rien, madame. Quand les légions auront enfin foutu leur raclée à ces maudits ousamas, le trafic reviendra à la normale. En attendant, faut prendre son mal en patience et me montrer vos billets. »

Stef ne bougea pas, comme si elle n'avait pas entendu le contrôleur. Pibe eut un tressaillement d'inquiétude, doutant tout à coup qu'elle se fût procuré les précieux sésames. On ne plaisantait pas avec les fraudeurs dans l'Europe de l'archange Michel. La rumeur les expédiait dans les camps de sinistre réputation des régions tchèque et slovaque. Pierre-Jean disait même qu'on les obligeait à ramasser et manger les cadavres crus de ceux qui ne résistaient pas aux terribles hivers des Carpates. Pierre-Jean adorait foutre la trouille à ses copains de classe, surtout aux filles, qui le surnommaient Gros Dégueu ou Monstre. Un autre temps, un passé si lointain qu'il semblait concerner quelqu'un d'autre. Cet enfant coincé entre des parents abstraits et une sœur déguisée en peste, cet enfant cloîtré dans la cage étouffante de son moi et une existence sans joie, cet enfant tyrannisé par les bruits de la nuit et le mystère des filles, cet enfant prénommé Pibe avait joué ses premières années dans un film au scénario squelettique, aux images floues, aux sons crachotants, aux couleurs passées.

« Billets, mademoiselle. »

Le contrôleur fronça les sourcils, lâcha le compartiment à bagages et, brimbalé par les cahots du train, s'avança entre les genoux de la reine et de ses sujets. Stef parut enfin prendre conscience qu'il s'adressait à elle. Elle lança un petit coup d'œil à Pibe dans lequel il décela de la provocation, de l'amusement. Il savait maintenant qu'elle n'avait pas les billets. Elle lui avait menti, comme d'habitude. Elle consacrait une bonne partie de son temps et de son énergie à se moquer de lui.

« Billets, mademoiselle. »

Plus une trace de politesse ou de bienveillance dans la voix chantante du contrôleur. Il venait de mettre la main sur deux resquilleurs et se métamorphosait aussitôt en intraitable gardien de l'ordre. Déjà, sa main avait volé sous le pan de sa veste et s'était posée sur la crosse de son pistolet. On ne comptait plus les cas où les cerbères de la CER, fébriles, avaient ouvert le feu sur des usagers suspects sans même vérifier que leur défiance reposait sur un fond de réalité. Stef arborait ce petit sourire énigmatique qui avait le don de foutre Pibe en rogne. Elle ne bougeait pas, ne montrait aucun signe d'inquiétude, comme certaine qu'il ne lui arriverait rien. Elle n'allait tout de même pas se servir de son Colt dans l'espace restreint du compartiment, elle risquait de blesser ou de tuer d'autres passagers. Seul un événement imprévu, un miracle, pouvait maintenant les sortir de ce mauvais pas. Pibe lui décochait des regards qui se voulaient assassins et n'étaient sans doute que pathétiques.

« Une dernière fois, mademoiselle : vos… »

Un crissement assourdissant couvrit la voix du contrôleur. Une énorme secousse ébranla le convoi et projeta Pibe sur Stef. La tête du père rebondit sur l'appuie-tête de son siège à la façon d'un ballon de basket. Des bagages dégringolèrent en pluie sur la tante et les enfants. Le contrôleur et la reine enchevêtrés roulèrent sur le plancher sillonné de lézardes. Des sièges arrachés se renversèrent, s'entrechoquèrent comme des blocs de glace prisonniers des remous. Tremblant de toute sa carcasse, le train continua d'avancer dans une horrible agonie de métal. Pibe sentit que le siège basculait vers l'arrière et s'agrippa de toutes ses forces à la taille de Stef. Une succession de heurts violents ballottèrent la voiture, plièrent les cloisons, ouvrirent des brèches par lesquelles s'engouffrèrent des odeurs d'acier surchauffé et de poudre. Le crissement s'interrompit, supplanté par un grondement sourd et des vibrations de plus en plus amples. Pibe fut soulevé du plancher, séparé de Stef, catapulté contre une surface dure. À demi étourdi, il eut l'impression de passer à plusieurs reprises de l'ombre à la lumière, de la nuit au jour, puis les sièges, les corps, les bagages se mirent à tournoyer autour de lui, il reçut une série de coups sur la nuque, dans le dos, sur les jambes, il revit la tête exsangue de Marie-Anne, figée entre les écharpes de poussière, si proche qu'il pouvait distinguer les pores de sa peau, ses yeux exorbités et vitreux qui le fixaient pour l'éternité.

« Un AK... »

Couché entre les arbres, le convoi ressemblait à un animal abattu. Les voitures s'étaient encastrées les unes dans les autres et réduites à des amas d'esquilles sombres. Des colonnes de fumée noire s'échappaient des carcasses et du cratère d'une trentaine de mètres de diamètre creusé par l'explosion au milieu de la voie.

Pibe avait repris connaissance avec un atroce mal de crâne et des douleurs lancinantes à la nuque. Incapable de bouger pendant quelques minutes, il s'était cru paralysé et avait subi une rageuse attaque de panique. Des mains lui avaient alors caressé la joue et l'avaient apaisé.

Assise à ses côtés, Stef n'avait apparemment pas souffert du déraillement.

« J'ai mal », avait gémi Pibe.

Elle s'était penchée sur lui et lui avait posé les lèvres sur tout le corps en commençant par le visage, en poursuivant par la poitrine et en finissant par le bassin. Il avait perçu la chaleur de son haleine au travers de ses vêtements. Malgré la douleur, il avait adoré cette sensation d'être bercé par le souffle de Fesse. Il avait failli la supplier de recommencer quand elle s'était éloignée. Elle s'était agenouillée au bord d'un fossé, elle avait poussé des geignements si pitoyables qu'oubliant sa propre paralysie, sa propre souffrance, il s'était levé pour lui proposer son aide.

« Tu ne peux pas m'aider, avait-elle bredouillé, les yeux soulignés de cernes profonds, le menton barbouillé d'une substance visqueuse et noire.

— Je... j'pensais pas que tu pouvais souffrir comme ça, avait-il murmuré. Qu'est-ce que tu m'as fait, avec ta bouche ? J'ai pratiquement plus mal.

— Seulement ce que je devais faire. »

Il avait attendu qu'elle s'essuie avec un pan de son imperméable déjà taché de terre et de sang, qu'elle se redresse et qu'elle se stabilise sur ses jambes chancelantes pour dire :

« T'es vraiment zarbie, comme fille. »

Elle sourit de nouveau. Elle avait déjà recouvré la fraîcheur de son teint et l'éclat de ses yeux.

« Toute personne qui vient de réchapper à un accident de train te paraîtra sans doute aussi zarbie que moi... »

Il contempla le convoi couché dans la forêt, les corps allongés dans l'herbe, les survivants affolés ou prostrés, les wagons chiffonnés comme des boules de papier.

« Il ne s'agit pas d'un accident, d'ailleurs, mais d'un AK, un attentat suicide, ajouta-t-elle.

— Comment tu le sais ?

— Le cratère. Révélateur d'une explosion.

— C'est peut-être un sabotage. »

Elle secoua la tête comme pour se débarrasser des derniers vestiges de sa nausée.

« Les terroristes islamiques n'agissent jamais en groupe. Ils estiment qu'un homme seul et déterminé accroît les chances de réussite, et je crois que c'est une stratégie efficace. Celui-là a dû jaillir sur la voie et se faire sauter juste avant le passage du train. »

Pibe s'assura d'un geste furtif qu'il n'avait pas perdu son SIG P230 dans l'accident.

« C'est drôle, j'ai l'impression que tu savais ce qui allait arriver…

— Qu'est-ce qui te fait dire ça ? »

Elle le fixait avec une attention de chatte épiant un oiseau. Il entreprit de vérifier l'état de ses vêtements pour échapper à la pression de son regard. Ne repéra que quelques accrocs mineurs sur son pantalon et sa parka. Du sang séché lui collait des mèches de cheveux sur la tempe et l'oreille.

« J't'ai pas vue paniquer devant le contrôleur, finit-il par lâcher entre ses lèvres serrées. T'avais pas les billets pourtant, non ? »

D'un mouvement de tête, elle désigna les corps les plus proches.

« Quand l'heure du dernier voyage est venue, peu importe qu'on ait ou non des billets.

— Ouais, si le train n'avait pas déraillé, on aurait été dans une sacrée merde !

— On peut modifier le présent, pas le passé. Nous ne devrions pas rester ici : les secours vont bientôt arriver.

— Déjà ? Combien de temps je suis resté…

— Évanoui ? Deux bonnes heures. »

Elle se dirigea vers les voitures renversées et, indifférente aux cadavres, commença à fouiller les bagages éventrés. Il comprit qu'elle cherchait des vivres et, malgré son dégoût, se joignit à elle. Ils vidèrent deux sacs à dos de leurs contenus et les remplirent de nourriture et de bouteilles d'eau laissées intactes par le déraillement. Le vent ne parvenait pas à disperser l'odeur de sang ni celle, encore masquée, de putréfaction. Pibe évita de poser les yeux sur les corps mutilés et ensanglantés pris d'assaut par les mouches. Des survivants erraient dans les décombres, démarche de zombies, jambes flageolantes, bras ballants, regards vides. Aucun d'eux ne tenta de s'opposer au ravitaillement sauvage de Stef et de Pibe. Ils n'étaient pas les seuls à piller d'ailleurs, d'autres silhouettes furetaient entre les monceaux de ferraille, chinaient les objets de valeur ou les liasses de billets au milieu des vêtements, des chaussures et des trousses de toilette. Les croassements des corbeaux montaient dans le silence comme des chants funèbres. Pibe eut un spasme d'horreur lorsqu'il découvrit une main minuscule parmi des sandwiches dans un sac en plastique. Il croisa le regard atone d'une femme assise sur une valise et serrant sur sa poitrine une forme sanglante. Elle avait dégrafé le haut de sa robe maculée et glissé le téton de son sein gonflé de lait entre les lèvres exsangues et inertes de son nourrisson. Elle ne pleurait pas, sidérée, pétrifiée, cernée par une réalité qu'elle ne pouvait pas contempler. Plus loin, devant une voiture presque intacte, un vieillard plus ridé qu'une écorce s'accrochait de toutes ses forces à la montre gousset en or qu'un pillard avait entrepris de lui arracher. Il hurlait que sa femme était morte, qu'elle lui avait offert cette montre le jour de leur mariage, qu'il n'avait pas d'autre souvenir d'elle.

« On le descend ? demanda Pibe en désignant le pillard, un homme d'une quarantaine d'années dont la rage soudaine de possession gonflait les veines des tempes et du cou.

— Inutile de gaspiller une balle, répondit Stef.

— Mais… »

L'indignation rentra les mots de Pibe dans sa gorge. Épouvanté, il vit le pillard traîner sans ménagement le vieillard agrippé à la chaîne de la montre sur une vingtaine de mètres. Il tira rageusement son flingue et déverrouilla le cran de sûreté.

« Tu ne comprends donc pas ? » La voix de Stef était devenue tranchante. « Il n'a qu'un seul désir : rejoindre sa femme. Cette montre, c'est le cordon qui les unit. Sans elle, il ne peut plus affronter le présent, il est piégé par ses souvenirs, il a déjà un pied dans l'autre monde. »

Le vieillard heurta une souche en partie déterrée avec une telle violence que sa tête donna l'impression de se détacher de son cou. Il lâcha enfin la chaîne dorée. Surpris, son voleur faillit perdre l'équilibre avant de disparaître derrière un enchevêtrement de structures métalliques et tordues. Le vieillard entra dans la mort avec une douceur étonnante, presque voluptueuse, sans même un craquement.

Stef et Pibe se chargèrent chacun d'un sac à dos et se mirent en chemin en suivant la voie ferrée. À la forêt plantée dans l'eau succédèrent des prés, eux aussi gorgés d'humidité, parsemés de bosquets maladifs, coiffés d'herbes brunes et ployées. Des coulées de boue tombées des collines environnantes submergeaient par endroits le ballast sans recouvrir toutefois les lignes parallèles et luisantes des rails. Le plafond de nuages, très bas, attristait la lumière du jour, escamotait une partie du paysage, libérait des gouttes éparses chahutées par un vent d'ouest.

Pibe n'adressa pas la parole à Stef. Il ruminait une colère plus noire que le ciel. Elle avait laissé mourir un vieillard sous leurs yeux, justifiant son indifférence par des phrases creuses. Un tissu de conneries. Le vieil homme voulait garder un souvenir de sa femme, il n'avait pas envie de mourir, comme elle le prétendait.

Ils s'arrêtèrent pour manger sur la pente d'une colline hérissée de rochers torturés. Il n'avait plus faim, trop de pensées, trop de fureur, trop de chagrin avaient comblé le gouffre de son estomac. Il refusa le premier morceau de pain rompu par Stef.

« Tu dois manger si tu veux atteindre la prochaine gare.

— Pour quoi faire ? T'en as rien à foutre de moi ! T'en as rien à foutre des gens ! »

Elle s'installa sur un rocher, se défit de son imperméable, puis de sa veste de jean. Elle portait en dessous un soutien-gorge couleur chair à l'armature renforcée, un soutif de vieille qu'elle avait certainement piqué à leur « tante » du pavillon rasé par les bombes. On ne voyait pratiquement rien de ses seins, et pourtant, une onde fulgurante de désir transperça Pibe, peut-être sa peau blanche et luisante, peut-être son odeur exaltée par la transpiration, peut-être leur soudaine intimité enveloppée de pluie naissante.

« Tu penses qu'on aurait dû tuer le mec qui volait la montre du petit vieux ? »

Il opina d'un mouvement de tête énergique.

« Tu penses qu'il faut tuer tous les pillards ? »

Il faillit acquiescer d'un autre hochement de tête avant de se souvenir que, quelques jours plus tôt, il pillait lui aussi pour le compte de la Croix du Sud.

« Tu penses que la légion a eu raison d'exterminer les cailleras ? »

Elle mettait donc sur le même plan les orphelins regroupés en bandes et un adulte qu'un déraillement hasardeux avait changé en charognard.

« Nous, on n'avait pas le choix ! »

Il se mordit la lèvre inférieure. Il avait suffi à Stef de trois questions pour le pousser à briser sa loi du silence.

« Un choix s'offre à chaque instant. À chaque instant le monde se renouvelle.

— La bombe ne me l'a pas laissé, le choix ! Elle n'a pas laissé le choix à mes parents ni à ma sœur !

— Je l'ai déjà dit tout à l'heure, on ne peut pas changer le passé. Mais rien ne nous oblige à rester prisonniers du passé. Montre-moi ton passé : il n'existe pas. La mémoire, c'est le piège, c'est la force qui nous chevauche et nous ramène sans cesse à la case départ. »

Pibe accepta cette fois le pain et le morceau de fromage qu'elle lui présenta. Il se força à mâcher les premières bouchées, puis la saveur des aliments réveilla son appétit et il lui fallut trois autres sandwiches pour se sentir rassasié. Les nuages crevèrent à la fin de leur repas. Ils marchèrent sous les trombes d'eau jusqu'à la première agglomération traversée par la voie ferrée, un hameau aux maisons abandonnées et délabrées. Ils se réfugièrent sous un hangar à peu près entier en dépit de l'usure des plaques de tôle et de la prolifération du lierre. À en croire l'odeur, il avait autrefois servi d'abri à des moutons ou des chèvres.

« Profitons-en pour faire sécher nos vêtements. »

Joignant le geste à la parole, Stef se débarrassa de son sac à dos, puis de son imper et de son ensemble en jean qu'elle étala sur les bottes de paille entassées dans un coin du hangar. Elle ne garda sur elle que ses sous-vêtements et son Colt dont elle déverrouilla le cran de sûreté. Pibe hésita avant de l'imiter, craignant de ne pas pouvoir dissimuler la corde de désir qui partait de son crâne et se tendait jusqu'en bas de son ventre. Il retira sa parka, son polo, décida de garder son pantalon, ses chaussures et son arme. Surpris par la fraîcheur, maîtrisant à grand-peine ses tremblements, il désigna le pistolet de Stef.

« T'as vraiment la trouille qu'on se fasse attaquer dans ce trou ? »

Elle ne répondit pas, attentive, les yeux braqués sur l'ouverture du hangar. Il ne discerna rien d'autre que le crépitement de la pluie sur les tôles.

« Oh, Fesse, tu… »

Elle lui fit signe de la boucler d'un geste péremptoire de la main. Il perçut alors des crissements répétés sur les cailloux de l'allée.

L'homme prostré sur sa chaise avait tout d'une loque. On le lui avait présenté comme un écrivain appelé à un très grand avenir. Sans être devin, il n'aurait pas misé un centime d'euro sur l'avenir du futur grand écrivain, surpris dans une soirée SM avec torture et mise à mort d'enfants achetés dans les camps que l'administration baptisait pudiquement les CERI, les centres d'évacuation des ressortissants islamistes. Pris la bite dans le sac en compagnie d'autres gros poissons des milieux de la politique, des arts et des affaires.

Magnifique coup de filet orchestré par l'auxiliaire Talvard, un flic aux méthodes aussi carrées que ses épaules, et promis, lui, à une brillante destinée. Talvard avait eu l'incontestable mérite de terminer proprement le travail entrepris par John Wayne, le vieux lion retrouvé noyé dans la Seine. Aucune fuite cette fois, aucune balance, aucune taupe n'avait éventé la descente du bureau auxiliaire de la légion. Une centaine d'hommes armés jusqu'aux dents avaient cerné la maison bourgeoise de la banlieue est. Ils étaient entrés en action à l'heure convenue, neutralisant les cerbères à l'aide de seringues hypodermiques, s'engouffrant dans la pièce principale avec une telle rapidité que les tarés en mal de sensations fortes n'avaient pas eu le temps de s'égailler. Certains mêmes avaient été surpris en train de besogner des corps d'enfants pendus aux poutres – pendus par le cou, s'entend, certains déjà passés de vie à trépas, d'autres continuant de gigoter – ou enchaînés à des instruments de torture. Les appareils numériques ultrasensibles avaient pris des séries de photos dont certaines, les prochains jours, s'étaleraient sur les murs ou dans les journaux. On avait passé les menottes à tous les hommes et femmes trouvés à l'intérieur des murs, on les avait traînés dans les fourgons puis dans les cellules du bureau central sans leur permettre de se rhabiller. On avait trouvé une dizaine de cadavres dans les différentes pièces de la maison, des gosses aux cheveux frisés et à la peau foncée, âgés de quatre à douze ans. Ils avaient subi toutes sortes de supplices avant d'être égorgés ou éventrés et éviscérés. Un grand nombre d'auxiliaires avaient dû sortir dans le jardin pour vomir leurs tripes. Lui-même était resté jusqu'à l'aube aux prises avec une nausée latente et de pénibles remontées de bile.

Il avait été chargé, en compagnie de deux collègues, de recueillir les aveux du futur grand écrivain. Il avait rejoint le CALRAC à l'âge de dix-sept ans grâce à l'intervention d'un ami de sa mère qui connaissait un type qui connaissait un responsable du ministère des Armées. Il avait fait partie des privilégiés affectés au bureau auxiliaire civil plutôt qu'expédiés sur le front Est. Il n'avait pas boudé sa chance : promu sous-officier, puis officier en douze mois de présence dans le CALRAC. Sa hiérarchie louait son zèle, son efficacité, et le considérait comme un élément d'avenir – la déchéance brutale de l'écrivain lui rappelait toutefois qu'il convenait de se méfier des promesses de lendemains glorieux.

Ils avaient installé leur prisonnier dans une cellule d'interrogatoire, trois mètres sur trois, deux mètres de hauteur, pas de fenêtre, des murs capitonnés, une cuvette de chiottes dans un coin, une lampe de mille watts, une table et deux chaises, aucune intimité. Ils lui avaient maintenu les bras derrière le dossier de la chaise, les avaient croisés et attachés par deux jeux de menottes aux pieds opposés. Une position qui creusait le dos et qui, au bout de quelques heures, transformait les épaules et la nuque en pelotes de douleur.

L'écrivain avait maintenant une petite idée des supplices que lui et les siens avaient infligés aux gosses – des graines d'ousamas, mais quand même... Il n'était habillé que d'une chaussette trouée. Il avait réclamé avec véhémence ses vêtements au début de son interrogatoire, mais Papet, l'un des deux collègues, ainsi surnommé parce qu'il était devenu grand-père trois ans plus tôt, lui avait flanqué une série de gifles. Papet commençait toujours les interrogatoires par des gifles bien appuyées et sonores avant de passer aux choses sérieuses. Les gifles, expliquait-il, ont un effet étourdissant, elles sonnent comme les cloches de Pâques, elles mettent le prévenu dans un état qui ressemble à de l'euphorie, elles suffisent parfois à obtenir des aveux complets, il faut simplement garder les mains bien ouvertes et les doigts bien serrés.

L'écrivain avait ensuite demandé un... avocat ! Un avocat ? Pourquoi pas un procès pendant qu'on y était ? Papet lui avait répliqué qu'un salaud de son genre ne méritait même pas d'appartenir au genre humain, et d'ailleurs, il lui avait décoché un violent coup de pied dans les côtes pour bien lui montrer la différence entre les fils de Dieu et les bâtards de Satan. L'écrivain et son bel avenir s'étaient tordus de souffrance sur la chaise. Dur de ne pas pouvoir se recroqueviller ni se protéger de ses bras et de ses mains quand les crocs de la douleur vous broient la chair, les nerfs, les os.

On avait offert de l'eau à l'écrivain avant de poser les questions rituelles, nom, prénom, adresse, âge, profession – on la connaissait... –, entrecoupées de quelques digressions sur les mérites comparés de la richesse, de la célébrité, de la pauvreté, du vice et de la vertu. L'écrivain avait répondu par phrases hachées, pas toujours cohérentes, souffrant le martyre sur sa chaise. Papet lui avait expliqué qu'on le détacherait rapidement s'il se montrait coopératif: on avait autre chose à foutre, en pleine nuit, que de cuisiner les obsédés sexuels, on avait une vie de famille comme tous les bons disciples de l'archange Michel, on aimerait rentrer chez soi aussi tôt que possible et embrasser ses enfants à leur réveil. L'écrivain avait alors craché un torrent de mots qu'il avait fallu parfois diriger ou endiguer: oui, il avait participé à plusieurs réunions privées, oui, il avait multiplié les partenaires hommes et femmes, oui, il s'était rendu à la soirée organisée par une amie de son éditeur, qui? elle s'appelle Maud je crois, non, je ne connais pas son nom de famille, pouvez-vous me détacher s'il vous plaît, je vais… j'ai tellement envie de pisser que je vais faire sur moi… Maud l'avait donc invité à une soirée où elle lui promettait de descendre d'un cran dans l'abjection, il s'y était rendu par simple curiosité, et aussi parce qu'il espérait retrouver une inspiration qui lui faisait défaut, non, il ne savait pas, il le jurait, qu'on y torturerait des enfants ousamas, détachez-moi par pitié, ma vessie va exploser.

Papet avait refusé de lui retirer les menottes. Un jeu, un pari que les auxiliaires prenaient entre eux à chaque interrogatoire: combien de temps tiendraient les prévenus avant de pisser sur eux? Ces crétins buvaient toute l'eau qu'on leur présentait sans se rendre compte que cette offrande n'était pas un effet de la compassion de leurs interrogateurs, ils résistaient autant qu'ils le pouvaient, mais il arrivait toujours ce moment où, flottant entre veille et sommeil, ils oubliaient leur orgueil, ils confondaient désir et réalité, ils se soulageaient dans leur rêve et se réveillaient dans une réalité humide et mortifiante. Pour l'écrivain, Papet avait mis quinze euros sur une résistance de trois heures, Gerfaut, l'autre collègue, quinze euros sur quatre heures et demie, et lui, quinze euros sur six heures. Papet était parti au bout de trois heures et demie, reconnaissant implicitement sa défaite. Gerfaut avait attendu cinq heures avant de s'en aller à son tour, grommelant que, puisque « Jeunot » (son surnom) avait gagné trente euros sur leur dos, il n'aurait qu'à se débrouiller avec les formalités, faire signer le rapport au prévenu, si possible de son plein gré, le boucler avec les autres dans une des trois cellules de garde à vue. À poil ? Ben évidemment, t'as des frusques pour lui, toi ?

L'écrivain n'avait pas émis la moindre goutte au bout de sept heures. Décourageant. Il piquait de temps à autre du nez, mais les menottes lui tiraient aussitôt sur les bras, le ramenaient en arrière et le réveillaient en sursaut. Parfois aussi il bandait, la trique incontrôlable et douloureuse des hommes à bout de nerfs. Quand il s'en rendait compte, il croisait les jambes, rentrait le bassin, mais la douleur l'obligeait rapidement à changer de position, à s'exhiber à nouveau, un étalage particulièrement humiliant dans les circonstances.

Une vraie loque. Mais bon nombre de mondaines avaient aimé se frotter à cette loque, à ce corps aux muscles déliés, à cette queue fine et droite. Lui, bien qu'il portât l'uniforme de parade de la légion avec une incroyable prestance – c'est du moins ce qu'affirmait sa mère –, il n'avait pas encore eu la bonne fortune de connaître une femme. Les filles de sa connaissance se détournaient de lui avec une constance inquiétante. Parfois, il lui prenait la terreur de mourir sans avoir eu le temps d'expérimenter cette extase qu'à mots couverts, les autres garçons et les collègues du bureau disaient inoubliable. Pas question de monter avec l'une de ces femmes qu'on n'appelait plus des putes, mais des dames de compagnie. Un auxiliaire surpris avec une professionnelle de l'amour risquait d'être aussitôt expédié sur le front Est. Une fois il avait cru arriver à ses fins avec Isabelle, la fille plutôt moche de la concierge de l'immeuble de sa mère. Elle s'était dérobée au dernier moment, alors qu'il avait presque réussi à lui retirer sa culotte sur un canapé moisi oublié dans une cave. Sa propre maladresse s'était associée à la nervosité de sa conquête pour interrompre un processus bien engagé. Elle avait regimbé tout à coup, il avait essayé de la retenir, de l'immobiliser, de se percher sur elle, mais elle lui avait échappé après lui avoir griffé la joue – égratignures qui lui avaient valu d'être bombardé de questions par sa mère ; il s'en était sorti en prétendant qu'un chat sauvage l'avait agressé. Il ne l'aurait pas épousée, car on n'épousait pas une fille qui se donnait à un homme avant le mariage, même si la plupart d'entre elles n'acceptaient d'être visitées que par la porte de derrière, mais il regrettait de ne pas avoir inauguré en elle sa virilité impatiente.

La loque lui réclama pour la centième fois d'être détachée. Il se leva, excédé, et, par-dessus la table, lui décocha une première claque qui en appela une autre, puis une autre, puis une série de coups de poing. La face hâve de l'écrivain vira au rouge vif, du sang lui dégoulina des narines et des lèvres. Alors, fou de rage, incapable de se contrôler, il fit le tour de la table, renversa la chaise du prévenu, lui laboura le dos et la nuque de coups de pied. Il ne sut combien de temps il s'acharna, probablement plus de dix minutes, il lui en resta juste l'impression de cogner un sac rempli d'os et de chiffons, un punching-ball. Il s'interrompit lorsqu'il vit une flaque jaune se répandre autour du bassin de l'écrivain : ce fumier avait enfin pissé sur lui.

« Vous y êtes allé un peu fort. »

Le capitaine, un squelette enveloppé de peau, le fixait

d'un air où se mêlaient intérêt et réprobation. La lampe allumée sur un coin de son bureau ne dissipait pas la nuit tombée en plein jour dans la petite pièce. La brise paraissait totalement impuissante à soulever le lit nuageux posé sur Paris.

« Il n'était certainement pas le plus coupable de cette bande d'ordures, reprit le capitaine. Il fait partie de ces esprits qui se croient obligés de tenter des expériences extrêmes pour se sentir libres, pour échapper à leur condition de mortels. Des provocateurs, des Prométhée modernes. Vous connaissez le mythe de Prométhée ? »

Il avoua son ignorance d'un signe de tête.

« Aucune importance. Après tout, ils n'ont eu que ce qu'ils méritaient, je parle des deux, Prométhée et votre client. Personne ne peut prédire s'il sortira un jour du coma pour la bonne et simple raison que l'État ne dépensera pas un centime d'euro pour tenter de sauver quelqu'un qui n'en vaut pas la peine. De même qu'il ne dépensera pas un centime d'euro pour loger et nourrir tous les tarés piégés par ce coup de filet. Les moins coupables iront travailler dans un camp de la frontière Est. Les autres, eh bien, ils auront les honneurs d'une exécution publique, ils serviront d'exemples aux masses, ils auront au moins été utiles à quelque chose avant de mourir. »

Il se demanda où voulait en venir l'officier. Réputé pour ses discours alambiqués, le capitaine n'était pas son supérieur direct, ni d'ailleurs le supérieur d'aucun de ses collègues. On le voyait régulièrement déambuler dans les couloirs du CALRAC, vêtu du béret et de l'uniforme noirs des légions de l'archange Michel, et, comme les principautés eux-mêmes se mettaient au garde-à-vous sur son passage, on en déduisait qu'il occupait un poste très important, peut-être un délégué du chœur supérieur, celui des trônes, des séraphins et des chérubins. Sa maigreur presque maladive le désignait en tout cas comme un pur et dur, un ascète, un incorruptible. Se retrouver en tête à tête avec lui dans un bureau minuscule avait de quoi intimider un jeune auxiliaire coupable de s'être lâché sur un prévenu au point de l'expédier dans le coma. Au début de l'après-midi, Papet et Gerfaut avaient assuré le jeunot de tout leur soutien en lui remettant les trente euros du pari. T'as fait ce qu'il y avait à faire, avait affirmé Papet, on perd trop de temps en formalités avec ces salopards…

« Quant à vous… »

Le capitaine se renversa sur sa chaise et se lissa les cheveux du plat de la main.

« Votre… énergie serait certainement plus utile à l'Europe ailleurs que dans le CALRAC. »

Son souffle se suspendit : il s'attendit à tout moment que l'officier prononce les mots fatidiques front Est, la démarcation de toutes les terreurs, la grande consommatrice de chair fraîche, la gigantesque tombe des frontières roumaine et polonaise. Sa mère mourrait de chagrin s'il était embarqué dans un train militaire à destination de l'Europe de l'Est. Et lui, il serait cueilli par une balle ou un obus islamique sans avoir connu d'autres frissons que ceux semés sur sa peau par l'unique femme de sa vie. Sa mère s'invitait parfois dans son lit en plein milieu de la nuit, l'enlaçait par la taille, se serrait contre lui. Il éprouvait pour elle un désir systématique et violent qu'il combattait de toutes ses forces, conscient que l'idéal chrétien ne tolérait pas ce genre de pulsion. Il aurait dû lui ordonner de le lâcher, de retourner dans sa chambre, mais l'idée même de lui faire de la peine était au-dessus de ses forces. Une bombe ousama s'était abattue sur le bâtiment où travaillait son père alors qu'il n'avait pas encore atteint sa deuxième année. Elle avait reporté toute son affection sur lui et, à sa puberté, leur relation avait plongé en eaux troubles. Elle insistait pour lui frotter le dos lorsqu'il prenait sa douche, ses attouchements équivoques n'avaient plus qu'un rapport lointain avec les gestes tendres d'une mère. Il luttait pied à pied pour ne pas se laisser emporter par le courant de plus en plus puissant qui le poussait vers elle, mais là, dans cette pièce minuscule et sombre, la peur soudaine d'être à jamais séparé d'elle lui valut un début de panique qu'il réussit à contenir en s'agrippant à la tranche du bureau.

« Nous avons besoin de jeunes gens de votre trempe pour mener à bien certaines opérations sur le territoire européen, poursuivit le capitaine. Entre autres, assurer le bon fonctionnement des CERI. Vous savez sans doute ce que sont les CERI ?

— Des centres où sont regroupés les ressortissants islamistes qui n'ont pas voulu quitter les territoires européens. »

Le capitaine se leva, alla se poster devant l'unique fenêtre de la pièce et garda un instant les yeux levés sur le ciel.

« Le *e* de CERI signifie évacuation. Il s'agit, comment dire, d'un euphémisme pour désigner une évacuation radicale, une… élimination. L'État européen ne va tout de même pas élever des serpents venimeux dans son sein. Nous avons besoin de responsables déterminés pour mener à bien les opérations de nettoyage. Nos concitoyens ont compris qu'il était de leur intérêt de dénoncer les islamistes ou assimilés qui essaient de prendre racine dans le terreau européen. Les dénonciations se multiplient, et nous ne pouvons que nous féliciter d'un tel zèle. Mais toute médaille a son revers : les camps s'engorgent, et les responsables actuels ne semblent pas prendre la mesure de l'urgence de la situation. »

Le capitaine se retourna avec vivacité et planta son regard brûlant dans le sien.

« Il ne s'agit pas de favoriser les trafics d'enfants, de

femmes et d'organes autour des CERI. Il ne s'agit pas d'enrichir les mauvais chrétiens qui exploitent la situation, d'encourager le vice sous toutes ses formes. L'archange Michel souffre de voir ses brebis s'égarer sur les chemins de traverse pendant que ses légions dressent un barrage héroïque sur le front Est. Sa colère s'abattra bientôt sur les impies, sur les voleurs de feu qui défient Dieu et ses lois éternelles. Il s'agit d'extirper des terres européennes les mauvaises herbes, qu'elles soient islamistes, impies ou dissidentes. Il s'agit de ramener la vieille Europe dans le chemin glorieux défriché par Charlemagne, Charles le Grand. Comprenez-vous ? »

Il acquiesça d'un mouvement de tête énergique, gagné par une exaltation qui chassait toute peur en lui. Le premier chœur l'associait au destin grandiose de l'Europe, lui, le jeunot du CALRAC ; le cercle des proches de l'archange Michel le choisissait pour arracher l'ivraie du jardin de Dieu.

« Je vous propose une affectation au CERI de la région Centre, dans les environs de Châteauroux. »

Châteauroux ? Deux ou trois cents kilomètres de Paris, une journée de train tout au plus. Sa mère pourrait l'y rejoindre dès qu'il se serait installé. Il faillit bondir de joie.

« Vous aurez la responsabilité du camp. Une cinquantaine d'hommes sous vos ordres. Vous serez chargé de procéder à… l'évacuation radicale de tous ceux qu'on vous adressera, hommes, femmes, vieux, jeunes, enfants. Ce poste ne tolère aucune faiblesse. Pas de compassion mal placée, pas de charité chrétienne mal comprise. N'oubliez jamais que nous sommes en guerre. Une guerre totale. Imaginez le sort que nous réserveraient les islamistes s'ils réussissaient à enfoncer le front Est. Nous n'aurions aucune pitié à attendre d'eux. Vous sentez-vous apte à occuper ce poste malgré votre jeune âge, votre inexpérience ? »

L'enthousiasme l'empêchant de formuler la moindre phrase, il se contenta de hocher la tête avec conviction. Le capitaine accueillit son approbation d'un sourire qui dévoila ses dents fortes et bombées.

« Nous allons dans un premier temps vous nommer au grade de principauté. Puis, disons la semaine prochaine, une voiture de la légion vous emmènera à votre CERI. Vous serez accueilli sur place par votre adjoint, un homme qui connaît parfaitement les rouages et les habitudes du camp. Ce sera à vous d'ailleurs de décider si vous le gardez ou non avec vous. Il a trempé dans divers trafics, mais il peut vous être utile, au moins les premiers temps. Avez-vous des questions ? »

Il n'eut pas la présence d'esprit de demander au capitaine pourquoi ils l'avaient choisi alors qu'il venait tout juste d'atteindre ses dix-huit ans, pourquoi ce genre de poste n'était pas attribué à un homme expérimenté.

« Non ? Eh bien, voyons-nous demain à la première heure pour les formalités. »

Il rentra directement chez lui en métro sans même saluer ses collègues Papet et Gerfaut, impatient d'annoncer la bonne nouvelle à sa mère. Il croisa, en bas de l'immeuble, Isabelle, la fille de la concierge, s'étonna d'avoir ressenti de l'envie pour cette fille au visage de rat, aux yeux de truie et au corps de jument. Elle éprouva la même répulsion que lui d'ailleurs, puisqu'elle s'écarta de son chemin comme si elle avait croisé le diable en personne.

Sa mère l'attendait, belle et radieuse dans sa robe d'été. Elle passait sa vie à l'attendre, certaine que les vagues de l'existence le ramèneraient toujours sur ses rives. Elle l'accueillit d'un sourire triomphal.

Lorsqu'ils s'étreignirent, il se demanda s'il aurait un jour une autre femme qu'elle.

Je vouai mon cœur à savoir sagesse et science, sottise et folie ; j'ai su que cela aussi est poursuite de vent. Car beaucoup de sagesse, beaucoup de chagrin, et croître en science est croître en douleur.

L'Ecclésiaste,
Sainte Bible du chanoine Crampon 1-17/18.

Pibe se demandait ce que contenaient les bocaux alignés sur les rayonnages. Des centaines et des centaines de bocaux couvrant les murs de l'immense maison bourgeoise. Des formes sombres, indéfinissables, flottaient dans un liquide jaunâtre et trouble. Des odeurs lourdes, âpres, rôdaient dans les pièces et dans les couloirs, parmi lesquelles on reconnaissait celle, caractéristique, du formol.

Stef et Pibe avaient failli ouvrir le feu sur les deux hommes qui s'étaient engouffrés dans le hangar en tôle. Les intrus avaient mis un certain temps à piger que cette fille en sous-vêtements et ce gamin au torse nu braquaient sur eux de vrais pistolets crachant sans aucun doute de vraies balles. Ils avaient donc levé les bras bien haut pour montrer qu'ils n'étaient pas animés d'intentions belliqueuses, puis ils s'étaient expliqués : ils habitaient une maison à moins d'un kilomètre, ils avaient gagné le hameau afin d'attendre le passage du train, ils s'étaient précipités sous le hangar pour se mettre à l'abri de la pluie. Ils semblaient parfaitement inoffensifs et, pourtant, ils soulevaient en Pibe de la méfiance, de la répulsion, une impression peut-être due à leur aspect physique rond, lunaire, à leur pâleur malsaine, à leurs cheveux gras, à leurs yeux de hiboux, à leurs vêtements crasseux et informes. Difficile de leur donner un âge. Ils paraissaient à jamais englués dans une adolescence dépressive et ingrate.

Stef avait accepté leur invitation à passer quelques jours dans leur maison sans tenir compte des mimiques furieuses de Pibe. Lui n'avait pas envie de passer une seconde de plus en leur compagnie, mais il n'avait eu d'autre choix que de leur emboîter le pas à la fin de l'averse. Ils avaient traversé le hameau désert, puis ils s'étaient enfoncés dans une forêt sillonnée par une ancienne route prise d'assaut par la végétation. Ils étaient arrivés au bout de vingt minutes de marche dans la cour d'une demeure bourgeoise en partie enfouie dans les frondaisons de grands arbres. Guettée par le délabrement malgré les bâches tendues sur les pans de toits et les réparations de fortune effectuées sur les ouvertures les plus détériorées.

L'isolement total de cette demeure avait suscité un début d'inquiétude en Pibe : le culte de l'archange Michel assimilait les forêts aux démons, aux magiciens, aux créatures légendaires et ennemies de l'homme. C'était le monde de la pénombre, l'antre du serpent, le lit de cette nature indomptable qui avait fait le malheur d'Adam et Ève dans le jardin d'Éden. En tant que porteur de lumière, l'archange Michel ne pouvait tolérer l'exubérance végétale, synonyme de chaos et d'obscurité. Il promettait de défricher les terres européennes à la fin de la guerre, de les transformer en d'immenses greniers à blé et à fruits, d'accomplir ainsi les Saints Commandements de Dieu. En attendant, comme le front Est vidait les campagnes de leurs forces vives, la forêt et ses créatures malfaisantes conquéraient chaque jour de nouveaux territoires.

« Pourquoi attendez-vous le train tous les jours ? avait demandé Stef sur le perron.

— Pas tous les jours, mais au moins une fois par semaine, avait répondu le plus âgé de deux hommes. Un wagon épicerie ravitaille les campagnes reculées. Il nous suffit d'actionner un signal à l'ancienne gare pour demander un arrêt au conducteur du convoi. La compagnie pratique des tarifs prohibitifs. Elle se fait un max de fric sur notre dos, et sur le dos de tous ceux qui habitent dans les coins paumés, mais nous n'avons pas le choix.

— Y a qu'à déménager », avait marmonné Pibe.

L'homme l'avait enveloppé d'un regard indéfinissable.

« Nous avons besoin d'isolement pour continuer notre activité.

— Quelle activité ?

— De celles qu'on n'apprécie pas toujours dans les sphères archangéliques.

— Alors, si je serais vous, j'éviterais d'en parler à n'importe qui », avait lancé Pibe.

Une ébauche de sourire avait égayé la face lugubre de l'homme.

« Vous n'êtes pas n'importe qui.

— Comment vous le savez ? »

Il n'avait pas répondu à cette question, il s'était effacé pour inviter ses hôtes à entrer.

L'odeur.

L'odeur était ce qui avait immédiatement frappé Pibe en pénétrant dans la maison. Puis il avait aperçu ces drôles de bocaux alignés sur les rayonnages courant dans tous les couloirs et les pièces du rez-de-chaussée à l'exception de la cuisine.

« C'est quoi, ça ? »

Aucune réponse. Le plus jeune des deux hommes les avait conduits dans un réduit du premier étage qui leur servirait de chambre autant de temps qu'il leur plairait. Ils disposaient même d'une salle d'eau à leur seul usage, vétuste mais en parfait état de marche, si on n'était pas trop regardant sur les brusques variations de température et la faible pression de l'eau. Aucun rayonnage ne couvrait les murs de la chambre. Bien que sentant le renfermé, elle restait épargnée par l'odeur imprégnant le rez-de-chaussée. L'électricité était fournie par une dizaine d'éoliennes dressées au sommet d'une colline proche et reliées à la maison par des câbles souterrains. Un système de pompe et de tuyaux acheminait l'eau depuis une source que les dernières analyses avaient déclarée potable. Il n'y avait qu'un lit pour Pibe et Stef, étroit qui plus est. Ils n'avaient pas pour l'instant abordé le sujet – il ne fallait pas compter sur Pibe pour commencer –, ils avaient seulement posé leurs sacs à dos, leurs imper et parka, puis ils avaient descendu les vivres restants à la cuisine.

Leurs hôtes ne s'étaient pas fait prier pour accepter leurs maigres réserves : ils n'avaient pas eu la possibilité de se ravitailler à cause du déraillement du train, ils commençaient à manquer de tout. Cet attentat suicide leur posait un énorme problème d'ailleurs. La ligne serait sans doute interrompue pendant plusieurs semaines, il leur faudrait utiliser leur vieille bagnole pour faire leurs courses au bourg le plus proche, distant d'une quarantaine de kilomètres.

« Quarante bornes en bagnole, c'est quand même pas la mer à boire, avait commenté Pibe.

— Dans certaines régions, non, ici, ça peut être dangereux.

— Pourquoi ?

— Les forêts sont peuplées de réfugiés. Comme ils n'ont pas grand-chose à se mettre sous la dent, ils ont tendance à se montrer agressifs.

— Ils viennent d'où, ces réfugiés ?

— De partout. Ousamas, opposants, truands en cavale.
— Ils n'ont jamais attaqué votre maison ?
— Elle est à l'écart des voies principales. Ils ne l'ont sans doute jamais trouvée. Mais, si nous sommes obligés de prendre la voiture, nous avons toutes les chances de tomber sur un de leurs barrages.
— Nous vous accompagnerons », avait proposé Stef.
Pibe lui avait lancé un regard noir.
« Votre jeune ami n'a pas l'air enchanté de votre proposition...
— Il croit encore que le non-agir est la meilleure réponse à la peur.
— Ah, lui aussi ? »
Le plus âgé des deux hommes avait tendu la main en direction de Stef.
« Bienvenue au bout du bout du monde. Moi, c'est Gog, et lui, c'est Magog. »
Stef avait serré cette main qu'on devinait molle, moite, fuyante, sans manifester le moindre signe de dégoût.
« Drôles de noms ! s'était exclamé Pibe.
— Des noms de code. Ils désignent les puissances du mal dans les traditions juive et chrétienne.
— Vous avez besoin de codes dans ce trou paumé ? »
Le dénommé Gog avait commencé à inventorier les vivres apportés par ses hôtes.
« Après le dîner, nous vous montrerons quelque chose que vous n'avez sans doute jamais vu. »

Autant le rez-de-chaussée était sinistre avec ces bocaux empilés contre les murs, autant le sous-sol ressemblait à une caverne aux merveilles avec ses multiples écrans ouverts sur un monde inconnu, fascinant. Les deux frères – ils avaient précisé qu'ils étaient frères au cours du dîner, visiblement étonnés que leurs hôtes ne l'aient pas deviné – étaient donc reliés à la TIM, la Toile informatique mondiale, interdite par l'archange Michel l'année même du déferlement de ses légions sur l'Europe. Le père de Pibe affirmait que la toile informatique était l'incarnation du mal absolu, la négation de l'âme individuelle, le veau d'or des temps modernes et aussi, pour faire bonne mesure, l'ange de l'Apocalypse. Les légions avaient entrepris un titanesque travail de perquisition et de destruction des ordinateurs domestiques ; elles avaient également pris le contrôle des réseaux de fibres optiques et affecté l'usage de l'informatique à l'armée et aux services d'utilité publique. La plupart des utilisateurs de la TIM avaient préféré renoncer d'eux-mêmes à leur matériel et à leurs connexions, mais quelques-uns étaient entrés en clandestinité et avaient maintenu des liens réguliers avec leurs correspondants du monde entier. Dénoncés par les mouchards des satellites ou plus simplement par leurs voisins, arrêtés (comme les parents de Zara, la copine de classe de Pibe), ils avaient connu l'humiliation d'un châtiment public avant d'être dispersés dans les camps. La population européenne croyait que les accros de la TIM avaient été rayés de la surface de l'Europe ; les sous-sols des frangins Gog lui auraient apporté le plus cinglant des démentis. Leur matériel semblait tout droit sorti de la hotte d'un magicien : les multiples écrans plats et souples évoquaient des aquariums aux poissons fantastiques, les imprimantes reliées à des cubes minuscules et des scanners crachaient des feuilles aux couleurs vives sans émettre le moindre grésillement. Le tout n'avait pas grand-chose à voir avec les ordinateurs antiques que la classe de Pibe, conduite par le professeur de sciences et religion, avait découverts dans un musée de l'Ancien Monde, exposés dans une cage de verre comme des animaux malfaisants. Alors que la poussière envahissait le rez-de-chaussée et les étages de la maison, il régnait une propreté étonnante dans les sous-sols entièrement peints de blanc, chape de béton du sol, murs de fondation, voûtes arrondies.

« Je comprends maintenant pourquoi vous avez besoin d'isolement, lança Stef.

— Ne parlez pas trop fort, je vous prie, dit Magog. Ce sont des bécanes à reconnaissance vocale, vous pourriez les perturber.

— Reconnaissance vo… quoi ? demanda Pibe.

— Elles réagissent au son de la voix. Plus besoin de clavier. La dernière génération d'ordinateurs avant l'avènement de l'archange Michel. Les OC, les ordinateurs conviviaux, les FC en anglais, *friendly computers*. Puces en ADN de synthèse. Une capacité de traitement de l'information multipliée par plus de mille. Et encore, on n'était qu'au tout début de cette technologie. Si l'autre dingue n'avait pas lancé ses légions sur l'Europe, on aurait obtenu des résultats extraordinaires. Entre autres le remodelage des séquences génétiques.

— La thérapie génique ? releva Stef.

— Pas seulement. Une plongée vertigineuse dans les mécanismes de la vie. Le renouvellement des cellules, le prolongement de l'existence, l'immortalité. »

Les lumières changeantes des écrans enflammaient les faces rondes de Gog et Magog.

« Si on nous avait laissé le temps de maîtriser cette connaissance, il n'y aurait pas eu de limites à la puissance humaine. Mais l'ultime étape réclamait une métamorphose profonde, un changement radical, et l'homme a choisi de se raccrocher à ses vieilles lunes plutôt que de s'aventurer en territoire inconnu. La réaction n'a pas touché seulement l'Europe. Les États-Unis se sont embourbés à leur tour dans leurs vieux travers religieux. La Bible est devenue le livre de référence, la Genèse sert de modèle à la création de l'univers, le Net a été interdit, les pirates risquent trente ans de travaux forcés, les scientifiques sont obligés de prêter serment sur le Livre

Saint, les autres, les réfractaires, sont exclus de l'enseignement.

— Le même retour à l'obscurantisme s'est opéré sur l'ensemble du globe, renchérit Gog. Dans les pays islamistes, bien sûr, mais aussi dans les grandes nations de l'Orient, l'Inde, la Chine, le Japon. Un phénomène de synchronisme, sans doute. Elles ont toutes tenté de détruire la fantastique masse de données de la TIM, comme si les anciennes structures se rebellaient contre l'émergence d'une conscience mondiale.

— La TIM avait rendu caduque la notion de frontière, qui repose sur la vision archaïque de la terre sainte, ajouta Magog. Les gouvernements se sont servi des religions pour réaffirmer la légitimité du territoire, leur propre pérennité par la même occasion. Nous, nous voulions seulement plonger sans limites dans le mystère de la vie. »

Les deux frères n'avaient pas contrôlé la puissance de leur voix, les fonds d'écrans avaient changé de teintes et de luminosité à chacune de leurs intonations. Pibe avait l'impression d'être entouré d'une ronde de lucarnes s'ouvrant à une cadence frénétique sur des univers démentiels.

« Le mystère ne peut être dévoilé, murmura Stef. C'est sa nature.

— Sans doute, dit Gog. Les physiciens du début du siècle disaient que plus on se rapproche du réel, plus il se voile. Le vieux rêve d'un univers purement mécanique, quasi démontable, s'est évanoui depuis bien longtemps. Mais on peut toujours reculer le seuil de connaissance, on peut toujours pousser plus loin la curiosité, l'observation, l'aventure.

— On peut aussi apprendre à vivre en compagnie du mystère. Dans le mystère. »

Les deux frères gardèrent les yeux rivés sur les écrans jusqu'à ce que les fonds se soient stabilisés. Les imprimantes, un instant immobiles, vomirent de nouvelles feuilles chargées de graphiques et d'images.

« Nous avons suivi une autre voie, reprit Magog à voix basse. Intelligence et acceptation ne sont pas compatibles, pas pour nous en tout cas. Nous avons choisi, comme Ève, de croquer le fruit de l'arbre de la connaissance. Puisque, de toute façon, nous avons déjà été chassés du jardin d'Éden.

— Le jardin est toujours là, lança Stef. Il suffit d'ouvrir les yeux. »

Pibe faillit lui rétorquer qu'elle ne les avait pas en face des trous, les yeux, que l'Éden, ce paradis perdu où s'étaient ébattus le premier homme et la première femme, s'était transformé en un champ d'horreur, que la destruction, la ruine, la laideur, la maladie et la mort régnaient en maîtres chez les descendants du couple des origines. Drôle de jardin où on ne pouvait pas faire quarante bornes en bagnole sans risquer d'être arrêté et zigouillé, où des bombes risquaient à tout instant de vous dégringoler sur la tête, où des soldats habillés de ténèbres arrêtaient, torturaient et tuaient au nom d'un Dieu de lumière et de bonté, où délation, violence et haine s'érigeaient en vertus, où chaque jour le ciel pleurait des larmes d'amertume et de sang.

« Personne ne nous en a chassés, poursuivit Stef. Il se tient de l'autre côté de nos colères.

— Ouais, de l'attachement naît le désir, et du désir la colère, un truc comme ça, marmonna Magog. On a récupéré la plupart des textes sacrés sur le réseau, mais encore une fois, mon frère et moi, nous nous sommes engagés sur une autre route. Peut-être qu'elle ne mène nulle part, on s'en tape. »

Un écran attira l'attention de Pibe. On y voyait des soldats tapis dans de profondes tranchées bordées de monticules de terre ou de sacs de sable. Vêtus d'uniformes dont les couleurs originelles s'estompaient sous une épaisse couche de boue. Les images s'éloignaient parfois jusqu'à ce que la tranchée avale les hommes, qu'elle se réduise en une mince fente sur un fond ocre. Apparaissaient alors les taches vertes des forêts et des champs, parcourues par les méandres d'un fleuve, puis une surface aux nuances bleues et grises qui était probablement un lac ou une mer.

« Le front Est, précisa Gog. Ces images sont fournies par les derniers satellites en état de marche, les satellites de surveillance américains, indiens et chinois. La plupart des autres ont été détruits par des MTLP, les missiles à très longue portée, ou bien sont retombés d'eux-mêmes dans l'atmosphère à la fin de leur cycle. Quand nous nous sommes installés ici, nous recevions encore des images de toutes les régions du monde. Les yeux de l'espace se ferment peu à peu. Maintenant, nous échangeons nos archives avec nos correspondants, nous nous efforçons de constituer la plus grande masse de données possible, une sorte de mémoire à l'échelle de l'humanité. Nous pensons qu'elle sera de la plus grande utilité quand les vents auront dissipé la folie de l'archange Michel et des autres dirigeants de…

— Stef dit que la mémoire est un piège », coupa Pibe.

Magog se dirigea vers une imprimante, examina la dernière feuille crachée dans le panier avant de répondre :

« Toute la connaissance repose sur l'accumulation, donc sur la mémoire. Sans le stockage des données, il nous manquerait l'élément principal pour naviguer. Imaginez que l'océan se soit asséché juste avant le départ de Christophe Colomb : il n'aurait jamais découvert l'Amérique. Le piège, c'est plutôt l'histoire, l'ethnocentrisme, l'exploitation de la mémoire collective à des fins conquérantes, hégémoniques. »

Ils passèrent une bonne partie de la nuit dans les sous-sols. Contrairement à Pibe, éreinté par sa longue marche sur la voie ferrée, les frères ne montrèrent aucun signe de fatigue, déployant, devant leurs écrans, une énergie, une vitalité insoupçonnées, consultant et classant les données incessantes crachées par les imprimantes, soutenant plusieurs conversations simultanées avec leurs correspondants. Ils avaient supprimé les webcams et autres systèmes de visioconférence, parce que, disaient-ils, les derniers utilisateurs de la TIM n'éprouvaient plus ce besoin névrotique de montrer au monde entier leur bobine ou leur cul. Ils avaient renoncé à cette image projetée en multiples fragments, à ce kaléidoscope égocentrique censé apporter sa parcelle de reconnaissance et de gloire à chaque individu, ils n'existaient que par la communication, par la circulation, par l'interaction, ils n'étaient plus que des récepteurs et des émetteurs, en aucun cas perturbés par ces parasites que sont l'apparence et le jugement. À Stef, qui leur demanda comment ils gagnaient leur vie, comment ils payaient les vivres achetés à prix d'or à la Compagnie européenne du rail, ils répondirent qu'ils vendaient quelques-unes de leurs données à des organisations clandestines, que chaque mois ils remettaient un DVD à un correspondant dans le train et recevaient en échange une enveloppe bourrée d'euros. Ils ne savaient pas à quoi servaient les données qu'on leur achetait, peut-être à des groupements terroristes, aux services secrets des nations islamistes, ou encore à des mouvements européens d'opposition à l'archange Michel. Ils s'efforçaient seulement d'honorer les commandes qu'ils trouvaient dans l'enveloppe à côté de la liasse de billets, une tâche que les défections ou les destructions des satellites rendaient de plus en plus ardue. Difficile d'obtenir les plans détaillés des villes de part et d'autre de la ligne de démarcation ; difficile de glaner des vues d'ensemble des troupes massées de part et d'autre de la Baloire, la ligne de front entre les mers Baltique et Noire ; difficile de chiner des photos précises des camps de travaux forcés sur les territoires roumain, tchèque et slovaque. La myopie gagnait les yeux de l'espace. Bientôt la grande Europe et le reste du monde seraient complètement aveugles.

Gagné par le sommeil, Pibe résista encore un peu pour observer les soldats du front Est. La précision des images relayées par les satellites le stupéfia : les visages des légionnaires de l'archange Michel se détachaient avec netteté de la nuit finissante, blanchis et durcis par d'interminables heures de veille. Agrippés à leurs fusils d'assaut plaqués argent, certains fumaient une cigarette, les yeux levés sur ce ciel étoilé qui les scrutait, perdus dans leurs rêves. Ils savaient qu'ils ne reviendraient pas vivants de l'offensive programmée par les planqués de l'état-major, mais aucun d'eux ne pleurait ni ne protestait. Ils paraissaient même soulagés à l'idée de quitter ce cauchemar de boue et de frayeur, de franchir cette autre frontière qu'ils devinaient apaisante, ils aspiraient à se dissoudre dans ce néant qui les enserrait et les gagnait de l'intérieur. Un officier aboya un ordre. Avec des gestes lents, graves, les soldats de l'archange Michel écrasèrent leurs cigarettes, lacèrent leurs casques, déverrouillèrent les crans de sûreté de leurs armes. Au second aboiement, ils gravirent la pente de la tranchée, franchirent le mur de sacs de sable et foncèrent tout droit vers les positions ennemies. Ils n'eurent pas le temps de parcourir cent mètres. Les tirs nourris des mitrailleuses les fauchèrent l'un après l'autre sur le terrain plat et nu séparant les deux lignes.

« Pourquoi… »

Étreint par une brusque envie de pleurer, Pibe n'eut pas la force de poser sa question.

« L'état-major des légions n'a pas retenu les leçons de la Première Guerre mondiale, celle de 1914-1918, répondit Gog. Ils croient ou feignent de croire que l'obstination finira tôt ou tard par payer. Ils lancent chaque jour de nouvelles vagues, chaque jour ils sacrifient des centaines, voire des milliers d'hommes. De quoi se poser des questions sur les intentions véritables de l'archange Michel. Il semble en tout cas parti pour vider l'Europe de ses forces vives. »

Pibe monta se coucher malgré la frayeur que lui inspiraient le silence et l'odeur de la maison. Il se coucha tout habillé dans le lit, laissa la lumière allumée et s'endormit comme une masse quelques secondes plus tard.

Lorsqu'il se réveilla, la lumière du jour entrait à flots par les béances des vieux volets de bois. Seul dans le petit lit. Stef ne s'était pas couchée ; son imper avait disparu. Il ne restait d'elle pas d'autre trace que le sac à dos désormais vide récupéré la veille dans les décombres du train.

Le bruit courait que le nouveau directeur s'était installé dans ses quartiers, mais son arrivée, annoncée les jours précédents, n'avait rien changé à la vie du camp. Toujours la même promiscuité, plus de cinq cents détenus entassés dans des dortoirs conçus pour cent, toujours la même bouffe immangeable, du porc pratiquement à tous les repas, du pain rassis qui déchaussait les dents et blessait les gencives, du riz collant, des pâtes dures, de la bouillie de pommes de terre, toujours les mêmes châtiments, toujours la même boue, toujours la même moiteur, la même saleté, les mêmes poux, les mêmes fièvres, les mêmes vomissements, les mêmes diarrhées, les mêmes cris, les mêmes pleurs, le même désespoir.

Elle avait l'impression d'avoir passé sa vie entière entre ces murs de barbelés dressés au beau milieu des plaines du Berry. Elle n'y avait pourtant effectué qu'un séjour de trois mois, mais ces trois mois-là avaient suffi à effacer sa mémoire d'avant. Elle n'avait plus la force de se souvenir des jours ni heureux ni malheureux égrenés dans une petite ville du Massif central. Bien que sa mère eût réussi à obtenir une carte d'identité européenne et à prendre un nom français, bien qu'elle eût elle-même hérité les yeux bleus et les cheveux blonds de son père, les gardiens de l'ordre de l'archange Michel s'étaient introduits dans leur maison en pleine nuit et les avaient poussées dans un camion bâché sans leur permettre de se rhabiller. Par chance, elles n'avaient pas été frappées ni violées. À l'issue d'un court trajet, elles s'étaient retrouvées en chemise de nuit dans le camp du Centre. Des gardiens des deux sexes les avaient entraînées à coups de bâtons vers un baraquement de tôle surpeuplé. On leur avait jeté un matelas crasseux comme on aurait jeté un os à des chiens. Des femmes leur avaient donné des bouts de tissus afin qu'elles puissent se confectionner des vêtements rudimentaires et décents.

Sa mère, maniaque jusqu'à l'obsession, n'avait pas supporté leurs nouvelles conditions d'existence. Au bout de trois semaines, elle avait cessé de s'alimenter et s'était laissée mourir malgré les supplications de sa fille et de leurs compagnes de captivité. Des hommes vêtus de combinaisons blanches et de masques avaient emporté son cadavre pour le jeter sans doute dans l'incinérateur géant voisin qui avait autrefois servi à brûler des tonnes de farine animale.

On ne permettait pas aux familles de veiller et d'enterrer leurs morts. La direction du camp n'empêchait pas les détenus de pratiquer les cinq prières quotidiennes, elle s'arrangeait seulement pour les rendre difficiles, voire impossibles. D'abord, la nourriture tout entière baignait dans la graisse de porc et, si on ne voulait pas mourir de faim, on n'avait pas d'autre choix que d'ingérer de la viande impure ; ensuite, les prisonniers n'avaient pas la possibilité de procéder aux ablutions rituelles, l'eau n'étant disponible qu'entre 18 et 19 heures, et encore, en filets avaricieux coulant de robinets grippés ; enfin les religieux, les lettrés qui menaient le prêche du vendredi, le jour de la grande prière, étaient systématiquement retirés du camp. Les plus anciens se basaient sur la position du soleil pour s'agenouiller sur une veste ou un bout de tissu et s'abîmer dans des implorations d'autant plus poignantes que chargées de culpabilité. De temps à autre, un homme à bout de détresse choisissait de s'éteindre dans un ultime combat. Il se jetait sur un gardien et tentait de l'égorger à l'aide d'un bout de ferraille prélevé sur une porte ou une cloison. La plupart de ces guerriers de l'inutile étaient criblés de balles avant d'avoir eu le temps de frapper leur victime. Quelques-uns avaient cependant réussi à emmener un gardien ou une gardienne avec eux dans la mort. Depuis, les détenus, hommes et femmes, vieux et enfants, étaient entièrement dévêtus et fouillés plusieurs fois par jour, une offense à la pudeur qui engendrait des tensions inouïes, des disputes, des bagarres, des velléités de révolte réprimées dans le sang.

Elle subissait les assauts incessants des hommes et la méfiance des femmes jalouses de sa blondeur, de l'insolente beauté de ses seize ans. Elle avait jusqu'à présent réussi à éviter le pire : le camp n'offrait aucune intimité, et les hommes n'auraient pas l'audace de la violer au vu et au su de leurs codétenus. Les relations consenties passaient relativement inaperçues dans la mesure où les deux partenaires partageaient la même volonté de discrétion, mais un viol aurait provoqué des cris, une agitation et peut-être une intervention des gardiens. Jeunes et moins jeunes lui adressaient des gestes et des mimiques obscènes, la frôlaient au passage, se collaient contre elle, lui plaquaient leur truc tout dur contre les fesses, les hanches ou le ventre. Elle ne commettait pas l'erreur de se rebeller ou de se plaindre, consciente que ce genre de réaction n'aurait fait qu'attiser leur ardeur, elle s'esquivait avec une vivacité de chatte, la tête baissée, le visage enfoui dans un rideau de cheveux. La nuit, elle s'installait entre deux matrones sur les matelas rapprochés, estimant qu'aucun homme n'oserait déranger ses gardiennes pour venir s'allonger contre elle. Elle préférait subir la chaleur, les odeurs, les agitations et les ronflements des vieilles femmes plutôt que prendre le moindre risque d'être surprise pendant son sommeil. Le baraquement résonnait de grincements, de soupirs rentrés, de cris mal contrôlés. Les hommes rôdaient comme des loups entre les constructions de tôle, les couples se faisaient et se défaisaient dans les ténèbres, des maris ou des pères furieux tabassaient à l'aube leurs femmes infidèles ou leurs filles déshonorées, des rixes souvent mortelles opposaient des hommes ou des groupes d'hommes réglant dans le sang les dettes d'honneur.

Elle n'avait plus de famille, plus de protecteur. Une crise cardiaque avait emporté son père juste avant sa naissance. Sa mère ne s'était jamais remariée et avait coupé tous les liens afin d'entretenir le flou sur ses origines et d'éloigner d'elles les soupçons – peine perdue, les légionnaires de l'archange Michel semblaient lire dans les têtes et voir dans les cœurs. Elle n'avait pas connu ses oncles, tantes et cousins du côté maternel. Elle ne pouvait donc compter que sur elle-même pour survivre dans un endroit qui ressemblait de plus en plus à l'antichambre de l'enfer. Elle n'avait jamais pratiqué de religion, ni le protestantisme rigoureux de son père, ni l'islam roublard de sa mère, mais les légionnaires l'avaient traitée comme une ousama sans lui offrir la moindre opportunité de se défendre. Il y avait, dans leur attitude, une volonté manifeste et farouche d'extirper des terres européennes toute radicelle islamique.

Une question la hantait de l'aube à la tombée de la nuit : qu'allaient-ils faire de la population des camps ? Ils se lasseraient un jour de garder et de nourrir ces bouches inutiles, ces parasites, ces enculés de leur race selon ses camarades de collège. Elle contemplait souvent, au travers des murs de barbelés, la masse sombre du grand incinérateur situé à moins d'un kilomètre. Elle se souvenait des récits qu'elle avait lus dans les vieux livres interdits, ces millions de personnes brûlées dans des fours. Elle se demandait comment l'humanité avait pu en arriver là, comment des hommes avaient pu s'acharner de la sorte sur d'autres hommes. Elle avait longtemps cru qu'on avait exagéré cette histoire, un peu comme on caricature les ogres ou les sorcières pour effrayer les enfants dans les contes, mais, dans ce camp, devant l'ombre inquiétante et figée de l'incinérateur, elle comprenait que l'horreur n'était pas éradiquée du cœur de l'homme, que les gardiens de l'archange Michel pouvaient à tout moment se transformer en tortionnaires, en exécuteurs. Les anciennes auxquelles elle confiait ses craintes la blâmaient de tenir de tels propos et lui conseillaient de se remettre entre les mains de Dieu.

La population du camp du Centre s'élevait probablement à plus de dix mille personnes. Dix mille individus renfermés dans un espace prévu pour deux ou trois mille. Et il en arrivait chaque jour des dizaines, comme si l'Europe Unie se découvrait à chaque instant de nouvelles ramifications islamiques, comme s'il fallait détruire la moitié de la population européenne pour la rendre à sa pureté chrétienne. L'administration ne tenait aucun compte des protestations des nouveaux arrivants dont quelques-uns s'abaissaient jusqu'à exhiber devant les gardiens leur pénis non circoncis. Ceux-là perdaient sur les deux tableaux : ils n'avaient aucune chance de trouver grâce aux yeux de leurs codétenus, on les retrouvait les jours suivants égorgés dans une allée, prépuce coupé et cousu à leur bouche.

La précarité et la promiscuité s'étaient accentuées dans de telles proportions que les notions d'intimité et de respect n'avaient pratiquement plus cours dans l'enceinte du camp. Elle ne pourrait plus échapper très longtemps à la pression des mâles. Ils se vengeaient sur les femmes et les filles de leur humiliation, de leur désespoir, de leur impuissance. Elle avait évité à plusieurs reprises le viol collectif grâce à l'intervention de gardiens ou de prisonniers compatissants, mais elle était désormais la cible déclarée d'une troupe dont le caïd, une petite frappe tout en nerfs et en gueule, la couvait d'un regard de fauve. Forte d'une vingtaine de membres, la bande avait réussi à se réserver la moitié d'un baraquement pour elle seule sans tenir compte des protestations des anciens.

« Rien à foutre des valeurs traditionnelles, de votre respect, de votre charité, de votre solidarité ! Rien à foutre de vos bondieuseries ! Si votre Dieu avait eu pitié de vous, il n'aurait pas permis qu'on vous capture et qu'on vous enferme dans ce camp ! Il ne vous aurait même pas permis de vous tirer de votre pays ! Votre Dieu n'existe que dans votre tête, comme tous les dieux, comme le Dieu des juifs et des chrétiens ! Il n'y a pas de paradis ni d'enfer de l'autre côté, seulement de la viande pourrie, rien que du néant ! On veut juste prendre un peu de bon temps avant de crever ! Si personne nous emmerde, y aura pas d'embrouille ! Ceux qui viendront nous faire chier, ils le rejoindront très vite, leur Dieu ! »

Ils accordaient leurs actes à leurs paroles, frappant à mort les rares téméraires qui avaient le cran de s'interposer, détournant une grande partie de la nourriture qu'ils troquaient contre des faveurs ou des objets, ajoutant leur terreur à la terreur exercée par l'administration du camp. Ils se déshabillaient avec les autres quand venait l'heure des fouilles, ils n'en menaient pas large avec leurs mains posées en paravent sur leurs attributs virils, ils ne mouftaient pas quand les gardiens armés de fusils d'assaut les obligeaient à se pencher en avant jambes écartées pour inspecter leur trou du cul, mais ils se métamorphosaient en bêtes féroces dès que les uniformes noirs avaient tourné les talons, ils passaient à une vitesse stupéfiante du rôle de victime à celui de bourreau, ils molestaient tout individu jeune ou vieux à portée de leurs pieds ou de leurs poings, ils se retiraient dans *leur* baraquement en abandonnant des corps en sang dans la boue des allées.

Elle avait peur de ces petits démons, comme toute femme encore jeune et jolie du camp. Elle avait vu ce qu'ils avaient fait à une fille qui avait griffé la joue du caïd. Ils l'avaient traînée par les cheveux dans leur repaire, ses cris déchirants avaient résonné du crépuscule jusqu'à l'aube au point que les milliers de prisonniers avaient souhaité sa mort, autant pour mettre fin à ses supplices que pour oublier leur propre lâcheté, leurs propres remords. Le lendemain matin, on avait découvert le corps de la malheureuse cloué sur la cloison d'un baraquement, la tête entre les cuisses, les pieds à la place des mains, les mains enfoncées dans ses orbites oculaires. Les gardiens avaient attendu cinq jours avant de la décrocher ; le vent n'avait pas encore réussi à chasser la puanteur.

Comme souvent, elle s'était rendue près du mur de barbelés pour observer l'incinérateur. Les hautes cheminées crachaient une fumée noire sans interruption depuis deux jours. Les rafales d'un vent humide répandaient une persistante odeur de chair grillée dans les allées. Elle se tenait au milieu d'hommes et de femmes comme elle intrigués par l'activité continue de la grande bâtisse. Quelle matière alimentait le fourneau de cet étrange volcan ? Elle n'avait repéré aucun membre de la bande des charognards parmi les visages qui l'entouraient – certains les appelaient les hyènes, d'autres les vautours, d'autres les corbeaux, d'autres encore les asticots, elle avait opté pour le terme générique de charognard ; tous en revanche s'accordaient sur le surnom de leur caïd, le *pou*.

La nourriture lui donnait de récurrents maux d'intestin. Comme les toilettes du camp débordaient, engorgées depuis des lustres, chacun se soulageait là où il le pouvait, et il devenait de plus en plus difficile de trouver des endroits à la fois préservés et intimes. Elle s'était habituée à l'odeur de merde, si tenace qu'on finissait par ne plus y prêter attention. On s'habituait à tout, y compris à la violence et à la mort, omniprésentes, y compris à la disparition des siens. Il lui semblait avoir quitté sa mère depuis des années et des années. Être sortie de sa propre vie. Elle n'était plus que cette épouvante tapie dans ses cellules, ce souffle suspendu aux bruits et aux regards, ces tripes tordues par la bouffe immonde, ces excréments qui s'écoulaient d'elle, liquides et mêlés de sang, ces menstrues chaotiques, ce sommeil entrecoupé de cauchemars et de réveils en sursaut, ces muscles et ces os perclus de douleurs, cette sueur nauséabonde, ces cheveux collés par la crasse, ces muqueuses irritées, ces rougeurs, ces pustules semées par les insectes, cette détresse faite femme.

Elle sut avant de se retourner que le pou et ses sbires s'étaient approchés en silence et disposés en demi-cercle dans son dos. Elle n'eut même pas la force de s'en désoler. Les autres s'éloignèrent en silence, la tête basse, y compris les hommes aux épaules larges et à la vigueur intacte. Le pou la fixait avec l'éclat du triomphe dans les yeux, des puits minuscules de méchanceté et de tristesse. Un marcel blanc soulignait sa peau brune, ses épaules rondes, ses pectoraux saillants. Des cicatrices sillonnaient son crâne glabre, vestiges de bagarres ou de coups de rasoir maladroits. Les membres de sa bande n'avaient pas encore atteint leurs vingt ans, ils en paraissaient plus de cinquante. De leurs ascendances nord-africaines, ils avaient conservé les yeux sombres, la peau mate, les cheveux ondulés, les muscles secs et une certaine noblesse dans l'allure. Ils cachaient à l'intérieur de leurs pantalons des lames fabriquées avec des morceaux de ferraille polis à coups de pierre, des armes rudimentaires mais tout à fait capables de trouer la peau. Leurs parents issus de l'immigration avaient cru au grand projet européen, à la supériorité du droit, de l'adhésion, de l'union sur la préférence nationale ou religieuse, sur la force, sur la séparation ; leurs enfants n'avaient plus qu'à piétiner les éclats brisés de leur rêve. Les nouvelles générations ne croyaient plus au Dieu de leurs ancêtres ni à la générosité des hommes. Ils crachaient sur les attentats suicides islamistes comme ils pissaient sur l'archange Michel. Même si les autorités les amalgamaient aux musulmans de l'intérieur, ils n'appartenaient à aucun camp, ils n'appliquaient qu'une loi, la leur, ils ne prévoyaient aucun lendemain, aucun paradis, ils se ménageaient la meilleure place en enfer.

Le pou s'approche d'elle et lui pose, sur la poitrine, une main brûlante, irradiante.

« J'suis le boss de ce putain de camp, et je t'ai choisie pour reine. »

Sa voix éraillée, les ricanements et les gloussements de ses sbires paraissent se déchirer sur les barbelés proches.

« Si tu acceptes d'être ma meuf, y aura pas un seul putain de taré qu'aura le droit de poser ses sales pattes sur toi. Le premier qui t'emmerde, je cloue ses morceaux sur une de ces putains de baraque !

— Est-ce que j'ai vraiment le choix ? »

Elle n'est pas certaine d'avoir posé cette question, plutôt une pensée échappée, mais elle sait qu'il l'a entendue quand elle le voit froncer les sourcils.

« Le choix ? Sûr que t'as le choix ! »

Il retire sa main et la tient en l'air comme pour prononcer un serment.

« Tu viens avec moi, je t'organise une petite vie tranquille, avec toute la bouffe et l'eau qu'il te faut, avec une chambre privée, avec des chiottes rien que pour toi et moi, garantie de tranquillité cent pour cent. Même les fouilles des gardiens se feront dans de meilleures conditions. Tu refuses ma proposition, et tu redeviens une meuf ordinaire, tous les keums de ce putain de camp te passeront dessus, tu n'auras plus que la peau sur les os et des poux dans la tête, sans compter les risques de SIDA, de golfée et autres saloperies, tu seras transformée en petite vieille en moins de deux mois. Avoue que ce serait dommage, vraiment dommage… »

Il accompagne ces derniers mots d'un sourire à la douceur charmeuse, inattendue.

« T'as vu comment je bande pour toi ? »

Du menton, il désigne la forme oblongue gonflant la toile souple de son pantalon.

Des sexes d'homme s'étaient frottés à elle, mais elle n'en avait jamais vu et elle trouva celui-ci imposant, intimidant, presque effrayant. Dans sa vie d'avant, les garçons les plus hardis avaient tenté de guider sa main sous leurs pantalons, mais elle s'y était toujours refusée, de même qu'elle ne leur avait jamais permis de s'aventurer sous ses propres vêtements. Elle s'était gardée pour son prince, comme beaucoup de filles de son âge. La virginité était redevenue une valeur à la mode, d'autant que les autorités avaient interdit tout moyen de contraception, y compris la capote, et que le SIDA continuait de dévaster certains recoins de l'Europe. Le pou n'avait qu'un très lointain rapport avec le prince de ses pensées, pas seulement à cause de son physique ingrat. Elle ne se sentait même pas flattée par sa proposition, elle restait l'indécrottable petite fille en quête du grand amour, il lui fallait entendre battre son cœur et carillonner ses pensées pour s'ouvrir et se donner. Elle répugnait à devenir la souveraine d'un royaume d'injustice et de pourriture, à se soumettre à la volonté d'un tyranneau plus méchant que les geôliers, plus cruel que les légionnaires de l'archange Michel. Il n'apprécierait sûrement pas son refus, elle ne possédait pas d'autre trésor que l'estime de soi. Oui, elle avait le choix : se vendre au pou pour mener une existence relativement confortable à l'intérieur du camp, ou repousser ses avances et accepter de plonger en enfer. Elle opta pour la souffrance de préférence au confort et au mépris d'elle-même, elle choisit de se garder libre à l'intérieur, dans cette forteresse intime où nul autre qu'elle n'avait accès et qu'elle ne voulait pas salir.

« Alors ? » s'impatiente le pou.

Elle soutient sans sourciller son regard brûlant.

« Je ne t'aime pas… »

Il ouvre de grands yeux étonnés avant d'éclater de rire.

« Alors ça, je m'en tape ! L'amour, les grands sentiments, je le laisse aux autres, je te le laisse.

— Tu n'as pas bien compris : ça veut dire que je ne serai jamais à toi. »

Les traits du pou se durcissent. Il se penche sur elle et rapproche la bouche de son oreille.

« T'as pas compris non plus. Si tu ne veux pas de moi, je te baiserai quand même. Et après moi, mes potes te baiseront par tous les trous, et ensuite tous les autres connards de ce putain de camp. Soit t'es consentante, soit t'es perdante, voilà le choix.

— Je ne suis pas consentante. »

Il se redresse avec vivacité, comme mordu par un serpent.

« T'es bien sûre de ta réponse ? »

Elle faillit reculer dans les barbelés, effrayée par l'expression haineuse de son vis-à-vis. Elle prit une profonde inspiration, se campa sur ses jambes tremblantes et acquiesça d'un hochement de tête. Le pou la contempla pendant quelques secondes d'un air désolé et féroce puis, d'un geste du bras, ordonna aux membres de sa bande de former autour d'eux un demi-cercle compact, une arène vivante. Ensuite il baissa son pantalon et exhiba son engin dressé à l'horizontale, une lame épaisse et noueuse forgée pour profaner, pour saccager.

« Tu préfères que je te déshabille ou tu préfères le faire toute seule ? »

Elle ne bougea pas, pétrifiée, vide tout à coup de toute intention, de toute pensée. Un bref coup d'œil lui apprit qu'aucun gardien ne surveillait les environs. Ses cris n'avaient que peu chance de donner l'alerte au milieu du brouhaha, des hurlements d'agonie et des vagissements des nourrissons sous-alimentés. Il ne fallait surtout pas compter sur les autres prisonniers, réduits à l'état de loques par la cruauté des charognards et les humiliations quotidiennes. Il l'agrippa par l'encolure de sa tunique et tira sur le tissu avec une telle soudaineté qu'il lui endolorit les vertèbres cervicales avant de se déchirer de haut en bas et de dévoiler le soutien-gorge qu'elle avait récupéré quelques jours plus tôt sur une morte.

« Tu veux toujours pas de moi ? »

Elle secoua la tête, les larmes aux yeux, la colonne vertébrale traversée par une série d'ondes cinglantes. Le pou claqua des doigts. Le plus proche de ses nervis lui tendit un bout de ferraille pointu et aiguisé qu'il glissa entre les deux bonnets du soutien-gorge. Le contact de l'acier tiède sur sa peau la fit tressaillir.

« Je ne suis pas si mauvais qu'on le prétend, reprit le pou. Je force pas les gens, moi. La preuve, tu veux pas de moi, je respecte ta volonté, je t'oblige pas à devenir ma meuf, je te partage avec les autres. »

Il leva le bout de ferraille d'un coup sec, l'étroite bande de tissu élastique céda sans résistance, les deux bonnets s'écartèrent.

« T'as de putains de lolos ! » siffla le pou, admiratif, un jugement confirmé par les exclamations de ses sbires.

Il promena un petit moment le fil de l'acier sur les

courbes et les aréoles de ses seins, puis il le descendit le long de son ventre jusqu'à l'élastique de sa jupe. Elle tremblait de tous ses membres et pleurait à chaudes larmes. Des nœuds rugueux lui irritaient la gorge, la trachée, l'estomac, la vessie, les intestins. C'est à peine si elle se rendit compte qu'il lui arrachait sa jupe, qu'il lui lacérait sa culotte.

« Tourne-toi ! »

Comme elle ne s'exécutait pas assez rapidement, il la gifla avec une telle violence qu'elle pivota sur elle-même et que son visage frôla les barbelés les plus proches.

« Je vais te prendre comme une chienne. C'est ce que tu es, une chienne, une putain de chienne ! »

Il l'empoigna par les cheveux, la contraignit à se mettre à quatre pattes sur la terre encore gorgée d'eau, lui écarta les genoux du pied. Il l'empêcha de regimber d'une claque appuyée entre les omoplates. Les autres l'encourageaient, le pressaient d'en finir avec cette chair tendre qu'ils crevaient tous d'envie de posséder, d'humilier, de marquer de leur fer rouge. Ils se battraient presque pour ramasser les miettes. Elle eut un hoquet de dégoût quand les doigts du pou brutalisèrent ses nymphes fragiles, déjà irritées. Elle allait vomir s'il continuait à la triturer comme un vulgaire bout de viande.

Vomir, se vider sous elle, devenir folle.

Les nuages s'éventrèrent au-dessus du camp, libérèrent une pluie battante et chaude. Elle resta quelques instants aux prises avec sa nausée, ses larmes et des sensations contradictoires. Elle croyait percevoir des bruits de fond dans le grondement des gouttes, des claquements, des cris, des râles. Les doigts du pou ne la fourrageaient plus, elle ne sentait plus sa présence ni son épée de Damoclès au-dessus d'elle. Elle percevait des mouvements confus et contradictoires.

Elle tourna la tête. Entrevit, au premier plan, des silhouettes désarticulées, saccadées, comme des marionnettes aux fils coupés ; un peu plus loin, les ombres noires, immobiles, menaçantes, d'une vingtaine de gardiens. Établit le lien entre le crépitement de leurs armes et les étranges convulsions des charognards, frappés par les rafales continues des fusils d'assaut.

Le pou s'était débarrassé de son pantalon avant de foncer vers l'allée la plus proche. Une première balle l'atteignit à la cuisse, une deuxième à la nuque, une troisième au bas du dos. Il parcourut encore une dizaine de mètres avant de perdre l'équilibre et de rouler sur la terre gorgée d'eau.

« Asseyez-vous, je vous prie. »

Elle s'assit du bout des fesses sur le siège qu'il lui désignait. Elle avait esquissé une moue de surprise en entrant dans le bureau du directeur du camp : il paraissait à peine plus âgé qu'elle. Pas vraiment beau, mais un certain charme avec ses longs cils et ses yeux d'un noir tendre, velouté. Elle avait instantanément deviné qu'il était vierge, comme elle, une part d'innocence préservée, une sorte de reconnaissance des purs.

Après avoir exécuté les charognards, les gardiens l'avaient enveloppée dans une couverture et escortée jusqu'aux bâtiments administratifs. Là, des auxiliaires féminines l'avaient enfermée dans une vraie salle de bains où elle avait enfin pu se laver de la boue de son corps et de son âme. On lui avait remis des sous-vêtements, une robe et des chaussures neufs, puis, après un court séjour dans une salle d'attente, un gardien était venu la chercher pour la conduire dans le bureau du directeur du camp.

« Ces petits démons m'étaient utiles, mais je n'ai pas supporté qu'ils s'en prennent à vous, dit le directeur avec un sourire timide.

— Utiles ? releva-t-elle.

— Ils faisaient régner l'ordre. Leur ordre bien sûr, un ordre imparfait, mais un ordre tout de même. Ils étaient sans le vouloir nos plus précieux auxiliaires. Ils se chargeaient du premier… nettoyage. »

Elle changea de position sur sa chaise. Elle se sentait au propre et au sec dans ses nouveaux vêtements. Bien que bref, le bain l'avait délestée de trois mois de crasse et d'idées noires.

« Ce nettoyage, ça a un rapport avec l'incinérateur ? demanda-t-elle d'une voix aussi neutre que possible.

— La fumée noire vous préoccupe, n'est-ce pas ?

— Comment savez-vous que…

— De la même façon que j'ai su que ces petits démons s'en prenaient à vous, coupa-t-il. Ce n'est pas un miracle, rassurez-vous, seulement le résultat d'une excellente surveillance vidéo. »

Il se rendit près d'un panneau de bois qu'il fit coulisser d'une pression de la main. Une trentaine d'écrans plats apparurent, formant une mosaïque colorée et changeante. Elle se leva machinalement et se rapprocha de ces lucarnes ouvertes – elle eut besoin de quelques secondes pour s'en apercevoir – sur les baraquements et les allées du camp. Elle reconnut les visages de femmes et d'hommes qu'elle avait l'habitude de croiser, les matelas rassemblés sur lesquels elle dormait, les différents recoins qu'elle croyait plus ou moins protégés des regards ; elle vit également les cadavres des charognards fauchés par les balles des gardiens, et celui, isolé, du pou, les fesses à l'air, baignant dans une mare de sang diluée par les rigoles. Elle ne se souvenait pas pourtant d'avoir repéré de caméras sous les toitures des bâtiments ou en haut des grands miradors.

« Les caméras sont parfaitement dissimulées, reprit le directeur comme s'il avait lu dans ses pensées. Indétectables. Et d'une solidité à toute épreuve. J'avais prévu de vous faire chercher demain par les gardiens, mais les événements se sont un peu précipités.

— Me faire chercher ? Pourquoi ? »

Le directeur revint s'asseoir derrière son bureau et, le menton posé sur ses mains croisées, l'enveloppa d'un regard empreint de crainte et d'espoir.

« Pour vous faire la même proposition que le détenu surnommé le pou. À cette différence que moi, je crois toujours aux sentiments. »

Elle ne répondit pas. Elle sut immédiatement qu'elle accepterait de se donner à lui, non pas parce qu'elle prévoyait d'en retirer des avantages, mais parce que son cœur le lui conseillait, parce que cet ange sanglé dans l'uniforme noir des bourreaux la remuait au plus profond d'elle, parce qu'ils se reconnaissaient, qu'ils se rejoignaient en dépit des apparences, en dépit des circonstances, au-delà de cet espace et de ce temps.

« Je suis une… une ousama, balbutia-t-elle. Et vous, vous êtes un chrétien. »

Il ouvrit un tiroir et en retira un dossier qu'il lui tendit.

« Ici, je décide qui est ousama et qui est chrétien. J'ai préparé un document qui vous innocente des charges retenues contre vous.

— Mais les autres…

— Ils n'auront pas votre chance. Ils sont malheureusement condamnés. On m'a envoyé ici pour superviser les opérations de… nettoyage.

— Je ne peux pas accepter, pas accepter, vous comprenez ? Je préfère mourir avec eux. »

Il reposa le dossier sur la table avec un sourire ni condescendant ni ironique.

« Cette réaction vous honore. Je vous laisse réfléchir tout le temps qu'il faudra. Vous occuperez l'appartement de ma mère. Elle prenait un peu trop de place dans ma vie. Je l'ai renvoyée chez elle hier. J'ai fait un peu de ménage. Pour vous. »

Elle se surprit à lui rendre son sourire, à lui qui parlait pourtant d'envoyer l'entière population de ce camp dans l'incinérateur jadis chargé de réduire en cendres les farines animales.

Stef n'était pas rentrée depuis trois jours.

Elle n'avait pas éclairé les frères Gog sur les raisons de son éclipse. Elle avait quitté les sous-sols de la maison aux alentours de 4 heures du matin et récupéré son imper dans la chambre avec une discrétion d'ombre. Elle était partie sans laisser de traces, ni mot griffonné sur un bout de papier ni aucun autre indice, comme si Pibe et les Gog avaient perdu tout intérêt à ses yeux.

La vie de Pibe lui avait paru inodore et incolore avant l'irruption de Fesse, elle avait désormais un arrière-goût de cendres. Il se demandait ce qu'il foutait dans cette bicoque paumée en compagnie de deux tarés passant presque tout leur temps devant leurs écrans et conservant leur merde dans des bocaux.

C'étaient bien leurs excréments qui flottaient dans les récipients en verre emplis de formol. Les Gog – les Gogues… – avaient expliqué à Pibe qu'ils avaient élaboré le projet grandiose de léguer leurs données physiologiques à l'humanité. Les esprits curieux pourraient étudier leur évolution au travers de leurs déchets organiques une fois que l'histoire aurait renvoyé les légions de l'archange Michel dans les fosses à purin d'où elles n'auraient jamais dû sortir. Ils avaient installé un système de récupération dans les chiottes du sous-sol réservées à leur seul usage et dont ils portaient la clef en pendentif. Chacun d'eux y allait au moins une fois par jour avec son bocal vide et un paquet de feuilles tout juste sorties de l'imprimante, des bandes dessinées le plus souvent. Ils n'en sortaient pas avant d'avoir recueilli la précieuse matière, dussent-ils y passer une ou deux heures. Ils emplissaient ensuite le récipient de formol et collaient sur le verre un papier adhésif spécifiant la date et l'heure. Enfin, ils entreposaient leur production du jour sur les rayonnages avec un sérieux de pape.

Le cœur au bord des lèvres, Pibe leur avait demandé s'ils ne craignaient pas de manquer de place ou de bocaux. Le plus jeune des Gogues avait répondu qu'ils disposaient d'une importante réserve de bocaux, qu'à leur mort les rayonnages grimperaient sans doute jusqu'au grenier, qu'on pouvait certainement tapisser les murs avec des décorations plus *fun*, mais qu'ils ne devaient à aucun prix interrompre l'expérience s'ils voulaient lui garder son caractère systématique, scientifique. Il y avait un aspect liturgique dans leur rituel quotidien : ils offraient une part d'eux-mêmes à leurs frères humains avec la même générosité, la même sincérité que jadis Bouddha sous son banian ou que le Christ sur sa croix. Ainsi s'expliquait l'odeur indéfinissable qui emplissait la maison.

Pibe avait perdu l'appétit. Pas seulement à cause des bocaux alignés et de leur peu ragoûtant contenu, mais parce que Fesse s'était effacée de son univers. Après ses parents et sa sœur, après Salomé. Il semait avec une obstination étourdie les rares personnes qui le réchauffaient de leur proximité à défaut de leur intérêt. Sa vie se vidait des êtres chairs pour se peupler de spectres. La notion même de réalité semblait se dissocier de lui. Un terrain mouvant, un rêve, voilà l'impression que lui donnait son existence, et ce n'était sûrement pas la compagnie des frères Gog, leurs écrans aux couleurs pétaradantes, leurs déchets étiquetés, leurs faces de hiboux qui l'aideraient à reprendre pied dans le réel. Fesse avait été son point d'ancrage, comme ses parents et Salomé avant elle, son interface, son alphabet et sa grammaire pour comprendre le langage du monde. Il se sentait à bout de courage, en fin de trajectoire, exsangue de désirs et de pensées, incapable de choisir une direction. À peine s'il entendait les mornes et incessantes logorrhées des Gog sur les mégalomanes inconscients qui avaient selon eux conduit la planète à la ruine.

Les élites occidentales, issues des religions et de leurs petites sœurs, l'économie et la science, avaient refusé de partager les richesses ; leur acharnement à défendre possessions, frontières et privilèges les avait rendues féroces, aveugles, bornées, stupides ; formées pourtant dans les écoles les plus prestigieuses et piquées de raison, elles n'avaient pas anticipé les grands mouvements planétaires, ces lames de fond révélées par l'attentat du 11 septembre 2001 contre les tours jumelles de New York et ses répliques ; elles avaient désigné un axe du Mal, une culture du Mal, une religion du Mal, croyant qu'il suffisait de concentrer leurs efforts sur les réseaux du Mal pour résoudre un problème global et complexe, pour panser des blessures infectées depuis des siècles ; elles avaient porté le fer et le feu sur les territoires abritant le Mal, elles avaient abattu une poignée de dictateurs minuscules et protecteurs du Mal ; croyant renforcer leurs défenses, elles n'avaient réussi qu'à souffler sur la colère des peuples réduits à la mendicité, au désespoir, à la honte ; alors, de peur d'être débordées sur leurs propres territoires, elles avaient rivalisé d'ingéniosité pour détourner d'elles le déferlement de violence ; à ce petit jeu, l'Europe, empêtrée dans ses vieilles lunes humanistes et son interminable processus de construction, s'était révélée la grande perdante ; voisine des territoires islamiques, elle avait naturellement subi les premières attaques, perdant ainsi son statut de puissance émergente, d'empire en devenir ; en dirigeant la frustration des islamistes sur le plus proche des grands Satan, le faux frère américain faisait d'une pierre trois coups : rogner les ailes d'un rival aussi bien et même mieux pourvu que lui, occuper et affaiblir l'armée du Jihad forte de plusieurs millions de fanatiques, maintenir sa propre hégémonie sur le reste du monde, cette Asie décérébrée par ses singeries du rêve occidental ; leurs livres sacrés dans une main, leurs comptes en banque dans l'autre, les champions du Bien n'avaient pas prévu que leurs manœuvres déclencheraient des réactions en chaîne, que l'obscurantisme religieux et le chaos se répandraient sur l'ensemble du globe, qu'ils perdraient malgré tout leurs biens, leurs privilèges, leur progéniture, massacrée, décimée par ceux-là mêmes qu'ils avaient voulu maintenir dans leur misère ; ils laissaient derrière eux, comme Attila sur son passage, comme les bombes nucléaires sur Hiroshima et Nagasaki, une terre saccagée où pas un brin d'herbe ne songerait à repousser. Une putain d'Apocalypse.

« L'arrogance s'associe mal avec l'intelligence, conclut Gog.

— Le simple bon sens aurait voulu que la minorité des riches accepte de partager avec la majorité des pauvres, renchérit Magog. Pas seulement dans les démocraties occidentales. Il faut ajouter à la connerie ambiante les tyrans locaux retranchés dans leurs palais dorés et inféodés à leurs maîtres occidentaux. Les uns et les autres auraient au moins conservé une partie de leurs patrimoines. La possession est comme une maladie qui vous dévore le cerveau.

— Les vieux réflexes reptiliens, le comportement du mâle dominant. Un cheminement de plusieurs millénaires pour en revenir au temps des dinosaures ! Certains ont eu le culot d'appeler ça "évolution".

— L'humanité était si proche de sa révolution, pourtant. À deux doigts de l'échange global, de la fusion. Ces cons et leurs glandes animales nous ont empêchés d'entrer dans la nouvelle ère. »

Pibe n'aurait pas eu non plus l'envie de vivre dans une ère frappée du sceau des frères Gog. Pas envie, vraiment, de s'associer à leur image, à leurs obsessions, à leurs conversations virtuelles, à leur noctambulisme, à leurs excréments. Ils se présentaient comme les nouveaux maillons de la chaîne humaine, comme les schèmes d'une nécessaire évolution, mais leur teint blafard, leurs faces lugubres, leurs yeux de lémuriens, leurs corps gélatineux et leurs fringues nauséabondes n'étaient pas attirants. Pas appétissants.

Trois nouveaux jours passèrent sans apporter la moindre nouvelle de Stef. L'arme au poing, Pibe explora les alentours de la maison sans quitter des yeux les vagues gris-bleu de la toiture entre les frondaisons. Même si la compagnie de ses hôtes lui pesait de plus en plus, il n'osait pas s'aventurer plus loin dans une forêt hantée par les créatures du diable, pleine de tous les maléfices. Il envisagea un moment de retourner à la gare du village, de suivre la voie ferrée jusqu'à la prochaine agglomération ; il y renonça, de crainte de manquer Stef si celle-ci se décidait à revenir chez les Gog. De peur également de tomber sur une bande de ces réfugiés sans foi ni loi dont parlaient les frangins. Chaque soir, il allait se coucher dans l'espoir que Fesse le rejoindrait au cours de la nuit, qu'il entendrait grincer la porte et craquer le parquet sous son pas, qu'elle se coucherait contre lui, lui glisserait ses bras autour de la taille, lui enfouirait la tête dans sa poitrine. Il se réveillait chaque matin dans une chambre aussi morne et froide que son esprit.

« Faut absolument qu'on aille au ravitaillement, dit Gog. On n'a presque plus rien à bouffer. Comme ta copine n'est pas revenue, et que t'es armé, c'est à toi de nous accompagner. »

Le morceau de pain rassis se suspendit entre la table et la bouche de Pibe. La gorgée de l'ersatz de café qu'il venait tout juste d'avaler avait ravivé un goût de moisi dans sa gorge. Encore mal réveillé, il pataugea dans le regard gluant de Gog. Il s'était demandé pourquoi les deux frères remettaient sans cesse la corvée de ravitaillement alors qu'il ne restait pratiquement plus de vivres, il tenait sa réponse : ils avaient, comme lui, espéré le retour de Stef.

Gog interpréta sa moue ébahie comme une objection.

« Faut que tu fasses ta part de boulot, mec. Sinon, on sera obligés de te virer. On n'a pas les moyens de garder les bouches inutiles. »

Pibe faillit rétorquer, un, qu'il n'avait que treize ans et eux plus de vingt, deux, que ce n'était pas le legs de sa merde à l'humanité qui faisait d'un homme un trou du cul utile. Son moi caché choisit cet instant pour sortir de sa grotte, capter son flot de pensées et, par ce simple mouvement, lui montrer toute la vanité, toute l'absurdité de la situation. De même que les Gogues se gonflaient du culte emphatique et dérisoire de leurs déchets, il accordait trop d'importance à ses peurs, il leur permettait de grossir, d'occuper tout son espace intérieur. Un illusionniste avait pris possession de lui, qui engendrait des murailles et des monstres là où s'étendait un horizon dégagé, radieux. Qu'avait dit Stef déjà ?

Il croit encore que le non-agir est la meilleure réponse à la peur.

Qu'est-ce qu'il risquait après tout ? La mort ? Papa et maman étaient morts, Marie-Anne était morte, Sol était morte, chaque instant des milliers d'hommes et de femmes franchissaient cette frontière inconnue, angoissante, qu'était la mort, il s'en rapprochait lui-même chaque jour un peu plus, il l'enjamberait à son tour, dans une heure, dans un an ou dans un siècle, alors pourquoi s'en inquiéter, pourquoi se rouler en boule face au danger? Peur de la blessure, peur de la souffrance? Le simple fait de vivre était un frottement douloureux, une déchirure.

Pibe mâcha longuement son morceau de pain dur avant de demander:

« Vous êtes pas armés ? »

Ses paupières fripées glissèrent avec la lenteur d'un songe sur les yeux de batracien de Gog.

« Magog et moi, on n'est vraiment pas doués avec les armes, on n'a aucun goût pour ça...

— Et si quelqu'un venait vous attaquer dans votre maison ? »

Bien que Gog s'évertuât à rester impassible, Pibe décela de l'effroi dans son regard et l'infime crispation de ses traits. Son frère, qui s'affairait devant l'évier de la cuisine, se retourna avec une vivacité inhabituelle, les sourcils froncés, les lèvres pincées.

« Ça n'est jamais arrivé », déglutit Gog, le teint aussi blafard que l'antique tapisserie.

Pibe n'insista pas. Inutile de leur rappeler qu'ils ne disposaient d'aucun autre bouclier protecteur que la chance, et que celle-ci, volatile, capricieuse, les abandonnerait un jour.

« Bon, j'irai avec vous, mais j'suis pas sûr que je suffirai à vous éviter les embrouilles. »

Pibe surprit dans les yeux des deux frères un soulagement comparable à celui qu'il avait lui-même éprouvé quand son père renonçait à entraîner sa petite famille dans la cave du pavillon après ce qui se révélait être une fausse alerte aérienne. Bien que plus jeune qu'eux, il se sentait soudain investi du rôle de protecteur, d'ange gardien, ainsi que de l'écrasante responsabilité engendrée par son nouveau statut. Il tritura avec nervosité la crosse de son pistolet dans la poche de sa parka.

Le garage de la maison abritait un 4×4 en bon état malgré un peu de tôle froissée et des plaques de rouille dues à l'usure. Avec la minutie et la gravité qui les caractérisaient, les Gog transvasèrent le contenu d'un jerrycan dans le réservoir. Pibe dénombra une vingtaine de grands bidons en plastique ou en métal, alignés d'un côté du garage à côté de bocaux vides empilés sur des rayonnages.

« Notre réserve d'essence, expliqua Magog. Elle nous servirait à alimenter le générateur si les éoliennes se mettaient à déconner. Elle nous assurerait à peu près trois mois d'autonomie. On doit être capables de vivre au maximum en autarcie.

— Si vous voulez vraiment compter sur personne d'autre, faudrait apprendre à vous débrouiller pour la bouffe, suggéra Pibe.

— On a essayé. Le potager, le verger, les poules, les lapins, tout le truc… On n'est pas plus doués pour le retour à la terre que pour les armes.

— On est des communicants, pas des guerriers ni des paysans, on ne peut pas se refaire, ajouta Gog. De toute façon, les bestioles et les légumes nous prenaient trop de temps.

— Et si la ligne de chemin de fer était définitivement coupée ?

— Parle pas de malheur », souffla Magog.

Pibe s'installa sur la banquette à demi défoncée derrière le siège conducteur où Gog avait pris place. Le 4×4 démarra au quart de tour malgré l'humidité ambiante et, vibrant de toute sa carcasse, crachant une poix noire, recula sur l'allée dont le bitume éventré disparaissait sous les touffes d'herbes et les épines. Magog referma à clef la porte du garage, renforcée par endroits avec des planches clouées en travers, la dissimula sous un grossier rideau de branchages dont la tranche supérieure se confondait avec le lierre tombant de la toiture, se glissa sur le siège passager et s'emberlificota fébrilement dans une ceinture de sécurité plus complexe qu'une toile d'araignée.

Gog engagea le véhicule avec prudence sur l'ancienne route criblée de nids-de-poule. Les premiers kilomètres, ils ne rencontrèrent pas d'autres obstacles que les pierres ou les souches escaladées avec autorité par les roues crantées du véhicule. Plus loin, les extrémités souples et caressantes de branches basses crissèrent sur le pare-brise et les vitres des portières, contraignant Gog à rouler au pas. Ils durent s'arrêter une première fois dans le cœur de la forêt, si dense que pas un trait de lumière ni une goutte d'eau ni même un murmure ne s'y faufilait. Magog se saisit de la tronçonneuse que Pibe avait aperçue dans le coffre – il s'était demandé à quoi elle pouvait bien servir – et, avec une précipitation et une maladresse révélatrices de son inquiétude, il coupa une grosse branche probablement abattue par un orage et coincée entre deux troncs. Une fois qu'elle fut à terre, Gog la poussa sur le côté en la calant contre le pare-chocs et en utilisant toute la puissance du moteur.

Magog se laissa choir de tout son poids sur son siège et maugréa :

« Au prochain coup, c'est toi qui t'y colles.

— Je te rappelle que, la dernière fois, je me suis farci tout le boulot à l'aller et au retour, rétorqua Gog.

— J'pouvais pas, j'avais mal au bras… »

Ils déployaient des trésors de mauvaise foi pour laisser à l'autre la corvée de tronçonnage, une épreuve physique redoutable pour ces forçats de la sédentarité. Ils s'engueulèrent jusqu'à l'arrêt suivant, un chêne couché en travers de la route. Malgré ses ronchonnements,

Magog n'eut pas d'autre choix que de débiter le tronc et une branche maîtresse en plusieurs morceaux. Pibe descendit et l'aida à dégager la route tandis que Gog ne daignait pas lever le cul de son siège, ni même retirer les mains du volant, question de principe. Le comportement des deux frères ressemblait étrangement à celui des autres hommes. À la solidarité, ils préféraient des solutions aussi aberrantes et puériles que la dispute, la bouderie, la division. Ils prétendaient être les maillons d'une nouvelle évolution, mais leur chaîne les maintenait dans les mêmes enfers que les humains de l'ancien monde.

Les trilles des oiseaux et les friselis des frondaisons se désagrégeaient dans le silence pétrifié. En sueur, Pibe s'interrompait toutes les cinq secondes pour scruter les zones de pénombre. Il lui semblait qu'une multitude d'êtres terrifiants se pressaient entre les troncs et les buissons figés, guettant un signal secret pour sortir de leurs cachettes et se précipiter sur lui toutes griffes dehors. De rares rayons de lumière se coulaient entre les ramures et se pulvérisaient en cascades scintillantes sur les fougères. Le plus jeune des frères Gog découpa en deux ou trois tronçons les branches enchevêtrées que, malgré sa puissance, le 4×4 se révéla incapable de bouger. Pibe craignit que les grondements rageurs de la tronçonneuse et du moteur ne sonnent le rassemblement des créatures de la forêt. Son pistolet serait une arme dérisoire à leur opposer. Comment donner tort à l'archange Michel lorsqu'il parlait de défricher ces zones maléfiques et inutiles pour les transformer en greniers à blé ? La forêt, c'était la nature extravagante, la prolifération diabolique, la terre insoumise qui bafouait les commandements de Dieu et refusait de nourrir ses enfants. La terreur déferlait en Pibe à la vitesse d'un cheval au galop. Papa disait que le diable avait des milliers d'apparences, des milliers de tours dans son sac, et lui, comme un idiot, il s'était fourvoyé dans son antre.

« Qu'est-ce que t'attends ? »

Magog s'était déjà installé sur le siège passager. Pibe secoua la tête et les épaules pour se débarrasser de sa frayeur, fonça vers la porte arrière entrebâillée, se jeta sur la banquette comme il aurait plongé dans une cuve d'eau froide cernée par les flammes.

Plus loin se présentèrent des clairières où s'engouffraient la lumière du jour et les gouttes serrées des averses. Ils franchirent sans dommage le tapis des branches disséminées par les tempêtes et parcoururent à un train soutenu une distance que Magog évalua à dix kilomètres.

Les tremblements convulsifs de Pibe s'estompaient. Son moi caché profita de l'accalmie pour s'aventurer hors de sa grotte et le narguer. Il ne lui prêta qu'une attention distraite, agacé par la sensation que deux Pibe coexistaient à l'intérieur de lui, à la fois opposés et semblables. Des siamois ennemis. Ils parlaient tous les deux en son nom, parfois séparément, parfois simultanément, il ne savait pas lequel des deux disait la vérité, lequel des deux écouter. Il lui semblait toutefois que Stef s'était plutôt adressée à son moi caché, à ce Pibe persifleur et joyeux que rien, ni diable ni peur, ne pouvait perturber.

« Putain, c'est quoi ça ? s'exclama Magog.

— Le début des emmerdes… » souffla Gog.

Des silhouettes émergeaient de la grisaille et barraient la route une centaine de mètres plus loin. Gog immobilisa le 4×4 dans un hurlement de freins à l'agonie.

« Qu'est-ce qu'on fait ? gémit Magog.

— On rentre immédiatement à la maison et on cherche une autre solution », répondit Gog.

Il entama la marche arrière, cherchant un espace dégagé pour effectuer son demi-tour.

« Merde, y en a d'autres derrière ! » hurla Magog.

Pibe aperçut alors, par la vitre arrière, une dizaine de silhouettes déployées sur toute la largeur de la route, si proches qu'on discernait leurs traits et leurs armes. Le fait qu'il y eût parmi elles des femmes et des adolescents ne suffit pas à le rassurer.

Il tenait sa revanche.

Il avait estimé que le poste de directeur du CERI du Centre lui revenait de droit après la destitution de l'ancien responsable, mais la hiérarchie avait jugé bon de lui fourrer un gamin de moins de vingt ans dans les pattes. Il avait pourtant manœuvré à la perfection pour virer du jeu son ancien supérieur : ce dernier, incapable de résister au chant de l'argent, avait couvert la traite des gamins ousamas à destination des quartiers chics des métropoles européennes, et même de Piatra, la petite ville des Carpates orientales où s'était installé l'archange Michel. Un commerce juteux dont il avait lui-même touché quelques dividendes. Entre eux, ils appelaient les « primes de jeunesse » les commissions reversées à leurs associés du CERI par les marchands de chair fraîche. Il avait appris, par l'une de ses relations en poste dans le bunker de l'archange, qu'on avait décidé là-haut de remettre de l'ordre dans ces écuries d'Augias qu'était devenue l'Europe. Donc de faire des exemples. Saignants si possible.

Il avait aussitôt envoyé au bureau du CALRAC une belle lettre anonyme dénonçant les agissements de son supérieur et de ses complices (il s'était exonéré, bien entendu, de ses propres responsabilités dans le trafic et s'était arrangé pour détourner les soupçons de ses amis fidèles). Une escouade de légionnaires s'était pointée un beau matin pour appréhender le directeur et quelques-uns de ses subordonnés. Il n'avait pas assisté à l'arrestation, d'abord parce que les forces de l'ordre étaient intervenues à 5 heures du matin, ensuite parce qu'il valait mieux pour lui ne pas être aperçu en compagnie des parias. Éviter l'amalgame. L'absence est parfois la stratégie la plus efficace. Elle avait payé en tout cas puisque, deux jours plus tard, un délégué du ministère européen de l'Intérieur l'avait convoqué au siège de la légion de Châteauroux et lui avait confié, en tant qu'adjoint, la responsabilité provisoire du CERI. Le directeur et ses acolytes avaient été interrogés, jugés par un tribunal d'exception et fusillés le jour même. Ces braves gens, admirables vraiment, n'avaient pas évoqué son rôle dans le commerce des petits ousamas – sans doute n'auraient-ils pas eu les mêmes scrupules s'ils avaient su à qui ils devaient leur brutale disgrâce.

Il s'était installé avec jubilation dans l'appartement de son supérieur déchu. Quel plaisir de se glisser dans ses meubles, de se rouler dans ses draps, de boire dans ses verres, de se plonger dans sa baignoire ! Lui, le rejeton de l'un de ces petits paysans ruinés par la délocalisation de l'agriculture au début du XXIe siècle, se vautrait enfin dans le luxe après avoir bouffé du chien enragé pendant plus de quinze ans ; il occupait enfin l'un de ces postes réservés aux fils des familles proches du pouvoir. Révolté par le suicide de ses parents – l'enquête avait conclu que son père avait pendu sa mère avant de se pendre lui-même –, il s'était juré de s'introduire dans la citadelle inexpugnable, hors de portée des vents contraires et des destins funestes.

Les huiles européennes ne lui en avaient pas laissé le temps. Elles lui avaient imposé un nouveau patron, un tyranneau de dix-huit ou dix-neuf ans exalté et intransigeant. Trois poils au menton, un torse cave, des bras et des jambes longs comme des pattes d'araignée, des résidus d'acné sur le front, la fougue et la hargne incarnées.

Il avait mis quelques jours à comprendre les raisons d'un choix aussi aberrant. Le gouvernement européen – ou les conseillers de l'archange Michel, ce qui revenait au même – déclenchait la dernière phase de son vaste projet : rendre aux terres chrétiennes leur pureté originelle et, dans ce dessein, brûler les dernières herbes islamistes. On avait besoin de cœurs purs et durs pour superviser l'extermination systématique des prisonniers des camps. De glaives, d'esprits bruts et tendres faciles à tailler. L'archange Michel misait une fois encore sur les enfants soldats : ses légionnaires, réputés pour leur inflexibilité et leur cruauté, étaient pour la plupart âgés de seize à vingt ans.

Il n'avait pas commis l'erreur de protester auprès de ses autorités de tutelle. Confirmé dans ses fonctions de directeur adjoint, il avait libéré l'appartement et réintégré humblement son ancien logement, un trois pièces sombre et minuscule sous les toits, surchauffé en été, glacial en hiver. Tout en dispensant ses conseils au nouvel arrivant, il avait guetté la faille. Les galères de ses jeunes années lui avaient forgé une vigilance et une patience de charognard. Avant son engagement dans les rangs du bureau auxiliaire de la légion, il avait détroussé une multitude de passants dans les rues. Il avait tué pour une poignée d'euros, un sandwich, une bouteille ou quelques fringues. À l'arme blanche seulement. Laisser croire aux keufs que les crimes étaient commis par les zombies, les cinglés cannibales qui hantaient les nuits des villes européennes. Il avait profité de la situation pour commettre des atrocités, juste pour voir quel genre de sensation procurait la torture. Il avait joui, physiquement joui, de tenir des hommes et des femmes fous de terreur entre la vie et la mort. Joui de leurs supplications, de leurs hurlements. Puis il était tombé sur plus dingue que lui, un couple de vrais psychopathes qui avaient entrepris de l'écorcher en commençant, comme les porcs, par le bas-ventre. Il était parvenu à leur échapper et, tout en empêchant ses tripes de se répandre par l'incision, il s'était rendu aux urgences où les internes avaient failli l'achever en le recousant sans aucune précaution. Il en avait gardé une énorme cicatrice jamais refermée et sujette aux infections. Elle bourgeonnait, prenait une affreuse couleur lie-de-vin au début du printemps, chassait les rares femmes qui s'échouaient dans son lit, y compris les professionnelles de l'amour, les dames de compagnie. Il donnait le change tant qu'il réussissait à conserver sa chemise ou son maillot, mais, tôt ou tard, sa partenaire glissait la main ou le regard sur son ventre, découvrait la boursouflure, se relevait avec, dans les yeux, la même expression que si elle venait de toucher un lépreux ou un golféen. Chavirées de dégoût, livides, elles filaient avec précipitation, parfois sans prendre le temps de se rajuster ni de se recoiffer. Il ne cherchait même plus à les retenir, il les entendait se rhabiller sur le palier en suffoquant et gémissant. Le prestige de la fonction de directeur du CERI – avec, pour première conséquence, le triplement de son salaire et une multitude d'autres avantages – les aurait certainement aidées à accepter son infirmité.

La faille s'était ouverte. Le directeur du camp était tombé amoureux d'une moitié d'ousama. Il avait un temps pensé que ce petit salaud couchait avec sa propre mère : il les avait surpris à deux reprises en train de s'embrasser et de se peloter avec la même intensité, la même férocité, qu'un couple d'amoureux. L'inceste étant strictement prohibé par la loi archangélique, il s'était dit qu'il tenait là une piste intéressante, puis son nouveau supérieur s'était entiché de cette détenue au point de l'arracher des griffes du pou et de renvoyer sa mère pour l'installer dans ses quartiers. La nouvelle venue ne s'était pas encore invitée dans la chambre de son sauveur, mais ils ne tarderaient pas à consommer cette union que promettaient leurs regards enamourés, leurs murmures enfiévrés, leurs frôlements pathétiques. Ce petit merdeux avait commis l'erreur de falsifier un dossier afin de dissimuler les racines ousamas de sa dulcinée. Et aussi d'éliminer le pou et sa bande, des AI – auxiliaires islamistes – chargés par l'administration précédente de semer la terreur dans le camp. Une double connerie qu'il s'agissait d'exploiter sans donner l'impression d'exercer une vengeance personnelle. Attendre que le désir emporte les tourtereaux, les surprendre au pieu, si possible avec quelques témoins à la moralité éprouvée, ressortir le dossier falsifié, dénoncer l'incohérence des décisions du nouveau directeur, contraires aux intérêts chrétiens. Avec de telles charges, ce salaud serait au minimum destitué, plus probablement exilé sur le front Est, voire, si les juges se levaient du mauvais pied, condamné à mort.

Il se chargerait de finir le boulot. Le sale boulot. Il montrerait à la hiérarchie qu'elle pouvait lui confier le nettoyage de ses camps. Il n'en avait rien à foutre, des prophètes et de leurs paroles, il ne croyait ni aux dieux ni aux diables, mais, puisqu'il avait eu la chance de naître chrétien, puisque ses propres intérêts se confondaient avec ceux des maîtres de l'Europe, il enfournerait sans état d'âme les ousamas du camp dans l'incinérateur. Hommes, femmes, enfants, nourrissons, vieillards… L'odeur de viande grillée rejetée par les cheminées ne l'empêcherait pas de dormir. Le mois dernier, deux techniciens dépêchés par le ministère européen de l'Intérieur avaient remis en marche les gigantesques fours. L'air s'était empli pendant plusieurs jours de la puanteur suffocante des résidus de farines animales. On aurait pu croire alors qu'une haleine méphitique balayait les plaines du Centre.

Son téléphone sonna. Le réveil sur sa table de chevet indiquait 2 heures 15. Mal réveillé, il se saisit du combiné dans un geste trop brusque. Il eut la sensation que sa cicatrice se rouvrait comme une fermeture à glissière et que ses tripes, à nouveau, s'échappaient par la plaie.

« Cette nuit est propice à l'union. »

Il reconnut la voix de l'un des gardes de faction devant les appartements du directeur. Il se méfiait tellement des écoutes qu'il exigeait de ses correspondants de ne livrer aucune information confidentielle par téléphone. Il alluma la lampe, entrouvrit sa veste de pyjama, jeta un coup d'œil sur sa cicatrice ventrale, d'un rouge tirant sur le brun : elle ne saignait pas, elle suintait. Il eut besoin de quelques secondes pour décoder les paroles de son interlocuteur.

« T'en es sûr ?

— Je ne vous aurais pas réveillé en pleine nuit si je n'avais pas vu, de mes yeux vu, la…

— Pas de détails, je te crois. Nous attendrons quelques nuits avant de passer à l'action.

— Et si… euh, la tourterelle ne revient pas au nid ? »

Il glissa la main dans son pantalon de pyjama pour dégager ses testicules comprimés par le tissu.

« Elle reviendra, t'en fais pas. Et merci de m'avoir prévenu. »

Il raccrocha, éteignit, se rallongea, tira sur lui les couvertures et se masturba d'une main distraite en songeant que ses semblables humains étaient vraiment très prévisibles.

La perte de son pucelage avait métamorphosé le directeur du CERI du Centre. Quelques nuits d'amour torride – d'après les gardes, les cris, les soupirs et les gémissements se prolongeaient jusqu'à l'aube – le débarrassèrent des derniers lambeaux de l'enfance et lui donnèrent une certaine assurance malgré un manque de sommeil trahi par des cernes violacés. Sa voix paraissait plus grave et son allure s'était affirmée. En lui s'amorça également un changement subtil, une douceur nouvelle dans le regard, une sorte de curiosité affable pour ses semblables humains, y compris pour les détenus. Il paraissait moins pressé de donner le coup d'envoi de l'évacuation définitive des ressortissants islamistes. Il prétendait que l'incinérateur avait besoin de nouveaux filtres : un rapport, secret bien entendu, affirmait que la toxicité des fumées risquait d'avoir des conséquences néfastes sur la santé des populations voisines ; il préférait appliquer le principe de précaution en attendant les prochaines analyses. Précaution ? Ou une manœuvre dilatoire suggérée par la vipère ousama glissée dans son lit ? Le directeur ne s'en tint pas là : il prit des mesures destinées à rendre… « supportables » les conditions d'existence des détenus et les présenta comme de « simples considérations humaines ; ce n'est pas parce que ces gens sont les ennemis de la Foi que nous devons cesser de nous comporter comme de bons chrétiens ».

Le directeur adjoint se frotta les mains : envoûté par l'une de ces pondeuses qui, trente ans plus tôt, avaient failli transformer l'Europe en annexe des pays islamistes, son supérieur lui offrait sa tête sur un plateau. L'heure était venue de passer à l'action. Attendre plus longtemps aurait pu lui valoir une litanie d'emmerdements. Imaginons que ce petit crétin aille jusqu'au bout de sa logique et libère les prisonniers du CERI, ses subordonnés seraient immanquablement poursuivis et condamnés pour passivité, voire pour complicité.

Il recruta ses témoins à la moralité irréprochable, une secrétaire de l'administration du camp, le maire et le curé du bourg voisin, de vénérables sexagénaires qui n'avaient pas la conscience ni les mains très propres. Les gardes de faction le préviendraient des déplacements de la jeune ousama et lui ouvriraient les portes au milieu de la nuit. Il ne laissa à personne d'autre le soin de préparer la preuve visuelle : il opta pour un appareil reflex et une bonne vieille pellicule argentique des temps anciens de la photographie, noir et blanc, mille ASA, un système nettement plus fiable que le numérique, en perte de vitesse depuis que les Pères de l'Église avaient assimilé l'informatique à une pratique diabolique.

Le soir, après le dîner pris comme chaque soir en compagnie du directeur et de l'économe, il ressentit le besoin névrotique de se dévêtir et de contempler sa cicatrice dans le miroir de l'armoire de sa chambre. Elle naissait sous son plexus solaire, dévalait son ventre comme un torrent sauvage, disparaissait dans son pubis, semblait réapparaître quelques centimètres plus bas sous la forme d'un pénis aussi noueux, tordu et rougeâtre qu'elle. Elle avait provoqué une dissymétrie de ses muscles pectoraux et abdominaux enrobés d'une épaisse couche de graisse. Le tout n'était pas très esthétique, mais il avait fini par s'habituer à cette couture bourgeonnante, il éprouvait une forme de tendresse pour ce corps déformé, il se sentait marginal, différent, frappé du sceau secret des hommes promis à un avenir glorieux. Sa cicatrice n'avait rien à voir avec les marques imprimées par les cordes sur le cou de ses parents, symboles de la défaite, du renoncement : c'était dans la floraison de sa chair qu'il s'enracinait, en elle qu'il trempait sa détermination, en elle qu'il lissait sa rage. En comparaison de la force qu'elle lui donnait, ses déboires avec les femmes n'étaient que des désagréments mineurs, de simples anecdotes. Un jour, il trouverait la compagne qui le reconnaîtrait par-delà les apparences, cette âme sœur désespérément cherchée dans les rues sombres et grouillantes des métropoles européennes.

Le carillon égrena ses notes lugubres dans le silence bercé par le grondement des trombes d'eau. Il tressaillit.

Des larmes roulaient sur ses joues. Il avait d'abord cru que la condensation avait brouillé le miroir de l'armoire. Le réveil derrière lui indiquait 11 heures. 11 heures! Il était resté plus d'une heure et demie devant son pâle reflet. Il se rhabilla à la hâte, s'essuya les yeux, estompa les dernières traces de ses pleurs, éteignit la télévision et se rendit dans le hall d'entrée de son appartement. La secrétaire, le maire et le curé du bourg voisin se pressaient sur le palier exigu, escortés de quatre gardes en uniforme noir. Visages fermés, masques tragiques flottant sur le fond d'obscurité.

«On dirait que le CERI du Centre a du mal avec ses directeurs», minauda la secrétaire.

Une petite femme tout en rondeurs, la secrétaire, débordée par ses seins, ses fesses et son ventre. La pluie avait plaqué les mèches dépassant de son foulard sur son minois lunaire. Le maire et le curé aimaient visiblement la bonne chère, faces pleines, rougeaudes, estomacs proéminents. L'un portait un costume gris constellé de taches de pluie, l'autre une soutane rarement lavée d'où s'exhalait une vague odeur de foutre, de sueur et de tabac froid. Il se délecta pendant quelques secondes de leurs sourires crispés, de l'inquiétude qui leur enfiévrait les yeux. Il avait sur ces deux-là un dossier solide: prévarication, implication dans plusieurs affaires de mœurs, largement de quoi les expédier devant un tribunal légionnaire. Avec eux, au moins, il ne prenait aucun risque. Leur amoralité en faisait d'irremplaçables témoins de moralité. Il s'effaça pour les inviter à entrer.

Le maire désigna l'appareil photo posé sur la table basse du salon.

«Vous avez vraiment besoin de nous? Une photo ne suffirait pas?»

Il les pria de s'asseoir et leur servit d'autorité un alcool de poire fabriqué par un agriculteur de sa connaissance. Depuis que le gouvernement européen avait rétabli dans leurs prérogatives les bouilleurs de cru, les alambics étaient ressortis des musées et avaient repris leur place dans les villages. Une place centrale. Aux âmes vertueuses qui s'étaient élevées contre cette déréglementation de l'alcool, le chef de la délégation française au Parlement de Bruxelles avait expliqué qu'il s'agissait seulement de rétablir d'anciennes coutumes, que les Européens, et plus particulièrement les Français, étaient suffisamment responsables pour éviter les abus.

« Les tribunaux d'exception tolèrent les photos comme des éléments à charge, pas comme des preuves formelles.

— Il a fait quoi, votre nouveau directeur ? demanda le curé. Il a réactivé le trafic d'enfants islamistes ? »

Il faillit lui rétorquer que les prêtres n'avaient pas besoin de ce genre de traite pour se fournir en chair tendre. Sa cicatrice continuait de suinter et collait sa chemise de coton à son abdomen.

« Il couche avec une ousama. Il a trafiqué son dossier pour dissimuler ses origines islamistes.

— C'est tout ? »

Il contint une envie brutale d'arracher sa chemise et de la jeter à la face de l'homme d'Église. Il se contenta de lui lancer un regard d'oiseau de proie.

« C'est vrai que ce péché peut paraître véniel en comparaison de certaines fautes, dit-il en gardant les yeux plantés comme des serres dans ceux de son interlocuteur.

— Je… ce n'est pas ce que je voulais dire, déglutit le curé.

— Comprenez-moi bien : la liaison du directeur avec une ennemie de la Foi peut avoir des conséquences dramatiques pour le CERI du Centre, pour nous tous par conséquent. Je ne parle pas seulement de notre devoir, mais de nos intérêts. »

Le curé, livide, vida son verre avant de hocher la tête.

« Vous pensez que le nouveau directeur se laissera faire sans… sans contre-attaquer ? insista le maire.

— Ne vous inquiétez pas. J'ai gardé en réserve certains dossiers. »

Ils se morfondirent dans une veille maussade, battue par les crépitements de la pluie sur les toits et les ronronnements lointains des escadres islamistes. La secrétaire lui jetait des coups d'œil furtifs par-dessus son verre vide qu'elle maintenait collé contre ses lèvres. Il se rappela qu'elle était toujours célibataire, présuma qu'elle cherchait elle aussi son âme sœur, se dit qu'elle n'était pas dépourvue de charme, la déshabilla par la pensée, essaya d'imaginer sa réaction dans le lit face à sa cicatrice. Quel âge pouvait-elle avoir ? Trente-deux, trente-trois ans peut-être ? En âge de procréer en tout cas. Depuis toujours, il s'était juré de ne pas avoir d'enfants, pas envie de renouer les liens que le suicide de ses parents avait tranchés, pas envie de se pourrir la vie avec des sentiments inutiles. Cependant, la seule présence de la secrétaire – comment s'appelait-elle déjà ?… ah oui, Madeleine, surnommée Mado – provoquait un curieux relâchement de sa résolution. Il observa ses mains, de petites mains aux doigts potelés auxquelles il aurait volontiers confié sa peau et son sexe. Il lui proposa de reprendre de l'alcool de poire.

« Un fond alors, gloussa-t-elle. Ou bien je serai incapable de me relever. »

Il s'arrangea pour lui effleurer les genoux en lui versant quelques gouttes de gnole dans son verre. Elle rougit, mais ne refusa pas le contact. Il lui sembla même qu'elle écartait légèrement les jambes, comme pour le convier à glisser la main sous sa jupe. D'elle émanait une odeur sourde sous les fragrances agressives de son parfum, le suc acide et puissant du désir réprimé. Il battit en retraite et se rassit, les jambes croisées. Le sang affluait dans sa cicatrice. Elle continuait de gonfler, devenait aussi raide, aussi encombrante que son sexe. La sonnerie stridente du téléphone le tira de son embarras.

« La tourterelle est au nid.

— Depuis combien de temps ?

— Une demi-heure. »

Il raccrocha et, d'un mouvement de la main, ordonna aux autres de le suivre. Ils se rendirent par une succession d'escaliers et de couloirs plongés dans la pénombre à l'appartement du directeur, situé au premier étage des bâtiments administratifs. Trois gardes vêtus d'uniformes noirs et armés de fusils d'assaut plaqués argent les accueillirent sans dire un mot. Ils restèrent pendant quelques instants à l'écoute des bruits, ne perçurent rien d'autre que le grondement de la pluie, les sifflements du vent, le vrombissement d'un moteur – un avion ? Les sirènes d'alarme n'avaient pas retenti. Pas l'un de ces soupirs ou de ces gémissements censés trahir les activités nocturnes du couple fautif.

« T'es bien sûr qu'elle est venue ? demanda-t-il au garde qui l'avait prévenu.

— Je l'ai vue passer devant moi, entrer là-dedans, et je l'ai pas vue ressortir. »

Il colla son oreille à la porte. L'appartement sonnait le creux, comme si les tourtereaux s'étaient envolés. Il se demanda s'ils n'avaient pas été prévenus, s'il n'avait pas été trahi. Son supérieur avait peut-être eu le temps de s'assurer, par des promesses ou de l'argent, le dévouement d'une partie des gardes. Il était bien placé pour savoir qu'une poignée d'euros suffit la plupart du temps à dénouer les alliances anciennes, solides.

« Qu'est-ce qu'on fait ? »

L'haleine chaude de la secrétaire lui enveloppa la joue. Il lui adressa un sourire chaleureux malgré la douleur vive irradiant sa cicatrice.

« On entre. »

Il ordonna aux gardes d'ouvrir la porte. Ils la défoncèrent à coups de botte, s'engouffrèrent dans l'appartement, traversèrent les deux réceptions baignées d'obscurité, explorèrent les chambres.

« Ils sont là ! »

Un garde désignait deux silhouettes pâles étendues sur le lit. Quelqu'un pressa le commutateur, une lumière crue submergea la pièce, éclaira une commode rustique, une armoire sans style, des vêtements posés en tas devant une table de chevet.

« Nom de Dieu ! »

Les tourtereaux étaient nus, allongés sur le dos. Bien foutue, la petite ousama, fut sa première pensée. Et puis il y avait le sang. Du sang partout, imbibant les draps, étalé en flaques luisantes et visqueuses de chaque côté du lit. Ils s'étaient ouvert, non pas les veines du poignet, mais, plus radical, les artères fémorales. Un acte chirurgical. Trois ou quatre minutes pour se vider. Aucune douleur. Un suicide presque parfait. L'un des scalpels reposait encore dans la main de la fille, elle-même posée sur la hanche du directeur. L'autre gisait sur le tapis froncé entre le lit et le mur.

« C'est… horrible ! s'exclama la secrétaire.

— J'ai trouvé ça… »

Un garde tendit au directeur adjoint une feuille de papier parcourue de haut en bas d'une écriture ample et claire, une sorte de testament. Il la compulsa rapidement : ils expliquaient leur suicide par l'impossibilité de vivre leur amour au grand jour. Leur passion, plus forte que leur raison, les pousserait tôt ou tard, les poussait déjà, à trahir leurs idéaux et leurs frères. Conscients qu'ils n'avaient plus rien à faire dans un monde déchiré par les haines et les fanatismes, ils choisissaient de s'effacer de la surface de la terre plutôt que d'affronter le jugement de leurs semblables. Ils s'en remettaient aux dieux, le Dieu des chrétiens et le Dieu des musulmans, en les suppliant l'Un et l'Autre, dans leur infinie bonté, de leur pardonner leur acte.

Il roula la feuille en boule et la projeta contre le mur. Le suicide signait la culpabilité de son supérieur, mais il escamotait les avantages que lui aurait valus un procès public. Il espéra que la hiérarchie lui offrirait l'occasion de montrer son zèle et son savoir-faire dans l'évacuation massive des détenus ousamas.

« Vous… vous ne prenez pas la photo ? »

Il se retint, il ne sut comment, de balancer son poing dans le gros nez du maire.

« Vous pouvez partir, je n'ai plus besoin de vous. »

Il attendit que l'élu, le curé et les gardes se dirigent vers la porte de la chambre pour glisser à l'oreille de la secrétaire :

« Vous pouvez rester si vous le souhaitez… »

Elle lui retourna un sourire conquis. Il eut la certitude qu'il ne s'effacerait pas à la vue de sa cicatrice.

On croit la forêt paisible, mais, la nuit, elle s'emplit d'une vie mystérieuse et bruissante, elle craque et vibre, elle gronde et soupire, elle secoue avec frénésie ses mille jambes et ses mille bras.

Pibe peinait à reconstituer l'engrenage qui l'avait conduit à se perdre dans le dédale végétal.

« Freine ! Y a un tronc en travers ! »

Gog pile, le 4×4 part en dérapage sur l'herbe humide, percute un arbre. Les ceintures de sécurité s'effilochent, craquent avec la même facilité que du tissu pourri. Les frangins vident leurs sièges, embrassent le pare-brise. Pibe roule sur la banquette, heurte la portière, repart en arrière, place en réflexe les mains devant son visage, s'en tire sans une bosse ni une égratignure. Le moteur pousse un hurlement rauque avant de caler, un silence assourdissant submerge l'habitacle.

Pibe entend des voix, veut se relever, son corps engourdi ne lui obéit pas. Il sent sur son visage et son cou des caresses piquantes et froides, les éclats des vitres brisées. Gog a décidé de couper à travers la forêt et, le pied enfoncé sur l'accélérateur, a parcouru plusieurs centaines de mètres entre les buissons et les arbres avant de perdre le contrôle du 4×4.

Les frangins gisent à moitié assommés sur leurs sièges. L'arcade de Magog n'a pas résisté à sa rencontre avec le pare-brise ; des flots de sang lui barbouillent la moitié du visage et imbibent le haut de sa chemise. Quant à Gog, il présente une large tache brique sur un côté du front qui ne tardera pas à se transformer en bosse.

Alarmé par un éclat de voix, Pibe parvient cette fois à se redresser. Il entrevoit des mouvements entre les branches basses, se penche entre les deux sièges, secoue l'épaule de Gog.

« Ils arrivent ! Faut s'arracher ! »

Gog lui retourne un regard morne. Les mots glissent sur lui comme l'eau sur les plumes d'un canard. Magog n'est pas en meilleur état. Il pousse des geignements à fendre l'âme. Il ne faut pas compter sur les frangins pour redémarrer la bagnole et tenter de semer leurs poursuivants. Inutile, non plus, de s'illusionner sur les intentions de ces derniers : on ne dresse pas des barrages en plein cœur d'une forêt pour le simple plaisir de lier connaissance. Un 4×4 en état de marche, de l'essence, des vêtements, de la nourriture, des armes, de l'argent peut-être représentent un butin inespéré pour une bande de parias. Condamnés à vivre de miettes, islamistes clandestins, opposants politiques ou rescapés des prisons européennes, ils sont le pendant campagnard des cailleras, les charognards citadins.

« Bougez-vous, merde ! »

La panique monte en Pibe. Il dégage machinalement son pistolet et déverrouille le cran de sûreté. Une voix le supplie de foutre le camp, une autre lui commande de rester en compagnie des Gog, de ne pas les abandonner à leur sort. Pas moyen de remettre de l'ordre dans le foutoir de son esprit. Les pensées s'agitent, hurlent, lui lacèrent le cerveau. Des harpies. Les Gog l'ont hébergé, nourri. Pas une raison pour lui imposer le rôle d'ange gardien. Bordel, les pillards se pointent. Trop con de crever à cause de deux mecs qui conservent leurs merdes dans des bocaux ! Aucune chance de toute façon contre une vingtaine d'adversaires armés jusqu'aux dents. Autant filer. Et se retrouver seul dans la forêt. Putain de merde. Cette salope de Stef. Pourquoi elle s'est barrée ? Pourquoi elle m'a abandonné ? Tripes nouées. Envie de pisser. Magog essaie de dire quelque chose. Les sons qui sortent de sa bouche éclatent comme des bulles. À boire. À moins que ce soit barre-toi. Plutôt barre-toi. La portière. Merde. Pliée, coincée. L'autre. Vite. Elle pèse trois tonnes. L'air de la forêt, humide, moisi. Un coup de feu. Miaulement de la balle à quelques centimètres de son pied. Les bombes islamistes, les keufs, les pillards, les AK, le monde entier s'acharne sur lui. Pas le temps de riposter. Se planquer derrière l'arbre percuté par le 4×4. Des rafales de balles sifflent de part et d'autre du tronc. Merde, merde, et merde ! Ces salauds utilisent des armes automatiques. Crépitement des projectiles sur la tôle, soupir d'un pneu crevé.

Cinq mètres jusqu'au prochain arbre. Puis cinq mètres jusqu'au suivant. Puis le couvert, des buissons, des fougères, des troncs, des branches enchevêtrés. La seule chance de leur échapper. Son seul espoir. À trois. Un deux tr... Putain de merde, les autres canardent sans interruption. Ils n'hésitent pas à gaspiller leurs munitions, ces enculés de leur race, ils veulent absolument sa peau. Pourquoi ? Pourquoi ? Il n'a aucun grief contre eux. Ils craignent sans doute qu'il ne file prévenir les légions de l'archange Michel. Stupide, il ne sait même pas où est leur repaire. Et même s'il le savait, il n'irait pas s'en vanter devant les anges noirs.

Une accalmie... Deux, trois ! Se lance dans l'intervalle. Grêle de balles, vociférations, vibrations, craquements de branches mortes. Ils ne tarderont pas à opérer la jonction. Prendre tous les risques. Plié en deux, il fonce en louvoyant vers le rideau de végétation. Les balles hachent feuilles et branches au-dessus de sa tête. Plus que quelques mètres. Le souffle lui manque déjà, point de côté, brûlures dans les cuisses, toujours été nul en cross, chaque fois battu par six ou sept filles. Commentaires narquois du prof de gym : certains sont doués pour l'endurance, d'autres pour la résistance. Pibe appartient à la seconde catégorie, il n'a jamais compris la différence, il sait seulement que les garçons se foutent de sa gueule et que les filles, les chipies, ricanent dans leurs cheveux. Il déteste courir quand il n'y est pas obligé. Que sont-ils devenus, les anciens copains de classe, Pierre-Jean, André et les autres ? Quel discours à la con leur a tenu la prof principale pour expliquer son absence ? L'ont-ils cru pulvérisé par la bombe ? L'ont-ils pleuré ?

Poussé aux fesses par la peur, il plonge sous le couvert. Il ne ralentit pas, indifférent aux branches basses, aux larges feuilles, aux lanières épineuses qui lui cinglent la face, le cou et les bras. Il ne perd pas non plus de temps à regarder derrière lui. Les cris s'éloignent, les coups de feu s'espacent, s'estompent, s'étouffent. Son cœur cogne vite et fort, semble ne plus former qu'un battement, une rumeur. Il s'enfonce dans le labyrinthe végétal. Court et court et court encore jusqu'à ce qu'il ne soit plus qu'un bloc de douleur et de fatigue. S'effondre en larmes au pied d'un chêne au tronc et aux branches torturés.

Tu parles d'un garde du corps !

Éreinté, il avait fini par s'endormir sous un grand dolmen, jadis fréquenté à en croire les restes de feu, les sacs plastique et les cannettes vides. Une froidure humide s'était glissée entre les pierres et l'avait réveillé.

Pas une lumière ne troublait les ténèbres, ni un rayon de lune, ni une étoile, ni même un scintillement sur une goutte d'eau. Les premiers temps, il avait réussi à contenir sa frayeur en gardant sa pensée focalisée sur Stef. Il retenait d'elle cette manie horripilante de se moquer de tout, ce regard pur et désinvolte qu'elle posait en toutes circonstances sur la vie. Elle n'avait pas dévoilé grand-chose de son mystère, pas même lorsqu'elle s'était baladée à poil dans les douches collectives de la Croix du Sud. Elle avait traversé la vie de Pibe sans laisser de trace et, pourtant, elle continuait de l'habiter avec bien plus de force que les fantômes de papa, maman, Marie-Anne et Sol. Elle avait affirmé à plusieurs reprises qu'elle accourrait chaque fois qu'il aurait besoin d'elle. Il avait besoin d'elle, elle n'était pas là.

Des mouvements dans les ténèbres. Il avait mis les premiers tremblements sur le compte du froid, il fut obligé d'admettre que la peur en était la principale, voire l'unique responsable. Des êtres diaboliques dansaient, sifflaient, grommelaient autour de lui. Il regretta de ne pas avoir calfeutré son abri avec des branchages pour se soustraire à leurs regards. Hors de question de partir maintenant en quête d'un refuge plus sûr. Le dolmen avait le mérite de le protéger des averses et des rafales de vent. L'idée même de s'aventurer dans l'obscurité était au-dessus de ses forces. Pas d'autre choix que de supporter jusqu'à l'aube le sabbat infernal des créatures de la forêt. Son moi caché lui suggéra que, s'il était vraiment sous l'empire de la terreur, il n'envisagerait même pas de revoir la lumière du jour. Que les êtres diaboliques n'avaient donc pas d'existence réelle ou qu'il n'y croyait pas franchement. Que celui qui s'ingéniait à le terroriser était par conséquent un imposteur, un épouvantail. Qu'il suffisait de le débusquer et de le chasser hors de lui pour retrouver la sérénité. Mais, en admettant que les créatures de la forêt n'existent pas, les bêtes féroces, elles, existaient. Les loups, les ours, les sangliers, les lions, les tigres surgiraient dans son sommeil pour le dévorer. Certains profs affirmaient que les fauves avaient déserté les forêts européennes depuis des siècles, les prêtres et les serviteurs de l'archange Michel soutenaient le contraire, et papa avait toujours donné raison à ces derniers, parce que, selon lui, les croyances ne diffèrent pas selon les époques, contrairement aux connaissances. Les reportages animaliers diffusés par la télé semblaient indiquer que ni les lions ni les tigres ne vivaient dans le coin, mais, au siècle dernier, on avait réintroduit des ours et des loups dans les montagnes et les forêts françaises, l'une des nombreuses hérésies commises par le gouvernement avant l'avènement de l'archange Michel. Voilà ce qui arrivait quand on se détournait des lois divines, un retour au chaos, à la sauvagerie. Appuyé contre une pierre, transi, Pibe tenait son pistolet braqué sur les ténèbres, bien en évidence, espérant que la vue de son arme découragerait les agresseurs tapis dans les ténèbres. Il regrettait amèrement la cave du pavillon familial, le tapage nocturne de ses parents, la respiration légère et sifflante de sa petite sœur. Ses paupières tombaient régulièrement sur ses yeux comme des volets déglingués, mais un craquement, un frôlement le réveillaient en sursaut. Il lui fallait un petit moment pour reprendre pied dans la réalité, pour se rappeler qu'il gisait dans un ventre profond et hostile. Les battements de son cœur lui ébranlaient tout le corps. Suffoqué par le sentiment de solitude, il flottait pendant quelques instants entre frayeur et désespoir, puis ses pensées s'étiraient, se diluaient, se désagrégeaient, ses yeux se fermaient, sa tête dodelinait, retombait sur sa poitrine, un grondement, un hurlement enrayait sa plongée dans les fonds paisibles de l'inconscience.

Jamais nuit ne lui parut aussi longue. À plusieurs reprises un souffle brûlant lui lécha la face, des griffes se plantèrent dans sa poitrine, dans sa gorge, il émergea du cauchemar, couvert de sueur, haletant, en quête d'air comme un plongeur crevant la surface de l'eau.

Une sensation de brûlure sur les paupières le réveilla, allongé sur la terre battue, la joue posée dans un tas de cendres transformées en boue noirâtre par l'humidité, les doigts crispés sur la crosse du pistolet. La lumière du jour désintégrait les effrois de la nuit. Malgré la fraîcheur, malgré la brume, malgré le manque de sommeil, malgré la faim et le froid, il roula dans une puissante vague de joie. Il avait passé une nuit entière dans la forêt, et nulle créature diabolique ne l'avait envoûté, nulle bête féroce ne l'avait dévoré. Il ne s'était même pas pissé dessus. Il avait triomphé d'une épreuve qu'il aurait crue insurmontable quelques heures plus tôt. Même si la peur continuait de fredonner en lui, il se sentait heureux de vivre, presque euphorique. Fort de nouvelles résolutions en tout cas. Il posa la main sur un pilier du dolmen, un geste instinctif, une façon de remercier le granit de lui avoir servi de toit, et contempla les chênes environnants. La pluie fine vernissait leurs feuilles gris-vert et les boules de gui accrochées à leurs branches. Avec leurs barbes de brume et leurs écorces ridées, ils lui faisaient l'effet de vieillards vénérables, protecteurs, débordants de sagesse et de bonté.

Il sortit de son abri, remisa son arme dans la poche de sa parka maculée de terre et de cendres, déplia ses membres engourdis. Une pointe au niveau du bas-ventre lui rappela qu'il lui fallait d'urgence vider sa vessie. Il se battit un petit moment avec la fermeture de sa braguette avant de réussir à dégager sa teub plus dure qu'un bout de bois et coincée dans les plis de son caleçon. Il dut attendre qu'elle s'amollisse un peu pour réussir à expulser les premières gouttes. Il constata avec une pointe d'orgueil que des poils drus et noirs lui couvraient la majeure partie du pubis. Il avait définitivement enterré son enfance sous le dolmen.

Dommage que Stef… Un vol de pensées mélancoliques se leva dans son esprit, il les dispersa avec énergie.

Pas un trille ni un bourdonnement ne retentissaient. Le silence n'avait rien de menaçant. Sans doute les oiseaux et les insectes attendaient-ils la fin de l'averse pour enjoliver la forêt de leurs chants. Il observa les environs. Quelle direction prendre ? Impossible de deviner où se levait le soleil sous l'épaisse chape nuageuse. Il n'avait aucun repère, seulement une priorité : éviter de retomber sur les parias qui avaient barré le passage au 4×4 des Gog. Qu'étaient-ils devenus, les frangins ? Leurs agresseurs les avaient-ils épargnés ? Un arrière-goût de remords imprégna la gorge de Pibe, réveilla sa nausée. Il avait beau se trouver un tas de justifications, il y avait eu une grande part de lâcheté dans son attitude, il avait laissé tomber deux hommes dont il était censé assurer la défense. Cette putain de vie s'ingéniait à le foutre dans des situations impossibles ! D'un coup de pied, il pulvérisa une souche pourrie.

Il avisa les vestiges d'un sentier entre les fougères, le suivit un long moment avant de le perdre et de progresser dans une végétation inextricable. Il essaya d'étancher sa soif en léchant l'eau ruisselant sur les feuilles ; ces quelques gouttes ne réussirent qu'à le dessécher un peu plus. Il retrouva le sentier, ou un autre chemin, franchit une partie de la forêt où les arbres élancés soutenaient le ciel comme les colonnes d'un temple. Il marcha un temps qu'il estima à trois ou quatre heures, taraudé par la sensation de tourner en rond. Un premier étourdissement le contraignit à s'asseoir sur un rocher. S'il ne mangeait pas quelque chose avant la fin du jour, il n'aurait plus la force de repartir. Il fouilla des yeux les alentours, ne distingua rien qui ressemblât à un fruit sauvage ou à quelque chose de comestible. Des champignons déployaient leurs têtes brunes et luisantes sur les tapis de feuilles, mais il se souvenait que certains d'entre eux pouvaient être mortels. Serrer les dents, poursuivre son chemin. L'eau s'infiltrait sous sa parka, il pataugeait dans ses chaussures, son pantalon lui collait aux jambes. Il se remit en marche d'une allure mécanique, combattant à chaque pas la tentation de renoncer.

Alors que la faim se faisait obsédante, qu'il cédait au découragement, il déboucha sur une ancienne route – la même que celle empruntée par les Gog? La vue du bitume craquelé et envahi par les herbes lui redonna des forces. La route conduisait certainement à une agglomération. La pluie avait cessé, des rosaces scintillantes, éphémères, s'ouvraient dans la voûte végétale instable et bruissante, des rayons de soleil s'aventuraient paresseusement dans les frondaisons. Pibe parcourut encore deux ou trois kilomètres avant d'entrevoir une maison au milieu de ce qui avait été autrefois un jardin. Toiture affaissée, murs mangés par le lierre, portes et volets vermoulus, une ruine. Il eut un nouvel étourdissement, dû autant à la déception qu'à la fièvre et à la faim. Il envisagea un moment d'explorer le jardin: des arbres fruitiers se cachaient peut-être dans les emmêlements de branches et de ronces. La difficulté de la tâche l'en dissuada.

Un tintement dans le lointain égailla ses pensées moroses comme un coup de fusil une compagnie de perdrix. Une cloche. Donc une église. Donc un village. À moins de cinq kilomètres sans doute. Il se remit en marche d'un pas léger et conserva un train soutenu jusqu'aux premières maisons, plus proches qu'il ne l'avait estimé. Ce n'était pas un village, mais une petite cité dominée par deux clochers, resserrée au centre d'une immense clairière et bordée par une rivière dont les débordements avalaient une zone pavillonnaire légèrement à l'écart. Des toits flottaient sur l'eau comme des barques renversées et mues par les voiles rigides et circulaires des vieilles paraboles. Il traversa une zone commerciale en grande partie dévastée, carcasses rouillées, vitrines éclatées, parkings défoncés, franchit le pont mal entretenu qui enjambait le cours d'eau. Il pensa au début qu'une averse de bombes s'était abattue sur les lieux et avait décimé la population, puis, au moment où il s'engageait dans la rue principale, une dizaine de gosses jaillirent d'une bâtisse en partie éventrée et fondirent sur lui. Une ronde de garçons et de filles aux trognes grotesques et aux vêtements déchirés. Ils brandissaient des lance-pierres en poussant des cris aigus et plaintifs de bêtes apeurées. Il glissa la main dans la poche de sa parka, empoigna la crosse de son pistolet, prit une profonde inspiration, tenta de sonder leurs intentions dans leurs yeux. Il ne faisait pas face à des enfants ordinaires, mais à des mongoliens dont certains, d'ailleurs, paraissaient âgés d'une bonne vingtaine d'années. Impossible de deviner quoi que ce soit dans leurs regards atones. Les pochettes de leurs lance-pierres renfermaient des projectiles métalliques, des boulons et des clous probablement ramassés dans les maisons abandonnées.

« Je me suis perdu dans la forêt, je cherche quelque chose à manger… »

Ses vis-à-vis ne réagirent pas, comme s'ils ne l'avaient pas entendu, ou qu'ils hésitaient à le classer dans le camp des amis ou celui des ennemis. Leurs fringues crasseuses dévoilaient en partie leurs peaux claires et répandaient une odeur âcre de sueur et d'urine.

« Il n'y a personne d'autre que vous dans cette ville ? Où sont vos familles ? »

Ils ne répondaient pas, ils le tenaient en joue avec une concentration qui leur fronçait les sourcils et leur plissait le front.

« Attaque chimique. Ils y sont tous passés. Sauf ces gosses : contrairement à leurs éducateurs, eux ont survécu. »

La voix avait retenti dans le dos de Pibe. Il n'eut pas besoin de se retourner pour la reconnaître.

De l'attachement naît le désir,
et du désir la colère.

Bhagavad-Gîtâ,
Traduit du sanskrit par J. M. Rivière II-60.

Elle ne se serait jamais crue capable de surmonter ce genre d'épreuve. Avant la guerre, elle tombait dans les pommes à la vue d'une simple égratignure. Lorsqu'il avait retiré sa chemise, elle avait réussi, elle ne savait comment, à contenir son dégoût. Déjà que le directeur adjoint n'était pas son genre d'homme, il fallait qu'il fût doté d'une cicatrice énorme, répugnante. Elle avait pourtant accepté qu'il se vautre sur elle, qu'il frotte cette horrible boursouflure à son ventre et à ses seins. Obsédée par ce contact, elle n'avait pas prêté attention au soc noueux et violacé qui la labourait avec méthode. Il avait joui au bout de trois ou quatre minutes de son va-et-vient mécanique, il avait poussé un couinement avant de se tendre, de se liquéfier en elle, de lui martyriser l'oreille avec ses expirations brûlantes, sifflantes. Elle n'avait pas ressenti le moindre plaisir, pas même le commencement d'un frémissement. Le dégoût s'était de nouveau emparé d'elle. Elle avait rejeté de toutes ses fibres l'homme avachi entre ses cuisses, puis elle s'était souvenue qu'elle était en mission, elle avait raffermi sa détermination, elle avait seulement remué le bassin pour expulser d'elle son bout de chair ramolli. Il lui avait adressé un sourire béat avant de se tourner sur le côté et de plonger quelques secondes plus tard dans un sommeil de brute. Perdue dans ses pensées, elle n'avait pas osé bouger une grande partie de la nuit. À chaque mouvement, même le plus anodin, la semence de son amant de devoir s'insinuait entre ses cuisses et ravivait la brûlure qui lui sabrait le ventre. Une question l'avait harcelée jusqu'à ce que les premières lueurs de l'aube se glissent par les interstices des volets : fallait-il vraiment baiser avec ce type pour être utile au réseau ? Plus généralement, est-ce que ça valait le coup de sacrifier sa vie à une cause ? Elle allait sur sa trente-cinquième année, elle pouvait encore fonder une famille, avoir des enfants, mener une existence banale dans une maison emplie de cris et de rires. Cependant, même si le doute et le désenchantement avaient supplanté l'exaltation et les convictions de ses jeunes années, il n'était plus question de revenir en arrière. Révoltée par le déferlement sur l'Europe des légions de l'archange Michel, elle s'était engagée dans le réseau Centre-Berry à l'âge de vingt-cinq ans, réussissant plusieurs missions qui lui avaient valu de grimper rapidement dans la hiérarchie. Elle faisait partie des responsables qui portaient sur eux une capsule de poison foudroyant et avaient pour consigne de l'avaler plutôt que de tomber entre les pattes des tortionnaires de la légion. Elle avait œuvré dans les environs de Lyon avant d'être mutée au CERI du Centre. D'autres membres des réseaux s'étaient infiltrés dans les administrations des camps d'évacuation pour tenter d'empêcher l'extermination massive et systématique des ressortissants islamistes. Elle avait alerté ses correspondants sur l'ignoble trafic des enfants ousamas ; contentez-vous de fournir les documents et les informations demandés, lui avait-on signifié. Puis, après les changements successifs des directeurs du camp, on lui avait ordonné de coucher avec le directeur adjoint. En fait de confidences sur l'oreiller, elle n'avait récolté qu'une poignée de ragots sans intérêt et de navrants moments de solitude. Il semblait apprécier sa compagnie, mais elle n'avait pas réussi à s'habituer à sa cicatrice ni à son odeur ni à ses manières de rustre. Par chance, il n'avait aucun goût pour les baisers ni pour les caresses. Il se contentait de lui grimper dessus et de lui planter d'autorité son engin entre les jambes. Elle se serait vomie elle-même si elle avait dû prendre dans sa bouche cet appendice violet et tordu. Elle regagnait au petit matin son logement, une chambre dans une aile du bâtiment administratif. Elle avait beau passer presque une heure sous la douche, elle ne réussissait pas à se débarrasser de sa nausée. Elle s'habillait et filait rejoindre son correspondant sans prendre de petit déjeuner. Il l'attendait comme chaque jour dans la zone des fournisseurs, une cour fermée où les camions venaient décharger leurs marchandises. Son emploi de livreur de pain leur permettait d'échanger les informations sans éveiller les soupçons. Il entrait dans les attributions de la secrétaire de vérifier les marchandises et de signer les bordereaux de livraison… Oui, elle partageait le lit du directeur adjoint, non, il n'avait pas encore reçu le feu vert du gouvernement pour l'extermination massive des prisonniers islamistes, oui, elle essayait de le faire parler, non, il n'était pas très bavard, oui, dès qu'elle aurait le précieux renseignement, elle foncerait le prévenir au village, au même endroit que d'habitude…

Il partait après lui avoir souhaité bon courage. Elle voyait dans ses yeux, dans son sourire, qu'il n'aurait pas voulu être à sa place. Même si elle se dévouait pour la cause, ses compagnons de lutte ne pouvaient s'empêcher de la regarder comme une pute. Oh, ils ne l'avouaient pas, ils la tenaient seulement à l'écart de leurs jeux amoureux. Jamais l'un d'eux n'aurait eu l'idée de la prendre pour maîtresse, encore moins pour épouse. Le réseau Centre-Berry lui fournissait ses pilules contraceptives, là s'arrêtait la contribution du réseau à son bien-être.

Elle se battait pour les femmes européennes sans se bercer d'illusions sur leur appui ni sur leur avenir. La plupart d'entre elles soutenaient l'archange Michel, les mères consentaient à expédier leurs fils sur le front Est, les épouses se laissaient cloîtrer dans leurs maisons avec une résignation qu'on avait crue à jamais révolue. On leur avait laissé le choix entre les vertus chrétiennes et l'horreur islamiste. Refusez de prêter allégeance au dernier défenseur de l'Occident, au successeur de Charlemagne, et vous serez voilées de la tête aux pieds, humiliées, répudiées, vendues, échangées comme de vulgaires marchandises, vous serez lapidées au moindre soupçon d'adultère, on vous coupera la langue, on vous mutilera, on vous battra chaque jour. Terrorisées par l'épouvantail islamiste, les femmes d'Europe avaient renoncé aux libertés hérétiques arrachées par leurs sœurs au long des siècles précédents. Avortement, contraception, travail, droit de vote étaient passés ou passaient à la trappe.

Elle-même œuvrait pour délivrer les islamistes enfermés dans les camps, combattre une politique contraire à sa conception de l'humanité, mais elle doutait parfois du bien-fondé de son action, surtout lorsqu'un AK infiltré se faisait exploser dans une rue noire de monde et pulvérisait plusieurs centaines de passants. Ou qu'une dizaine de bombes à uranium appauvri rasaient un quartier. Elle se disait alors que ses compagnons et elle projetaient de lâcher des milliers d'hommes et de femmes assoiffés de vengeance, des milliers de monstres dans les campagnes et les villes européennes. Puis elle prenait conscience qu'elle était elle aussi victime de la propagande officielle, qu'il s'agissait seulement de secourir des êtres humains victimes d'une répression féroce, d'en appeler à cette vertu pourtant chrétienne qu'on appelle la compassion.

«Je monte à Paris demain matin. Je serai de retour dans deux ou trois jours.»

Le directeur adjoint s'était secoué en elle avec une énergie furieuse avant de s'affaisser à ses côtés, haletant, en sueur. Sa cicatrice rouge vif palpitait comme un cœur à nu.

«On devrait… on devrait peut-être se marier.»

Elle fut tellement suffoquée par la proposition qu'elle faillit éclater de rire.

«Si j'obtiens le poste de directeur, il faudrait… enfin, régulariser notre situation. Les autres pourraient exploiter la faille, tu comprends?

— Les autres?

— À partir du moment où tu t'installes au sommet, certains ne songent qu'à t'en déloger.

— Qu'est-ce que tu vas faire à Paris?»

Il marqua un silence avant de répondre. Il se méfiait encore d'elle. Il lui avait pourtant semblé mettre tout le détachement nécessaire dans sa question.

«Les directeurs des CERI d'Europe sont convoqués par les délégués du ministère de l'Intérieur.

— J'espère que ça ne sera pas trop long, tu vas me manquer.»

Elle fit alors un geste qu'elle n'aurait pas cru possible la veille, elle tendit le bras et posa la main sur la cicatrice. Ils frissonnèrent tous les deux, lui de surprise, elle de dégoût. Incapable de supporter plus longtemps le contact avec cette chair bourgeonnante, elle attrapa son membre encore semi-rigide et barbouillé de sperme. Il n'eut pas la réaction escomptée puisqu'il la saisit par le poignet et la repoussa avec une violence mal contenue. Elle se mordit la lèvre inférieure et se traita d'idiote: la plupart des hommes détestaient qu'on leur tripote le sexe après l'orgasme.

« Excuse-moi si je t'ai fait mal…

— Tu ne m'as pas donné ta réponse.

— Laisse-moi un peu de temps pour m'habituer à cette idée. »

Elle préférerait se jeter dans l'un des fours du grand incinérateur plutôt que d'envisager, ne serait-ce qu'une seconde, de partager sa vie avec cet homme.

« Tu me la donneras à mon retour de Paris, d'accord ? »

Elle acquiesça d'un sourire et d'un clignement des paupières en espérant qu'une intervention du réseau, ou un miracle, lui épargnerait cette épreuve.

« Nous nous marierons après, ajouta-t-il.

— Après quoi ?

— Le sale boulot, le nettoyage des camps. »

Elle s'appliqua à ne rien dévoiler de sa brusque tension intérieure. De son vagin dégouttait le foutre refroidi de l'homme qui parlait avec un détachement terrifiant d'expédier à la mort les dix ou douze mille prisonniers du CERI du Centre.

« C'est prévu pour quand ?

— D'après ce que j'ai cru comprendre, les opérations commenceront dans dix jours. Il y a environ huit millions de détenus dans l'ensemble des CERI de l'Europe.

— Tant que ça ?

— Plus si on compte les camps de transition.

— Et après ? Je veux dire quand tu auras terminé le… nettoyage, qu'est-ce que tu deviendras ?

— Il y aura toujours du travail. Si on ne trouve plus d'ousamas, le CERI du Centre se remplira d'opposants politiques, de prisonniers de droit commun, de clandestins.

— Qui t'a dit tout ça ? »

Il se redressa sur un coude et la dévisagea avec, dans les yeux, une expression très proche de la suspicion.

« Ne t'inquiète pas. Il n'est pas question de perdre

mon travail. Surtout que j'aurai bientôt une femme à nourrir. »

Il se pencha sur elle et la gratifia d'un baiser dont dix litres d'eau pure ne réussiraient pas à chasser la saveur.

« Le réseau passe à l'action cette nuit.

— Cette nuit ? Mais… »

Les idées s'entrechoquèrent dans sa tête. Escorté par trois gardiens, le directeur adjoint était parti quelques heures plus tôt pour sa réunion. Elle était restée plus longtemps que d'habitude sous la douche sans réussir à se défaire de l'odeur nauséabonde qui la traquait dans les tréfonds de son corps, puis elle avait passé une robe et s'était rendue aux alentours de 7 heures dans la cour des fournisseurs. Son correspondant l'y attendait, un sourire aux lèvres, une flamme inhabituelle dans les yeux. Il se pencha sur elle pour ajouter, dans un souffle :

« L'absence des directeurs des CERI entraîne un relâchement. Nous devons en profiter. La coordination européenne a ordonné à l'ensemble des réseaux de lancer leur action aux alentours de minuit.

— Ils sont prêts ?

— Pas le choix : le gouvernement a fixé la date de l'extermination des prisonniers des camps. Il ne nous reste que…

— Dix jours. J'ai obtenu l'information cette nuit. »

Elle se mordit l'intérieur des joues pour ne pas éclater en sanglots. « Vous le saviez déjà, hein ? Ce que j'ai fait n'a servi strictement à rien. »

Il se gratta le cuir chevelu sous sa casquette et la gratifia d'un regard désolé.

« Faut pas dire ça. Deux précautions valent mieux qu'une. »

Elle hocha la tête, une larme de rage se décrocha de ses cils.

« Quels sont les ordres me concernant ?

— Ne pas vous compromettre dans l'action de cette nuit, rester au CERI, attendre les nouvelles consignes.

— Mais, bon Dieu, ce… il m'a demandée en mariage !

— Vous n'êtes pas obligée d'accepter.

— Si je refuse, il s'arrangera pour me faire muter. Et le réseau ne sera pas plus avancé.

— Alors il faut accepter.

— Vous rendez-vous bien compte de ce que vous me demandez ? »

Elle s'aperçut que son éclat de voix avait attiré l'attention d'un garde de faction devant le portail de la cour des fournisseurs et se calma. Seuls deux véhicules étaient garés contre les plates-formes de déchargement, le camion du correspondant du réseau et celui, en grande partie cabossé, de l'abattoir livrant les carcasses de porc. D'un petit signe de la main, elle signifia au garde que tout allait bien.

« Vous recevrez bientôt l'ordre de l'éliminer », ajouta son interlocuteur avec un sourire conciliant.

Elle le trouva séduisant avec ses cheveux bouclés, son teint hâlé et ses dents éclatantes ; en comparaison de son amant de devoir, tout homme lui aurait paru désirable.

« Le tuer ne me vengera pas des nuits que je suis obligée de passer avec lui. »

Elle attendait des mots de consolation, elle ne reçut que l'une de ces phrases cinglantes de banalité qui ferment une discussion près de tourner au pénible.

« Nous sommes tous obligés de faire des trucs qui ne nous plaisent pas, moi le premier. »

Il lui tendit le bordereau de livraison et attendit qu'elle le signe avant de grimper dans la cabine du camion.

« Vous reviendrez cette nuit avec les autres ? demanda-t-elle.

— Ça, ma mignonne, j'ai pas le droit de vous le dire. »

Il la considéra quelques secondes avec l'expression d'un maquignon contraint à son grand regret de renoncer à une belle bête, puis il referma la portière et démarra le camion.

Elle ne cessa de surveiller la pendule au bureau, où les tâches quotidiennes ne suffirent pas à lui occuper l'esprit. Elle essaya de briser la monotonie de la journée en se rendant à l'heure du repas au village voisin. Sa vieille voiture, dont elle ne se servait qu'en de très rares occasions, démarra au quart de tour. Persuadée qu'un jour ou l'autre elle lui sauverait la vie, elle se faisait un devoir de l'entretenir. Elle déjeuna à la cantine du père Jules, un restaurant familial où se rassemblaient quelques membres de l'administration du CERI et les notables des hameaux environnants. Elle y croisa les deux autres témoins de moralité, le maire et le curé. Ils la saluèrent de loin, noyés dans la fumée de leurs cigarettes, rougis déjà par le mauvais vin. Elle se remémora les cadavres exsangues des deux jeunes gens, le directeur et l'ousama, qui s'étaient mutuellement ouvert les artères fémorales dans un geste d'amour à la fois pur et désespéré. Ces deux-là avaient au moins choisi d'accorder leurs actes à leurs pensées. Elle les avait trouvés magnifiques dans leur sommeil éternel. Frappée par la sérénité de leurs traits, elle s'était surprise à penser que le renoncement était parfois la plus élégante des parades aux attaques d'un monde rongé par ses vieux démons.

« Une jolie femme comme vous ne devrait pas manger seule, lui dit le patron en lui servant le plat du jour – le plat unique – proposé par le tableau mural.

— Un peu de solitude ne fait pas de mal de temps en temps.

— J'ai entendu dire que monsieur le directeur du CERI est parti à Paris. » Il se dandina comme un ours pataud avant de poser la question qui le turlupinait : « Alors, c'est pour quand le mariage ? »

Elle fut traversée par la brève mais terrible envie de lui tordre la moustache ou de planter une fourchette dans l'œil bovin perché quelques centimètres au-dessus de sa tête. Ainsi monsieur le directeur avait parlé de ses coucheries à ce rustre et annoncé son mariage avant même de lui demander son avis.

« Je ne sais pas, vous serez certainement tenu au courant. »

Elle mangea un peu trop rapidement sa blanquette de veau, but un café au goût de charbon, paya malgré l'insistance du patron à lui offrir le repas et alla se promener le long du canal. Elle aurait tant voulu participer à la libération des camps. Sa condition de femme la condamnait aux tâches subalternes et dégradantes. Les compagnons du réseau et les légionnaires de l'archange Michel se rejoignaient au moins sur ce point. Des risées parcouraient la surface paisible du canal et se prolongeaient en frissons sous ses vêtements. Des nuages noirs filaient en catimini vers l'horizon. Le soleil refusait désormais de paraître en cette saison qui s'était jadis appelée l'été. La couverture nuageuse favoriserait l'action des membres du réseau en occultant la lumière de la lune et des étoiles. Baignée d'amertume, elle rentra au CERI et gara sa vieille voiture dans le bâtiment normalement dévolu au stockage du charbon et du bois.

Elle faillit défaillir de surprise lorsqu'elle le découvrit dans son bureau, assis sur sa chaise, plongé dans un dossier. Elle flageola, s'adossa à la porte pour ne pas s'affaisser.

« Contente de me revoir ? »

Il l'emprisonnait dans un regard indéchiffrable pardessus le classeur qu'il tenait à bout de bras.

« Comment… comment… Tu ne devais rentrer de Paris que dans deux ou trois jours. »

Il posa le classeur à plat sur le bureau, se releva et s'avança vers elle d'un pas lourd, vaguement menaçant.

« Tu as réfléchi à ma proposition ?

— Tu ne m'as pas vraiment laissé le temps.

— On a ordonné à tous les directeurs de réintégrer d'urgence les CERI.

— Qu'est-ce qui se passe ? »

Elle se remettait peu à peu de son saisissement, pressentait que le réseau courait un danger, recouvrait ses réflexes de battante.

« On nous annonce un raid imminent des terroristes de l'Europe démocratique et laïque sur les camps. »

Elle ne tenta pas de se dérober lorsqu'il approcha ses lèvres des siennes. Le baiser d'une froideur clinique ne dura que le temps d'un battement de cils.

« Un raid ? Pour quelle raison ?

— La libération des prisonniers islamistes.

— Autant libérer des fauves de leurs cages.

— Bah, les fanatiques de l'EDL ont eu le tort de sous-estimer l'efficacité des services de renseignements. Nos apprentis héros seront accueillis comme il se doit. Plus de mille légionnaires débarqueront ici à la tombée de la nuit. Des soldats d'élite. »

Elle repoussa la panique avec l'énergie du désespoir. Prévenir d'urgence le correspondant du réseau.

« J'ai oublié quelque chose chez le père Jules. Je dois… »

Il referma les doigts sur son avant-bras et le serra avec force. Ses yeux immenses, étincelants, semblaient sur le point de jaillir de leurs orbites.

« Donne-moi d'abord ta réponse.

— Demain. Je te promets, demain. »

Il ne relâcha pas sa pression.

« Je veux l'entendre maintenant.

— Alors c'est oui, c'est oui… oui… »

Elle croyait gagner un moment de répit, soulager la douleur atroce qui se déployait dans son épaule droite, mais il continua de lui broyer l'avant-bras comme s'il voulait lui enfoncer ses doigts dans les os.

« Je voulais seulement savoir jusqu'où tu étais capable d'aller. »

Il la tira vers le bas pour la contraindre à s'agenouiller. Elle résista, il la gifla de sa main libre avec une telle violence que l'arrière de sa tête heurta le panneau de la porte.

« Tu travailles pour les terroristes de l'EDL, hein ? »

Il l'empoigna par les cheveux et la traîna sans ménagement sur le carrelage du bureau. À demi étourdie, elle se souvint qu'elle devait absorber le contenu de la capsule de poison passée dans son collier. MAINTENANT. Quelqu'un avait trahi le réseau Centre-Berry et les autres branches du mouvement clandestin de l'EDL. Surtout ne pas livrer les noms et les codes entreposés dans sa mémoire.

« Tu t'es bien foutue de ma gueule, hein ? »

Aucune clémence à espérer de la part d'un type complexé par une cicatrice. Il lui laboura le dos à coups de pieds. Elle perdit connaissance, revint à elle, éprouva de nouveau la douleur, intolérable. Elle gisait le long du mur derrière le vieux canapé de son bureau. La voix grave de son bourreau aboyait ses ordres au téléphone. Elle ne pouvait plus rien faire pour le réseau. Elle glissa la main dans l'échancrure de sa robe et, malgré les tremblements de ses doigts, dégagea en tâtonnant la minuscule capsule insérée dans le pendentif. Des pensées terribles l'assaillirent, la dépecèrent. Elle allait se donner la mort avant même de commencer sa vie. Elle se souvint des corps nus et blêmes de l'ancien directeur et de sa maîtresse ousama, de leur élégance mortuaire. Elle résolut de mourir avec la même dignité qu'eux. Elle poussa la capsule entre ses dents, attendit un peu avant de briser la fine enveloppe de silicone, se concentra sur les paroles du directeur adjoint comme elle se serait raccrochée à un dernier espoir.

« … en capturer quelques-uns vivants et leur faire cracher tout ce qu'ils savent… tous les moyens de leur arracher les noms de leurs complices… »

Rien à attendre, décidément, de cet homme. Ni des autres. Elle déchira à l'aide de ses incisives l'enveloppe de la capsule. Elle goûta la saveur amère du poison. Le temps d'un regret, et l'air commença à lui manquer.

« Pourquoi t'es partie, hein ? »

Pibe arracha une énorme bouchée de son sandwich et l'avala en deux ou trois coups de mâchoires. Le goût légèrement rance du fromage et du beurre ne l'empêchait pas de dévorer. Ni d'ailleurs l'odeur persistante de pourriture imprégnant l'air humide. Le pain décongelé, puis réchauffé au four, était moelleux et craquant comme au sortir du fournil. Les trisomiques regroupés dans un coin de la pièce le regardaient manger avec un intérêt soutenu qu'on aurait pu assimiler à de l'envie.

Stef remplit les deux verres du vin rouge qu'elle avait déniché dans l'arrière-cuisine. Comme le village avait subi une attaque chimique, elle ne voulait prendre aucun risque avec l'eau du robinet. Pour les mongoliens, elle avait ouvert deux briques de jus d'orange dont la date limite de consommation n'était dépassée que depuis une dizaine de jours.

Pibe évitait de fixer par la baie vitrée les deux corps en train de pourrir sur la terrasse. Les gaz foudroyants avaient surpris les anciens occupants de la maison sur leurs transats. Paralysés, ils n'avaient pas eu la force de se relever ni de donner un minimum de décence à leur agonie. Ils s'étaient figés sur leurs sièges dans des positions grotesques, comme changés en pierre par une malédiction biblique. Le temps avait entrepris son œuvre de dégradation et transformé leurs visages en bouillies de traits gonflés et noirâtres. Les habitations voisines proposaient probablement toutes le même spectacle. L'attaque s'étant produite à la tombée de la nuit, elle n'avait fauché personne dans les rues ou sur les places. Quel dirigeant aurait maintenant l'audace de jurer, la main sur le cœur, que les belligérants n'utiliseraient JAMAIS d'armes chimiques ou bactériologiques au cours de cette guerre ? Le père de Pibe avait toujours cru aux promesses des gouvernements européens : le mensonge est incompatible avec l'idéal chrétien, affirmait-il avec force. Les mères des bombes ne lui avaient pas laissé le temps de s'apercevoir qu'il s'était trompé.

« Alors, pourquoi t'es partie ? »

Stef but une gorgée de vin, reposa le verre sur la table, s'absorba un moment dans la contemplation d'un canevas accroché au mur.

« Certaines choses doivent être accomplies seul, Pibe.

— Quelles choses ?

— Je ne serai pas toujours là pour te protéger.

— Toi, tu me protèges ? »

Des sentiments contradictoires agitaient Pibe. La joie presque euphorique d'avoir retrouvé Stef se teintait d'une colère sourde et d'une profonde détresse. Colère contre la salope qui l'avait plaqué en pleine nuit dans la baraque des Gog, détresse parce qu'elle lui annonçait d'autres éclipses, d'autres absences, d'autres abandons. Il devinait qu'elle le préparait à une séparation plus radicale, mais il n'avait qu'une envie pour l'instant, se repaître de sa présence, de son sourire, de son regard, de son souffle. Il revint à la charge après avoir mangé les deux tiers de son sandwich.

« Tu m'attendais ici ?

— Je t'aurais attendu partout où tu serais allé.

— Tu dis n'importe quoi : on peut pas être partout à la fois !

— Faut juste arrêter de croire que le monde se limite à ce que captent les sens. Certains hommes à l'esprit curieux ont passé leur vie à démontrer que la matière est constituée d'ondes, de vibrations. Ils auraient affirmé que je suis reliée à ton onde, Pibe. D'autres diraient que je suis connectée à ton moi profond, à ton essence. Quoi que tu fasses, tu émets une note dans le chœur de la Création. Une note unique reconnaissable entre toutes. Il me suffit de rester à son écoute pour remonter ta piste. »

D'un geste brusque, Pibe chassa l'impression agaçante qu'elle se foutait une nouvelle fois de lui. Se méprenant sur ses intentions, les trisomiques bruissèrent comme des roseaux desséchés. Comment s'était-elle débrouillée pour qu'ils lui vouent une telle adoration ? Ils n'avaient pas lâché leurs lance-pierres et ils l'auraient immédiatement criblé de boulons ou de clous s'il avait feint de lever la main sur elle. On ne lisait aucune gentillesse dans leurs yeux à la fois globuleux et fendus, seulement une vigilance obsessionnelle, inquiétante.

Il vida son verre de vin avec la même avidité qu'il aurait sifflé une cannette de jus de fruit. Il grimaça, sentit l'alcool se diffuser dans son sang, altérer son équilibre, ses perceptions, ses pensées.

« Les Gog… enfin, comme il n'y a plus de trains, ils ont voulu aller faire des courses, reprit-il d'une voix qu'il ne maîtrisait plus. On a pris leur bagnole, on est tombés sur un barrage, Gog a voulu couper par la forêt, on a cogné un arbre, je me suis barré, j'ai rien pu faire pour aider les frangins, ils étaient à moitié assommés, ils pouvaient plus bouger, je me suis fait tirer dessus, j'ai semé les pillards, j'ai passé toute la nuit sous une grosse pierre… »

Il frissonna. Son corps gardait le souvenir vivace des heures terribles égrenées dans le cœur des ténèbres.

« J'ai trouvé une route, je l'ai suivie. Comment t'aurais pu savoir que j'arriverais ici ?

— Nous allons vers l'Est, non ?

— C'est pas une réponse ! Et d'abord qu'est-ce qu'on va foutre à l'Est ?

— Rencontrer l'archange Michel. Je croyais que nous étions d'accord là-dessus.

— J'suis plus très sûr d'avoir envie de le voir. Et puis là-bas c'est la guerre. La guerre, merde ! »

D'un mouvement de menton, Stef désigna les cadavres en voie de putréfaction sur la terrasse.

« Ces deux-là se croyaient à l'abri de la guerre. On n'est en sécurité nulle part sur cette terre. »

Elle remplit de nouveau le verre de Pibe. La lumière du jour déclina subitement, une averse rageuse, cinglante, dégringola dans un grondement de cataracte, des rigoles gonflèrent dans les caniveaux, submergèrent les trottoirs. Fesse avait atteint sa taille adulte depuis un ou deux ans sans doute, mais elle avait encore grandi en beauté. Pibe noya son trouble dans une généreuse gorgée de vin. Un courant nouveau et puissant l'entraînait vers elle, qui n'avait qu'un rapport lointain avec les élans de l'enfance. Jusqu'alors il l'avait davantage idéalisée que désirée, il l'avait envisagée en tant que mère, sœur ou copine de rêve. Elle avait rassemblé ses cheveux noirs en un chignon sommaire qui dégageait sa nuque et soulignait la gracilité de son cou. Elle avait troqué l'ensemble en jean déniché dans le pavillon rasé par les bombes pour une robe blanche et courte au décolleté profond qui dévoilait en partie son soutien-gorge. Il regrettait qu'elle se soit assise en face de lui et qu'elle ait planqué ses jambes sous la table.

« Tu te souviens des bocaux dans la maison des Gog ? »

Elle hocha la tête. Il éprouvait des difficultés grandissantes à faire le tri dans ses idées, dans ses mots. Au lieu d'arrêter de boire et de laisser passer la vague, il crut malin de finir son verre et de le tendre à Stef. Trop pressé de prouver que t'es devenu un homme, persifla son moi profond. Elle le servit sans commentaire ni la moindre expression de reproche.

« Eh ben, tu devineras jamais ce qu'ils contenaient…

— Leur merde.

— Ah ? Tu savais ? »

Pibe avait pensé l'impressionner avec ses révélations, comme lorsque Pierre-Jean et lui cherchaient à épater les filles dans la cour de récréation. Le vin tournait à l'aigre dans le fond de sa gorge, le carrelage de la pièce commençait à perdre ses couleurs vives et ses angles droits.

« Qu'est-ce que ces trous du cul auraient pu produire d'autre ? murmura Stef.

— C'est… c'est dégueulasse, hein ?

— Uniquement pour ceux que la vue et l'odeur de la merde écœurent. »

Elle se leva, se rendit près de la fenêtre, contempla la rue hérissée par les trombes d'eau. Pibe loucha sur ses jambes, zébrées de rouge par le contact avec la chaise.

Les trisomiques la rejoignirent et dressèrent devant elle une haie dense, bruissante. Il voulut les prier de s'écarter, aucun mot ne parvint à franchir le seuil de ses lèvres, plus épaisses et collantes que de la vase. Il se leva, du moins en eut-il l'intention, perdit le contrôle de ses jambes, s'affaissa en chute libre entre les pieds des chaises et de la table.

« Ça fait presque quinze heures que tu dors… »

Crâne labouré, langue pâteuse, paupières fanées, tripes tordues, Pibe avait connu des réveils plus agréables. Une haleine humide lui léchait la face et le torse. La lumière tamisée d'une lampe de chevet emprisonnait dans son halo une table de chevet et la moitié d'une tête de lit. Un claquement régulier sabrait le silence. Pibe ne discernait de Stef, assise sur le bord du lit, que ses yeux et une partie de son front. Une langue d'air froid se coula sous les draps et lui apprit qu'il était nu.

« C'est toi qui m'as déshabillé ? »

Chacun de ses mots cognait sur son crâne avec la force d'un marteau sur une enclume.

« Mes amis et moi.

— Tu veux dire : les... gogols ?

— Ils ont adoré. On leur interdit d'habitude de voir et de toucher des corps ordinaires. C'était comme si je leur avais confié un trésor.

— T'es ouf, ouais ! Ils me regardent d'un sale œil. Ils auraient pu m'écorcher vif. »

Le sourire de Stef ouvrit sur l'obscurité une lucarne éphémère et blême.

« Ils t'ont caressé, tu ne t'en es pas rendu compte ? »

Un claquement plus violent que les autres attira l'attention de Pibe. Une bouche rectangulaire se découpait dans le mur du fond, une fenêtre dont les battants entrouverts se heurtaient à chaque courant d'air.

« Partout ?

— Ils n'ont oublié aucun recoin.

— Tu ne les as pas empêchés de...

— Pourquoi ? Ils ne faisaient aucun mal.

— Et toi ? Ils ne t'ont jamais...

— Je leur permets de me regarder, parfois de me toucher. Pour le reste, ils se débrouillent entre eux.

— Et s'ils se jetaient sur toi ?

— Ça ne s'est pas produit, ça ne se produira pas. »

Pibe remonta le drap sur ses épaules. Il balançait entre le plaisir lié à la présence de Stef et l'exaspération soulevée par ses réponses. Elle avait vraiment laissé ces débiles le foutre à poil et le peloter ? Elle s'offrait vraiment à leurs regards et à leurs attouchements ? Il n'y croyait pas, elle racontait ce genre de connerie pour le provoquer, pour le dérouter. Comme d'habitude. Des frémissements couraient pourtant sur sa peau, qui étaient les réminiscences d'effleurements dérobés.

« Tu veux que je dorme avec toi ? »

Elle avait posé cette question avec la même innocence, le même détachement qu'elle mettait en chacune de ses paroles. Sa proposition le pétrifia. Il se rappela soudain qu'il sortait à peine de l'enfance, qu'il n'était pas prêt pour les jeux d'adulte. Et puis sa cuite de la veille avait abandonné des traces douloureuses, nauséeuses, dans son organisme.

« Seulement dormir », précisa Stef.

Elle n'attendit pas la réponse de Pibe pour faire passer sa robe par-dessus sa tête, se débarrasser de ses sous-vêtements et se glisser dans les draps. Il n'osa toujours pas bouger après qu'elle eut éteint la lampe de chevet, se demandant comment un garçon était censé agir dans ces circonstances. Il se remémora les monceaux d'idioties que ses copains et lui s'étaient échangés sur la baise. Chacun avait cherché à impressionner les autres par ses connaissances. Les plus hardis avaient affirmé qu'ils avaient espionné leurs parents par un trou dans la porte ou dans le mur. De ce fatras d'informations plus ou moins délirantes, ils avaient retenu que l'homme devait bouger comme un chien couvrant une chienne, le plus vite possible, jusqu'à ce que la femme souffle et crie. Quelqu'un avait objecté que sa mère n'avait pas besoin d'être grimpée par son père pour souffler et crier. À celui-là, qui ne savait même pas distinguer les cris d'une femme qui jouit des hurlements d'une mère qui gueule, les autres avaient jeté des regards condescendants – et empreints de perplexité.

Il serait sans doute resté toute la nuit recroquevillé contre la tête du lit si la main de Stef ne lui avait agrippé l'épaule et ne l'avait invité à se coucher. Il tremblait de tous ses membres, l'humidité bien sûr, mais surtout une frayeur venue du fond des âges. Dans le doute, il lui tourna le dos et se rapprocha du bord du lit pour ne pas l'effleurer. Transi jusqu'aux os, il lutta un long moment contre l'envie de se blottir dans sa chaleur, cette chaleur qu'il pressentait plus qu'il ne percevait et qui accentuait, par contraste, son propre engourdissement. Il l'implora silencieusement de prendre l'initiative, d'amorcer cette succession de gestes qu'il était incapable d'accomplir. Alors, comme si elle avait entendu sa prière, elle se colla contre lui avec une légèreté de brise, lui enveloppa la taille de son bras, lui posa la main sur le ventre. L'ineffable douceur de sa paume se diffusa dans son corps, apaisa ses tremblements, dissipa en lui toute peur, mais aussi toute velléité de désir. Le souffle de Stef sur sa nuque, ses seins contre son dos, son bassin contre ses fesses, leurs jambes emmêlées l'enveloppaient d'une bulle de tiédeur et de tendresse qui valait toutes les vantardises des copains dans la cour de récréation et suffisait largement à son bonheur.

Le jour entrait à flots par la fenêtre restée ouverte. Il ne ressentait plus aucune séquelle de sa cuite de la veille et de son errance dans la forêt. Il joua un petit moment avec sa teub, raide comme tous les matins, et se dit qu'il avait vraiment raté le coche avec Stef. Il ne la trouva ni dans le lit ni dans la chambre ; il ne s'en inquiéta pas, lavé de ses angoisses par la nuit. Il se leva et se rendit près de la fenêtre. Un couvercle de nuages bas et menaçants pesait sur les rues et les places désertes. Le gouvernement européen, absorbé par la guerre, se désintéressait des cités mineures ravagées par les attaques islamistes. Les secours n'intervenaient que dans les grandes agglomérations, et encore avec des moyens dérisoires. Les caniveaux n'avaient pas évacué les précipitations des jours précédents. Le carillon de l'une des deux églises émit des notes prolongées, lugubres.

Douze coups. Il avait passé presque un jour entier dans cette pièce aux tapisseries et aux meubles vieillots. Ses vêtements gisaient en tas au pied du lit. Il se demanda soudain si les gogols ne lui avaient pas piqué son flingue. Fouilla avec fébrilité les poches de sa parka. Fut soulagé de toucher la crosse lisse et froide du SIG. Enfila ses fringues maculées de boue, imprégnées d'une odeur décourageante d'humus et de sueur froide.

Il rejoignit Stef dans la cuisine, habillée de la même robe courte que la veille, entourée du groupe des trisomiques. Ils dégageaient de leurs emballages des pizzas congelées qu'ils glissaient dans le four d'une gazinière. Elle l'accueillit d'un sourire chaleureux et d'une bise sonore sur la joue qui lui valurent une volée de regards torves.

« T'as bien dormi ? »

Il répondit d'un mouvement de menton, se retint d'ajouter qu'il aimerait bien que toutes les nuits soient identiques à celle qu'il venait de passer.

« On part après le déjeuner, reprit-elle.

— Comment ?

— Les bagnoles ne manquent pas dans le coin. Il suffira d'en choisir une bonne. Il y a une station. On y fera le plein d'essence.

— Et eux ?

— Je ne me fais pas de soucis pour eux. Ils se referont une vie à leur façon. Ils se débrouilleront sans nous.

— Sans toi, tu veux dire. »

Elle écarta les mèches balayant ses joues et leva sur lui un regard indéchiffrable.

« Toi, moi, eux, nous jouons tous le même jeu.

— Si t'appelles ça un jeu… T'as toujours l'intention d'aller sur le front Est ? »

Elle repoussa avec douceur deux jeunes mongoliennes qui avaient glissé leurs têtes dans le four afin sans doute de surveiller la cuisson des pizzas.

« Tu pues, Pibe. Il reste de l'eau chaude dans le ballon. Tu devrais prendre une bonne douche et te chercher des fringues de rechange.

— Tu pues tu pues tu pues tu pues… »

La scansion des trisomiques s'accompagnait de battements de mains, de grimaces, de grognements. Comprenant qu'ils le railleraient jusqu'à ce qu'il ait vidé les lieux, il haussa les épaules et alla fouiner dans les armoires et les placards de la maison. Les vêtements masculins étaient aussi moches et tristes que la décoration et les meubles. Il sortit dans la rue principale, se dirigea vers la maison voisine, d'aspect plus attrayant, n'osa pas franchir le seuil de la porte, paralysé par la puanteur et la peur de tomber sur un spectacle insoutenable. Il avisa, un peu plus loin, la devanture d'une boutique de prêt-à-porter. De l'autre côté du verre et de la grille en fer s'affichaient d'immenses placards publicitaires pour des marques connues. À sa grande surprise, la porte s'ouvrit sans résistance. Il en comprit la raison lorsqu'il aperçut, allongé sur le carrelage, le corps en partie dénudé d'une femme dont les doigts noirs et gonflés serraient un trousseau de clefs. Les substances chimiques l'avaient foudroyée au moment où elle s'apprêtait à fermer sa boutique. Elle avait arraché les boutons de son chemisier pour desserrer l'étau soudain et terrible lui broyant la poitrine. Sa jupe retroussée dévoilait ses jambes gainées de bas résille et un string en dentelle blanche. Pibe crut entrevoir des mouvements entre les plis de ses vêtements et les mèches éparpillées de sa chevelure. Une vie grouillante se développait dans sa chair putréfiée.

Un spasme secoua Pibe, réveilla dans sa gorge le goût

aigre du vin de la veille. Il faillit tourner les talons, se dit qu'il ne trouverait pas de meilleur endroit dans le coin pour choisir des vêtements, enjamba le cadavre, longea les rayons, opta pour un jean large, un caleçon de coton gris, une paire de chaussettes aux motifs joyeux, une chemise noire avec des boutons-pressions, un blouson de cuir de style aviateur et des chaussures montantes en cuir. Il les sélectionna au petit bonheur, sans prendre le temps de les essayer ni même de vérifier les tailles – les chiffres mentionnés sur les étiquettes étaient de toute façon aussi mystérieux pour lui que des hiéroglyphes. Pressé de foutre le camp de cet endroit de cauchemar, il préleva sur un portant une paire de lunettes de soleil à monture dorée dont les verres bombés réfléchissaient à la façon de miroirs déformants. Il eut l'idée, avant de rebrousser chemin, de vérifier le contenu de la caisse. Autant que l'argent, s'il y en avait, serve à quelqu'un. Il lui suffit de tourner la petite clef, restée plantée dans la serrure, pour ouvrir le tiroir. Il ramassa les liasses de billets de dix, de vingt et de cinquante euros, les fourra dans ses poches, puis, au moment où il s'emparait des rouleaux de pièces, il découvrit deux petits corps allongés à l'entrée d'un couloir. Deux masses de chair auréolées de cheveux bouclés et blonds. Des enfants entre deux et trois ans, un garçon et une fille, des jumeaux sans doute dont l'état de décomposition accentuait la ressemblance. Une minuscule forme blanche sinua hors de la cavité oculaire de l'un d'eux, rampa le long de sa joue, retomba sur la moquette, s'éloigna avec nonchalance vers la plinthe de bois.

Pibe lâcha les rouleaux de pièces et s'enfuit en courant.

« Tu pues du cul tu pues du cul tu pues du cul tu pues du cul tu pues du cul… »

Les trisomiques avaient ajouté une rime riche à leur

refrain. Il ne répondit pas au geste interrogateur de Stef, il fila dans la salle de bains, tira le verrou, arracha ses vêtements et se rua sous le jet de la douche sans prêter attention à la température de l'eau.

« Bordel de merde. »

Des dizaines de silhouettes émergeaient de la nuit. Elles avançaient sans hâte, resserrant peu à peu les mailles du filet. Il y avait quelque chose de mécanique, d'implacable, dans leur progression. Aucune d'elles ne tombait tandis que les compagnons du réseau et les détenus libérés dégringolaient autour de lui comme des quilles.

Il reculait en gardant l'index enfoncé sur la détente de son fusil d'assaut. Les balles sifflaient et miaulaient autour de lui. Il allait crever devant le CERI du Centre, soufflé par une rafale, trahi, piégé avec les autres membres du réseau Berry-Centre. Deux jours plus tôt, la petite fête donnée pour ses vingt ans s'était soldée par une cuite inoubliable. Et une gueule de bois non moins mémorable.

Il avait croqué à pleines dents les avantages offerts par la vie clandestine. Engagé dans le réseau à l'âge de seize ans, il avait échappé à l'école, à la conscription, au départ vers le front Est, il avait appris à manier les armes à feu, les explosifs, il avait mené une existence exaltante rythmée par les alertes, les filatures, les fuites, les sabotages, les étreintes furtives et passionnées avec les femmes de rencontre. Il découvrait, devant la légion déployée autour du CERI, que la guerre n'était pas un jeu.

Il s'était noirci le visage avec du charbon de bois, une pauvre précaution qui ne l'empêcherait pas d'être abattu comme un chien. Les soldats de l'archange Michel balanceraient son corps dans une fosse commune ou le brûleraient dans le grand incinérateur avec les ousamas. Il s'effacerait de cette terre sans laisser de trace, pas même une inscription sur une pierre tombale.

Ces bâtards d'enculés de leur race avaient laissé les membres du réseau libérer les premiers prisonniers avant de révéler leur présence et d'ouvrir le feu. Ils coupaient une branche maîtresse du parti clandestin de l'EDL en même temps qu'ils massacraient une partie des détenus éparpillés dans la nuit. Pas de petit profit. Pas étonnant que les révolutionnaires se soient infiltrés avec autant de facilité dans le camp. Les sentinelles ne les avaient pas vus ni entendus grimper dans les miradors. Levant bien haut les mains, les gardes n'avaient opposé aucune résistance, ni tenté de fuir ou de prévenir leurs supérieurs. Au signal, les groupes d'intervention étaient sortis de l'obscurité, avaient ouvert les portes et s'étaient égaillés dans les allées noyées de ténèbres.

Ses trois compagnons et lui avaient foncé vers le bâtiment 3C, coupé les chaînes de la porte métallique à l'aide d'énormes pinces, fracassé les trois serrures en glissant de minuscules charges explosives dans les gâches. Leur intrusion avait provoqué un beau remue-ménage, mais ils n'avaient pas reçu l'accueil enthousiaste qu'ils avaient escompté. Les détenus les plus jeunes avaient sauté sur l'occasion pour se ruer vers la sortie du camp. Les anciens s'étaient montrés réticents : ils craignaient que l'administration ne se saisisse de ce prétexte pour les massacrer. Pourquoi aller se jeter dans la gueule du loup ? L'armée de la Grande Nation de l'Islam enfoncerait bientôt le front Est, leur rendrait leur liberté, leur honneur et leurs biens. Il leur avait expliqué que le gouvernement avait programmé leur extermination dans le grand incinérateur dans une dizaine de jours, des paroles qui lui avaient valu une grêle d'insultes : les Européens, les fondateurs et les gardiens de la civilisation occidentale, ne pouvaient pas massacrer de sang-froid des vieillards, des femmes et des enfants, un acte contraire à leur religion, à leur morale, à leur justice. Il leur avait rappelé que par le passé ce genre de génocide s'était déjà produit sur le sol européen. Ils lui avaient demandé où ils pourraient bien se réfugier s'ils se sauvaient de ce camp. Au moins, entre ces barbelés, dans ces baraquements, ils se sentaient en sécurité, ils ne risquaient pas d'être lynchés, coupés en morceaux, arrosés d'essence ou traînés derrière une voiture. Des voix avaient objecté qu'ils n'étaient pas mieux traités par certains des leurs à l'intérieur du camp, qu'ils n'avaient pas trouvé davantage de solidarité ici que dehors. Une partie des détenus avaient accepté de le suivre. Des vieilles femmes s'étaient relevées, avaient emboîté le pas à leurs maris ou à leurs fils, s'étaient jetées dans les flots humains qui convergeaient vers la sortie.

Il le regrettait amèrement. Il les avait entraînés dans un piège, il leur avait volé quelques jours de leur vie. Autour de lui, des femmes et des enfants gisaient sur l'herbe gorgée d'eau. Leur sang se diluait dans la boue des rigoles. Les réfugiés et leurs libérateurs avaient réagi comme tous les groupes pris de panique, avaient couru dans tous les sens, s'étaient télescopés, offerts comme des agneaux bêlants aux tirs des légionnaires. Un mouvement général et cohérent de retraite s'amorçait maintenant en direction du camp. Un réflexe explicable de la part des détenus : ils se réfugiaient dans les abris qu'ils venaient tout juste de quitter. Le courant emportait également les membres survivants du réseau. Ils n'avaient guère le choix sur ces plaines totalement dénuées de reliefs. Se replier dans un espace clos n'était pourtant pas la bonne solution. Ils gagneraient peut-être quelques minutes de sursis, mais les légionnaires n'auraient plus qu'à nettoyer les allées, encercler les baraquements, les enfumer ou les arroser de gaz foudroyants.

Le vent humide répandait des odeurs de poudre, de déjections et de sang. La nuit n'était plus qu'une litanie de crépitements, de gémissements, de gargouillements. Il avisa un petit groupe d'ousamas qui fonçaient la tête rentrée dans les épaules vers l'entrée du camp. Trois, à peu près de son âge, vêtus de clair, secs, vifs. Leur détermination le frappa : ceux-là semblaient épargnés par la panique, ils ne réagissaient pas, ils agissaient. Peut-être proposaient-ils une solution ? Perdu pour perdu, il décida de lier sa survie à la leur. Les cavaliers de l'Apocalypse, uniformes et casques noirs, fusils d'assaut argentés, barraient maintenant tout l'horizon, éclaboussés par les lueurs rageuses des rafales.

Une chaleur intense lui gifla la joue droite. La balle avait sifflé à moins de dix centimètres de sa tête. Un hurlement de femme retentit derrière lui. Il fonça vers les trois ousamas sans prêter attention à la malheureuse, pas le moment de traîner, louvoya entre les ombres affolées et enjamba les cadavres en veillant à ne pas les perdre de vue. Un ralentissement se produisit devant le passage entre les barbelés, transformé en goulet d'étranglement. On se bousculait, on se battait presque pour revenir à l'intérieur du camp. Les trois fuyards se faufilèrent dans la cohue sans difficulté, comme un soc effilé crevant une terre meuble. Il s'arracha de l'hydre à coups de genou et de crosse pour les suivre. Une fois franchi le passage, il repéra les taches claires de leurs vêtements dans une allée qui partait sur la droite, presque parallèle aux barbelés. Il fendit sans ménagement une grappe de femmes et d'enfants. Ils l'entraînèrent jusqu'à l'angle surmonté d'un mirador, prirent une petite allée à gauche, s'enfoncèrent dans l'espace étroit entre les baraquements alignés et les barbelés. Une violente odeur d'ammoniaque lui agressa les narines, le suffoqua. L'endroit, retiré, servait probablement de chiottes à ciel ouvert. Ils s'engouffrèrent entre les troisième et quatrième bâtiments, se lancèrent dans un étrange ballet dont il ne comprit pas la signification. Il se rapprocha à pas prudents, la bouche ouverte afin de réguler le débit de son souffle, le fusil d'assaut calé contre la hanche. Une rumeur antique bruissait au fond de lui. *Faire attention aux ousamas, on ne sait jamais comment ils vont réagir, des fourbes, toujours prêts à vous poignarder dans le dos ; font des tas de gosses avec ça, leurs femmes sont de sacrées pondeuses. Si on les laisse faire, sûr qu'ils seront bientôt plus nombreux que nous, sûr que chaque village aura bientôt sa mosquée*. De vieilles rengaines semées dans le terreau chrétien depuis la fin des guerres d'indépendance et les premières vagues d'immigration. Depuis les croisades et même depuis l'apparition de l'islam, avait coutume de dire Furet, un ancien prof d'histoire, l'un des piliers du réseau du Centre-Berry.

Furet qui avait produit sur lui une très forte impression lors de leur première rencontre, avec sa longue crinière grise, sa moustache fleurie, son verbe riche et grave, ses connaissances sans fond. Furet, qui lui avait servi de modèle pour le choix de son propre nom de code, Fouine. Furet, l'étoile qui brillait très loin de ses parents biologiques, des épiciers, des petites gens grises qui ployaient sous le joug commun, des machines à colporter rumeurs et médisances, de parfaits sujets pour l'archange Michel qui limitait ses apparitions à quelques émissions télévisées, des chrétiens médiocres qui se pavanaient chaque dimanche à l'église pour ne pas risquer de perdre une heure de paradis ni un client. Ils l'avaient aimé à leur manière, comme on arrose et choie une jeune pousse dans l'espoir qu'elle donnera un jour des fruits. Ils avaient laissé dans son esprit des traces plus durables qu'il ne l'aurait cru, ils l'avaient infecté, ils lui avaient inoculé cette haine viscérale qui se diffusait dans ses veines comme un lent poison. Il devait désormais se méfier de ses propres réactions. Il n'avait jamais rencontré d'ousamas, il ne connaissait d'eux que les blagues à la fois drôles et infamantes colportées par ses compagnons du réseau. Une entorse au genou avait empêché Furet de participer au raid sur le CERI. Il espéra que les traîtres ne conduiraient pas les légionnaires à son refuge. Par bonheur il en changeait très souvent, comme tous les responsables des branches de l'Europe démocratique et laïque. On avait besoin d'hommes de son envergure pour jeter les bases d'un monde nouveau.

Les trois ousamas soulevaient une trappe et dégageaient un orifice d'environ un mètre de largeur. La cohérence et la précision de leurs gestes montraient qu'ils avaient déjà utilisé cette cachette. Deux d'entre eux disparurent par l'ouverture, le troisième engagea les jambes puis le bassin tout en maintenant la trappe entrebâillée.

Il bondit hors de sa cachette, franchit l'intervalle en trois foulées, posa le canon de son fusil d'assaut sur le front de ce dernier.

« J'te veux pas de mal. Juste me planquer là-dedans avec toi. »

L'ousama leva sur lui des yeux agrandis par l'effroi, loucha légèrement sur le canon, dévisagea ce diable à la face barbouillée de noir craché par la nuit, puis, d'un geste de la main, l'invita à prendre place à ses côtés. Des déflagrations régulières et puissantes dominaient les crépitements des fusils d'assaut. Les légionnaires progressaient à coups de grenades et de sondes explosives. Une fumée âcre, irrespirable, se répandait entre les bâtiments.

« Eh, mec, faut pas traîner ! souffla l'ousama. Et arrête de me coller ton truc sur la tronche ! »

Il fut presque surpris de l'entendre parler français.

Son inconscient, il s'en rendait compte à l'instant, les avait toujours considérés comme des étrangers, comme des parasites affairés à ronger l'Europe tout en gardant leurs coutumes et leur langue.

« Passe devant, je referme. »

Il hocha la tête, enclencha le cran de sûreté de son arme, s'engagea dans l'orifice, glissa le long d'un tube étroit à la pente accentuée. Il faillit pousser un hurlement de terreur. Les passages étroits, les tuyaux, les conduits, les galeries lui flanquaient une frousse carabinée. Peur de manquer d'air, de s'épuiser en gesticulations, en larmes, en cris inutiles. Les responsables du réseau, avertis de sa claustrophobie, ne lui imposaient jamais de mission nécessitant le franchissement d'un souterrain, d'une gaine de chauffage ou d'un conduit de cheminée. Il n'eut pas le temps de céder à la panique, il atterrit brutalement sur un sol dur, se releva tant bien que mal à l'issue d'une roulade chaotique, demeura pendant quelques secondes incapable de discerner quoi que ce soit dans les ténèbres presque liquides.

« C'est toi, Mustapha ? »

Il s'accoutumait à l'obscurité, entrevoyait, à moins de quatre mètres, les silhouettes claires des deux autres ousamas. Il manquait d'air, mais l'odeur, terrible, suffocante, l'empêcha de prendre une profonde inspiration. Il essuya une nouvelle et violente attaque de panique, se contint pour ne pas lâcher une rafale sur ses vis-à-vis. Il lui fallait sortir de là, sentir la caresse de l'air sur son visage, desserrer les mâchoires puissantes qui lui mordaient la poitrine.

Un rayon éblouissant lui cingla le visage et l'obligea à se protéger les yeux de la main.

« Eh, t'es qui, toi ? »

Fou de rage, il déverrouilla le cran de sûreté de son fusil d'assaut et le pointa en direction de la lumière.

« Éteignez cette putain de lampe ! »

Il perçut leur affolement avec une acuité décuplée par sa propre nervosité. Le faisceau se déplaça, révéla le sol et le bas d'un mur recouverts d'une épaisse couche de matière d'un brun tirant sur le noir.

« Du calme. »

Le troisième ousama était tombé à son tour dans la fosse et s'était rétabli sur ses jambes avec une souplesse de chat.

« Il a raison. Éteignez la lampe.

— Pourquoi ? Ils ne peuvent pas nous voir de là-haut, objecta une voix oscillant entre les aigus et les graves.

— On ne sait jamais. Ne prenons aucun risque.

— Et lui ? C'est pas un risque peut-être ? »

À nouveau le rayon de la lampe l'enveloppa et lui cisailla les nerfs.

« C'est l'un de ceux qui ont voulu nous délivrer. On est tous dans la même galère.

— Nous délivrer ? Ou nous conduire devant les légionnaires comme des moutons à l'abattoir ?

— Ils se sont fait baiser, comme nous. Comme tous les crétins qui n'ont pas su se tirer à temps de ce merdier. Éteins cette lampe, Malik !

— Qu'il pose d'abord son flingue ! »

Il commençait à se calmer. L'intervention du troisième ousama, leur conversation avaient entraîné le relâchement de ses nerfs tendus comme des arcs. Et puis un souffle d'air lui avait effleuré la nuque : il ne risquait pas d'étouffer dans cet abri vaste et perméable, une ancienne fosse septique désaffectée sans doute. Il verrouilla le cran de sûreté et posa son fusil d'assaut contre le mur.

« Éteins, Malik. »

Le faisceau s'évanouit dans un déclic et les ténèbres engloutirent de nouveau l'excavation. Grondements, détonations et hurlements éventraient le silence. Le massacre faisait rage là-haut.

« Vous croyez que les légionnaires n'auront pas l'idée de venir fouiner ici ? »

Il avait amorcé la conversation avant tout pour dissiper son angoisse.

« L'administration du camp croit que cette fosse est toujours en état de marche, répondit un ousama. Quand elle a commencé à déborder, c'est nous qui l'avons vidée et nettoyée. Nous qui avons eu l'idée d'en faire une cachette. Nous avons détourné l'évacuation des chiottes vers une autre fosse. Nous pensions qu'un jour ou l'autre nous aurions besoin d'une planque. »

Ils se prénommaient Mustapha, Malik et Hussein, étaient originaires l'un d'Algérie, l'autre de Tunisie, le troisième de Palestine, étaient nés tous les trois en France juste avant l'invasion des légions de l'archange Michel, avaient subi la circoncision rituelle mais ne pratiquaient pas la religion de leurs parents, avaient mémorisé quelques versets du Coran sans pour autant comprendre un traître mot d'arabe, avaient prévu de gagner un pays islamique puisqu'ils n'étaient plus désirables sur le sol européen, avaient contacté un passeur clandestin qui, après leur avoir soutiré cinq mille euros chacun, les avait conduits tout droit au bureau auxiliaire de la légion de la ville de Bourges. Internés tous les trois au CERI du Centre, ils étaient restés soudés malgré le régime de terreur imposé par les gardiens et les charognards des bandes. Devinant qu'ils étaient condamnés à plus ou moins longue échéance, ils avaient cherché un moyen d'infléchir le destin : personne n'aurait l'idée de fouiller une fosse septique. Cet abri ne leur garantissait pas la survie, il leur permettait seulement de gagner du temps, d'entretenir l'incertitude. Ils parlèrent une grande partie de la nuit, à voix basse, s'interrompant quand une explosion faisait vibrer le sol. S'ils sortaient vivants du camp, ils partiraient pour les côtes méditerranéennes où ils prendraient un bateau à destination du

Moyen-Orient. Ils n'avaient pas l'intention de s'enrôler dans les armées islamistes, ils voulaient seulement cesser de trembler et de fuir. Les populations locales n'aimaient pas trop les musulmans venus de l'Europe et chargés de tous les péchés occidentaux, mais ils se débrouilleraient pour apprendre l'arabe et se fondre dans la communauté des croyants. Hussein le Palestinien aiderait les siens à reconquérir son pays envahi par l'État hébreu au début du XXIe siècle, à démolir ce mur lamentable protégeant le Grand Israël et englobant les terres de ses ancêtres. Aucune digue, aucune muraille, aucune armée ne résisterait à la colère légitime des dépossédés de Cisjordanie et de Gaza, pas davantage le front tenu par l'archange Michel entre les mers Noire et Baltique.

Il leur raconta qu'il avait reçu le baptême chrétien, mais que lui non plus ne pratiquait pas la religion de ses parents. Il n'avait jamais pu adorer le Dieu de la Bible, ce buisson ardent qui protégeait les uns et brûlait les autres. S'Il avait créé l'homme à son image, et si tous les hommes descendaient d'Adam, alors pourquoi Dieu aurait-Il jeté ses créatures les unes contre les autres ? Pourquoi aurait-Il distribué aux uns les terres sacrées et aux autres le Feu de Sa colère ? Il abhorrait l'Église du Christ, coupable d'innombrables génocides au nom de l'amour du prochain, les prêtres, ces noirs prédateurs des âmes, les bigots qui, comme ses parents, croyaient s'acheter un bout de paradis en confessant leurs fautes une fois l'an et en se montrant chaque dimanche à la messe. Reprenant à son compte les arguments de Furet, il affirma qu'il se battait pour rétablir la liberté et le droit dans l'Europe, pour terrasser l'archange Michel, le dragon des Carpates, pour que les uns et les autres puissent à nouveau cohabiter en toute harmonie dans le pays des droits de l'homme, quelle que fût leur origine, quelle que fût leur religion.

En réalité il n'avait jamais su pourquoi il était entré dans la résistance. La haine des parents, sans doute, cette haine profonde qu'ils charriaient eux-mêmes dans leur sang, dans leur souffle, était la raison principale de son engagement. Il s'était barré un jour de la maison familiale, une femme l'avait recueilli au bout d'une dizaine de jours d'errance. Elle l'avait invité dans son lit en l'absence de son mari, initié au plaisir, puis, comme elle appartenait au réseau, elle l'avait entraîné dans ses réunions clandestines. Il avait ensuite rencontré Furet et s'était laissé porter par la fascination que le chef du réseau exerçait sur lui. Voilà comment on devenait un terroriste, un poseur de bombes, un ennemi de la chrétienté ; par effraction, par accident.

Il lui sembla un moment que la chaleur augmentait brusquement à l'intérieur de la fosse septique, puis il finit par s'endormir, bercé par ses propres paroles et les battements réguliers des explosions.

Un rayon de lumière le réveilla. Il lui fallut vingt bonnes secondes pour se relier aux événements de la veille. À l'odeur de merde s'ajoutaient des relents de poudre et de métal fondu. Son premier réflexe fut de chercher des yeux son fusil d'assaut, son compagnon de huit années de clandestinité. Il avait disparu, tout comme les trois ousamas. Il se releva, explora les nombreuses poches de son pantalon de treillis, retrouva trois de ses six magasins de balles ainsi que son poignard. Ces… enculés de leur race lui avaient piqué son flingue et trois chargeurs pendant son sommeil ! *On ne se méfie jamais assez des ousamas, ils te serrent la main par-devant et ils te poignardent par-derrière…* Tombant en oblique de la trappe ouverte, le flot de lumière éclairait l'intérieur de la fosse septique, la lèpre brune tendue sur le sol et les murs. Mal réveillé, en rogne contre lui-même, il franchit le boyau sans prêter attention aux attaques répétées de claustrophobie. Il dut s'y reprendre à trois reprises pour gravir la pente raide et glissante, plus longue qu'il ne l'avait évalué, parvint enfin à agripper le rebord de la trappe et se hissa à la surface à la force des bras. Il fut d'abord soulagé de revoir le ciel gris au-dessus de sa tête, de respirer un air frais – bien qu'imprégné de la même puanteur, en un peu moins fort, que celle de la fosse septique. Les masses sombres des baraquements disparaissaient dans la fumée comme des paquebots dans la brume. Aucune trace de vie, le silence funèbre des lendemains de bataille. Il remonta l'allée d'un pas prudent. Sa colère contre les trois ousamas, contre sa propre naïveté, résonnait en sourdine au fond de lui.

Il marcha sans rencontrer âme qui vive jusqu'au milieu du camp. Les pluies de la nuit avaient semé sur la terre déformée des rigoles et des flaques empourprées. Un tapis de douilles crissait sous ses semelles. L'aube dévoilait les vêtements épars, les carcasses de bâtiments incendiés, les trous sombres d'une largeur de deux ou trois mètres, les fragments de corps noircis. Des entrelacs de fumée montaient au ciel comme des implorations funèbres.

Il les aperçut au sortir de l'allée. Ses trois voleurs. Vêtus de leurs pantalons et de leurs chemises clairs, maculés. Ils se balançaient au bout de cordes jetées autour de la structure métallique d'un baraquement à demi défoncé. Leurs pieds pendaient à un mètre du sol. Des corbeaux tournoyaient au-dessus des pendus en poussant des croassements rauques.

« Bouge pas ! »

Un légionnaire surgit de l'intérieur du bâtiment et le coucha en joue. Impossible de distinguer ses traits derrière la visière sombre et convexe de son casque. Son fusil d'assaut était de la même teinte argentée que la lance sertie sur le devant de son uniforme. Cette fois il était foutu. Curieusement, il n'en éprouva aucune peur, aucun regret, plutôt un apaisement teinté de résignation. La situation lui apparaissait dans sa réalité, dans son absurdité. Ses voleurs étaient sortis trop tôt de leur cachette. Un vent de compassion se leva en lui et chassa les vestiges de sa colère.

« Passe devant. »

Le légionnaire lui appuya l'extrémité de son canon dans les reins pour le contraindre à marcher. Ils se dirigèrent vers la sortie du camp. Plus loin, des hommes en bleu de travail jetaient des cadavres dénudés et partiellement mutilés dans les bennes de camions. Ils travaillaient en silence et en rythme, le nez et la bouche couverts d'un masque blanc. Une bonne partie de la journée leur serait nécessaire pour charger les milliers de corps amoncelés dans les allées.

Le légionnaire l'escorta jusqu'aux bâtiments administratifs situés à une centaine de mètres de la sortie du camp. À mesure qu'ils s'en approchaient, ils traversaient des haies de plus en plus denses de gardes et de soldats de l'archange Michel. D'autres camions, noirs ceux-là et frappés de la lance argentée, occupaient la totalité de la cour intérieure.

Le légionnaire le confia à un petit groupe d'officiers à l'entrée du bâtiment principal. Ils l'entraînèrent dans un dédale de pièces transformées en bureaux où bourdonnaient des nuées de militaires et de civils.

Parmi eux, il reconnut Furet.

Furet et sa longue crinière grise, Furet et sa moustache gauloise, Furet et son éternel costume de velours.

Furet qui, prévenu par un officier, s'avançait vers lui, les bras ouverts, un sourire radieux aux lèvres.

« Dieu soit loué, tu es vivant. »

Furet qui l'étreint avec la chaleur d'un père.

Furet le traître.

« J'avais transmis ton signalement aux légionnaires du troisième corps. Ils ne devaient pas te tirer dessus. Leur vision nocturne est supérieure à la moyenne, mais on ne sait jamais, une balle perdue… »

Il faillit éclater de rire. Ou vomir de dégoût. Il savait maintenant dans quel camp il avait combattu. Ce salaud de Furet avait tiré les fils de sa vie avec une habileté diabolique.

« Ils sont… tous morts… tous morts…

— Crois-moi, il valait mieux qu'ils meurent de cette façon plutôt que d'être brûlés vifs dans un incinérateur.

— Pourquoi… pourquoi…

— T'avoir épargné ? »

Une question parmi tant d'autres. Pourquoi pas celle-là ?

Furet qui se penche sur son oreille et chuchote, l'haleine brûlante :

« Tu ne devines pas ? »

Il se recula, plongea son regard dans celui de son interlocuteur. Y lut une inquiétude brûlante et sincère qui le bouleversa. Comprit qu'il appartiendrait bientôt, qu'il appartenait déjà corps et âme au fondateur et fossoyeur du réseau Centre-Berry.

« La mer ! »

Elle était apparue au détour d'un virage dans un frissonnement bleu. Ils avaient décapoté la voiture quand les derniers nuages pourchassés par le vent avaient déserté le ciel. Ils avaient traversé une forêt calcinée, un immense cimetière végétal, puis ils avaient suivi la route du littoral, du moins était-ce la direction indiquée par une pancarte à moitié défoncée.

Ils avaient opté pour un cabriolet dans la petite cité ravagée par l'attaque chimique, un modèle ancien mais en bon état. Ils étaient partis en pleine nuit, sans prévenir les trisomiques.

« Inutile de leur faire de la peine, avait dit Stef, ils nous chercheront un jour ou deux, puis ils se résigneront et s'habitueront jusqu'à ce que les secours viennent les prendre en charge.

— Les secours ? s'était étonné Pibe. On ne les a pas encore vus et on n'est pas près de les voir !

— La zone a certainement été bouclée après l'attaque chimique. Les services sanitaires finiront bien par lever la quarantaine et rouvrir le coin à la circulation. Et au pillage. »

Ils avaient traversé plusieurs villages déserts avant d'atteindre la limite de la zone contaminée, signalée par des rubans fluorescents et d'immenses têtes de mort imprimées sur des drapeaux noirs.

« Bizarre, avait murmuré Pibe. J'ai rien vu de tout ça en arrivant.

— Normal : t'as coupé par la forêt. Ils ont juste bouclé les accès. Ils ne pouvaient pas baliser toute la circonférence.

— On aurait pu crever empoisonnés si je comprends bien…

— Peu de chance. Ça fait un bail que les produits chimiques se sont dispersés. »

Ils avaient roulé une cinquantaine de kilomètres avant de prendre l'A20 en direction de Montpellier. Stef conduisait avec davantage d'assurance et d'habileté que Gog. Pibe lui avait demandé où elle avait appris à conduire.

« T'as pas pu passer ton permis, t'as pas encore dix-huit ans…

— Jamais appris. Mais c'est de la mécanique, une simple question de logique. Et puis, comment tu sais que j'ai pas dix-huit ans ? »

Elle en avait peut-être vingt, cent, mille, allez savoir.

Selon les panneaux indicateurs, l'autoroute restait praticable en dépit des bombardements, des inondations, des glissements de terrain, même si certains passages réclamaient la plus grande prudence. Le bitume craquelé, criblé de nids-de-poule, rendait parfaitement superflus ce genre de conseil et les anciennes limitations de vitesse, 130 par temps sec, 110 par temps humide. Seuls les camions perchés sur leurs hautes roues et leurs amortisseurs renforcés roulaient à tombeau ouvert, actionnant sans cesse leurs sirènes pour obliger les automobilistes à leur céder le passage. L'autoroute était devenue un champ de bataille où tous les coups étaient permis, où la sauvegarde tenait à deux règles : ne pas s'arrêter sur les aires de stationnement, ne pas être pris en chasse par les bandes de détrousseurs circulant à bord de véhicules puissants et caparaçonnés de métal. Inutile de compter sur les keufs ou les légionnaires pour remettre un semblant d'ordre sur ce ruban de tous les dangers. On pouvait faire le plein d'essence et de nourriture dans les stations-service gardées par des milices privées – leurs salaires exorbitants se répercutaient sur le prix du carburant et des denrées alimentaires –, mais il valait mieux ne pas tomber en panne ni frimer dans une bagnole luxueuse. On s'engageait sur l'autoroute comme on montait au front, la tête basse, les tripes retournées, le doigt sur la détente de son arme.

« T'es dingue de t'être fourrée dans ce merdier, avait gémi Pibe à plusieurs reprises.

— Ça nous évite de traverser les agglomérations, avait-elle rétorqué. On gagne du temps. »

Gagner du temps, ouais, à condition de ne pas éclater un pneu dans une ornière, de ne pas être embouti par un camion, de ne pas attirer l'attention des prédateurs vadrouillant dans les parages.

Certains tronçons avaient paru désespérément lents à Pibe, pas plus de quinze à l'heure, pare-chocs contre pare-chocs, exaspérante procession de métal et de fumées noires, trognes patibulaires derrière les pare-brise, attention suspendue au ronronnement du moteur. Peur de la panne, peur de l'étouffement, peur de l'écrabouillement. La peur, toujours. Il avait essayé de calquer son attitude sur celle de Stef. Concentrée sur la conduite, elle accélérait et freinait sans jamais montrer le moindre signe d'impatience. Elle portait des sandales à talons hauts et carrés dont les lanières s'entrelaçaient jusqu'à ses genoux. Elle avait posé son flingue sur le siège le long de sa cuisse découverte par le retroussement de sa robe. Des mecs qui la doublaient lui adressaient des gestes ou des mimiques obscènes auxquelles elle ne répondait pas. L'impression avait à nouveau frôlé Pibe qu'elle traversait ce monde sans vraiment lui appartenir. Elle ne lui avait jamais fourni d'explication sur ses disparitions ni sur ses motivations. Elle se contentait de répéter en riant qu'elle était son ange gardien, qu'elle lui ficherait la paix après avoir parcouru un bout de chemin en sa compagnie. Il ne voulait pas qu'elle sorte de sa vie. Un jour pourtant, elle se tirerait parce que « chacun doit descendre seul dans les abîmes de son âme, chacun doit apprendre à se dresser vers les cieux sans autre soutien que ses propres racines ». Il ne comprenait pas toujours le sens de ses paroles, et pourtant elles éveillaient un écho au plus profond de lui.

Ils étaient sortis sans encombre de l'A20 et avaient contourné la ville de Montpellier défigurée par une série de bombardements intensifs. Ils avaient refait un plein d'essence dans un centre commercial dont il ne restait plus qu'un bâtiment sur deux. Il fallait pour atteindre les pompes louvoyer entre les larges cratères creusés par les bombes. Un vrai miracle si les citernes de carburant enterrées plusieurs mètres sous terre ne s'étaient pas enflammées. Le préposé à la station, une chimère au visage de bouledogue et au cou de taureau, avait encaissé le fric – dix euros le litre, pas donné à tout le monde, qu'est-ce que vous voulez, la pénurie… – en grognant que l'archange Michel, là-bas, sur le front Est, tardait un peu trop à son goût à foutre la pâtée à ces fumiers d'islamistes – *islamistaaaas*. Que resterait-il de *notre* belle Europe s'ils continuaient à *nous* balancer leurs putains de bombes ? Et *nous*, au moins, est-ce qu'on leur rendait la monnaie de leur pièce, à ces enculés ? Est-ce qu'on réduisait en poussière leur Mecque, Bagdad – *Bagueudadeu* – Beyrouth, Téhéran, Damas ? Est-ce qu'on bousillait leurs satanées mosquées – *môôsseuquéeeuus* – comme ils déglinguaient *nos* églises ? Qu'est-ce qu'on attendait pour leur régler leur compte, hein ? Qu'on soit – *souaille* – à sec de pétrole ?

Le bleu profond de la mer nettoyait l'esprit et le

regard. Stef s'engagea dans un chemin de terre et parcourut un demi-kilomètre au milieu de la garrigue hérissée de chênes verts, de genévriers et de pins maritimes. Elle gara la voiture au bord d'une falaise surplombant une crique rocheuse. À l'issue d'une brève exploration, ils trouvèrent un passage en partie occulté par les buissons épineux.

« On va se baigner ?

— Tu crois qu'on peut laisser la bagnole ici ? » s'inquiéta Pibe.

Elle rit et dévala le sentier abrupt d'un pied à la fois sûr et aérien. Il se lança à sa poursuite, incapable de tenir son rythme, ralenti par les branches épineuses et les pierres traîtresses disséminées sous la végétation. Elle se débarrassa de sa robe et de ses sous-vêtements avant même d'être arrivée en bas. Elle ne l'attendit pas pour bondir sur l'échine ronde d'un rocher et plonger sans prendre la précaution de vérifier la profondeur de l'eau. Son corps s'échappa d'une nuée de bulles et traça une ligne claire sous la surface transparente. Elle réapparut au bout d'une bonne trentaine de secondes d'apnée, les cheveux collés à son front et à ses joues, les yeux éclaircis par la lumière et l'eau.

« Viens ! »

Après s'être défait de ses lunettes de soleil, de son blouson, de sa chemise, de ses chaussures, de ses chaussettes, de son pantalon, de son flingue, Pibe hésita à retirer son caleçon. Même s'ils avaient dormi nus ensemble, il gardait un reste de pudeur vis-à-vis d'elle. Elle risquait de s'apercevoir que malgré ses poils, le garçon qui avait partagé son lit n'était pas encore un homme. Dans son regard il redevenait cet enfant qui était un jour monté sans son pantalon de pyjama dans le camion bâché de la Croix du Sud.

« Elle est bonne, Pibe. Qu'est-ce que t'attends ? »

Le vent froid mordillait la peau de Pibe et hérissait

le bleu scintillant de la mer. Des nuages blancs cavalaient à l'horizon avec la légèreté de songes. Il finit par baisser son caleçon avec une précipitation telle qu'il faillit se casser la figure sur les rochers. Il cala ses vêtements avec son flingue – comme Stef avait calé les siens avec son Colt – et resta une éternité accroupi avant de se traiter d'idiot, de se relever, de sauter à son tour dans la mer. Surpris par la fraîcheur de l'eau, il coula à pic avant de battre des bras et de remonter de façon désordonnée. Il eut à peine repris sa respiration que Stef lui bondit sur les épaules et lui enfonça la tête sous l'eau. Il riposta en la saisissant par les pieds et en la tirant vers le fond. Il se retrouva tout à coup le nez dans sa touffe et en demeura stupéfait. Elle se laissa glisser à ses côtés, ils nagèrent quelques secondes entre les rochers, évoluèrent au milieu de bancs de poissons d'abord effrayés puis attirés par leur tapage. Ils jouèrent dans l'eau jusqu'au crépuscule, se chahutant comme des gosses, entrecoupant leurs plongées de bains de soleil à l'abri des rafales. Le vent submergeait la crique de parfums sauvages, enivrants. À maintes reprises, Pibe eut envie d'enlacer et d'embrasser Stef ; à chaque fois, quelque chose l'en empêcha, sa propre timidité, son manque d'assurance, la peur d'être rembarré comme un sale môme. La peur, toujours la peur. La fraîcheur de l'eau ne réussit pas à attendrir sa teub raidie par la tiédeur du soleil et la proximité de Stef. Il avait beau se coucher sur le ventre, lui tourner le dos au prix de savantes contorsions, il ne pouvait pas se planquer sans arrêt, surtout lorsqu'elle le prenait par la main pour l'inviter à se relever et à se baigner. Une fois dans l'eau, elle le dévisageait d'un air narquois, rôdait autour de lui, s'écartait d'une brasse puissante lorsque, enhardi par ses effleurements, il décidait enfin de se rapprocher d'elle. Il regagnait alors la rive et se hissait sur les rochers aux prises avec un désir encombrant, obsédant, impossible à soulager. Il n'allait tout de même pas se branler devant elle.

Ils se livrèrent à ce petit manège jusqu'à ce que le soleil eût disparu dans un ultime embrasement. Le vent avait perdu de sa sécheresse sans rien abandonner de sa vigueur ; il poussait maintenant des nuages sombres, lourds, des nuages d'orage, vers les terres. Le bleu de la mer avait viré au gris sale. Ils se rhabillèrent en toute hâte et gravirent le sentier sous les premières gouttes. Pibe ne fut pas fâché d'enfiler ses frusques, de soustraire sa peau aux caresses ensorcelantes de l'air.

Ils débouchèrent au sommet de la falaise au moment où leur voiture démarrait dans un nuage de poussière.

« Eeehhhh !!! »

Le cri de Pibe se perdit dans le hurlement du moteur. Le flingue à la main, il s'élança, essaya de prendre la bagnole de vitesse, mais le conducteur, un homme d'une quarantaine d'années au crâne rasé et à la barbe poivre et sel, accéléra après une brutale embardée qui faillit projeter son poursuivant dans les buissons. Fou de colère, Pibe évita la chute d'un saut de côté, fléchit les jambes, tendit le bras, pressa la détente. La chaleur de la crosse lui irradia la paume et la pulpe des doigts. Une étoile sombre apparut sur le pare-brise quelques centimètres au-dessus de la tête du conducteur, les premiers éclats s'envolèrent comme des flocons d'écume, le matériau transparent se transforma tout entier en une gerbe scintillante. Le conducteur ne perdit pas son sang-froid. Le bras en protection devant les yeux, il continua d'accélérer tout en maintenant le véhicule sur le chemin de terre. Il disparut dans le premier tournant après un dérapage contrôlé. Suffoqué par la rage, Pibe reprit son souffle, la tête rentrée dans les épaules, les mains appuyées sur les genoux.

« On dirait que le destin nous commande de rester dans les parages, hein ? »

La voix de Stef eut sur lui l'effet d'une décharge électrique. La frustration accumulée dans l'après-midi jaillit de ses tripes et de sa gorge avec la puissance d'un torrent.

« C'est ta faute, putain de merde ! TA FAUTE ! Je t'avais dit qu'il ne fallait pas laisser la bagnole sans surveillance ! Je te l'avais pas dit, peut-être ! Fais chier, Fesse ! Comment on va faire, maintenant ? »

Il se retourna et lui lança son regard le plus noir. Elle lui rendit un sourire désarmant d'innocence et de sérénité. Sa beauté paraissait encore plus lumineuse dans le soir tombant, comme si le soleil s'était couché en elle. Son pistolet, enfoncé dans sa culotte, déformait sa robe sur un côté de son ventre. Elle tenait dans sa main les deux chargeurs qu'elle avait eu la précaution d'emmener avec elle.

« On n'est pas si mal, ici.

— T'as oublié qu'on devait aller dans l'Est ?

— Les voies du…

— Seigneur sont impénétrables, et patati et patata ! »

La colère de Pibe s'étiolait en répliques décroissantes. Avant, il lui aurait fallu plus d'une semaine pour se remettre d'une rage pareille, il l'aurait ressassée, transformée en rancœur, cultivée comme une plante vénéneuse.

« Tu connais tes classiques.

— Quelques-uns. Putain, Stef, tu ne prends jamais rien au tragique ?

— La souffrance de l'humanité ne me laisse pas indifférente. Il m'arrive parfois de pleurer, mais mes larmes n'ont aucune importance, aucune incidence. Ce soir en tout cas, je ne vois aucune raison de me tourmenter. »

Elle n'avait pas tort, on n'était pas si mal au bord de

la Méditerranée. Les senteurs de garrigue, de pin et de sel valaient bien les odeurs d'essence et de moteur surchauffé.

Un éclair transperça le couvercle des nuages, électrisa la mer.

« On en aura une bonne, de raison, de se plaindre, si on trouve pas rapidement un abri. »

Elle tendit un bras en direction de la côte.

« Il m'a semblé apercevoir un toit par là... »

La villa faisait l'objet d'un entretien régulier à en juger par le tracé net des allées au milieu des broussailles, le parfait état des volets et de la couverture de tuiles.

« Tu crois que le mec qui nous a piqué la bagnole a quelque chose à voir avec cette baraque ? demanda Pibe.

— Y a des chances. Jette un coup d'œil par là. »

Grimpée sur un promontoire rocheux, elle désignait la crique en contrebas. Malgré la pluie, malgré la pénombre, Pibe reconnut l'endroit où ils s'étaient baignés. Leur voleur, s'il les avait épiés, n'avait pas manqué de constater qu'il n'avait pas débandé de l'après-midi, mais qu'il n'avait pas osé entreprendre sa copine pourtant nue, offerte. Une bouffée de honte rétrospective lui embrasa le visage. Il bénit la nuit qui tombait et qui dissimulait le feu à ses joues. Un grondement ébranla le ciel et précéda de peu l'ouverture des vannes célestes. Ils coururent se réfugier sous un appentis où s'entassaient une vingtaine de gilets de sauvetage, des chaises en plastique et des filets de pêche. La pluie crépita sur les tuiles avec une rage intensifiée par les roulements de tonnerre et les clignements des éclairs. Ils profitèrent d'une accalmie pour essayer de s'introduire dans la villa. Ils se heurtèrent aux portes blindées, aux volets hermétiques, aux barres verticales et serrées condamnant les soupiraux. Un vrai bunker. Résignés, ils retournèrent sous l'appentis, se confectionnèrent un matelas de fortune en étalant les gilets de sauvetage les uns contre les autres et se couchèrent enlacés afin de combattre la froidure humide.

Le souffle de Stef sur sa nuque, le contact de ses mains sur son ventre ravivèrent le désir de Pibe. Vaincu par la fatigue, il finit cependant par alterner les périodes de somnolence et les réveils en sursaut. Réveillé par les roulements et les éclairs, il restait un moment accroché au son et lumière de l'orage, puis le grondement régulier de la pluie et la chaleur tranquille de Stef le rassuraient, l'apaisaient.

Il rouvrit les yeux. Tracassé par une sensation de danger. Tremblant de froid. Les nerfs à vif. L'orage s'était éloigné, abandonnant sur son passage des branches cassées et un ciel fourmillant d'étoiles. Il explora de la main le matelas de gilets de sauvetage. Stef avait disparu. Un vent d'inquiétude gonfla sa gorge et son ventre. Où était-elle encore passée ?

Des voix, des crissements sur la terre des allées. Un groupe s'approchait de la villa. Mal réveillé, il se releva, perdit l'équilibre sur les gilets instables, se rattrapa de justesse à l'une des poutres verticales de l'appentis. Le cœur affolé, il chercha son flingue dans la poche de son blouson. Une main lui agrippa l'épaule. Il tressaillit, se dégagea d'un mouvement du torse, se retourna, fou de terreur, prêt à tirer.

« Du calme, c'est moi. »

La robe blanche, le visage pâle et le sourire de Stef. L'index crispé sur la détente de son arme, Pibe souffla, s'appliqua à maîtriser ses tremblements.

« Putain, Stef, tu m'as foutu les jetons ! »

D'un geste, elle lui intima de se calmer et de parler à voix basse.

« Nous avons de la visite, chuchota-t-elle. Une quinzaine d'invités. Des hommes et des femmes.

— Qu'est-ce qu'on attend pour se barrer ? » souffla Pibe.

Elle le fixa avec l'un de ces sourires indéchiffrables qui accompagnaient ses idées aberrantes.

« Eux.

— Quoi, eux ?

— On les attend eux. »

Le petit verre de gnôle avalé avant de prendre la voiture ne l'avait pas réveillé. La pendule électronique du tableau de bord indiquait 4 h 15.

4 h 15.

Pas une heure à se balader sur les routes sinueuses et paumées du Cher. Sa femme lui avait pourtant dit qu'il aurait dû se spécialiser – proctologie par exemple, de plus en plus de gens souffraient de troubles de l'anus et du rectum, tous constipés, tous coincés du cul… – et s'installer en ville. Mais voilà, il avait fallu que Monsieur choisisse la voie de la médecine générale et rachète le cabinet d'un vieux toubib d'un bled paumé du Cher. Monsieur et ses grands idéaux, Monsieur qui croyait encore à la mission salvatrice, rédemptrice, humanitaire, de *sa* médecine, Monsieur qui gagnait trois fois rien avec les ploucs qu'il soignait. Depuis que le gouvernement européen avait donné le coup de grâce à la Sécurité sociale, il ne fallait pas compter sur ces radins pour gagner correctement sa vie. S'il l'avait écoutée, ils habiteraient un appartement ou une maison luxueuse de Bourges, ils auraient une vraie vie sociale, ils ne gaspilleraient pas leurs soirées devant les programmes ineptes de la télévision européenne, ils boiraient des grands crus, pas cette horrible piquette offerte par certains de ses patients, et les enfants ne fréquenteraient pas un collège minable aux enseignants incompétents et névrosés, et ils pourraient enfin changer de bagnole, et aussi remplacer les éléments de cuisine qui allaient sur leur trente ans, et, et, et… S'il l'avait écoutée.

Il ne l'avait jamais écoutée. Il l'avait épousée par obligation, par devoir, parce que leur première relation sexuelle s'était soldée par une grossesse et que, dans l'Europe de l'archange Michel, on n'avait pas d'autre choix que de marier les demoiselles assez connes pour tomber enceintes le soir de leur dépucelage. Connes ? Il soupçonnait sa femme de l'avoir manipulé, manœuvré. Elle, la fille d'ouvrier, condamnée par la médiocrité de ses études à une vie mesquine, s'était débrouillée pour ramener un étudiant en médecine dans ses filets. Elle appartenait à cette catégorie de calculatrices qui avaient su tirer avantage de la nouvelle chape de moralité écrasant les femmes d'Europe. Seulement, elle n'avait pas prévu que le futur toubib, lui, ne se rangerait jamais dans la catégorie des praticiens uniquement soucieux de soigner leur compte en banque et leur respectabilité de notable. Il n'avait jamais tenu compte de ses avis, on ne peut pas gagner à tous les coups. Oh, il ne fallait pas exagérer, il gagnait sa vie, il possédait une grande maison – avec des trous partout –, une bagnole en état de marche – plus de trois cent mille kilomètres au compteur –, il touchait chaque mois de quoi payer ses crédits, de quoi nourrir et vêtir ses gosses, de quoi s'acheter du vin – des crus moyens – et un minimum de superflu.

Il soulageait comme il le pouvait la misère qui se pressait dans sa salle d'attente. Ses illusions sur la nature humaine étaient tombées en même temps que ses premiers cheveux, mais il continuait d'exercer son art avec, sinon de l'enthousiasme, au moins de l'honnêteté. Les ploucs, comme disait sa femme, souffraient de maux liés principalement à l'alcool, aux mauvaises graisses, à la consanguinité, à la culpabilité. La misère affective et sexuelle des campagnes, incestes, violence conjugale, et puis la litanie des bobos ordinaires, bronchites, grippes, otites, constipations, hémorroïdes, exceptionnellement une méningite, un cancer, un SIDA, une golfée… Le déballage de leurs problèmes de santé prenait le plus souvent des allures de confessions intimes, ces confessions qu'ils n'osaient plus adresser au prêtre de la paroisse, le corbeau des âmes. Avec le toubib au moins, ils n'avaient pas l'impression d'être jugés, ils acceptaient de dénuder leur âme en même temps qu'ils dénudaient leur corps. Il y avait même une forme d'exhibitionnisme chez la plupart des femmes qui se déshabillaient devant lui. Il avait récupéré une grande partie de la clientèle des gynécologues, maintenant trop chers pour les bourses ordinaires, et il avait l'impression, non, la certitude, qu'elles lui quémandaient le regard bienveillant, chaleureux, que ne leur accordaient plus leurs maris piégés par une morale rigide et revancharde. Certaines d'entre elles lui avaient confié qu'elles se rendaient une ou deux fois par mois à des réunions clandestines où elles se livraient à toutes sortes d'expériences immorales. Elles rougissaient comme des collégiennes en lui avouant qu'elles s'étaient données à de parfaits inconnus, sans même les voir, dans le noir. Il les écoutait avec une attention bienveillante. Il s'appliquait à rester neutre, professionnel, à ne pas entrer dans leur jeu, il se bornait à leur recommander la prudence, vous avez entendu parler du SIDA, non ? et se limitait à quelques palpations strictement médicales. Elles n'attendaient pas qu'il les prenne comme des chiennes sur un coin de son bureau, elles avaient seulement besoin de se voir exister dans ses yeux. Il se sentait autant médecin des âmes que du corps, et c'était justement cet aspect de son métier qu'il appréciait – et que ne comprendrait jamais son épouse. Il avait toujours pensé que l'esprit et la physiologie étaient liés, indissociablement, même si la Faculté avait tendance à présenter l'être humain comme un paquet de viande, d'abats, d'os et de nerfs. Il s'était un temps intéressé aux médecines douces, anciennes ou modernes, mais l'Europe de l'archange Michel les avait assimilées à des pratiques sataniques et avait définitivement vendu la santé publique aux laboratoires pharmaceutiques. Ceux-là, enfin libérés de la tutelle étatique, s'en étaient donné à cœur joie : suppression des médicaments génériques, campagnes publicitaires forcenées pour les nouveaux vaccins, déferlement d'antiseptiques destinés à purifier l'eau ou à désinfecter les plaies, et surtout choix énorme de neuroleptiques ou de somnifères à l'attention des populations privées de sommeil par les bombardements. Les visiteurs médicaux affirmaient, avec la fierté imbécile des petits fantassins du commerce, que les laboratoires n'avaient pas souffert de la suppression de la Sécurité sociale. Qu'au contraire la guerre avait engendré de nouveaux besoins, que les gens se ruinaient pour s'offrir les toutes dernières molécules.

Il n'aimait toujours pas être réveillé en pleine nuit. Comme il buvait de plus en plus devant les crétineries de la Télévision européenne unifique, il sombrait aux alentours de minuit dans un sommeil de brute, et la sonnerie criarde du téléphone lui donnait l'impression d'émerger d'un océan de boue. Sa femme lui cognait la hanche du genou pour le contraindre à décrocher. Alors il se levait et se concentrait tant bien que mal sur la voix de son correspondant. La plupart du temps, il ne s'agissait pas d'une véritable urgence, l'inquiétude d'une mère pour son enfant fiévreux, une gorge douloureuse, une difficulté respiratoire, un mal de ventre, une nausée… Comme les honoraires étaient redevenus libres, il réclamait cinquante euros pour la visite, mais souvent ses patients se plaignaient de difficultés financières et il se contentait de trente, de vingt euros, voire d'un peu moins et d'un sac de pommes ou de noisettes. Mon pauvre vieux, t'es même pas capable de te faire rembourser ton essence, grommelait sa femme. Elle avait sans doute pris un amant pour supporter sa morne existence d'épouse de médecin de campagne, pour se rhabiller dans quelques-unes de ses illusions perdues. Elle s'éclipsait parfois pendant deux ou trois heures et revenait au milieu de l'après-midi juste avant le retour des enfants, les joues en feu, le regard trouble. Il n'avait pas cherché à la confondre. Au moins, pendant qu'elle s'affairait à ses amours illégitimes, elle lui fichait la paix. Il n'éprouvait aucune jalousie et n'avait pas envie pour l'instant de prendre sa revanche, même si les occasions ne manquaient pas. Il voulait seulement jouir de sa solitude, se perdre tranquillement dans le labyrinthe de ses pensées.

Les phares débusquaient les buissons et les arbustes de leurs recoins obscurs. Ne pas rater la route minuscule qui menait à la ferme de la mère Briand. Par chance, il ne pleuvait plus. La vieille n'avait pas voulu lui dire grand-chose au téléphone. Elle vivait seule dans son immense baraque délabrée depuis la mort de son mari. Jamais malade contrairement aux autres vieux du village. Une dure à cuire, maligne, teigneuse, adepte des herbes et des potions amères que les suppôts de l'archange Michel auraient certainement amalgamées à des philtres démoniaques. Les mauvaises langues – toutes les langues du village – disaient qu'elle exploitait sa connaissance des plantes pour avorter les filles enceintes ou ensorceler ses ennemis – tous les habitants du village. Son coup de fil était d'autant plus intrigant qu'elle n'avait recouru à ses services qu'en une seule occasion : le constat du décès de son mari. Il avait cru comprendre qu'elle ne l'appelait pas pour elle, mais pour quelqu'un d'autre. Qui donc avait eu l'idée saugrenue d'élire domicile dans cette ferme sinistre ? Quelqu'un de la famille ? Peu probable. Les deux fils Briand étaient partis pour le front Est à l'âge de seize ans et n'en étaient pas revenus. En tant que toubib, il avait sauvé une dizaine de conscrits des environs en leur inventant des tares incompatibles avec la défense de la nation européenne. Un officier recruteur du bureau de la légion de Bourges avait un jour débarqué dans son cabinet pour lui demander des explications. Il s'en était sorti en évoquant les ravages opérés par la consanguinité dans les campagnes du Cher. Les bons chrétiens ne devraient pas commettre ce genre d'acte, je veux dire l'inceste, avait commenté l'autre, les sourcils froncés. Bah, on ne peut pas contrôler toutes les ouailles européennes dans leurs chambres à coucher, avait-il rétorqué, goguenard.

Un vieux panneau de bois, la route de la ferme Briand. Une comète blanche traversa le faisceau de ses phares et faillit emboutir son pare-brise. Une effraie. Il but une gorgée à la flasque de gnôle qu'il avait glissée dans la poche de son imper avant de partir. Saloperie de temps, on ne savait jamais comment s'habiller. L'alcool lui incendia les tripes. Il finirait probablement avec une cirrhose, une manière de mourir revenue en force sous le règne de l'archange Michel.

Les faisceaux de ses phares arrosèrent une large façade au crépi écaillé. La mère Briand l'attendait sur le pas de la porte, petite, menue, emberlificotée dans ses vêtements d'araignée. Deux mèches blanches dépassaient du fichu noir serré autour de son visage raviné. Il se gara sous un grand tilleul dont les branches basses tutoyaient la toiture de la maison. La fraîcheur de la nuit dissipa ses derniers lambeaux de sommeil lorsqu'il descendit de la voiture, mallette en main.

« Vous avez mis le temps, docteur. »

Il s'était attendu à ce genre d'accueil, mais la voix pourtant étonnamment basse et douce de la vieille femme lui vrilla les nerfs. La déontologie – et la curiosité – lui interdit de déguerpir.

« Vous m'avez appelé pour une urgence, non ?

— Suivez-moi. »

Elle ne rentra pas dans la maison, elle alluma une lampe de poche, traversa la cour et se dirigea vers la grange d'une foulée menue et pressée.

« Oh là, je ne suis pas vétérinaire, marmonna-t-il avant de lui emboîter le pas.

— S'agit pas d'animaux. »

Il n'obtint aucune autre précision jusqu'à ce qu'elle eût poussé une petite porte latérale sur un côté du bâtiment.

« Ils sont là.

— Ils ? »

Le rayon de la lampe caressa les pierres des murs, les dalles grossières, les anciennes mangeoires suspendues, les divers outils soigneusement rangés. Ils longèrent une série de stalles avant de passer dans une autre salle, un pailler pourvu d'une mezzanine à laquelle on accédait par une échelle rustique. La mère Briand l'escalada avec une souplesse remarquable pour une femme de son âge. Il la laissa prendre quelques barreaux d'avance. De sa robe s'exhalait une odeur indéfinissable, quelque chose entre poussière, racine et camphre. Coucher avec une femme comme elle devait donner l'impression de se vautrer dans l'humus d'un sous-bois. Il s'en voulut de rouler des pensées pareilles, mais, à cette heure de la nuit, il n'avait aucun contrôle sur son esprit. Une fois en haut de l'échelle, il entendit des gémissements étouffés. La mère Briand s'immobilisa et, de sa lampe, éclaira des formes allongées sur les bottes de paille.

Une fille d'une quinzaine d'années, un garçon de six ou sept ans. Vêtus de hardes déchirées, tachées de terre et de sang. Beaucoup de sang, surtout dans la région du ventre du garçon. Salement amochés.

« Je les ai trouvés là un quart d'heure avant de vous appeler, dit la mère Briand.

— En pleine nuit ? »

Tout en soutenant la conversation, il s'était accroupi et avait commencé à examiner l'abdomen du garçon. Blessure par balle. Importante perte de sang. Vêtements collés à la plaie.

« Mon chien, il arrêtait pas d'aboyer.

— Je l'ai pas vu, votre chien…

— Je l'ai enfermé dans le cellier.

— Vous auriez dû appeler le SAMU. Il leur faut une hospitalisation d'urgence.

— C'est que…

— Quoi ? »

La mère Briand promena le faisceau de sa lampe sur les visages du garçon et de la fille.

« Je crois pas qu'on les aurait soignés, à l'hôpital. On les aurait plutôt achevés.

— Pourquoi vous dites que… »

Il s'interrompit, frappé par une soudaine évidence : ces cheveux bruns, bouclés, cette peau mate, ces yeux d'un noir fuligineux, fiévreux…

« Des ousamas ? D'où peuvent-ils venir ?

— M'est avis qu'ils se sont échappés du CERI du Centre. De nos jours, y a plus que là qu'on en trouve. »

Il sortit de sa mallette des ciseaux, un scalpel, un flacon de désinfectant, des compresses, une bande élastique, une boîte d'analgésiques.

« Avant que vous commenciez, docteur, je dois vous demander…

— Vous n'avez pas de quoi me payer, c'est ça ?

— J'ai de l'argent, pas de problème. Vous demander ce que vous avez l'intention de faire.

— Eh bien, les soigner.

— Mais après ? Pas la peine de les remettre sur pied si c'est pour aller les livrer à la légion. »

Il se plaça entre le garçon et la fille.

« Vous n'auriez pas pris le risque de m'appeler si vous aviez douté de mes convictions. Éclairez-moi au lieu de raconter des bêtises. »

Un sourire affleura les lèvres rêches de la mère Briand. La fille présentait une blessure à l'épaule, mais la balle n'avait tracé qu'un sillon superficiel avant de ressortir et la plaie ne s'était pas infectée. Il se concentra donc sur le garçon, commença à découper son tee-shirt avec les ciseaux, décolla délicatement le coton collé par le sang.

« Il me faudrait de l'eau, potable si possible, et deux verres. Je vais faire un premier pansement, nous les transporterons après dans un autre endroit. Ils ne peuvent pas rester ici, c'est un vrai nid à germes. Je suppose que vous avez des chambres libres. »

La mère Briand hocha la tête et posa la lampe sur une botte de paille en gardant le faisceau dirigé sur le toubib.

« Je vous ramène quelque chose à boire ? »

Première phrase réellement sympathique de la maîtresse des lieux.

« Merci. J'ai ce qu'il faut. »

Il lampa une généreuse rasade de gnôle au goulot de la flasque. Réchauffé par l'alcool, il retira son imper et l'étala sur la fille.

La mère Briand se lança dans la descente périlleuse de l'échelle plongée dans l'obscurité. Elle revint quelques minutes plus tard, munie d'une seconde lampe de poche, d'une bouteille d'eau et de deux verres. Il avait réussi à dégager presque entièrement le tee-shirt du garçon. La plaie n'était pas belle à voir, sang coagulé, chairs boursouflées, nécrosées.

« Faut y mettre des asticots. J'ai vu quelque chose

là-dessus dans un vieux magasine. Ils mangent les chairs mortes et laissent la plaie toute nette, comme passée à l'eau de Javel. »

Il entrouvrit les lèvres du garçon pour lui glisser deux analgésiques et un peu d'eau dans la bouche. La suggestion de la vieille femme n'était pas idiote. Il avait également lu un article, dans une ancienne revue médicale, consacré aux vertus cicatrisantes des larves. Les Anglais avaient utilisé ce système à la fin du XXe siècle et au début du XXIe, et ne lui avaient pas trouvé de défaut – les laboratoires pharmaceutiques s'en étaient chargés, qui avaient démontré que les praticiens de Grande-Bretagne jouaient avec la vie de leurs patients ; l'Ordre des médecins européens, à la botte de l'industrie pharmaceutique, pouvait fabriquer n'importe quelle preuve nécessaire à la protection ou au rétablissement du monopole. Il devait auparavant extraire la balle et vérifier qu'elle n'avait pas touché un organe vital. Il se demanda s'il était encore capable de pratiquer ce genre d'intervention. Il repoussa le découragement qui le gagnait, se redressa, but une nouvelle rasade de gnôle.

« Des asticots, hein ? Où voulez-vous en trouver ?

— Mon mari en élevait pour aller à la pêche. Sa boîte en est encore pleine.

— Transportons-le d'abord dans une chambre. Puis après voyons si nous pouvons retirer la balle. »

Il confectionna un pansement de fortune et chargea le garçon sur son épaule avec les plus grandes précautions. Il aurait sans doute mieux valu le soigner sur place, mais la lumière était vraiment trop faible, et les conditions précaires. Malgré son épuisement, la fille réussit à se lever, à descendre l'échelle et à marcher jusqu'à la maison. Ils s'installèrent dans une pièce du premier étage, la chambre du fils aîné, précisa la mère Briand d'une voix hachée par l'émotion.

L'aube était levée depuis un bon moment quand il put enfin prendre un peu de repos. Les gestes lui étaient venus comme par enchantement. Il avait rêvé toute sa jeunesse de s'engager dans une association de médecins voyageurs, de partir à la découverte du monde, d'œuvrer sur les champs de bataille ou dans les contrées rongées par la misère. Au lieu de quoi, il avait fourré sa bite dans un con piégé un soir qu'il avait trop bu, il s'était retrouvé à la mairie puis à l'église dans un costume de pingouin, il avait dû se contenter de soulager les maux mesquins de ses concitoyens du Cher.

Le garçon dormait d'un sommeil paisible, abruti par les analgésiques et les antibiotiques. La balle n'avait pas perforé le ventre, elle s'était engouffrée en biais et avait buté sur l'os iliaque sans provoquer d'autres dégâts qu'une large déchirure dans les muscles obliques. Un miracle. Une surinfection avait provoqué un début de septicémie que les antibiotiques parviendraient sans doute à enrayer. Il avait raclé un maximum de chairs nécrosées, mais il n'avait pas pu nettoyer la plaie à fond, et les asticots du père Briand seraient probablement bienvenus pour finir le boulot. Il avait ensuite soigné la fille. Elle avait hésité à se dévêtir. Il lui avait calmement expliqué qu'il devait lui inspecter tout le corps, y compris les parties intimes, la seule façon de vérifier qu'elle ne couvait pas de foyers infectieux. Il avait badigeonné ses plaies et ses égratignures d'un liquide désinfectant. Son corps brun n'avait cessé de trembler pendant qu'il l'examinait et lui prodiguait les soins. Elle avait ensuite passé la chemise de nuit apportée par la mère Briand et suivi la vieille femme qui lui avait préparé un lit dans la chambre voisine.

Il vida la flasque, se rapprocha de la fenêtre, contempla le jour naissant. Un jour chétif, frileux, emmitouflé dans ses nuages. Un jour qui grandirait, qui vieillirait, qui plierait sous le poids des ténèbres. Une ronde infernale. Absurde. Il se sentait vidé, mais apaisé. Longtemps qu'il n'avait pas baigné dans une telle quiétude.

La vieille femme entra dans la chambre en portant un plateau où s'entrechoquaient une cafetière, un sucrier, des cuillères, des tasses et une carafe à moitié emplie d'un liquide ambré.

« Vous croyez qu'il s'en tirera ? demanda-t-elle en désignant le garçon du regard.

— Il est solide. Il guérira. Mais quel avenir pour lui, et pour elle ? »

Elle lui servit une tasse de café.

« Combien de sucres ?

— Aucun, merci. »

La chaleur et l'amertume du café le revigorèrent.

« Je le garderais bien ici, mais, vous savez comment sont les gens, ils ne m'aiment pas, ils me cherchent des poux dans la tête, il se trouvera bien quelqu'un pour me dénoncer, pour les dénoncer à la légion. »

Elle s'assit sur le bord du lit et vida sa tasse à petites gorgées bruyantes, les yeux perdus dans le vague. Il la trouva belle et digne, soudain, dans ses vêtements noirs. Ses cheveux se déversaient en torrents blancs sur ses épaules et sa poitrine. Rares étaient les anciennes qui ne sacrifiaient pas leurs chevelures sur l'hôtel de la résignation. Des cheveux de sorcière, auraient dit les villageois. Ou des cheveux d'ousama.

« La fille était trop énervée pour dormir après que vous l'avez soignée, reprit-elle. Elle m'a raconté ce qui s'est passé. Des résistants sont venus délivrer les détenus du CERI du Centre. Ils ne savaient pas qu'une compagnie de légionnaires les attendait dehors. Paraît que ç'a été un vrai massacre. Elle a perdu toute sa famille, sauf son petit frère. Tous les deux en ont réchappé par miracle. Un miracle. Y a pas d'autre mot. Les autres les ont crus morts. Ils ont jeté leurs corps dans un camion, puis ils ont roulé jusqu'au grand incinérateur, vous savez, l'ancien incinérateur à farines animales. Ils brûlent les cadavres là-dedans. Ils pourraient aussi bien y enfermer les vivants. Mon Dieu, dans quel monde vivons-nous ?

— En fin de compte, il n'a pas beaucoup changé depuis les années 1940. »

La mère Briand reposa sa tasse sur le plateau et s'essuya les lèvres d'un revers de manche.

« Elle et son petit frère ont profité d'un arrêt pour sauter du camion. Comme il ne pouvait pas marcher, elle l'a porté à travers champs jusque chez moi. Cette folie ne s'arrêtera donc jamais ? »

Il nettoya ses instruments, les remit dans sa mallette, enfila son imper.

« J'ouvre mon cabinet dans deux heures.

— Vous voulez pas un petit calva avant de partir ?

— Pas de refus. »

Il vida d'une traite l'alcool qu'elle avait versé directement dans sa tasse. Une traînée incendiaire courut dans ses veines et se répandit sous son crâne.

« Je vous dois de l'argent.

— Vous n'êtes pas obligée, vous savez. »

Elle sortit deux billets de cinquante euros d'un repli de sa robe et les lui tendit.

« Prenez, prenez. Faut bien que je les écoule avant de partir. Qu'est-ce que j'en ferais, là-haut ? »

Il saisit les billets et les fourra dans la poche de son imper. Cette fois, sa femme ne pourrait pas lui reprocher de s'être déplacé pour rien. Il devrait seulement inventer une histoire plausible pour justifier la durée anormalement longue de son intervention. Il aurait tout le trajet du retour pour élaborer un scénario convaincant. Il aimait réfléchir en conduisant, seul au monde dans sa bulle de verre, de caoutchouc et de ferraille.

« Je repasserai vous voir dans la journée.

— Je… je peux vous appeler en cas de besoin ?

— Bien sûr. »

Il lui serra la main sur le pas de la porte, s'engouffra dans sa voiture, tourna la clef de contact, laissa le moteur chauffer pendant quelques secondes avant de passer la première. Il croisa le regard à la fois acéré et chaleureux de la vieille femme et regretta de ne pas l'avoir connue plus tôt.

Même si tu es le plus coupable parmi les méchants, tu franchiras l'océan du mal grâce à la barque de la Sagesse.

Bhagavad-Gîtâ,
Traduit du sanskrit par J. M. Rivière IV-36.

Le type les fixait d'un air méfiant. Des lueurs égrillardes s'allumaient dans ses yeux bruns lorsqu'ils se posaient sur Stef. Une bosse déformait sa veste sous son aisselle, une arme sans doute. Il s'était avancé vers l'appentis d'un pas lourd. Pibe avait voulu se cacher, mais Stef l'avait saisi par le poignet et contraint à rester en place.

Le jour s'était levé depuis un bon moment, et la quinzaine de personnes qui s'étaient engouffrées dans la villa au cours de la nuit n'en étaient toujours pas ressorties. La lumière encore blême révélait le rouge brique des murs et de la toiture, le vert sombre des buissons, le gris-blanc des allées, les taches allègres des fleurs sauvages.

« Qu'est-ce que vous foutez là, vous deux ?

— Quelqu'un nous a piqué notre caisse, répondit Stef. On a cherché un abri pour la nuit. »

Un chien de garde, ce type, cheveux ras, front bas, narines au vent, yeux soupçonneux, lèvre supérieure retroussée, crocs aiguisés. Il valait mieux sans doute ne pas se cogner aux énormes poings qui dépassaient des manches de sa veste.

« Le problème, c'est que j'peux pas vous laisser repartir…

— Pourquoi ? On n'a rien fait de mal.

— Vous n'avez pas choisi le bon endroit ni le bon moment. C'est pas de chance. »

Pibe lança un coup d'œil furibond à Stef. Pourquoi ne s'étaient-ils pas barrés pendant qu'il en était encore temps ? Ces manœuvres nocturnes dans le parc de cette villa isolée et cossue puaient l'embrouille à plein nez. Mais elle, la conne, elle y avait vu un signe du ciel, elle avait affirmé qu'ils avaient peut-être trouvé la solution à leur problème. Une balle dans la tête ou dans le bide, c'est ça qu'elle appelait la solution au problème ? Quel problème, d'abord ?

« Pourquoi ? insista-t-elle. Qu'est-ce qui se passe ici ? »

Le type ricana et plongea la main dans l'échancrure de sa veste. Son rictus se pétrifia lorsque Stef lui braqua son Colt sur le visage. La vitesse à laquelle elle l'avait dégagé de ses vêtements sidéra Pibe. Il avait sauté dans sa main comme par enchantement.

« Je t'ai posé une question… »

Le type leva les bras avec un sourire conciliant.

« Du calme, ma belle. Fais gaffe avec ce genre de truc. Un coup est si vite parti.

— Me prends pas pour une conne ! Je sais m'en servir. Je te laisse le choix entre une mort instantanée et une longue agonie. Une balle dans le cœur ou une balle dans le ventre. »

Les lèvres du type se crispèrent, un voile grisâtre tomba sur ses traits.

« T'es une putain de fliquette, c'est ça ? J'savais pas que les légionnaires embauchaient des gamines. Remballe ton joujou. Si tu tires, les autres te tomberont dessus.

— On est de la caillera, pas de la légion. »

Le type hocha la tête, visiblement soulagé.

« Fallait le dire avant ! On est du même bord.

— T'avais l'intention de nous flinguer y a pas une minute !

— J'pouvais tout de même pas laisser deux témoins derrière moi. Maintenant, je pense pas que vous irez balancer. Cette villa est une base d'embarquement pour clandestins. Les bateaux viennent les récupérer en bas.

— Pour aller où ?

— Où ils veulent, tiens ! Pays islamistes, Amérique, Asie, Australie… Ça dépend d'eux. Surtout de leurs moyens financiers.

— Ceux qui sont arrivés cette nuit, ils vont où ?

— Je peux baisser les bras ? »

Stef acquiesça d'un mouvement de tête.

« Un groupe d'ousamas, reprit le type en se massant une épaule. Ils voulaient aller en Turquie, mais, vu leurs moyens, le bateau les lâchera en Albanie. Là-bas, ils essaieront de trouver une autre filière pour la Turquie. Ils devraient s'en sortir : les métèques, ils passent inaperçus chez les autres métèques. »

Il éclata de rire, fier de sa trouvaille.

« Combien, pour l'Albanie ? » demanda Stef.

La surprise agrandit les yeux et plissa le front de son vis-à-vis.

« Qu'est-ce que vous iriez foutre en Albanie ? C'est un ancien nid d'ousamas. Un vrai merdier.

— Combien ?

— J'sais pas, moi. Quelque chose comme trois mille euros. Par personne, hein. »

La somme estomaqua Pibe. Il ne savait pas combien exactement il avait récupéré dans la caisse de la boutique de fringues, mais il était sûrement loin du compte. Et puis leur interlocuteur avait raison : quelle idée d'aller se fourrer dans un guêpier comme l'Albanie ? Il se souvenait vaguement que l'Europe avait annexé l'Albanie, un pays islamiste, juste avant le début de la guerre. Raisons invoquées : sécurité militaire. Même chose pour la Bosnie et les autres régions musulmanes d'Europe. On n'avait pas cherché à convertir les populations, on les avait éliminées, on avait récupéré leurs biens et redistribué leurs terres. Les programmes d'histoire parlaient pudiquement du pacte de l'UCTE, l'Unification chrétienne des territoires européens. Pibe et ses copains s'étaient fendus devant les filles de deux ou trois blagues nulles sur les *maniaques* – Bosniaques – et les *Allah niais* – Albanais.

« Et si je vous propose cinq mille pour nous deux ? »

Le type feignit de s'absorber dans une réflexion intense, mais le soudain embrasement de ses yeux montrait qu'il avait flairé l'aubaine.

« C'est que… j'sais pas s'il y aura assez de nourriture et d'eau pour tout le monde sur le bateau. Et puis j'suis pas seul à décider. Faut que j'en parle à mes associés. Venez avec moi. »

Il pivota sur lui-même et se dirigea vers la villa d'une allure en apparence nonchalante. On devinait pourtant sous sa veste la crispation des muscles de son dos. Pibe attendit qu'il eût parcouru une dizaine de mètres pour s'adresser à Stef :

« Tu les prendras où, ces cinq mille euros ?

— J'ai visité toutes les maisons de la ville contaminée avec mes potes mongoliens. Une vraie chasse au trésor.

— Pourquoi tu me l'as pas dit ?

— Tu me l'as jamais demandé.

— Qu'est-ce qu'on irait foutre en Albanie ? »

Stef souleva sa robe et coinça son flingue dans la ceinture de son slip. La vue furtive du haut de sa cuisse et de sa hanche déclencha un spasme de désir dans le basventre de Pibe.

« Il ne nous restera plus qu'à traverser la Bulgarie pour arriver dans les Carpates. En prime, on va s'offrir une petite croisière sur la Méditerranée.

— J'ai pas confiance dans ce mec.

— Moi non plus. Mais ni lui ni ses copains ne résisteront à la tentation de palper cinq mille euros. Je t'avais pas dit qu'on trouverait une solution à notre problème ? »

Elle éclata de rire et s'engagea à son tour sur l'allée de galets blancs qui menait à la porte d'entrée de la villa.

Le groupe d'ousamas comprenait neuf hommes et quatre femmes âgés de vingt à quarante ans. Bien que provenant de différents coins de l'Europe, ils parlaient tous un français correct. Certains avaient parcouru un long chemin depuis les pays du Nord et changé souvent de filière, s'acquittant à chaque fois d'une somme exorbitante. Ils avaient vendu leurs biens et regroupé leurs économies pour cette expédition de la dernière chance. L'un d'eux, Mourad, avait par exemple dépensé plus de trente mille euros entre son point de départ, Copenhague, et la côte méditerranéenne. Il en avait conçu une haine brûlante à l'encontre des salauds qui avaient exploité la situation pour doubler ou tripler les tarifs et lui extorquer tout son fric, des gens sans parole, des chiens. Il projetait maintenant de s'engager dans l'armée de la Grande Nation, de revenir en conquérant sur ces terres qui l'avaient vu naître et qui l'avaient obligé à se sauver comme un criminel. Il se vengerait de toutes les humiliations subies, il massacrerait sans pitié les chrétiens refusant d'embrasser la vraie religion, il obligerait ces Européens arrogants à le regarder avec crainte et respect. Et si les armées du Prophète ne réussissaient pas à enfoncer le front Est, il se porterait volontaire pour s'infiltrer en territoire ennemi et se faire sauter dans un endroit populeux. Il était resté sans nouvelle de son épouse et ses enfants internés dans un camp, il n'avait plus de famille, plus d'avenir, plus d'espoir, rien d'autre qu'une volonté farouche de rejoindre ses frères de l'Est et de servir sous la bannière du seul Dieu. Ses yeux sombres brillaient avec l'éclat et la dureté du diamant.

Les autres l'écoutaient avec une résignation teintée de désespoir. Ils approuvaient de temps à autre d'un hochement de tête ou d'un murmure. Ils avaient vécu des expériences similaires. Ils auraient dû, en vertu du droit du sol, bénéficier d'un traitement égal à celui de leurs compatriotes chrétiens, mais l'Europe les avait reniés, trahis, traqués, un travail de sape entrepris contre le monde musulman la décennie suivant les attentats du 11 septembre 2001. La dernière croisade de la chrétienté. Le but de l'archange Michel – moues de mépris, crachats – était selon eux d'ouvrir une route judéo-chrétienne jusqu'à Jérusalem, jusqu'au tombeau du Christ, puis, à l'aide de l'État hébreu, son allié naturel, de partir à la conquête de la péninsule Arabique, de détruire La Mecque et les autres lieux saints de l'islam, d'éradiquer de la surface de la terre la religion du Prophète. Mais Dieu, loué soit-Il, ne permettrait pas à cela de se produire.

Assises à l'écart dans le salon carrelé de la villa, les quatre femmes n'intervenaient pas. Aucun foulard ne couvrait leurs visages ni leurs chevelures brunes. Vêtues à l'européenne, elles ne montraient aucun signe d'approbation ou de désaccord et, pourtant, Pibe voyait dans leurs yeux, dans leurs expressions, qu'elles ne partageaient pas l'opinion de leurs coreligionnaires masculins, qu'elles partaient uniquement pour sauver leur peau, qu'elles n'espéraient pas une vie meilleure de l'autre côté du front Est. Elles lui souriaient lorsqu'il croisait leurs regards, et il y avait bien plus de promesses dans les tendres plis de leurs lèvres que dans les discours enragés des hommes. Il revoyait maman dans la cuisine du pavillon familial, la tête penchée, les yeux mi-clos, cette tristesse indicible qui imprégnait chacun de ses mouvements, chacun de ses mots, et il comprenait que le malheur n'était pas dû à l'islam ou au christianisme, mais à l'homme qui transformait les religions en d'implacables machines de guerre, à ce mal mystérieux qui rongeait l'humanité depuis la nuit des temps. Ni les chrétiens ni les ousamas n'étaient dans le vrai, il fallait jeter au feu les religions, brûler les dieux jaloux, désacraliser les terres, arracher la soutane des prêtres, dénouer les turbans des imams, crier à chaque homme et à chaque femme de ne rien prendre au tragique, de s'étourdir dans ce jeu magnifique qu'était la…

Merde, voilà qu'il pensait comme Stef.

Elle avait eu raison de croire qu'ils trouveraient la solution dans ce coin paumé de la côte. Le bateau les déposerait en Albanie dans trois ou quatre jours, un moyen de transport relativement sûr et un gain de temps appréciable. Les passeurs avaient accepté ses cinq mille euros, comme elle l'avait prévu. Pibe avait craint qu'ils ne se débarrassent d'eux après avoir empoché le fric, mais les trois hommes s'étaient contentés de leur distribuer leurs gilets de sauvetage.

« Pourquoi ces gilets ? avait demandé Mourad.

— Si les patrouilles maritimes arraisonnent le bateau, vous n'aurez pas d'autre choix que de sauter.

— Et nager jusqu'à l'Albanie ? »

Le passeur avait haussé les épaules.

« Le bateau pourra peut-être vous récupérer, et puis, vous connaissiez les risques avant de venir ici.

— Quelles sont les chances de tomber sur une patrouille ?

— Cinquante pour cent. Il y a aussi les sous-marins ousamas. Ils déboulent de la mer Noire par le détroit du Bosphore et coulent tous les bateaux sans distinction.

— Puisque nous avons une chance sur deux de survivre, vous devriez nous rendre la moitié de notre fric ! »

Un sourire avait égayé la face lugubre du chef des passeurs, un petit brun tout en angles et en tics.

« Le bateau viendra vous prendre. Nous avons rempli notre part du contrat. Et puis votre fric, que vous couliez ou que vous arriviez de l'autre côté du front, il ne vous servira plus à grand-chose.

— Il n'est pas encore là, votre bateau.

— Il a eu un petit ennui, mais il ne devrait pas tarder. »

Il accosta au début de l'après-midi, précédé du grondement de son moteur. Un vieux rafiot tout rouillé dont on se demandait comment il pouvait tracer un sillon aussi clair derrière lui. Le passeur à la tête de chien vint chercher les passagers à qui on avait distribué de la nourriture et des boissons un peu avant midi. N'ayant rien mangé depuis la veille, Pibe avait dévoré ses deux sandwiches avec une telle voracité qu'il avait failli s'étrangler. Il regretta d'avoir mangé si vite, d'abord qu'il ne se sentait pas rassasié, ensuite parce que le pain était tombé comme une pierre dans son estomac.

Ils descendirent par la falaise dans la crique où Stef et lui s'étaient baignés. Le moteur du bateau au mouillage tournait au ralenti dans un gargouillement crapoteux. Un petit chalutier, mal entretenu, rafistolé, à première vue incapable de transporter qui que ce soit vers les côtes albanaises. Le chef des passeurs tint un court conciliabule avec le capitaine, un homme d'une cinquantaine d'années au visage buriné, à la chevelure grasse et emmêlée. Le vent emportait leurs voix vers le large. Tous les espoirs des clandestins reposaient dorénavant sur ce rafiot déglingué. Ils avaient largement le temps, en quatre jours, de rencontrer une ou plusieurs tempêtes. Le capitaine tourna la tête et, par-dessus son épaule, fixa Stef d'un œil vaguement salace. Le passeur lui remit plusieurs liasses, il recompta les billets avec soin avant de les glisser dans la poche de sa vareuse et, d'un ample geste du bras, donner le signal de l'embarquement.

Les clandestins s'entassèrent sur l'ancienne plage de pêche à l'arrière du navire. Les passeurs remontèrent vers la villa sans les saluer ni leur souhaiter bonne chance.

« Ils vendraient leur père et leur mère pour trente euros, lâcha Mourad en désignant les trois silhouettes disséminées sur les rochers de la falaise. Ils ont un porte-monnaie à la place du cœur. Les décrets d'expulsion des musulmans d'Europe sont pour eux une vraie manne. »

Le chalutier quitta le mouillage dans un chœur de craquements et prit la direction opposée à celle du soleil couchant. La silhouette du capitaine se découpait derrière les vitres sales de la cabine de navigation. Une odeur terrible de poisson infestait le bateau. Ses deux cheminées crachaient une poix noire imprégnée de lourds relents de fioul. Accoudé à la rambarde, Pibe observait avec fascination les remous générés par les propulseurs.

« C'est la première fois que tu te balades sur la mer, Pibe ? » demanda Stef.

La première fois.

Bien qu'ayant habité pendant près de treize ans à moins de cinquante kilomètres de l'océan Atlantique, il n'était allé que rarement dans les stations balnéaires de la côte. Le Seigneur n'appréciait pas les corps à moitié nus vautrés sur le sable, prétendaient ses parents. La preuve : il leur envoyait des coups de soleil et des maladies de peau. Ils avaient cependant inscrit leur fils et leur fille aux leçons de natation dispensées par les moniteurs de la piscine municipale, parce que, même si l'eau n'était pas le milieu naturel de l'homme, il était préférable de savoir nager. Il s'était baigné dans les rouleaux de l'Atlantique, dans ces voiles froids et saumâtres qui vous tiraient par les pieds, mais il n'avait jamais pris le bateau. Pas davantage qu'il n'avait pris l'avion. Les incertitudes de la guerre avaient cloué au sol les populations européennes autrefois avides de voyages, de découvertes, de climats riants. Les vols commerciaux s'étaient considérablement réduits depuis que plusieurs avions de ligne avaient été abattus par les chasseurs islamistes. C'est chez soi qu'on est le mieux de toute façon, avait coutume de dire papa. Sauf quand une mère des bombes s'invitait en pleine nuit et réduisait le chez-soi en cendres.

Ils perdirent de vue la côte. Le vent du large emportait le ronronnement du moteur, amassait les nuages au-dessus de leurs têtes, gonflait et tordait la surface de la mer. Le capitaine sortit de la cabine et leur hurla de passer les gilets de sauvetage.

« Si ça remue trop fort, je vous conseille de descendre vous réfugier dans l'ancien atelier. L'odeur est à peine supportable, mais, au moins, vous prendrez pas les paquets de flotte sur la tronche ! »

Il ne cessait de fixer Stef pendant qu'il parlait. Il s'assura que ses passagers avaient correctement fixé leurs gilets, examina les attaches de Stef avec une attention particulière, retourna dans la cabine après lui avoir adressé un clin d'œil grivois.

« Je l'aime pas, ce mec ! gronda Pibe.

— Peu importe que tu l'aimes ou pas, dit Stef. Le principal est qu'il nous conduise en Albanie.

— M'en fous. S'il te touche, je le bute ! »

Elle lui caressa la joue du dos de la main.

« T'es mignon quand t'es jaloux. Pibe. »

La nuit tomba, et la tempête, comme si elle avait attendu le déploiement des ténèbres pour entrer en action, se déchaîna.

Il s'était toujours méfié du toubib, un mauvais chrétien, un homme dégoûtant d'après le curé. De toute façon, un médecin qui s'installe en pleine cambrousse au lieu de s'offrir une vie confortable en ville ne peut être qu'un drôle de paroissien, un suppôt du diable ou de l'athéisme, ce qui revenait au même. L'Europe n'était toujours pas débarrassée des esprits démoniaques qui l'avaient précipitée dans l'antichambre de l'enfer.

Ce salaud de toubib lui avait proposé la réforme. La réforme, à lui dont le désir le plus ardent, le désir unique, était de défendre son Dieu et sa Patrie. À lui qui s'était présenté dès l'âge de treize ans au bureau local de la légion et avait rongé son frein pendant trois ans avant de recevoir sa feuille de route. À lui qui s'était juré de tuer plusieurs centaines d'ousamas et avait commencé son entraînement dans le jardin familial avec le fusil de chasse de son père. À lui qui avait dessiné sur de grands cartons des silhouettes censées figurer les soldats islamiques.

Le facteur avait enfin déposé dans la boîte aux lettres l'enveloppe frappée des deux L argentés dont il avait guetté l'apparition tous les matins pendant plusieurs mois. Comme il n'y avait qu'un seul toubib à trente kilomètres à la ronde, il n'avait pas eu d'autre choix que de passer sa visite médicale chez le mauvais chrétien. Après lui avoir ausculté la gorge, les poumons, le cœur, le salopard lui avait palpé les organes génitaux comme un maquignon les couilles d'un taureau. Il avait tressailli et failli lui foutre son poing dans la gueule.

« Tout est en ordre, avait dit le toubib en se lavant les mains. Mais, si tu ne veux pas aller sur le front Est, je peux faire en sorte que tu sois réformé. »

Il lui avait fallu quatre ou cinq secondes pour que ces paroles se frayent un chemin jusqu'à son cerveau.

« Vous venez pas d'dire que tout était en ordre ? »

Le mauvais chrétien s'était retourné et l'avait fixé avec un odieux sourire complice. Si ça se trouve, les rumeurs sur lui et la mère Briand n'étaient pas des racontars, il couchait réellement avec cette vieille sorcière qu'on aurait dû brûler depuis bien longtemps.

« Tu es en excellente santé, rassure-toi, mais on fait dire ce qu'on veut aux certificats médicaux…

— Ça veut dire que vous m'feriez un faux ? »

Le salopard avait écarté les bras et levé les yeux au ciel. Il aurait mieux fait de les garder baissés, on ne pouvait pas défier Dieu impunément.

« Un faux, les gros mots, tout de suite ! C'est seulement que, si tu n'as pas envie d'aller te faire tirer comme un lapin à trois mille kilomètres de chez toi, ce que je peux comprendre, je t'arrangerai le coup.

— Mais j'veux y aller, moi, sur le front Est ! J'attends qu'ça depuis trois ans ! »

Le toubib avait reculé d'un pas, frappé par la violence soudaine de sa voix, s'était assis à son bureau et, la tête basse, avait rempli et tamponné le certificat d'aptitude.

« C'est ta vie après tout, avait-il marmotté.

— J'suis pas un trouillard, moi, j'défendrai mon pays, j'laisserai pas les ousamas mettre un pied en Europe. »

Il avait tendu les vingt-cinq euros de la visite au toubib et ajouté, d'un air finaud :

« C'est vrai c'qu'on raconte sur vous et la mère Briand ? »

Le mauvais chrétien avait tressailli et gardé le bras tendu, les doigts crispés sur les billets.

« Qu'est-ce qu'on raconte ?

— Que vous et la mère Briand, enfin, vous voyez l'truc... »

Le toubib avait ressemblé à une gargouille avec ses yeux écarquillés et sa bouche grande ouverte, puis il avait lâché un drôle de rire, un ricanement méphistophélique.

« La mère Briand et moi ? Qui peut bien s'amuser à colporter ce genre de ragot ? »

Il avait répondu d'un haussement d'épaules : il n'allait tout de même pas lui révéler ses sources – sa mère, elle-même renseignée par le curé, lui-même informé par un paroissien pendant sa confession. Il avait plié le précieux certificat, l'avait mis dans la poche intérieure de sa veste et s'était sauvé de l'antre du diable. Il était parti le lendemain matin pour le centre de recrutement de Bourges après une dernière soirée passée en famille. Bien qu'attristés par son départ, ses parents, ses deux frères et ses trois sœurs s'étaient montrés fiers de lui. En tant qu'aîné, il lui revenait de donner l'exemple, d'empêcher le déferlement des démons islamistes sur les terres occidentales, de défendre les valeurs du Christ, de protéger sa mère et ses petites sœurs, de participer à la renaissance de cette grande Europe trahie par ses alliés américains et ruinée par les multinationales. Ils avaient dépensé leur dernière nuit en sucreries, en vin, en larmes et en rires. Il avait quitté la maison à l'aube sans réveiller ses parents brisés par le chagrin et l'excès de pinard, il avait marché jusqu'à la gare la plus proche distante d'une dizaine de kilomètres, le sac sur l'épaule, battu déjà par la nostalgie.

Il s'était présenté au centre de recrutement de Bourges après un trajet ferroviaire marqué par deux arrêts prolongés en pleine voie, un sabotage, un suicide. Les instructeurs l'avaient accueilli avec une chaleur fraternelle, revigorante, et lui avaient fait signer plusieurs documents dont il n'avait même pas cherché à prendre connaissance. Une fois remplies les assommantes formalités administratives, on lui avait remis son paquetage, son uniforme de parade et son béret noirs frappés de la lance argentée, ses bottes, ses sous-vêtements, sa capote, sa tenue de combat, brun sombre moucheté d'ocre et de vert, son casque, ses rangers, son couteau multifonction, son pistolet, ses chargeurs de balles à blanc, son fusil d'assaut flambant neuf, une merveille plaquée argent. Un sergent l'avait conduit à la chambrée où se pressaient déjà une trentaine de recrues et lui avait désigné un plumard. Une puanteur de ménagerie noyait la pièce et masquait l'odeur sourde exsudée par les murs humides de la caserne, un ancien hospice annexé par la légion dix ans plus tôt.

« Début de l'instruction dans une heure, avait aboyé le sergent, et tenue de combat, et on n'est pas dans une colonie de vacances, et va falloir se remuer le cul, et pas de temps à perdre, et les ousamas, eux, envoient chaque jour des milliers de fanatiques sur le front Est. »

Il avait rangé son barda, enfilé sa tenue de combat, lié connaissance avec son voisin du lit du dessous, un garçon dont les sous-vêtements un peu trop grands soulignaient la maigreur, la pâleur, la délicatesse. Yeux ouverts comme des lucarnes sur un ciel bleu et délavé, cheveux noirs, longs, bouclés, douceur de fille, visage à la blancheur crayeuse.

« Maximilien. Je viens de Moulins, dans l'Allier. J'ai reçu ma convocation il y a trois jours. Mes parents ont sauté sur cette occasion de se débarrasser de moi.

— Tu veux dire que t'as pas envie d'aller sur le front Est ? »

Maximilien s'assit sur son lit afin de passer les pieds dans les plis de son pantalon de treillis.

« Qui peut avoir envie d'aller sur le front Est ?

— Ben moi ! Tous ceux de notre âge ! C'est notre devoir de barrer le ch'min aux ousamas. »

Il prononça ces derniers mots d'une voix forte. La plupart des autres recrues soulignèrent ses propos de grognements ou de vigoureux hochements de tête.

« Si on n'y va pas, qui c'est qui le fera à notre place, hein ? continua-t-il, encouragé par leurs réactions. On va pas laisser ça aux vieux, aux filles, aux gogols. »

Il assimilait d'emblée son voisin de lit au toubib de son village : l'un aurait sans aucun doute accepté le faux certificat de l'autre, ces deux-là se seraient entendus comme larrons en enfer sur le dos de l'archange Michel.

« L'Europe n'a pas besoin de vieux, ni de filles, ni de gogols, puisqu'elle élève des dindons… »

Il ne comprit pas le sens de la réflexion de Maximilien, il se douta seulement qu'elle ne célébrait pas l'amour de la Patrie ni le courage des légionnaires.

« Pourquoi tes parents voulaient se débarrasser de toi ? »

Maximilien se releva et se battit un petit moment avec la fermeture récalcitrante de son pantalon.

« Je ne suis pas le fils dont ils rêvaient. Ils avaient le choix entre me renier et m'expédier sur le front Est. La deuxième solution leur a paru plus simple. Plus expéditive.

— Ils rêvaient de quoi, comme fils ?

— Un bon fils, un fils sain, un fils normal, je suppose.

— T'es pas normal ?

— On ne m'a pas jugé anormal au point d'être réformé, en tout cas. »

Le retour du sergent mit un terme à leur échange. Après un terrible coup de gueule contre tous ceux qui n'étaient pas encore prêts, dont Maximilien, il les rassembla sur le terrain d'exercice, une immense cour fermée hérissée de sacs de sable, de cibles, de bunkers, de murets, de barbelés. L'entraînement se résumait à quelques notions de base dont le maniement du fusil d'assaut et le franchissement de tranchées de trois ou quatre mètres de profondeur. Plus de trente fois, ils gravirent une pente de terre presque verticale, plus de trente fois, ils parcoururent au pas de course un terrain plat d'environ deux cents mètres de longueur en lâchant des rafales de fusils d'assaut sur des cibles mouvantes, plus de trente fois, ils rampèrent sous des rouleaux de barbelés aux pointes longues et acérées. Les poumons en feu, les jambes carbonisées, les mains et les genoux couverts d'écorchures, ils terminèrent cette première journée lessivés, au bord de l'agonie. Certains vomirent leur repas du midi, une tambouille immonde arrosée d'une piquette infecte. À la grande surprise de ses compagnons, Maximilien ne montra aucun signe de fatigue ni même un simple essoufflement. Avant de regagner le réfectoire, puis leur chambrée, ils se rendirent au bref fixé par le sergent dans le sous-sol du bâtiment central. On leur projeta des reportages de correspondants de la télé européenne dans les pays islamistes quelques mois avant le début de la guerre. Sur l'écran défilèrent des scènes violentes, pénibles, voleurs à qui un bourreau tranchait la main, femmes enterrées jusqu'aux épaules et lapidées, amants dénudés et fouettés sur la place publique, opposants politiques exécutés d'une balle dans la nuque ou décapités à coups de sabre, enfants vociférant et brandissant des fusils d'assaut, otages occidentaux emprisonnés, torturés, émasculés, taillés en pièces, renvoyés dans leurs pays d'origine morceau par morceau, drapeaux européens et américains foulés aux pieds, Ancien et Nouveau Testaments jetés au feu, le tout accompagné d'une musique hypnotique, oppressante. Quand les lumières se rallumèrent, la colère avait supplanté la fatigue et le découragement dans l'esprit et le cœur des recrues.

« J'espère que maintenant tu t'poses plus de questions, qu'tu sais pourquoi tu vas t'battre ! glissa-t-il à l'oreille de Maximilien assis à ses côtés sur le troisième alignement de bancs de bois rudimentaires.

— Quand le dindon est parvenu à maturité, on le farcit. Juste avant de le mettre au four. »

Les réponses de Maximilien le désorientaient, l'agaçaient comme tous les mots qu'il ne parvenait pas à ramener dans les filets de sa compréhension.

« Peut-être, mais si on laisse passer les ousamas, c'est l'Europe tout entière qui cramera dans l'four. En enfer, j'veux dire.

— Tu crois qu'on n'y est pas déjà, en enfer ?

— On coupe la main de personne, en Europe, on balance pas des cailloux sur les bonnes femmes, on arrache pas la bite des hommes avec des tenailles, on les renvoie pas chez eux en p'tits morceaux… »

Maximilien ouvrit la bouche pour répondre, se ravisa, laissa à ses yeux bleus le soin d'exprimer son désaccord. Comment dissimuler ses sentiments avec des yeux aussi limpides que ceux-là ? Avec ces miroirs grossissants de l'âme ? Les heures d'exercices avaient imprimé des marques rouges sur son front et son cou. Son index restait replié dans le pontet de son fusil d'assaut, ankylosé à force de presser la détente. La poussière collait à ses joues les mèches de ses cheveux dépassant de son casque, un enfant affublé de la tenue de combat de son père.

Usant d'un vocabulaire limité mais percutant, le sergent leur rappela la nécessité de défendre le sol européen contre les démons islamistes, leur distribua des cartouches de cigarettes aux couleurs de l'Europe et ornées des ailes de l'archange, leur annonça qu'ils avaient tout intérêt à se reposer puisque le réveil, le lendemain, était fixé à 4 heures, du matin, hein. Les attendaient trois heures d'exercice avant le petit déjeuner, cinq avant le bref du midi et le déjeuner, cinq autres avant le bref du soir et le dîner.

« Ceux qui sont encore pleins d'énergie, ils peuvent se branler s'ils en ont envie, mais ils auront pas intérêt à se traîner demain ! »

Une salve de rires tonitruants, de vociférations, de sifflets salua la brillante conclusion du sous-officier.

Personne ne songea à se masturber les jours suivants. Destinés à familiariser les recrues avec la dure réalité des tranchées, les exercices ne baissèrent ni en quantité ni en intensité, et ils s'écroulaient sur leurs lits après le dîner sans prendre le temps de se doucher ni même de se déshabiller. Les apprentis légionnaires apprenaient à réagir sans hésitation aux ordres des officiers quelle que fût l'heure, quelles que fussent les circonstances. Les instructeurs les réveillaient en pleine nuit, à 2 ou 3 heures du matin, les entraînaient sur le parcours complet, une première tranchée inondée, une partie plane farcie de mines à blanc et balayée par des tirs nourris de mitrailleuses crachant des balles de peinture, un labyrinthe de barbelés truffé de fosses camouflées par des leurres, une seconde tranchée hérissée de pieux aiguisés et, enfin, une palissade de bois d'une hauteur de cinq mètres. Ils arrivèrent en ordre dispersé les premières fois, détrempés, boueux, maculés de peinture, égratignés par les piques des barbelés ou les pointes des pieux. Les officiers leur laissèrent le temps de fumer une cigarette et leur ordonnèrent de recommencer, d'arriver groupés cette fois, les plus rapides devant attendre les plus lents, les plus lents étant priés de ne pas retarder les plus rapides. À la fin du deuxième parcours, on les contraignit à se dévêtir entièrement, à laver leurs tenues et leurs sous-vêtements dans d'immenses bacs de béton emplis d'une eau glaciale, à les enfiler encore mouillés et à courir autour du terrain d'entraînement jusqu'à ce qu'ils sèchent. Avec les pluies nocturnes, bon nombre d'entre eux attrapèrent des crèves qu'on soigna à coup d'alcool bouillant et de miel. Pas question pour eux de rester au lit : les ousamas ne vous demanderont pas si vous êtes souffrants avant de vous planter un couteau dans la gorge ou dans le bide. Fiévreux, blessé, malade, affamé, fatigué, endormi, un légionnaire se doit de réagir en toutes circonstances. De ses réflexes dépend peut-être la survie de plusieurs camarades, d'un corps d'infanterie, d'une légion tout entière voire de l'ensemble des populations européennes. On leur interdisait également d'écrire à leurs familles, on brûlait sous leurs yeux les lettres expédiées par leurs parents ou leurs relations. Ils n'auraient le droit d'échanger des nouvelles qu'une fois affectés sur le front Est. Les repas ne s'amélioraient ni en qualité ni en quantité ; ils passaient à condition de les accompagner de généreuses rasades d'un vin de plus en plus aigre.

À ses yeux, Maximilien gardait son mystère : il ne proférait aucune plainte, ne livrait aucun commentaire, mais de ses yeux assombris coulait toute la détresse du monde. Toujours parmi les premiers au sortir du parcours de combat, manifestement doué pour le tir, il semblait en meilleure forme que la plupart des autres recrues malgré ses apparences fragiles.

Parfois, quand la fatigue lui en laissait le loisir, quand les ronflements montaient en cadence et en puissance dans la chambrée, il essayait de relancer la conversation avec son mystérieux voisin du lit du dessous.

« J'ai hâte d'être sur le front Est. Ce s'ra moins crevant qu'ici, tu crois pas ?

— Sûr, la mort est la moins crevante des solutions !

— Faut pas être pissimes… enfin, faut pas s'en faire comme ça. Je sais qu'y a des gars qui s'en sont sortis. Peut-être qu'on en r'viendra aussi.

— Il faut partir avant de revenir.

— J'pense quand même qu'il faut arrêter ces monstres islamistes.

— Les monstres sont des deux côtés du front. Tuer ceux d'en face ne nous délivrera pas de ceux qui se cachent parmi nous. En nous. »

Encore une de ces phrases qui embrouillent la tête. Peut-être qu'il est tout simplement cinglé. Peut-être que ses parents ont préféré l'envoyer à la guerre plutôt que de l'enfermer dans un asile de fous.

« Ils font quoi, tes vieux ?

— Mon père dirige l'une des plus grosses boîtes d'armement d'Europe. Ma mère ne glande rien, à part se faire rajeunir par tous les moyens et emmerder ses gosses. Tu sais ce que c'est qu'une sef ?

— Ben ouais, une fausse, une meuf entièrement corrigée par la chirurgie, le collagène et la silicone. T'as des frères et sœurs ?

— Deux sœurs. Je les adore. Elles me manquent. Quand je pense que je ne les reverrai plus jamais... »

Il croyait discerner, entre les expirations bruyantes des futurs légionnaires abrutis de fatigue, les sanglots silencieux de Maximilien.

L'instruction touchait à sa fin. Elle n'avait duré qu'une poignée de jours. Assaillie par une armée islamique de plus en plus nombreuse, l'Europe n'avait pas le temps de peaufiner la formation de ses soldats. Ses appels à l'aide en direction des États-Unis d'Amérique n'ayant jamais reçu de réponse, elle s'était tournée vers les deux grandes puissances orientales, l'Inde et la Chine ; ces dernières, trop accaparées par les conflits locaux, n'avaient prêté qu'une oreille polie à la requête des Européens assiégés. Il fallait donc se débrouiller avec les moyens du bord, ses propres armes, ses propres soldats, ses propres deniers. Mais le sacrifice de plusieurs générations d'hommes jeunes sur le front Est avait épuisé le vivier et ralenti les rythmes de productions des usines d'armement.

« Pourquoi tu crois qu'ils ont interdit les contraceptifs ? dit Maximilien. Ils veulent que les femmes fassent des gosses à tire-larigot, plein de dindonneaux qu'on engraissera pour les expédier à leur tour dans le grand four de l'Est. »

C'était leur avant-dernière nuit à Bourges. Ils grillaient une cigarette, allongés sur le lit, les yeux perdus dans les volutes de fumée. Dans deux jours, ils monteraient à Paris et s'entasseraient dans un train spécial en partance pour la Roumanie. Trois jours plus tard, ils débarqueraient sur le front et connaîtraient le premier frisson de la guerre. Les blagues et les rodomontades ne parvenaient plus à effacer la gravité de leurs visages et de leurs yeux.

« On n'est pas des dindons, merde ! » avait-il protesté. Il venait tout juste de piger la comparaison avec ces stupides bestioles ; il lui avait fallu quatre jours. « Seulement des mecs qui vont défendre leur pays !

— À part les plumes et le bec, explique-moi les différences entre des dindons et nous.

— Fais chier, Max ! » Il avait jugé habile de l'appeler Max, une manière détournée de l'inviter dans son monde, dans ses certitudes, dans sa simplicité biblique et glorieuse. « Pourquoi tu montes au front si tu crois pas à c't'e guerre ? T'aurais pu te débrouiller pour te faire réformer. J'connais un toubib qui…

— Mes parents ont payé très cher un autre toubib pour me déclarer apte.

— Pourquoi ? Tu l'étais pas ?

— Ils n'auraient pas supporté que leur fils manque à ses devoirs. Leur réputation, tu comprends ? »

Il écrasa sa cigarette sur la tête de son lit, balança le mégot, se pencha sur le côté et, s'agrippant à la barre horizontale et grinçante de son lit pour conserver l'équilibre, se rapprocha de son voisin du dessous.

« Alors t'étais pas apte ? »

Les larmes vinrent aux yeux de Maximilien. Dans la nuit rythmée par les ronflements et les sifflements, son visage semblait suspendu à l'obscurité comme l'un de ces masques de papier mâché confectionnés par les écoliers.

« Guerre ou pas, j'étais condamné. Ils ont préféré que je meure au front plutôt que dans mon lit. Mon père pourra passer son prochain contrat avec l'État la tête haute. Il se présentera même en martyr, et la légion lui passera une très grosse commande.

— Condamné à quoi ? »

Maximilien leva sur lui un regard tragique.

« La golfée, tu connais ? »

Il connaissait. Une maladie respiratoire provoquée par les radiations des bombes à uranium appauvri. Une sorte de lèpre qui vous rongeait les poumons et vous emportait au bout de plusieurs mois d'agonie.

« T'as pas l'air malade. T'as pas souffert plus que les autres sur le parcours de combat. Et même moins.

— Je n'en suis qu'au tout début de la maladie. Les médecins m'en ont donné pour deux ans.

— Ça fait mal ? »

Maximilien jeta sa cigarette à demi consumée sans l'avoir éteinte. Elle s'écrasa contre le mur dans une gerbe d'étincelles.

« Je souffre comme un chien.

— Ça s'voit pas.

— Si je le montrais, tout le monde me tomberait dessus. Les prédateurs s'écharnent toujours sur les plus faibles du troupeau. »

Il dévisagea Maximilien, hésita quelques secondes avant de prononcer les mots suivants, d'une voix tellement faible qu'il se demanda s'ils étaient réellement sortis de sa gorge :

« J'te prenais pour un trouillard, j'me suis gouré. La

vie, elle est pas toujours bien faite : moi, mon toubib m'a proposé la réforme, alors que j'rêvais que d'une chose, monter au front ; toi, ton toubib t'a déclaré apte alors que t'en voulais pas, de cette guerre. T'aurais pu consacrer ces deux ans à courir les filles. »

En même temps qu'il lâchait cette dernière phrase, il prit conscience qu'il était en train de lâcher une belle connerie.

« Je ne cours pas les filles », dit Maximilien d'une voix douce.

Oui, évidemment, l'un de ceux qui offensaient le Seigneur avec leurs amours contre nature. Pourtant, il ne réussissait pas à ressentir pour ce petit pédé la haine acide qu'il éprouvait à l'encontre d'autres catégories de mécréants.

« Et toi, tu as déjà connu une fille ? » demanda Maximilien.

Non, il n'avait jamais embrassé ni touché une fille. Il s'était gardé pur pour le mariage selon les commandements du Saint-Père, Jean-Paul III. Il comprenait maintenant qu'il ne se marierait jamais, qu'il mourrait sans être convié au mystère féminin. Il se doutait que la masturbation, à laquelle il ne recourait que pour soulager les tensions parfois insupportables de son sexe, n'était qu'un pâle reflet de l'extase avec une femme. La guerre lui volait sa jeunesse, sa vigueur, ses amours, présentes et futures.

« Alors ?

— Qu'est-ce que ça peut te foutre, pauvre pédé ? »

Il s'allongea sur son lit et enfouit sa tête dans le traversin. Le dindon, bien sûr, le dindon de cette farce cruelle qu'était cette guerre entre l'Europe et la Nation de l'Islam.

Il dormit d'un sommeil troublé, nerveux, à fleur. Il entendit vaguement Maximilien se lever, farfouiller dans ses affaires, se diriger d'un pas furtif vers la sortie de la chambrée. Une voix lui suggéra de le suivre. Il ne l'écouta pas, craignant que l'autre ne se méprenne sur ses intentions et ne profite de la nuit pour lui proposer des trucs dégueulasses.

Il le regretta le lendemain quand on découvrit le corps nu de Maximilien au centre du terrain d'entraînement, devant le socle de béton où se dressaient les mâts des drapeaux européen et français. Il avait étalé son paquetage sur les pavés et s'était tiré une rafale entre les jambes, puis, comme cette première salve ne l'avait pas achevé, une autre dans la région du cœur. Le principe passa un savon aux sentinelles, coupables de n'avoir rien vu ni entendu, et déclara, devant tous les hommes rassemblés, que cette… petite anecdote ne devait jamais franchir les murs de la caserne.

La troisième tempête se leva après un jour et une nuit d'accalmie. Chahuté par les grains précédents, le bateau semblait désormais incapable de se frayer un chemin entre les collines d'eau. Il gîtait de manière tellement prononcée qu'à plusieurs reprises Pibe crut qu'il allait se retourner ou se coucher définitivement. Réfugié avec les autres passagers dans l'ancien local du sondeur, cramponné à un banc rivé au plancher, il avait passé son gilet de sauvetage, une précaution dérisoire en regard de la violence des éléments. De temps à autre, il jetait un coup d'œil par les hublots. Des salves répétées d'éclairs enflammaient les ondulations rageuses de la mer et les roulements d'un ciel tourmenté. Elles révélaient également, dans les recoins de pénombre, les visages défaits des clandestins. Certains d'entre eux avaient vomi tripes et boyaux sur le plancher. Aux relents fétides de poisson s'ajoutait désormais une odeur tout aussi écœurante de bile. Pibe n'avait pas régurgité son dernier repas, de la viande hachée mélangée avec des lentilles et des pâtes, le tout conditionné dans un emballage spécial et réchauffé dans les micro-ondes à disposition des passagers, mais l'inquiétude montait en lui au galop, s'associait à sa fatigue et aux brutales inclinaisons du bateau pour réveiller sa nausée. Il ne dormait pas, ou mal, depuis leur embarquement. D'abord, parce qu'il ne se sentait pas en sécurité sur cet élément instable et mystérieux qu'était l'eau. Ensuite, parce que le capitaine tournait comme un rapace autour de Stef. Enfin, parce que ses compagnons de voyage, dont certains conversaient dans une autre langue que le français, l'arabe peut-être, donnaient l'impression de tramer un coup foireux.

Le capitaine leur avait alloué, à Stef et à lui, un espace minuscule équipé de deux couchettes superposées juste en dessous de la passerelle de pêche. Les autres clandestins, eux, dormaient sur des matelas de fortune dans les anciens atelier et magasin. Le capitaine n'avait pas agi par bonté d'âme ou galanterie, des notions totalement étrangères à ce genre d'homme, il comptait seulement se ménager des entrevues particulières avec Stef. La succession de tempêtes l'avait empêché de concrétiser ses intentions pour l'instant, mais on lisait clairement dans ses iris délavés qu'il exploiterait la première occasion de mettre son projet à exécution, avec ou sans le consentement de la principale intéressée.

Pibe dormait sur la couchette du bas, son flingue glissé sous le traversin. Au moindre bruit suspect, il se redressait et pointait son arme sur la porte jusqu'à ce que le silence, hanté par le ronronnement du moteur et le clapotis des vagues, retombe sur la cabine. Stef se baladait sur le pont sans se soucier des bourrasques qui retroussaient sa robe, avec la même inconscience qu'elle s'était promenée nue dans les couloirs des douches de la caillera. Elle ne comprenait donc pas qu'elle courait un danger, que le capitaine, sournois et cinq fois plus costaud qu'elle, risquait de la balancer à la flotte après avoir abusé d'elle. À moins qu'elle ne consentît à coucher avec lui, une perspective que Pibe refusait d'envisager. Il lui en avait touché deux mots, elle avait répliqué qu'il ne devait pas s'occuper de Fesse, mais de ses fesses, qu'elle était assez grande pour prendre ses décisions, qu'il pouvait dormir sur ses deux oreilles. L'ambiguïté de ses réponses n'avait pas rassuré Pibe. Elle se mêlait souvent aux conversations des ousamas clandestins et s'offrait en toute impudeur à leurs regards sournois, brûlants. Depuis qu'il avait juré de tuer le capitaine plutôt que de le laisser poser ses sales pattes sur elle, elle semblait prendre un plaisir pervers à attiser sa jalousie. Avec sa robe très courte et facilement transpercée par les rayons du soleil, elle les allumait à chacune de ses poses. Il avait failli à plusieurs reprises lui hurler de rabattre un pan de tissu sur ses cuisses, d'éviter de se pencher vers l'avant ou même de s'asseoir sur le plancher. Le pire était que son comportement ombrageux ne lui attirait pas les faveurs de Stef. La distance semblait au contraire se creuser entre elle et lui. Elle lui témoignait une froideur nouvelle, inhabituelle, elle ne prenait plus ses repas en sa compagnie, elle s'absentait parfois de la cabine pendant une heure ou deux et revenait sans un mot d'explication, le laissant croupir dans ses doutes.

Le bateau gravissait et dévalait de vertigineux toboggans aquatiques. Pibe observait Stef assise contre la cloison d'en face cinq ou six mètres plus loin, encadrée par Mourad et un autre ousama qui, jadis appelé Sébastien, avait choisi Tariq pour prénom d'exil. Il aurait voulu qu'elle lui appartienne corps et âme, que, comme son ombre, elle l'accompagne chaque instant sur le chemin qui menait à l'homme. Il se doutait bien qu'il demandait l'impossible, qu'elle avait une vie en dehors de la sienne, qu'un garçon de treize ans n'était pas de taille à satisfaire les désirs d'une fille de seize ans – ou plus. Il admettait que ni elle ni aucune autre Fesse ne pourrait un jour combler sa solitude, qu'il vaguerait jusqu'à la fin des temps dans le vide, qu'il ne réussirait à se réchauffer qu'en soufflant sur son feu intérieur, comme une étoile produisant et émettant sa propre énergie. Il avait partagé la maison, les nuits et les repas avec papa, maman et Marie-Anne, mais, même unis par les liens du sang, ils étaient restés de parfaits étrangers les uns pour les autres. Il ne gardait de papa que ses crises d'autorité, ses leçons de morale, ses colères avinées, son souffle précipité et horripilant dans la cave du pavillon; de maman, son effacement, ses mains douces, sa tristesse, ses pleurs silencieux, ses soupirs de plaisir qui résonnaient comme des protestations étouffées; de Marie-Anne, sa voix acide, ses flèches vénéneuses, ses pleurnicheries, ses cafardages, son air sournois, ses rares instants de grâce et de tendresse. Il n'avait pas franchi le seuil de leur âme, il n'était pas allé à la rencontre de leur être profond, celui qui se planquait sous les apparences, celui qui subsistait après la distribution des rôles.

Le moi caché.

Le moi immobile, imperturbable, au milieu des émotions, au milieu des tempêtes. Les corps de ses parents et de sa sœur avaient disparu comme des rêves éteints par un réveil en sursaut, mais, malgré sa puissance, la mère des bombes n'avait pas pulvérisé leur être véritable, et cette pensée le remplit de joie.

Aucune frayeur ne déformait les traits lisses et purs de Stef. Un visage d'icône. Elle avait relevé ses cheveux en chignon et découvert les courbes graciles de son cou. Les mains agrippées à une barre de bois scellée à la cloison, elle n'attachait pas d'importance au mauvais rêve qu'était la tempête. Assise sur ses talons, déplaçant sans cesse son centre de gravité pour compenser les gîtes, immergée dans la vigilance, dans le moment présent. Alors Pibe décida de se fermer aux rancœurs, à la jalousie, aux peurs, et se concentra sur les balancements de son corps brinquebalé par les inclinaisons du plancher.

Le chalutier traçait un trait blanc et rectiligne sur une houle grise, coiffée d'une brume figée. Le capitaine avait donné l'alerte quelques instants plus tôt: ils venaient de pénétrer dans la mer Ionienne après être passés entre les îles de Sicile et de Malte, ils remontaient vers les côtes albanaises, qu'ils atteindraient dans moins de deux jours, et son radar avait capté la présence de plusieurs bateaux à quelques miles, des vedettes de la douane européenne probablement. Il avait donc demandé à ses passagers d'enfiler leur gilet de sauvetage et de se tenir prêts à sauter au cas où les douaniers de la légion feraient mouvement dans sa direction.

« Toi, t'es pas obligée, avait-il murmuré à l'oreille de Stef. T'as pas l'air d'une bougnoule, je pourrai te faire passer pour ma nièce. Le p'tit peut rester aussi. Il a une bonne vraie tête d'Européen. »

Mourad avait déclaré d'une voix dure qu'un bateau prévu pour le transport des clandestins disposait sûrement de bonnes planques ; les chiens des douaniers débusquent les ousamas dans n'importe quelle planque, avait répondu le capitaine. Vous avez le choix entre tenter votre chance à la nage ou vous laisser capturer comme des moutons par les légionnaires italiens ; entre la lèpre et le choléra, quoi, avait rétorqué Mourad, sauf que, si nous optons pour la deuxième solution, mon pote, tu seras dans la même merde que nous ; un accord est un accord, avait grondé le capitaine, vous sauterez à la mer quand je vous l'ordonnerai et je vous récupérerai si j'en ai la possibilité.

« Pourquoi tu ne nous fournis pas un canot de sauvetage ? avait insisté Mourad.

— Vous vous croyez sur un paquebot ? J'fais pas dans la croisière, moi, j'ai pas les moyens d'entretenir un canot de sauvetage !

— Qu'est-ce que tu feras si on refuse de sauter ? »

Le capitaine n'avait pas daigné répondre à cette dernière question, il avait serré les mâchoires, rejoint la passerelle de pilotage en trois foulées rageuses et claqué la porte de la cabine derrière lui.

Après avoir pris leur déjeuner à l'arrière du pont et contemplé un moment les acrobaties des dauphins dans le sillage du chalutier, Stef et Pibe s'étaient retirés dans leur cabine. Envoûté par le roulis et le ronronnement du moteur, Pibe n'avait pas essayé de résister au sommeil. Depuis la troisième tempête, il se laissait porter par les courants, par les événements. Non qu'il fût épargné par l'inquiétude, la jalousie, la nostalgie ou les autres émotions, mais il cessait de leur résister, il les laissait traverser son ciel intérieur et se disperser comme des nuages sans réelle épaisseur. Et Stef avait aboli les distances, Stef était revenue dans sa vie, plus enjouée, mystérieuse et sensuelle que jamais.

Il se réveilla, hébété, en sueur. L'écho lointain d'un claquement résonnait dans son corps. Son premier réflexe fut de s'emparer de son flingue sous le traversin ; son second, de s'assurer de la présence de Stef. Elle s'était éclipsée. La porte de la cabine entrebâillée heurtait le chambranle en cadence. Des bruits, des cris crevèrent le plafond et les cloisons. Fébrile, il gravit le minuscule escalier qui conduisait à la passerelle de navigation, dévala les deux échelles métalliques donnant sur le pont.

Il découvrit le corps inanimé et en partie dénudé de Stef contre le treuil de fune. Un peu plus loin, le capitaine braquait un fusil de chasse sur le groupe des clandestins.

« Ceux qui refusent de sauter, je les plombe ! »

Ils ne bougeaient pas, insensibles à ses menaces. Les quatre femmes ne se trouvaient pas parmi eux.

« Il n'y a pas de douaniers dans les parages, tu veux seulement te débarrasser de nous, dit Mourad d'une voix calme et forte. Je savais que tu essaierais de la violer. Chaque fois que tu la regardais, les yeux te sortaient de la tête. Je te surveillais. Lâche la fille, lâche cette arme, dépose-nous sur les côtes albanaises, et restons-en là. »

Le capitaine abaissa le canon de son arme vers le corps de Stef.

« Tu la voulais pour toi, hein, bougnoul ? Vous, les ousamas, vous ne pensez qu'à baiser nos femmes ! Sautez à la baille maintenant, ou je tire dans le tas.

— Ce n'est pas une femme, dit Mourad d'un ton tranchant. Mais une jeune fille, encore une enfant. Tu ne la sauteras pas, et personne ne la sautera. Tu ne peux pas nous tuer tous avec deux cartouches. »

Le capitaine épaula de nouveau son fusil.

« Vous avez besoin de moi. Sans moi, vous serez infoutus d'aborder ces putains de côtes albanaises. Elles sont bourrées de récifs par endroits. »

Il se dandinait d'une jambe sur l'autre, voix tremblante, certitudes démantelées par la peur.

« Les cimetières sont remplis de gens indispensables, mon pote », cracha Mourad.

Pibe déverrouilla le cran de son pistolet et s'avança à pas de loup. Il avait craint pour la vie de Stef, puis, affinant son observation, il avait constaté que sa poitrine se soulevait régulièrement. Une tache rouge s'épanouissait sur le haut de son front et sous les mèches de ses cheveux collés par le sang. Le vent soulevait les pans de sa robe déchirée. Les clandestins avaient probablement interrompu l'agresseur au moment où il lui arrachait sa culotte, coincée et tire-bouchonnée entre ses cuisses.

Une colère noire, terrible, se leva en Pibe. Il faillit presser la détente de son SIG, vider son chargeur dans le dos du capitaine. Une voix lui recommanda de ne pas flinguer un homme sous le coup de la fureur, de se laver de ses émotions, de tuer si nécessaire, mais sans passion, sans haine, sans jugement.

« Assez rigolé ! glapit le capitaine. À trois, je tire ! »

Les ousamas ne bougèrent pas, en apparence impassibles.

« Un. »

Pibe se campa sur ses jambes à trois mètres du capitaine. Le bateau choqua une vague en travers, le plancher dansa sous ses pieds.

« Deux. »

Le capitaine visa Mourad, l'ousama le plus proche de lui, le plus menaçant, la tête du groupe.

« Lâche ton fusil ! » cria Pibe.

Le capitaine tressaillit. Sa tête pivota lentement sur ses épaules, la stupeur agrandit son regard de vautour. Il se pencha sur le côté et baissa son arme avec une lenteur exagérée. Le chalutier plongea subitement dans un creux. Pibe perdit l'équilibre, roula sur le plancher, heurta le corps de Stef, percuta violemment le pied du treuil. Son pistolet lui échappa des mains. À demi étourdi, il essaya de repérer la tache grise de son arme. Le soubresaut du bateau avait renversé le capitaine et les ousamas comme des quilles. Un deuxième choc, tout aussi brutal, enraya la glissade du corps inerte de Stef sur le plancher éclaboussé par les vagues. Il aperçut enfin son flingue, coincé sous le rouleau de manœuvre de la seine. Il se secoua pour se remettre les idées en place et entreprit de ramper le long du garde-corps. Alarmé par des coups sourds et précipités, il jeta un regard par-dessus son épaule. Le capitaine fonçait sur lui comme un taureau furieux. Lui s'était relevé indemne et n'avait pas perdu son fusil dans sa chute. Pibe accéléra l'allure, mais son poursuivant n'eut aucun mal à le rattraper et à le bloquer contre le montant métallique.

« Alors, on joue les hommes, petit merdeux ? »

Les yeux noirs du fusil se promenaient à quelques centimètres de sa tête.

« Tu sais ce que je vais faire, petit con ? aboya le capitaine. Te farcir de plomb et te jeter aux poissons. Avec les bougnouls. L'autre, là, elle te rejoindra au fond de la flotte quand j'en aurai fini avec elle. »

Pibe aurait dû se révolter, il ne ressentait qu'un détachement teinté de nostalgie. Il valait mieux sans doute passer dans la mort par effraction, sans regret ni remords, sans un spasme de survie. Les clandestins agitaient bras et jambes, empêtrés dans les cordages, incapables de se relever.

« Personne ne se souciera de toi, d'elle, d'eux. Vous n'êtes déjà que des fantômes, des… »

Les vitupérations du capitaine se noyèrent dans un gargouillement. Il tenta machinalement de presser la détente de son fusil. N'en eut pas la force. Ses yeux exorbités se tendirent d'un voile vitreux. Il vacilla, tenta de se rattraper au garde-corps. Ses doigts ripèrent sur le métal rouillé. Il tomba à genoux sur le plancher, voulut, de sa main libre, retirer la lame qui se glissait entre ses côtes, lui fouaillait les poumons, s'enfonçait dans son cœur.

Les lames, fichées jusqu'à la garde. Deux couteaux, plantés comme des banderilles sur le râble d'un taureau. Deux manches en bois noir, criblés de petits cercles chromés. Derrière lui se dressaient quatre silhouettes aux robes amples, aux cheveux noirs, aux yeux brillants. Le capitaine gémit, s'allongea avec une étrange douceur et, la face contre le plancher, passa sans une plainte dans l'autre monde.

Ils jetèrent son corps à la mer après avoir récupéré le fric et ses papiers dans les poches de sa vareuse. Un ousama prénommé Mustapha affirma qu'il avait appris à naviguer en Hollande et qu'il se chargeait de conduire le bateau vers les côtes albanaises. Un rapide coup d'œil au radar lui confirma qu'aucun bâtiment ne croisait dans les parages, que, comme l'avait deviné Mourad, le capitaine avait inventé ce stratagème pour se débarrasser d'eux.

Les clandestins présentaient des blessures superficielles, des bleus, des égratignures, des bosses que les femmes soignèrent à l'aide de désinfectants et de pansements dénichés dans une armoire de la cabine de pilotage. L'une d'elles, infirmière avant son exil, s'occupa de la large entaille au cuir chevelu de Stef. Ne disposant pas de fil ni d'aiguille pour recoudre la plaie, elle lui rasa les cheveux du sommet du crâne et lui appliqua un pansement serré, maintenu par deux épingles de sûreté.

Aux hommes, qui leur demandèrent d'où elles tenaient ces couteaux, elles expliquèrent qu'une clandestine avait tout intérêt à se procurer ce genre d'objet avant d'entreprendre le long voyage vers les pays de la Grande Nation. Elles pouvaient ainsi se défendre contre leurs agresseurs, au besoin se planter la lame dans le cœur plutôt que de subir le déshonneur d'un viol. Elles craignaient les chrétiens, ces hypocrites que la confession absolvait de toutes leurs saloperies, mais aussi leurs coreligionnaires masculins, ni meilleurs ni pires que les autres. Et d'ailleurs, si l'un des clandestins avait touché une seule d'entre elles, elles se seraient associées pour l'égorger, lui trancher ses précieux attributs virils, l'expédier dans l'autre monde dans un corps d'eunuque. Leur détermination, la précision et la férocité avec lesquelles elles avaient poignardé le capitaine leur valurent des regards étonnés et craintifs de la part des hommes. Ils avaient cru voyager en compagnie de brebis, ils se retrouvaient parmi des louves.

Stef raconta que le capitaine était venu la chercher dans la cabine afin de régler, justement, un problème avec ces « satanées bonnes femmes ousamas ». À peine avait-elle posé le pied sur le pont qu'elle avait reçu un coup sur la tête et qu'elle avait perdu connaissance.

« T'aurais pu te douter qu'il avait des idées derrière la tête, merde, grommela Pibe.

— La plupart des hommes ont une idée derrière la tête quand ils s'adressent à une femme, gloussa la plus âgée des clandestines.

— Et pas que derrière la tête ! » renchérit une autre.

Elles pouffèrent de rire. Désarçonnés par leur audace, leurs compagnons d'exil choisirent de s'absorber dans la contemplation de la surface grise et ondulée de la Méditerranée.

« Je savais qu'il se passerait quelque chose, mais je ne savais pas quoi », murmura Stef.

Adossée au garde-corps, pâle, elle contempla quelques instants le sillon blême creusé par les propulseurs du bateau. Des corolles pourpres s'étaient épanouies sur le bandage ceint autour de sa tête. L'étoupe de brume se transformait peu à peu en une pluie glaciale qui les obligerait bientôt à se réfugier dans les entrailles fétides du bateau.

« Il fallait trancher le nœud, poursuivit-elle en fixant une à une les quatre clandestines. C'est ce que vous avez fait.

— Trancher le nœud, c'est le cas de le dire ! s'exclama la plus vieille. On aurait dû le lui faire, à ce salaud. Il aurait été moins fier en se présentant à la porte de son paradis. »

Les bourrasques chargées d'eau et le grondement des moteurs emportèrent leurs rires.

Assise à la terrasse d'une brasserie, elle observait les légionnaires qui déambulaient sur les quais de la gare de l'Est. La grande majorité d'entre eux n'étaient pas encore sortis de l'adolescence. Leur aspect frêle, leur acné, la naïveté enfantine qui leur arrondissait les yeux rendaient pathétiques leurs embryons de moustaches et leurs efforts appliqués pour paraître virils. Paris étant l'un des six grands centres de rassemblement militaire d'Europe – avec Milan, Vienne, Prague, Berlin et Varsovie –, ils venaient de France, d'Espagne et des îles Britanniques. Elle constata encore une fois que l'uniforme noir allait mieux aux bruns qu'aux blonds et aux roux. La plupart d'entre eux fumaient avec application ces immondes cigarettes distribuées par la légion à ses recrues. Les cigarettes des condamnés. Elle avait mené sa petite enquête auprès de la RET, la Régie européenne des tabacs, et appris, par l'un de ses vieux amis en poste à l'usine de Rotterdam, qu'on ajoutait au tabac des substances psychotropes. Elles engendraient chez les soldats un état d'euphorie ou d'apathie qui les aidait à surmonter la douleur et la peur. Et ceux qui ne fument pas ? Tant pis pour eux, avait répondu son correspondant, ils crèvent plus difficilement que les autres.

Le convoi, un ancien TGV repeint en noir et kaki dont les deux dernières initiales – pour grande vitesse – ne revêtaient plus aucune signification, ne s'était pas encore présenté en gare. L'état des voies et la déliquescence de la technologie européenne avaient métamorphosé le fleuron de l'ancienne SNCF en un tortillard à la ligne aérodynamique aberrante. Elle aimait bien pourtant ce museau fin, carnassier, taillé pour dévorer l'espace. Cinq motrices à bicarburation – pétrole et électricité – étaient désormais nécessaires pour pousser et traîner les dizaines de wagons bourrés de soldats et de matériel militaire. Le convoi se déplaçait la nuit tous feux éteints afin de déjouer les bombardements et restait immobilisé du matin au soir dans des gares souterraines. Il lui fallait quatre à cinq jours pour rejoindre les villes de garnison du front Est, Sofia, Bucarest, Chisinau, Kosice, Lublin et Gdansk.

Les nouveaux légionnaires n'embarqueraient qu'aux alentours de 7 heures du soir. Ils avaient donc toute la journée pour baguenauder, et elle, jusqu'au milieu de l'après-midi pour choyer le bel ange noir de son choix. À raison de dix rassemblements par année, c'était la soixante-treizième fois qu'elle envisageait d'offrir son « soutien personnel rapproché » à un jeune soldat en partance pour le front. Elle tenait son carnet à jour, les prénoms, les dates, les évaluations, une banque de données manuscrite vaguement inspirée du modèle informatique. Elle n'avait jamais raconté ses aventures ferroviaires à personne, pas même à Charlotte, sa meilleure amie. Quant à son mari, cet homme taciturne qui traversait l'existence avec une résignation glacée, il se contrefichait de savoir à quels petits jeux s'adonnait sa femme une fois par mois dans la gare de l'Est, du moins elle le supposait. Elle regardait chacun de ces candidats à la grande tuerie comme l'enfant qu'elle n'avait pas eu. Elle aurait réagi en louve si on lui avait arraché son fils pour l'expédier dans une tranchée boueuse de l'axe Baloire. Comment les mères pouvaient-elles se montrer aussi soumises, aussi stupides ? Est-ce qu'à force de fabriquer des gosses elles n'avaient plus rien dans le ventre ?

Lui.

Costaud, cheveux bruns, de la sauvagerie, de la brutalité dans l'allure, dans le sourire, dans les yeux, mais aussi une grande fragilité, une inquiétude fiévreuse, de la souffrance presque. Seul, assis sur son sac, clope au bec, perdu dans cette immense ruche où les insectes noirs bourdonnent en plusieurs langues.

Elle paie sa consommation, se lève et fond sur sa proie avec la vivacité d'une lionne en chasse.

« Du feu ? »

Il sursaute, lève sur elle un regard interrogateur, conquis déjà. Elle se sait encore belle dans sa robe d'été serrée à la taille par une ceinture de cuir tressé, avec ses cheveux ondulés et bruns, ses yeux noirs, son teint pâle, ses lèvres pleines, ses jambes longues et fines. Il lui tend le briquet qu'il a tiré d'une poche de son pantalon, elle se penche, plonge l'extrémité de sa cigarette dans la flamme d'un jaune terne – essence mal raffinée –, lui laisse tout le temps d'aventurer le regard dans son décolleté.

« Vous partez pour le front Est ? »

Elle commence toujours par la même question, affligeante de banalité ; elle les invite à parler d'eux, à desserrer l'angoisse qui leur noue la gorge et le ventre.

« Ben ouais, comme tous les autres, répond-il en désignant un groupe d'uniformes noirs d'un geste du bras.

— Vous venez d'où ?

— D'un village du Centre. Pas loin de Bourges.

— Ça vous fait quoi de partir ? »

Il tire une longue bouffée de sa cigarette dont le rougeoiement lui enflamme les pommettes et les sourcils.

« J'croyais l'être, j'veux dire, c'est… c'était mon

désir le plus cher de défendre l'Europe, de porter cet uniforme.

— C'était ?

— J'ai… j'ai rencontré ce gars au centre de recrutement de Bourges. Il m'a… comment dire ? Il ne voyait pas les choses de la même façon que moi. Et j'me demande si c'est pas lui qui avait raison.

— Cet ami, il n'est pas avec vous ? »

Les yeux du légionnaire s'embuent, il essaie de noyer son désarroi dans un nuage de fumée.

« Il s'est tué la nuit dernière. Juste avant notre départ. Il s'est tiré une rafale là – il désigne son bas-ventre – et là – il pointe l'index sur son cœur. Il m'a raconté que ses parents l'ont obligé à s'enrôler malgré sa maladie, la golfée, vous connaissez ? Mais j'crois qu'ils ont fait ça surtout parce qu'ils acceptaient pas qu'il soit pédé. Il m'a laissé une lettre. J'l'ai trouvée c'matin dans mon paquetage. »

Émue par sa détresse, par sa sincérité, elle se retient de le serrer dans ses bras, de le cajoler. Il a la carrure d'un homme et l'air perdu d'un enfant. Quel âge peut-il avoir ? À peine seize sans doute. Elle meurt d'envie maintenant de le dévêtir, de se rouler sur cette peau qu'elle devine douce et ferme sous la chemise et le pantalon noirs.

« Pourquoi n'irions-nous pas parler de tout ça dans un petit endroit tranquille ? »

Il suit un moment du regard un groupe de légionnaires espagnols dont les rires s'envolent sous la voûte de verre et d'acier.

« C'est que… j'sais pas si j'ai le droit de sortir de la gare. »

Elle lui pose la main sur l'avant-bras.

« Vous avez… nous avons largement le temps. L'appel ne se fera pas avant 18 heures. Je vous invite à déjeuner.

— Au restaurant ? »

Elle le contemple en rejetant des guirlandes de fumée par les narines et la bouche. Il n'est probablement jamais allé au restaurant ; c'est même la première fois sans doute qu'il sort de son bled.

« Chez moi. On sera plus tranquilles.

— C'est où, chez vous ?

— À deux pas. Vous… tu viens ? »

Elle se dirige vers l'une des sorties de la gare sans se retourner, sûre de son fait.

Nus sur le lit, ils mangeaient de bon appétit les plats qu'elle avait commandés au restaurant du dessous. Elle avait loué cette chambre d'hôtel pour la journée, comme à chacune de ses expéditions à la gare de l'Est. Elle filait un billet de vingt euros au réceptionniste en échange de sa discrétion. Les premières fois, il lui avait décoché un regard sévère lorsqu'elle s'était pointée avec un jeune bidasse en partance pour le front. Puis il s'était habitué, aidé par les vingt euros de pourboire, et entre eux s'était amorcée une forme de complicité. Après tout, ce n'était pas son affaire si la jolie dame invitait de la future chair à canon dans la plus grande et la plus chère de ses piaules. Il gagnait sa vie, la cliente s'envoyait en l'air, le petit légionnaire prenait un peu de bon temps avant d'être traîné devant la mitraille islamiste, tout le monde y trouvait son compte. Il montait les mets apportés par un serveur du restaurant aux alentours de midi et demi, il frappait à la porte de la cliente, déposait les plateaux sur le palier et retournait à la réception avec la maigre satisfaction du devoir accompli.

Elle caressait du bout des doigts le dos et les épaules de son amant éphémère. Il lui avait avoué, avec un embarras touchant, qu'il n'avait jamais connu de femme avant elle. Les seuls mots qu'ils avaient échangés dans la rue et le couloir. Ils étaient entrés dans la chambre, il avait posé son paquetage, elle, son sac à main, ils s'étaient jetés l'un contre l'autre comme des animaux furieux. Il s'était montré hésitant, maladroit, comme la plupart des soixante-douze autres, mais sa fougue et son appétit avaient largement compensé ses lacunes. Il avait éjaculé en rafales, un fusil d'assaut, comme l'arme argentée posée sur son barda dans un coin de la pièce. Si le réceptionniste n'avait pas frappé à la porte, il ne se serait sans doute jamais arrêté. Son sexe droit, lisse, à la délicate couleur brune, n'avait pas molli depuis qu'elle lui avait retiré son caleçon. Elle ne savait plus très bien où il en était de son compte d'orgasmes. Du sien non plus, d'ailleurs. À peine avait-elle posé la main sur son membre, avec la légèreté d'un oiseau sur une branche, qu'il avait tremblé de tout son corps, poussé un gémissement et joui. La violence et la puissance de son éjaculation l'avaient interloquée. Une véritable éruption. Une odeur âpre de sueur et de sperme avait envahi la pièce.

Elle se sent inondée, irradiée, débordée par l'énergie de son petit légionnaire. Elle se penche pour l'embrasser sur le ventre avant d'allumer une cigarette.

« Tu m'avais parlé d'une lettre ? »

Il engloutit une énorme bouchée de riz et de viande de veau qu'il pulvérise en trois coups de mâchoire.

« Dans la poche arrière de mon pantalon. »

Elle se lève et se dirige vers les vêtements noirs étalés sur le parquet. Du sperme coule entre ses cuisses. Elle ne prend jamais de précaution. En la frappant de stérilité, la nature s'est chargée de la contraception, mais elle risque d'attraper le SIDA ou une autre maladie sexuelle. Le sentiment de danger s'associe à l'énergie désespérée des jeunes légionnaires pour donner à ses étreintes une intensité inouïe. Dire que son mari la croit frigide, désintéressée du sexe. Avec lui l'acte se résume à une pénétration poussive suivie presque aussitôt d'un orgasme de rat. Elle est souvent taraudée par l'envie d'épater Charlotte, qui se figure la scandaliser avec ses élucubrations savantes entre mari, amant attitré et amant provisoire. Elle résiste à la tentation : rien n'est comparable aux plaisirs chevauchés dans le secret, dans l'abîme.

Elle joue quelques secondes avec la crosse du pistolet tapi dans sa gaine de cuir avant de sortir la lettre pliée de la poche arrière du pantalon.

« Je peux la lire ? »

La bouche pleine, il acquiesce d'un mouvement de tête. Elle déplie le papier. L'écriture est soignée, voire précieuse.

Mon vieux dindon farci,

À l'heure où tu liras cette lettre je serai mort. Pas de la golfée, cette saloperie qui me mine les poumons, mais d'une balle dans le cul et d'une autre dans le cœur, ces deux symboles qui m'ont pourri la vie. Je les sacrifie sur l'autel de la légion, cet autre symbole, le plus dégueulasse de notre horrible époque. On ne m'aime pas, je ne m'aime pas, je n'ai plus rien à foutre avec les dindons. Mais je t'aime bien, même si tu n'es qu'un petit plouc têtu, obtus, parce qu'il y a quelque chose en toi, je ne sais quoi, qui me touche, une grâce, une innocence, une beauté intérieure, mais oui, qui transpire derrière tous tes conditionnements.

Je ne pars pas heureux. Qui s'en irait le cœur léger d'un Éden aussi merveilleux que notre terre ? (non, je ne plaisante pas, j'ai aimé mon séjour ici-bas bien plus que tout autre). Je ne crois pas à Dieu ni au ciel, j'espère seulement recevoir un peu de sérénité de l'autre côté. L'oubli ? Mes parents m'oublieront, d'autant que je ne leur ai pas offert une sortie très glorieuse (bon, d'accord, je l'ai fait exprès), mes sœurs m'oublieront parce qu'à leur âge on a la mémoire volage. Je les adore, ces deux petits moineaux sans cervelle.

Je viens justement te demander de penser un peu à moi. Tu seras sans doute le seul, et ça suffit à me réconforter. J'ai un peu peur, je l'avoue, au moment d'écrire ces mots. Je crois bien que je t'ai aimé, mon vieux collègue dindon de la farce, aimé plus que bien, je veux dire, aimé d'amour. Tu dormais juste dans le lit du dessus, mon salaud. Une véritable torture. Fais gaffe à toi sur le front Est. Ne te crois pas obligé de me rejoindre de l'autre côté de cette frontière qui m'attire et m'effraie. Mords dans ce qui te reste de vie à pleines dents, car toi tu es sain – putain, si tu savais ce que j'en ai bavé pour te suivre sur le parcours de combat –, beau et plein de la grâce de la vie.

Maximilien, dindon plumé.

Elle replie le papier. Son petit légionnaire la regarde. Vaguement honteuse d'être nue, impudique, adultère, frissonnante encore de plaisir dans cette chambre d'un hôtel miteux du 10e arrondissement de Paris, elle essuie machinalement les larmes qui glissent en silence sur ses joues. Elle s'est complu à penser qu'elle distribue un peu de chaleur et de tendresse à quelques-uns de ces gosses affublés d'uniformes trop grands pour eux. Elle s'est en réalité servie d'eux, elle s'est abreuvée à leur source, elle a puisé dans leur vitalité la force de survivre.

« Un vrai gâchis », souffle-t-elle.

Il a fini de manger, posé son assiette sur la table de chevet, s'est affaissé entre les oreillers, a allumé une cigarette qu'il fume d'un air songeur.

« Tu fais ça souvent ? demande-t-il d'une voix traînante.

— Quoi ?

— Draguer des soldats à la gare de l'Est, j'veux dire… »

Elle revient s'asseoir sur le bord du lit et, machinalement, avec une douceur respectueuse, caresse la verge encore rigide de son amant d'un jour. La pulpe de ses doigts perçoit nettement l'afflux du sang dans les corps caverneux. Il s'étire comme un chat pour mieux s'offrir à ses effleurements.

« Assez souvent, oui.

— Pourquoi ? »

Elle hausse les épaules.

« Je suis un succube, un démon femelle, je me nourris de l'énergie des jeunes mâles. »

Elle ponctue ces mots d'un petit rire empreint de tristesse.

« Pourquoi ? insiste-t-il.

— Je pensais… faire une bonne action. Soutenir à ma façon les soldats partant au front.

— T'es pas mariée ? »

Elle prend son sexe dans la bouche, le garde un petit moment entre sa langue et ses joues creusées, le lâche, puis elle s'allonge contre lui, l'embrasse avec fougue, se délecte des saveurs mélangées de tabac, d'épices et de foutre.

« Tu as vu mon alliance, non ?

— Ton mari, qu'est-ce qu'il en dit ?

— Il ne le sait pas. De toute façon, il s'en ficherait s'il le savait.

— T'as pas d'enfant ? »

Elle secoue la tête.

« Pas de métier non plus ?

— Avant l'arrivée des légions du père Michel, je travaillais dans l'informatique, les ordinateurs, le réseau Internet, tout ça. À l'époque, on croyait encore que la science, la technologie changeraient le monde, on croyait que les hommes et les femmes pourraient vivre sans haine, sans guerre, comme des gens vraiment civilisés, on croyait à un tas de choses, la musique, l'art, l'amour. J'ai suivi un temps le mouvement néo-nomade avant qu'il ne soit interdit et ses membres emprisonnés, on pensait sincèrement que les choses changeraient… »

Il se redresse, la dévisage d'un air soupçonneux.

« T'as quel âge ? »

Elle sourit et lui pose l'index sur les lèvres.

« Ce n'est pas le genre de question qu'on pose aux femmes. Surtout aux femmes de mon âge. Je te fais horreur ? »

Les yeux noisette du petit légionnaire se promènent sur son corps. Son regard la brûle, la nervosité la gagne tout à coup ; elle ressent un trac identique à celui qu'elle a éprouvé la première fois qu'elle s'est déshabillée devant un homme – pas son mari, un amour de jeunesse. La rumeur de la ville s'invite dans le silence de la chambre, éclats de voix, grondements des bus et des voitures, sifflements des trains. Il y a quelque chose d'un inceste dans cet examen muet, la contemplation trouble d'une mère par son fils. Il est trop jeune et inexpérimenté pour lui dire qu'il la trouve belle, pour la cajoler de ses mots, alors il s'exprime par ses mains, par ses lèvres, par sa langue.

Ils se quittèrent aux alentours de 17 heures. Elle avait vaguement espéré le retenir un peu, et même lui faire rater son maudit train pour l'enfer de l'Est. Elle se serait enfuie avec lui dans une contrée déserte, elle aurait plaqué son mari, son appartement, pris un bateau pour les États-Unis ou toute autre région du monde épargnée par les guerres et les légions de l'archange Michel, elle aurait repris goût à la vie, héritière d'un amant et d'un fils.

Ils étaient restés tout l'après-midi enlacés, serrés l'un contre l'autre, engourdis dans leur bulle de chaleur, silencieux. Elle ne l'accompagna pas à la gare. Pas le courage. Il ne lui avait pas été difficile de sortir de la vie des soixante-douze autres, mais avec ce petit campagnard s'était formé en quelques heures un cordon solide de chair et de sang. Son départ le tranchait brutalement, ouvrait une béance qui saignerait jusqu'à la fin des temps. Il ne se retourna pas lorsqu'il s'éloigna sur le trottoir du boulevard d'une allure mâle, décidée, son barda sur l'épaule.

Elle remonta dans la chambre, prit une douche – il lui était arrivé de rentrer sans pouvoir se laver, à cause des coupures d'eau ; elle avait alors passé une nuit atroce dans les draps conjugaux, craignant d'être trahie par les senteurs laissées sur sa peau par ses amants ; par chance l'odorat de son mari n'était pas plus développé que sa sensualité –, alluma le vieux téléviseur, l'éteignit devant un énième reportage à la gloire de l'archange Michel et de ses légions, se rhabilla. Elle dut encore attendre trois heures avant de partir. Attendre que ses larmes, dont la source semblait intarissable, cessent de couler.

Son mari, fonctionnaire au ministère des Finances, ne rentrant jamais avant 20 h 30, elle décida de repasser par la gare de l'Est. Elle caressait l'espoir un peu fou que son bel ange noir était resté à quai, qu'il avait bravé la loi de la légion pour la retrouver. Les sirènes ululèrent lorsqu'elle pénétra dans le bâtiment vide. Une alerte aérienne. La nuit tombait, des grappes d'étoiles scintillaient dans les déchirures des nuages. Peu de vent, bonne visibilité, un temps idéal pour les bombardiers ennemis. Des silhouettes affolées cavalaient vers les bouches de métro, vers les toilettes des sous-sols, vers toute construction souterraine qui pouvait servir d'abri. Elle traversa le grand hall au pas de course. Les claquements de ses talons sur le carrelage se répercutaient sur les murs et le plafond de la gare déserte.

Elle s'approcha des butoirs alignés. Les voyageurs

descendaient précipitamment des trains à l'arrêt, les départs étant suspendus jusqu'à la fin de l'alerte. Elle explora cinq ou six quais avant d'admettre que son rêve s'était bel et bien envolé pour le front Est. Secouée par une nouvelle crise de larmes, vibrante de haine pour les hommes, pour tous les hommes, elle se dirigea d'une allure chancelante vers la bouche de métro la plus proche tandis que, dans un fracas de fin du monde, les premiers bombardiers déchiraient le ciel de Paris.

La coque du chalutier crissa sur le fond rocheux. Parcouru de vibrations inquiétantes, le bateau livré à lui-même continua d'avancer en se couchant sur le flanc.

« Sautez ! » hurla Mustapha.

Agrippé à la rambarde de la passerelle de pilotage, il agitait les bras comme un sémaphore. Une centaine de mètres les séparaient de la côte en partie dérobée par la brume, une distance à la fois dérisoire et intimidante pour ceux qui ne savaient pas nager et qui, même équipés du gilet de sauvetage, hésitaient à plonger dans les vagues houleuses. Par endroits se découvraient les crêtes acérées et luisantes de récifs.

« Sautez ! » répéta Mustapha.

Le bateau craquait de toutes parts. Stef se chargea de donner l'exemple. Elle bondit par-dessus la barre supérieure du garde-corps, se laissa tomber dans l'eau, réapparut au bout de quelques secondes d'immersion et commença à nager en direction de la côte. Pibe l'imita, remua vigoureusement les bras et les jambes pour remonter à la surface, compenser le poids soudain de son blouson de cuir, lutter contre l'engourdissement. L'un après l'autre, les clandestins quittèrent le navire en perdition. Si quelques-uns gagnèrent assez rapidement la terre ferme, les autres paniquèrent, s'agitèrent en dépit du bon sens, se heurtèrent aux récifs, errèrent de longues minutes sur la mer agitée, disparurent par instants sous les lames, réapparurent un peu plus tard alors qu'on les croyait définitivement coulés, furent enfin rejetés sur la grève par les courants.

Les neuf hommes et les quatre femmes du groupe avaient atteint sans dommages la deuxième grande étape de leur voyage. Frigorifiés, éreintés, ils s'abritèrent du vent entre les grands rochers et remercièrent chaleureusement Mustapha. Comme il l'avait promis, ce dernier les avait conduits sur les côtes albanaises. Les lèvres bleuies par le froid, peinant à formuler ses mots, il déclara qu'ils s'étaient échoués sans doute dans la région de Sarandë, une petite ville côtière du sud de l'Albanie. Il leur fallait maintenant trouver un autre bateau à destination de la Turquie.

Stef leur demanda pourquoi ils n'avaient pas choisi d'aller vers l'Afrique du Nord, plus facile d'accès à son avis que le Moyen-Orient. Mourad expliqua que les légions de l'archange Michel avaient disposé un cordon serré de mines aquatiques entre le détroit de Gibraltar et les côtes libanaises, interdisant ainsi toute attaque maritime en provenance du continent africain, obligeant les millions de combattants islamistes à rejoindre l'armée de la Grande Nation par les voies terrestres, l'Égypte, l'Arabie, la Syrie et la Turquie. Immergées quelques centimètres sous la surface de l'eau, reliées entre elles par un invisible filet, les mines explosaient au moindre contact avec une coque ou une quille. Un vrai mur de la mort.

« Et par l'Atlantique ?

— Impossible. Le cordon se prolonge jusqu'aux Açores, et même au-delà. Comme les Américains contrôlent étroitement l'Atlantique entre les Açores et leurs propres côtes, il n'y a pas d'autre accès pour l'Europe que ses frontières orientales.

— Et les Ukrainiens, les Biélorusses, les Russes ?

— Tellement gangrenés par leurs mafias et leurs magouilles qu'ils sont tombés comme des fruits mûrs dans le panier islamiste. »

Ils bavardèrent jusqu'à ce que leurs vêtements aient séché et que les forces leur soient revenues. Ils comptèrent l'argent qu'ils avaient sauvé du naufrage, éliminèrent les billets détériorés, rassemblèrent environ dix mille euros, largement de quoi, selon Mourad, atteindre leur destination. Ils renoncèrent à l'idée, suggérée par Tariq, de passer par la Bulgarie et de gagner la Turquie par la mer Noire ou le détroit du Bosphore. L'archange Michel avait massé des centaines de milliers de légionnaires sur la rive gauche du Bosphore et sur les côtes de la mer Noire jusqu'au delta du Danube. Il était préférable de couper par la Grèce, moins fournie en anges noirs, et ensuite traverser par les îles Cyclades où ils pourraient affréter un petit bateau de pêche. Tandis qu'ils conversaient, le chalutier chavira dans un craquement sinistre et sombra dans les eaux tourmentées de la Méditerranée.

« Et vous deux, vous allez où ? demanda Mourad.

— Dans les Carpates, répondit Stef.

— C'est pas le fief de l'archange Michel ? »

Stef approuva d'un mouvement de tête qui acheva de faire glisser son pansement sur le haut de son crâne. Des gouttes d'un sang dilué s'écoulaient de la plaie à nouveau dégagée et sillonnaient son front et ses tempes.

« Il se terre quelque part dans un bunker des Carpates orientales, dans la ville de Piatra, à quelques kilomètres du front moldave.

— Qu'est-ce que vous allez foutre là-bas ? »

Stef eut un sourire malicieux.

« Pibe et moi, on aimerait beaucoup rencontrer ce monsieur, on aimerait bien connaître l'homme qui a déclenché ce chaos, pas vrai, Pibe ? »

Pibe hésita quelques secondes avant d'acquiescer du

bout des cils, puis, à court d'enthousiasme, vérifia que l'eau de mer n'avait pas endommagé les mécanismes de son pistolet.

Mourad resserra et releva le col de sa veste.

« L'archange Michel n'a pas mis le bordel tout seul, marmonna-t-il. Ça fait un bail que les Occidentaux foutent la merde au Moyen-Orient. Ils ont cru qu'il leur suffisait de diviser les nations islamiques pour les dominer, pour s'emparer de leurs richesses, ils ne pensaient pas qu'un jour les musulmans s'uniraient, les foutraient dehors et leur rendraient la monnaie de leur pièce. Vous lui voulez quoi, à l'archange Michel ?

— Juste vérifier qu'il existe vraiment, qu'il n'est pas qu'une idée, un fantôme.

— Comment vous comptez vous rendre dans les Carpates orientales ? C'est pas la porte à côté.

— On trouvera bien un moyen de transport.

— Vous avez du fric ?

— Il doit m'en rester un peu. »

Ils décidèrent de voyager groupés jusqu'à la ville de Sarandë ; là, ils se sépareraient, les clandestins bifurquant vers le sud, Pibe et Stef remontant vers le nord. Ils se mirent en chemin alors que le vent taillait en pièces l'étoupe de brume et lui substituait des nuages chargés de pluie.

« J'espère que je ne me suis pas trompé avec les cartes maritimes, dit Mustapha. L'été n'est pas fini, il devrait faire beau et chaud dans le coin. »

Ils progressèrent avec lenteur dans un paysage escarpé, habillé d'une végétation épaisse, agressive. Ils empruntèrent une succession de chemins muletiers qui ne menaient nulle part. Une pluie rageuse escamota la côte, leur seul point de repère. Ils arrivèrent enfin dans un village niché à flanc de colline. Ils avaient espéré trouver une auberge, un endroit où se réchauffer et se restaurer, ils se rendirent compte en s'approchant qu'aucune habitation n'était restée debout. Du hameau ne subsistaient que des monceaux de pierres et de poutres noircies obstruant les ruelles. Des corps également, ou plutôt des squelettes partiellement couverts de ronces et de vêtements effilochés. Et puis une carcasse de camion rouillée, mangée par les ronces.

« On dirait que les légions ont fait le ménage dans le coin, gronda Mourad. Je suppose qu'elles ont réservé le même sort à tous les musulmans d'Albanie.

— Elles n'ont tout de même pas exterminé toute la population, avança Tariq.

— Trois ou quatre millions de musulmans, ça représente quoi pour l'archange Michel ?

— Un pays ne peut pas vivre sans ses habitants.

— Les terres albanaises ont été redistribuées à de bons chrétiens. En tout cas, il ne faudra compter que sur nous-mêmes pour nous tirer de ce merdier. »

Ils marchèrent jusqu'à la tombée du jour en direction de l'est comme l'indiquèrent les rayons rasants du soleil faufilés entre deux averses. Ils contournèrent un bourg assez important lui aussi en ruine et rongé par la végétation. Les seules silhouettes qu'ils entrevirent furent celles d'animaux dérangés par leur passage, des sangliers, des cerfs, des vaches et des moutons retournés à l'état sauvage.

La faim et la soif tenaillaient Pibe. Il regrettait presque la « croisière » méditerranéenne proposée par Stef. Au moins, sur le bateau, il avait pu se rassasier et se reposer malgré la persistante et écœurante odeur de poisson. Il déambulait désormais dans un jardin maudit, un pays où la présence de l'homme n'était plus souhaitable, une négation de l'Éden. Il tremblait de froid et de fièvre dans ses fringues toujours humides. Il n'osait même pas sortir son pistolet pour tenter d'abattre un animal comme le lui avait suggéré la plus âgée des clandestines. Il craignait que des coups de feu ne dérangent les âmes en peine qui rôdaient dans les décombres. Il lui semblait par instants être frôlé par des mains implorantes. Il se demandait s'il n'allait pas être happé par une bouche maléfique et s'égarer sans s'en rendre compte dans le monde des esprits. On pouvait se défendre contre des crapules comme le capitaine du bateau, pas contre le monde invisible.

Stef avait arraché le bandage et l'avait jeté dans les orties. La blessure à son front et la perte de quelques-uns de ses cheveux auraient dû la défigurer, elles ne réussissaient qu'à souligner la grâce presque irréelle de ses traits. La pluie plaquait sur son corps sa robe qu'elle avait rafistolée tant bien que mal avec des fils de la trame. Le tissu ajouré dévoilait par endroits son ventre et ses sous-vêtements. Elle devait d'urgence trouver une autre tenue pour résister au froid humide quasi surnaturel qui régnait dans cet immense cimetière, peut-être fouiller une baraque démolie par les bombardements. Du littoral atlantique à ses confins orientaux, l'Europe offrait un spectacle navrant de destruction, de désolation. Son cœur historique occidental demeurait relativement épargné en regard de l'Albanie et des régions du front Est, mais, si personne n'arrêtait l'archange Michel et son feu dévastateur, la France, l'Allemagne, l'Italie, l'Espagne, la Grande-Bretagne, les pays du Nord finiraient à leur tour par être réduits en cendres.

Si personne n'arrêtait l'archange Michel…

Pibe leva un regard incrédule sur Stef qui marchait à ses côtés. S'immobilisa, pétrifié par la révélation.

Bon Dieu, cette meuf avait conçu le plan foireux, complètement dingue, de débarrasser le monde de l'archange Michel, l'homme le plus mystérieux et le plus protégé d'Europe.

Ils croisèrent leur premier être vivant à quelques kilomètres de la ville de Gjirokastër selon un panneau indicateur. « On est au nord de Sarandë, estima Mustapha. On est partis dans la mauvaise direction. »

La rencontre ne se déroula pas sous les meilleurs auspices puisqu'ils furent obligés de tuer. Un agriculteur polonais, à qui le gouvernement européen avait distribué, c'est du moins ce qu'il expliqua en allemand avant de se rendre compte qu'il conversait avec des ousamas, plusieurs centaines d'hectares de bonnes terres albanaises. On ne refuse pas le climat méditerranéen quand on a subi plus de quarante hivers polonais, même si les étés ne sont plus aussi chauds et secs qu'avant – Mustapha traduisait aux autres en français.

Il avait arrêté son vieux camion bâché au milieu du chemin creux. Tariq avait suggéré aux autres de se planquer dans la garrigue, mais Mourad leur avait recommandé de ne pas bouger. C'était peut-être la chance qu'ils attendaient, un présent envoyé par Dieu. Le Polonais s'était tu au milieu d'une phrase. Ses yeux striés de sang – vodka – s'étaient tout à coup éclaircis, enflammés par un éclair d'intelligence. Il avait desserré son frein à main, embrayé, appuyé de tout son poids sur la pédale d'accélérateur, mais Mourad avait eu le réflexe d'ouvrir la portière, de le saisir par le col de son bleu de travail et de le tirer à l'extérieur. Le camion avait parcouru une trentaine de mètres avant de s'empaler sur un talus de terre. Mourad avait maintenu le Polonais au sol et crié à Tariq de le frapper avec le fusil du capitaine. Tariq s'était exécuté avec une maladresse navrante, obligé de s'y reprendre à dix reprises pour lui fracasser le crâne. Excédée, la plus âgée des quatre femmes lui avait tendu son couteau pour qu'il le tue proprement, dignement, mais un coup de crosse pour une fois précis avait défoncé la calotte crânienne du Polonais. Ils avaient traîné le corps dans les buissons proches après avoir fouillé ses poches et trouvé deux billets de vingt euros, quelques pièces, un couteau, une lampe de poche, un permis de conduire, la photo d'une femme et de trois enfants blonds.

« Il avait des gosses, murmura une femme.

— Nous sommes en guerre, répliqua Mourad. Tu crois que les chrétiens ont eu pitié des femmes et des enfants albanais ? »

Mourad, Tariq et Mustapha s'installèrent dans l'habitacle tandis que le reste du groupe s'entassait sur le plateau arrière chargé de cageots de prunes. Le véhicule s'élança en cahotant et en grinçant sur le chemin creux. Accrochés aux ridelles, Pibe et les autres se gavèrent de prunes dont ils recrachaient les noyaux par les interstices de la bâche. Ils s'engagèrent bientôt sur une piste de terre par endroits pavée de pierres plates, traversèrent un verger, débouchèrent dans la cour de la ferme. Le hurlement du moteur sema la panique dans les troupeaux de canards et d'oies regroupés autour d'un tas de fumier et d'une mare boueuse. Le camion s'arrêta, une portière claqua, la tête ébouriffée de Mourad se glissa dans l'entrebâillement de la bâche.

« Faut qu'on fasse le plein de gasoil et de nourriture. Après on file vers la Grèce. »

Pibe aperçut deux menues silhouettes nimbées d'or dans la pénombre d'une grange. La plus âgée des clandestines, qui avait également remarqué la présence des deux fillettes, désigna la ligne téléphonique acheminée par des poteaux ou des arbres jusqu'à la maison.

« Elles risquent de donner l'alerte.

— Raison de plus pour ne pas traîner. On s'occupera d'elles au besoin. »

Les clandestins s'éloignèrent en direction de la maison. Stef retint Pibe par le poignet sous la bâche.

« On ne peut tout de même pas les laisser tuer ces gamines, protesta-t-il.

— Parfois les gens se trouvent au mauvais endroit au mauvais moment.

— Des fois, j'ai du mal à te suivre, Fesse !

— Je ne parle pas forcément de ces gamines. »

Aucune lueur de moquerie dans les yeux clairs et pailletés d'or de Stef. Il voulut descendre à son tour, elle resserra sa prise sur son poignet et écrasa ses lèvres sur les siennes avec une soudaineté et une violence qui le saisirent, le suffoquèrent. La puanteur de gasoil et le parfum sucré, presque écœurant, de prune l'empêchaient de savourer ce baiser qu'il avait mille fois imaginé. Et puis les ousamas menaçaient de massacrer une femme et trois enfants innocents pour quelques litres de carburant et un peu de nourriture. La bouche de Stef était un puits de fraîcheur où il aurait été délicieux de se noyer dans d'autres circonstances.

Un grondement enfla dans le silence rayé par les criaillements des oies et des canards. Plusieurs grondements, plus exactement. Stef détacha sa bouche de celle de Pibe et, les lèvres brillantes, se figea dans la posture d'un animal aux abois.

Pibe risqua un œil par une déchirure de la bâche et balaya du regard la cour de la ferme. Trois véhicules se présentèrent entre deux bâtiments, des minibus noirs, grillagés, frappés sur leurs portes coulissantes des deux L argentés de la légion.

« Putain de merde, qu'est-ce qu'on fait ? souffla Pibe.

— On ne bouge pas pour l'instant, chuchota Stef.

— Qui les a prévenus ?

— Personne. Je pense qu'ils ont l'habitude de s'arrêter dans cette ferme. Elle leur sert sans doute d'auberge ou de point de ravitaillement. »

Les minibus s'arrêtèrent à quelques mètres de la maison et vomirent une vingtaine de passagers vêtus de noir. Cette scène ranima en Pibe les souvenirs cauchemardesques de la descente des auxiliaires de la légion chez les parents de Zara. La même sensation que le ciel déglingué crachait une cohorte d'anges du mal. Il dégagea son flingue de la poche intérieure de son blouson de cuir, vérifia machinalement le chargeur.

« Il faut prévenir les autres, gémit-il.

— Tu serais criblé de balles avant même d'avoir ouvert la bouche. Ce ne sont pas des soldats ordinaires.

— On va pas rester ici, putain ! Ils fouilleront tôt ou tard le camion.

— Il y a un temps pour tout, Pibe. Reste calme, essaie de capter le bon moment. »

Pendant que plusieurs légionnaires s'éparpillaient dans la cour pour pisser, les autres se dirigèrent en papotant vers la maison. C'est cet instant que choisit l'une des femmes ousamas pour franchir la porte, un panier débordant de victuailles à la main. D'abord paralysée par la stupeur, elle recouvra vite ses réflexes de fuyarde, lâcha le panier et, poussant des cris stridents, battit en retraite à l'intérieur de l'habitation. Les légionnaires comprirent aussitôt que des clandestins avaient investi la ferme et, sans qu'un ordre ne fût donné, s'organisèrent avec une cohérence et une efficacité remarquables. Les ousamas n'avaient aucune chance contre ces soldats surentraînés, d'autant qu'ils ne disposaient que d'un vieux fusil à deux coups et de trois ou quatre poignards. Deux groupes de légionnaires disparurent de part et d'autre de la maison pendant qu'un troisième grimpait sur le toit en s'agrippant aux saillies des murs. Leur agilité, leur vitesse d'exécution, leur détermination impressionnèrent Pibe. Il comprenait maintenant pourquoi Stef parlait à leur propos de soldats pas ordinaires. Une dizaine d'entre eux restèrent postés de chaque côté de la porte principale, pistolet en main. Ils ne jugeaient pas nécessaire de s'encombrer des fusils d'assaut argentés abandonnés sur les sièges des minibus. Des cris dominèrent le tumulte soulevé par les oies et les canards. Pibe crut reconnaître la voix de Mourad.

« Fichez le camp immédiatement, ou j'abats la femme et les enfants du fermier. »

Là-haut, sur le toit, les ombres noires se faufilaient dans les greniers par une lucarne dont ils avaient découpé le verre. Un légionnaire répondit à Mourad qu'ils ne partiraient pas tant qu'ils ne se seraient pas assurés de la sécurité des otages. Le dialogue de sourds se prolongea un moment, puis, subitement, comme averti par un mystérieux signal, l'interlocuteur de Mourad enjoignit à ses collègues de s'engouffrer dans la maison.

« Faut partir, souffla Pibe après que la porte eut avalé les uniformes noirs.

— Exactement ce que j'allais te proposer », chuchota Stef.

Ils se risquèrent hors du plateau bâché. Par gestes, Stef indiqua à Pibe de monter dans le camion. Une fusillade avait éclaté dans la maison, le vacarme couvrirait le bruit du moteur. Ils s'engouffrèrent dans l'habitacle où rôdaient des odeurs de gasoil, de terre et de sueur. On ne voyait pas grand-chose par le pare-brise fendillé et maculé de boue. Le temps parut démesurément long à Pibe entre le moment où Stef tourna la clef de contact et celui où le camion s'ébranla. Broyé par la peur, il garda les yeux rivés sur la façade jusqu'à ce qu'ils sortent de la cour de la ferme et s'engagent sur la petite route au bitume fendillé.

Le voyage s'arrêtait pour les clandestins dans cette ferme perdue d'Albanie. Si près du but. Les femmes lui avaient sauvé la vie sur le bateau, il ne pourrait jamais payer sa dette. Saloperie de vie.

La route plongeait en virages serrés dans une vallée traversée par le ruban sinueux et gris d'un cours d'eau, des vagues parcouraient les champs de céréales en terrasse. Ils roulèrent une dizaine de kilomètres en silence avant que Pibe ne se décide à demander, d'une voix forte :

« Tu savais qu'ils allaient venir ?

— Les légionnaires ? Non.

— Mais cette histoire du mauvais endroit au mauvais moment…

— C'est valable en tout temps et en tout lieu. Il y a toujours des portes d'entrée et de sortie. Il faut juste rester vigilant.

— Pourquoi t'as dit que ces légionnaires n'étaient pas des soldats ordinaires ?

— Des SGM, soldats génétiquement modifiés. Des cobayes humains. On leur a implanté des gènes qui aiguisent leurs réflexes et leurs sens. Ils n'ont besoin que d'une ou deux heures de sommeil. Ils sont insensibles à la douleur. Ils ont plein d'autres qualités de ce genre. Les soldats du futur, quoi.

— Qu'est-ce qu'ils foutent dans le coin ?

— Ils reviennent sans doute de mission.

— Comment tu sais tout ça, toi ? T'es des services secrets ?

— Pas besoin d'être une espionne pour être informée.

— L'archange Michel, t'as l'intention de le tuer, hein ? »

Le camion aborda presque au pas un vieux pont de pierre enjambant la rivière. Les essuie-glaces étalaient en grinçant les taches de boue sur le pare-brise. Pibe se demandait comment Stef pouvait voir la route au travers de cette bouillie jaunâtre.

« Je n'ai pas d'intention. Je me laisse seulement porter par les courants. Je ne connais pas de meilleur plan. »

Pibe se renversa contre la banquette et ferma les yeux. Les visages des treize clandestins défilèrent dans son esprit avec une netteté stupéfiante. Pourquoi les hommes s'obstinaient-ils à saccager leur jardin ? Des larmes amères lui vinrent quelques minutes avant le sommeil.

Tué, tu obtiendras le ciel ;
vainqueur, tu gouvernes la terre.
Lève-toi, ô fils de Kunti, décidé à combattre.

Bhagavad-Gîtâ,
Traduit du sanskrit par J. M. Rivière II-37.

Le jour se levait, mais, cette fois, le train ne s'arrêtait pas. Les jours précédents, de l'aube au crépuscule, il s'était immobilisé dans d'obscures entrailles souterraines éclairées par des rampes de veilleuses.

Un officier, un homme d'une vingtaine d'années qui déjà avait effectué une dizaine d'allers et retours entre le front Est et Paris, leur avait expliqué qu'il valait mieux prendre ce genre de précautions plutôt que d'être pris dans un bombardement.

« Vous voudriez tout de même pas être abattus par les ousamas avant d'arriver au front, hein ? »

Ils en convinrent, même si, en général, les bombardiers islamistes attendaient la nuit pour déferler dans le ciel d'Europe. Il existait sans doute d'autres bonnes raisons à ces immobilisations diurnes, mais, comme ils n'étaient pas dans les secrets de l'archange Michel, ils se contentèrent des explications de l'officier. Ils avaient réussi à s'installer sur les sièges du milieu de la voiture, les quatre qui se faisaient face.

Ils s'étaient rencontrés sur les quais de la gare de l'Est. Une sympathie instantanée s'était nouée entre eux, qui avait déjà les couleurs et la saveur de l'amitié, comme s'ils se reconnaissaient, comme s'ils reprenaient naturellement le cours d'une vie commune interrompue par leur naissance et leur enfance. L'un, Michel – un prénom pas facile à porter par les temps qui courent –, venait du Sud-Ouest, du Périgord plus précisément, et avait fait ses classes à Bordeaux. Le deuxième, Fabien, originaire de Bretagne, avait vécu la plus grande partie de son enfance dans le Nord, à Lille. Le troisième, Luc, transpirait la Provence dans son accent, sa faconde et ses yeux pétillants. Orphelin, il avait intégré une caillera de Marseille avant d'être chopé par les keufs et bouclé dans une école prophétique qui, si elle ne lui avait pas laissé que de bons souvenirs, n'avait pas réussi à lui voler son sourire.

Lui, le quatrième, l'enfant des Deux-Sèvres, avait du mal à aligner plus de deux mots de suite. Il souffrait depuis sa tendre enfance de difficultés d'élocution qui lui avaient valu une mise à l'écart et une scolarité quasi nulle. Il ne bégayait pas, ou très peu, il mélangeait seulement les syllabes et mettait plus de temps que les autres à s'exprimer. Ses maîtres d'école, ses professeurs du collège, ses camarades s'étaient moqués de lui ou, pire, l'avaient enveloppé de cette insupportable charité chrétienne qui ne reflète pas la sincérité de l'âme, mais la crainte du châtiment, le calcul sordide. Sa sœur aînée et ses deux frères eux-mêmes avaient passé la majeure partie de leur temps à lui faire sentir qu'il écornait un peu plus le prestige de la famille déjà fissuré par l'alcoolisme et les mauvaises affaires du père – les deux étant étroitement liés. Autant la convocation militaire avait représenté un drame pour la plupart des garçons de son âge, autant il l'avait accueillie avec joie. Il allait enfin découvrir d'autres horizons que ces marais aux eaux perpétuellement vertes et dormantes, d'autres airs que ces regards railleurs ou apitoyés, un autre entourage que cette ronde de reproches muets, et les siens étaient enfin délivrés de l'obligation de prêter une oreille attentive à son pénible charabia. C'était dans leurs effusions qu'il avait mesuré l'intensité de leur soulagement : quand on étreint quelqu'un avec une ferveur aussi démonstrative, c'est qu'on n'a pas l'intention de le revoir, qu'on l'a déjà enterré et rayé de son existence. Sans doute avaient-ils vendu ses fringues et ses chaussures le lendemain de son départ – il n'y a pas de petit profit –, sans doute avaient-ils donné sa mansarde à l'un de ses frères, sans doute avaient-ils brûlé les rares photos qu'ils avaient de lui ? Sa sœur aînée pourrait enfin se marier sans honte avec Adrien, son fiancé de vingt-cinq ans, réformé pour ses problèmes d'yeux et que ses parents aimaient bien parce qu'il était issu d'une bonne famille et promis à un bel avenir.

La crainte de la réforme avait vite été balayée par l'officier instructeur de la caserne de Poitiers. On n'a pas besoin de beaux parleurs, sur le front, mais de garçons courageux, durs au mal, et tu me sembles faire partie de ceux-là.

« Sympa, le coin ! » s'exclama Luc en désignant le paysage dévoilé par la lumière du jour.

Le train traversait au ralenti une plaine grise habillée d'un brouillard lugubre. Ils venaient de terminer le repas distribué par les cantiniers, des sandwiches au goût prononcé de moisi, des biscuits casse-dents, une petite bouteille de vin rouge et un breuvage noir et bouillant qu'on essayait de leur faire passer pour du café. Des arbres squelettiques tendaient leurs moignons déchiquetés et implorants. De nombreux cratères larges et profonds criblaient la terre noire. Michel abaissa la fenêtre et, sans tenir compte des protestations de quelques bidasses assoupis et dérangés par la froidure humide, se pencha pour mieux observer les environs.

« Les rails ne sont pas posés sur le sol… »

Les trois autres se levèrent et se penchèrent à leur tour

par la fenêtre. Comme il ne supportait pas les cigarettes – il avait donné ses cartouches aux autres – et que la fumée submergeant la voiture lui soulevait le cœur, il apprécia de respirer de l'air frais. Il constata qu'effectivement les traverses ne reposaient pas sur la terre, mais sur des piliers de bois d'une hauteur approximative d'un mètre cinquante.

« Le front originel, fit une voix dans leur dos. Nous leur avons repris une cinquantaine de kilomètres, à ces enculés. »

Ils se poussèrent pour ménager une petite place à l'officier qui les avait rejoints. La lumière du jour révélait sa gravité lasse sous la juvénilité de ses traits. Deux petites ailes argentées, signes distinctifs de son grade, étaient brodées sur le revers du col de sa chemise noire – principauté ? Ils avaient un peu de mal avec les nouveaux grades de la hiérarchie angélique. De son calot, légèrement en travers, s'échappaient des mèches blondes d'une longueur insolite.

« J'ai combattu dans le coin, reprit-il. On a reçu pendant plusieurs mois une pluie ininterrompue de bombes, de missiles et d'obus. L'enfer. Ces connards d'ousamas, ils croyaient qu'il leur suffisait de nous balancer sur la gueule les contenus de tous leurs arsenaux pour conquérir l'Europe. Le fric a beau vous permettre d'acheter les meilleurs armements, il ne fait pas de vous un bon stratège. On a attendu la fin de l'orage, planqués dans les tranchées souterraines. On est sortis quand ils ont dû refaire le plein de munitions et on les a repoussés en Moldavie.

— On ne voit pas les tranchées dont vous parlez », dit Fabien.

L'officier sortit une cigarette d'un étui de cuir bleu parsemé d'étoiles dorées, l'alluma, recracha deux panaches de fumée par les commissures des lèvres.

« Elles ont été comblées pour permettre le passage

des blindés et des trains. Faudra du temps pour que la vie revienne dans le secteur. Quelques siècles. Avec ce que la terre a reçu de saloperies…

— Pourquoi vous faites toutes ces allées et venues entre Paris et le front ? s'enquit Luc.

— Service spécial. Je sers de lien entre l'état-major de Piatra et les huiles européennes, les politiques, les planqués.

— Ça peut pas se faire par téléphone ? »

L'officier se fendit d'un sourire énigmatique.

« Si on veut éviter les oreilles indiscrètes, il vaut mieux se dire les choses en face.

— On arrive dans combien de temps ?

— Une heure environ. Impatients d'en découdre avec les ousamas, les gars, hein ?

— On en a surtout plein le cul d'être dans ce train. »

L'officier hocha la tête en tirant comme un damné sur sa cigarette.

« Ça me rappelle ma première arrivée sur le front. Vous n'êtes pas tombés dans le coin le plus tranquille. Bonne chance à vous. »

Il termina sa cigarette, jeta le mégot par la fenêtre, suivit des yeux la course des braises incandescentes éparpillées par le vent, retourna s'asseoir et s'absorba dans la lecture attentive de feuilles imprimées.

Ils n'échangèrent pratiquement plus un mot jusqu'à la gare de Chisinau, en Moldavie. La conversation avec l'officier leur rappelait qu'ils allaient bientôt plonger dans cet enfer de feu et de sang qu'était la guerre. Leur formation accélérée, rudimentaire, les destinait à la carrière fulgurante et misérable de chair à canon. Les mêmes rumeurs avaient circulé dans les différents centres de recrutement : seuls les plus veinards d'entre eux, les survivants, les miraculés, se verraient offrir une chance d'évoluer au sein de la légion ; les uns apprendraient à piloter un char ou un hélicoptère, les autres seraient chargés de missions spéciales, d'autres encore seraient affectés à l'état-major ou dans les centres d'instruction, les mutilés enfin seraient rapatriés du front et réduits à une vie de déshonneur et de mendicité.

Mourir, il s'en contrefichait. Il était déjà mort mille fois dans les écoles et marais des Deux-Sèvres. Chaque fois qu'il avait dû ouvrir la bouche et affronter les rires des autres. Il n'avait pas envie, en revanche, de perdre la nouvelle famille que la guerre venait tout juste de lui offrir. Dès les présentations, ses trois compagnons avaient compris qu'il n'était pas tout à fait comme eux, qu'il ne maîtrisait pas les mots, qu'il paniquait dès qu'il lui fallait s'exprimer, et ils l'avaient accepté tel qu'il était, sans réserve, dans un élan de générosité, de fraternité, qui l'avait lavé de ses hontes et de ses douleurs. Il lui suffisait d'écouter, d'acquiescer d'un hochement de tête ou d'un sourire, de rire à leurs plaisanteries – celles de Luc, principalement, dont l'accent transformait en blague chantante et tordante n'importe quelle banalité –, de placer de temps en temps une succession de syllabes heurtées qui finissaient par fabriquer un mot, un bout de phrase. Parmi eux il se sentait bien, bercé d'une douce chaleur qu'il n'avait jamais éprouvée avec ses parents, ses frères, ses sœurs, ces inconnus, ces ennemis. Si son propre sort le préoccupait peu, il s'inquiétait pour ces trois-là comme jamais il ne s'était soucié de personne.

Le train progressait toujours au ralenti entre des collines aux pentes rocheuses et nues. Des batailles dantesques s'étaient déroulées dans le secteur, sculptant le paysage en ruines, éboulis, saignées, cavités.

« Paraît que c'est bourré de veuves noires à la gare de l'Est, commença Fabien.

— Des veuves noires ? » releva Michel.

Fabien se pencha vers l'avant, les coudes posés sur les genoux. Les trois autres l'imitèrent, et leurs visages se tinrent si près les uns des autres qu'ils percevaient les caresses tièdes de leurs souffles.

« On les appelle comme ça même si elles ne sont pas veuves ni noires, reprit Fabien à voix basse. Des femmes mûres, mariées, charitables. Elles se pointent à la gare au moment de l'embarquement pour se faire des soldats en partance pour le front. Consommer de la chair fraîche, quoi ! Paraît qu'elles sont vraiment torrides, ces bonnes femmes !

— J'te crois pas, protesta Luc.

— Cette histoire est arrivée au meilleur copain de mon frère aîné. Il le lui a écrit dans sa dernière lettre du front.

— C'est parce qu'il l'a écrit dans sa lettre que…

— Un mec au front, il n'a sûrement pas envie de raconter de conneries, coupa Fabien. Ces femmes sont comme des araignées, elles tissent leurs toiles pour piéger des jeunes recrues. D'où leur surnom de veuves noires. Le copain de mon frère a écrit dans sa lettre qu'il a passé une journée inoubliable dans la chambre d'hôtel.

— Tu parles ! s'écria Michel. C'est pas à moi que ce genre de truc serait arrivé.

— J'en ai cherché une, comme me l'avait conseillé mon frangin, mais je n'ai pas réussi à me faire pêcho dans une toile.

— Normal, lâcha Luc. Elles sont pas folles, elles n'attrapent que les beaux mecs. Si elles m'avaient vu… »

Ils éclatèrent de rire.

C'était la première fois de sa vie qu'il riait de bon cœur.

« Ton frère, il n'est pas allé au front ? » demanda Michel.

Les yeux bleus de Fabien s'assombrirent.

« Ça risquait pas. Vous avez entendu parler des zombies ? »

Ils acquiescèrent en silence. Même lui, dans le fin

fond des Deux-Sèvres, il avait entendu parler des cinglés cannibales qui hantaient les rues des grandes villes européennes.

« Ils l'ont chopé un soir, ils lui ont arraché les yeux. Les keufs sont arrivés au moment où ils commençaient à lui charcuter le bide. C'est comme ça que j'ai su pour les veuves noires. C'est moi qui lui lisais ses lettres. »

Un sifflement les prévint qu'ils arrivaient en gare, pas vraiment une gare, un gigantesque hangar de béton et d'acier érigé entre deux collines noires et pelées. Le rail se scindait en plusieurs tronçons à l'entrée du bâtiment. Un panneau métallique indiquait Chisinau en lettres géantes et grasses, et, en dessous, en plus petit, Kichinev. Des milliers de silhouettes sombres s'affairaient à l'intérieur de l'immense ruche. Des chars, des camions et d'autres engins militaires stationnaient dans des abris de tôle annexes.

Le train s'arrêta sous le hangar principal dans un insupportable grincement.

« Qu'est-ce qu'on doit faire déjà ? demanda Luc.

— Se présenter au BAF, le Bureau d'affectation du front, répondit Michel. Restons groupés, on aura plus de chances d'être expédiés dans le même coin, d'accord ? »

Rester groupés au milieu de cette multitude d'uniformes noirs traversée de courants contradictoires fut plus difficile à faire qu'à dire. Le froid, surprenant à cette époque de l'année, les contraignit à enfiler leurs gants et leurs capotes. Sous le toit de béton et d'acier s'engouffraient des bourrasques rageuses, porteuses d'une humidité glaciale. Des grondements à la fois puissants et sourds dominaient par instants les hurlements des hommes, les sifflements des trains, les vrombissements des moteurs. Dans le lointain, des norias de camions bâchés emportaient les soldats sur des pistes de terre qui sinuaient entre les reliefs.

« J'croyais que c'était une ville, Chisinau, lança Fabien.

— T'as entendu ce qu'a dit l'officier dans le train, dit Michel d'une voix forte sans se retourner. Les ousamas occupaient la Moldavie avant. Chisinau a sûrement été rasée.

— Où est ce putain de BAF ? s'impatienta Luc.

— Ci… i… ici… »

Il désignait une issue latérale au fond d'une immense esplanade éclairée par des lampes suspendues. Des flots noirs convergeaient vers la porte basse surmontée d'une enseigne lumineuse où s'étalaient, en lettres noires sur un fond brillant, les mots : Bureau d'affectation.

Après une attente de huit heures dans les couloirs des bâtiments administratifs, ils avaient intégré le deuxième régiment d'infanterie, ils partaient tous les quatre pour la tranchée officiellement appelée Saint-André, mais que l'officier venu les récupérer en compagnie de leurs cinq cents compagnons surnommait la Grande Faucheuse. Ils s'étaient entassés dans des camions tellement boueux qu'on ne distinguait plus leur peinture noire ni leurs emblèmes argentés, la lance de la légion, les ailes de l'archange, l'ours stylisé symbole du deuxième d'infanterie. Entassés sur des bancs de bois, tremblants d'inquiétude et de froid, ils ne distinguaient pas grand-chose du paysage environnant. Pas grave, ils parcouraient un moutonnement lugubre, des reliefs noirs et figés, un enfer refroidi. Une quantité phénoménale de bombes avait dû dégringoler sur ces terres maudites. Le vent, pourtant virulent, ne chassait pas la brume accrochée comme une teigne aux sommets arrondis.

Quelqu'un lançait parfois une vanne pour détendre l'atmosphère pesante. Luc s'y était essayé, récoltant une poignée de rires maigres qui ne l'avaient pas incité à continuer. Le roulement des explosions se précisait, s'intensifiait, des odeurs indéfinissables s'invitaient sous la bâche et dominaient par instants les relents de gasoil.

Alors qu'il commençait à dodeliner de la tête, bercé par les cahots du camion, une violente secousse l'envoya percuter son voisin de gauche, un malabar qui le saisit par le col de sa capote et le décolla du banc. Il lui était arrivé d'être agressé par des mecs plus costauds dans la cour d'école ou sur les chemins des marais, mais jamais il n'avait affronté des épaules d'une telle largeur ni des poings d'une telle grosseur.

« Qu'est-ce qu'on dit, ducon ? » aboya l'autre.

Il ouvrit la bouche pour s'excuser – il avait bousculé son voisin, il lui revenait de demander pardon –, il demeura incapable d'extraire un traître mot du tourbillon de syllabes qui se levait dans sa tête.

« Dan… pon… dar… »

La tension soudaine, palpable, avait tiré de leur assoupissement les cinquante passagers du camion. Les yeux hors de la tête, le type costaud rapprocha encore son visage du sien.

« Tu te fous de ma gueule ? »

Il se jeta en arrière pour desserrer la pression des doigts de son agresseur sur sa gorge.

« Esuc… xuse… ponr…

— Lâche-le. »

Trois silhouettes s'étaient dépliées derrière eux. Il crut reconnaître entre ses paupières mi-closes Michel, Luc et Fabien. Voir l'un des trois – Luc ? – poser le canon de son pistolet sur la nuque du colosse.

« Eh, eh, les mecs, rangez-moi ce flingue. Si vous voulez qu'on s'explique, faisons ça comme des hommes.

— Lâche-le, enculé. »

Luc enfonça l'extrémité de son pistolet dans le gras de la nuque du type costaud, qui s'exécuta. Il put enfin se rasseoir sur le banc et reprendre son souffle.

« En quoi cette histoire vous regarde, les mecs ?

— On ne touche pas aux amis, question de principe.

— Un, je ne savais pas que ce plouc était votre ami ; deux, je lui ai seulement demandé de s'excuser.

— Il a un petit problème d'élocution. Et tu es prévenu, grand con : si tu touches un seul de ses cheveux, t'as intérêt à tous nous achever, mes potes et moi. Sinon, on te colle une balle dans le crâne. Il n'y aura pas d'autre avertissement. Pigé ? »

Le type costaud hésita quelques instants avant d'acquiescer d'un hochement de tête.

Ils arrivèrent au lieu dit de Saint-André, une faille étroite et profonde entre deux collines. L'air vibrait des explosions retentissant sans interruption quelques kilomètres plus loin. Chaque impact soulevait des nuées de fines particules noires qui s'infiltraient dans les yeux, les narines et la gorge. On répartit les nouveaux arrivants dans des baraquements en bois et en tôle dont les toits gondolés et rouillés avaient perdu de leur étanchéité depuis des lustres. Aucune végétation non plus dans le coin, une boue omniprésente, noire et collante. Et une multitude de rats gris dans les allées, sous les bâtiments, toisant avec insolence les nouveaux arrivants, comme s'ils se délectaient à l'avance de ces futurs cadavres promis à leur insatiable appétit. Un principauté déclara qu'ils partageraient les baraquements avec les hommes déjà sur le front, les pria de choisir des lits disponibles et leur annonça qu'ils bénéficieraient d'un jour et d'une nuit de repos avant de partir pour la tranchée de Saint-André.

Ils réussirent, en négociant avec d'autres nouveaux, à regrouper deux paillasses superposées et à s'installer tous les quatre non loin de l'antique poêle à charbon qui dispensait une chaleur poussive. Des rats téméraires s'aventuraient dans le bâtiment d'où les hommes les chassaient à coups de pied ou de balai. Les nouveaux légionnaires posaient leur barda où ils le pouvaient, sous les lits du dessous le plus souvent, et gardaient sur eux leur fusil d'assaut, leur pistolet, leurs chargeurs et leur casque. Les uns s'allongeaient sur leurs paillasses tandis que les autres partaient à la découverte des lieux ou en quête de nourriture. L'odeur qui régnait dans le baraquement n'était pas plus terrible qu'ailleurs, chiottes engorgées, crasse, sueur, poudre, mais l'humidité pénétrait jusqu'aux os, s'insinuait dans les matelas, sous les couvertures.

Après avoir vérifié leur matériel – le soldat qui perdait une arme ou ses munitions ne recevait aucune punition, d'après les officiers instructeurs, il se condamnait lui-même à monter au front avec sa bite et son couteau –, ils s'assirent sur les paillasses du bas, adoptant la même disposition que dans le train.

« C'est le moment, dit Michel.

— Le moment de quoi ? s'étonna Fabien.

— Ma mère m'avait préparé un truc pour ma première journée au front.

— Ah, les mères », soupira Luc. Une profonde tristesse dans ses yeux habituellement rieurs. « Moi qui ai été séparé de la mienne, j'aurais bien voulu qu'elle me fasse chier avec ses recommandations, avec ses cadeaux minables, j'aurais bien voulu qu'elle me pourrisse la vie. »

Michel sortit une boîte en fer de son barda ainsi que des tranches du pain de mie qu'on leur avait servi dans le train.

« Du foie gras de chez moi, dit-il avec un sourire enfantin. Vous m'en direz des nouvelles. Tu aimes ça, j'espère ? »

Il opina avec enthousiasme, prépara avec soin des mots pour les remercier de leur intervention dans le camion, et aussi de leur amitié, mais, quand il entreprit de les expulser, ils s'échappèrent de ses lèvres en une bouillie inaudible.

Luc lui tapa sur l'épaule.

« Pas besoin de t'énerver, vieux. Tes mots, tu nous les diras quand ils te viendront. Ce foie gras tombe bien. Je ne sais pas quand ils vont servir la bouffe, et je crève de faim. »

Il leur rendit leurs sourires et se détendit. Il avait enfin trouvé sa vraie famille, il avait toute une nuit pour en profiter.

« La colère de Dieu s'est abattue sur la Macédoine et la Bulgarie. La colère des hommes, plus exactement. Foutons la paix à Dieu, il n'est en rien responsable de la connerie humaine. Le déluge de bombes et de missiles est tombé sans interruption sur ces deux régions pendant plus de cinq ans. Les islamistes ont d'abord déferlé par le détroit du Bosphore. Leur intention était de libérer leurs frères albanais et, en même temps, de prendre pied sur le sol européen. Ils ont envahi la Bulgarie, puis la Macédoine, mais ils ont été repoussés en Turquie par la contre-attaque fulgurante des légions de Michel venues de Roumanie et de Hongrie. Il y a eu des millions de morts dans le coin. Des dizaines de millions. C'est la guerre la plus meurtrière, la plus dégueulasse que j'aie jamais couverte. »

Le vieil homme trempa ses lèvres dans un verre d'alcool ambré et en aspira bruyamment une gorgée. Il les avait invités à s'asseoir à la terrasse d'une taverne en tôle dressée au milieu de milliers de baraques sur un terrain vague envahi par les mauvaises herbes et les ronces. Des bandes d'adolescents armées de fusils d'assaut et de pistolets parcouraient les rues de ce qui avait été autrefois Sofia, la capitale de la Bulgarie. Ils s'entassaient à plus de vingt dans des véhicules bariolés prévus pour six ou sept passagers. L'alcool ou des substances chimiques rendaient leurs regards vitreux et leur comportement imprévisible.

«Les cailleras locales, avait commenté Stef. Il n'y a certainement pas d'autre loi que la leur dans le coin.»

La ville, jadis peuplée de plus d'un million d'habitants selon le vieil homme, n'était plus qu'un champ de ruines. Aucun bâtiment n'était resté debout, on avait tracé et pavé grossièrement les nouvelles rues autour des cratères, des amas de béton, de pierres et d'acier.

«Il ne reste rien, reprit le vieil homme d'une voix sombre. Rien. Ground zéro. Tout a disparu, les monastères anciens, l'église médiévale de Bojana, les merveilles architecturales…»

À l'horizon, l'ombre imposante d'un massif se dissimulait dans la brume. Stef et Pibe n'avaient pas rencontré de difficulté majeure jusqu'à Sofia. Ils avaient fait le plein à Skopje dans l'unique station de la ville mieux gardée qu'une centrale nucléaire. Non contente d'essuyer des bombardements et des batailles à répétition, la capitale de la Macédoine avait subi un violent tremblement de terre qui avait renversé les dernières constructions intactes. Après une attente de quatre heures, ils avaient accédé à la précieuse pompe où on leur avait attribué vingt litres d'un gasoil mal raffiné, pas une goutte de plus – trois cents euros les vingt litres; quelqu'un se faisait des couilles en or dans le coin. Les miliciens, des hommes âgés et habillés d'uniformes noirs semblables à ceux des légionnaires, les avaient couvés d'un œil tantôt salace tantôt inquisiteur, mais ils ne les avaient pas interrogés sur leur destination ni ne leur avaient demandé leurs papiers, au grand soulagement de Pibe. Bien que dans un état déplorable, leurs fusils d'assaut n'étaient sûrement pas de simples jouets.

Stef avait engagé le camion sur les mauvaises pistes de montagne censées conduire en Bulgarie de l'autre côté du massif. Les éboulis les avaient obligés à effectuer d'importants détours, à se perdre dans des villages haut perchés dont les habitants, tous armés de fusils de chasse ou de pistolets, les avaient dévisagés avec une absence d'expression éprouvante. Le camion du Polonais avait montré les premiers signes de fatigue dans les cols. Stef avait franchi certains passages en marche arrière parce que, même en première, même en jouant avec l'embrayage, le véhicule n'avait plus assez de puissance pour gravir les pentes les plus raides. Surpris par la nuit, ils s'étaient couchés sous la bâche et avaient dormi à même le plancher dans une enivrante odeur de prune. Malgré l'inconfort, malgré la faim, malgré la présence de Stef, Pibe avait sombré dans un sommeil profond dont il n'avait émergé qu'au matin. Un brouillard blanc, floconneux, les avait accompagnés tout au long de leur interminable descente vers les plaines bulgares. Stef avait acheté des fringues dans une improbable caverne d'Ali Baba au sortir d'un bourg. Une ample tunique aux motifs criards, une sorte de pantalon bouffant noir, des bottines couleur cuir. Ainsi vêtue, elle ressemblait à l'une de ces robustes paysannes bulgares qu'on voyait travailler dans les champs ou laver le linge au bord des ruisseaux.

« J'ai été correspondant d'une chaîne américaine pendant près de quarante ans dans les Balkans, ajouta le vieil homme. Quarante ans dans ce nid de scorpions. J'étais là lors de la guerre du Kosovo, là pendant les massacres en Bosnie, là quand l'Europe chrétienne a annexé l'Albanie, saloperie de Pacte d'unification chrétienne, là au début de la guerre contre la Nation de l'Islam. Une région mille fois maudite, mille fois détruite. »

Le vieil homme vida son verre et demanda au patron de la taverne, un homme corpulent à la barbe, aux yeux et aux cheveux noirs, de le remplir à nouveau.

« Ce qui se passait dans les Balkans et au Moyen-Orient préfigurait à petite échelle l'actuelle situation du monde. Dès que la religion fourre son nez dans les affaires humaines, on peut craindre le pire. Les religions, toutes les religions, celles du Livre et les autres. Il n'y en a pas de meilleure que d'autres, pas de pire. Elles se valent. Ce sont toutes des machines d'exclusion, d'oppression, de destruction, elles se réclament toutes du ou des vrais dieux, elles revendiquent toutes des territoires, des frontières, des privilèges, des vérités, des dogmes, elles sont toutes à enfermer dans un sac et à noyer dans des vallées de larmes. »

Le vieil homme alluma une cigarette – difficile d'appeler cigarette ce rouleau d'un tabac nauséabond enveloppé dans un papier épais et jaunâtre. Ses rides profondes étaient des plaies taillées par une lame démentielle. Des tavelures brunes et noires s'épanouissaient au sommet de son crâne chauve. Ses yeux brillants, insaisissables, volaient au milieu de son visage figé. Il avait invité Stef et Pibe à sa table lorsqu'ils étaient descendus du camion en quête d'un restaurant ou d'une épicerie. Il leur avait demandé, d'abord en anglais, puis en français, ce qu'ils souhaitaient commander et s'était adressé en bulgare au patron. Quelques instants plus tard, ce dernier avait apporté des assiettes creuses emplies d'une fricassée appétissante et deux verres d'une bière brune au goût prononcé de céréales.

« On aurait peut-être pu éviter cette folie si mon pays et certains de ses alliés européens n'avaient pas jeté de l'huile sur le feu. Aux attentats du 11 septembre 2001 ils ont répondu par la guerre. Ils ont d'abord parlé de guerre contre le terrorisme, puis de guerre préventive contre les États voyous, puis ils ont employé les termes de bien et de mal, ils ont brandi leurs bibles et leurs prières, ils se sont déclarés soutenus par Dieu, ils ont relancé l'archaïque concept des croisades. Oh, il ne s'agissait pas seulement d'exploiter l'opportunité offerte par les attentats du 11 Septembre, mais d'affirmer la supériorité morale de la civilisation occidentale, de concrétiser un projet mûrement réfléchi, le PNAC, le Projet pour le nouveau siècle américain, de mettre en œuvre la théorie du chaos fécond. Ils avaient préparé leur coup : en assimilant les musulmans aux terroristes, en jouant avec les peurs, ils avaient obtenu le soutien total de leurs opinions. Tout le monde s'est mis à casser du musulman, les hommes politiques, les religieux, les intellectuels, les pseudos-philosophes, les artistes ; tout le monde a clamé que l'islam était incompatible avec les valeurs des démocraties occidentales. Le grand cimeterre islamique s'est forgé dans les creusets irakien, saoudien, iranien, syrien, palestinien. Il a suffi ensuite aux services secrets de détourner la lame des musulmans sur l'Europe pour entraîner cette dernière dans la tourmente, puis de fabriquer une figure emblématique, religieuse, un archange, pour obtenir une bonne vraie guerre de religion. Hormis les populations européenne et musulmane, tout le monde y trouve son compte : les États-Unis, débarrassés de sa vieille mère et rivale européenne ainsi que de la menace islamique, l'État hébreu, enfin libre d'annexer la Palestine et de réaliser son fantasme du Grand Israël, l'Église catholique, régnant à nouveau en maîtresse sur les ailes de l'archange Michel. Constatez vous-mêmes : les trois religions du Livre ont gagné. Elles ont redéfini les frontières, elles se sont réparti les terres et les âmes, elles ont retracé ces lignes claires et fortes qui les justifient, le bien, le mal, le croyant, l'incroyant, l'élu, l'exclus. Le chaos bénéficie toujours à l'ordre moral, à la réaction. Yin yang, plus moins, attirance des contraires. Que valent des millions de vies face à de telles certitudes ? Excusez-moi de me monter si bavard, je n'ai plus guère l'occasion de m'exprimer en français.

— On pourrait être des espions de la légion, lança Pibe.

— Vous ? »

Le vieil homme tira une bouffée de sa cigarette et but une gorgée d'alcool en observant le camion bâché garé, quelques mètres plus loin. Des enfants en haillons tournaient autour du véhicule maculé de boue et posaient des regards pétillants de curiosité sur Stef et Pibe.

« Mes quarante ans de métier m'ont au moins appris à reconnaître les fanatiques de tous poils. Je ne sais pas ce que vous fichez dans le coin, et je ne veux pas le savoir, mais je ne vous vois pas brûler du feu de la haine, et ça me suffit. »

Le patron de la taverne désigna les assiettes vides et cracha une succession de sons graves dont Stef et Pibe ne comprirent pas un mot.

« Il vous demande si vous voulez du… comment dites-vous ça en argot ? rab », traduisit le vieil homme.

Pibe acquiesça d'un hochement de tête. Bien que rassasié, il ne se lassait pas de la saveur délicieuse du ragoût. Il s'était habitué à la consistance de la viande, inhabituelle et déroutante dans un premier temps. Et puis, il lui fallait d'urgence remplir son estomac pour lutter contre la douce euphorie engendrée par la bière.

« Vous êtes américain ? » demanda Stef.

Le vieil homme eut un geste fataliste. Aucun accent n'avait trahi ses origines. Il parlait un français plus académique que la plupart des Français.

« Pourquoi n'êtes-vous pas rentré dans votre pays ?

— J'ai passé trop de temps dans les Balkans. Plus rien ne m'attend aux États-Unis. Mes parents sont morts. Je suis un étranger pour mon ex-femme et mes enfants. Et puis j'ai quitté une nation relativement libre, je n'ai pas envie de la retrouver ployée sous le joug des évangélistes et autres fanatiques. Le pays s'est totalement replié sur lui-même et en est pratiquement revenu aux temps de la loi de Lynch. L'ère des pionniers s'apparente elle aussi à un chaos fécond. Les règles primaires, bibliques, œil pour œil, dent pour dent. Les dogmes simplistes qui ont donné à nos ancêtres le droit moral de massacrer des millions d'Indiens et de réduire en esclavage des millions d'Africains. Le droit de conquérir, de châtier, de tuer. Je mourrai ici, en enfer, avec les populations que nous avons sacrifiées sur l'autel de nos croyances. Le monde s'en fout, mais, au moins, j'aurai vécu jusqu'à la fin en accord avec mes pensées.

— Une croyance comme une autre, fit Stef. L'univers tout entier est fait de croyances. »

Le vieil homme éclata d'un rire rauque qui dégénéra rapidement en une toux caverneuse.

« Disons que certaines croyances m'arrangent et que d'autres me dérangent, répondit-il d'une voix éraillée, essoufflée. Et vous affirmez là une bien étrange croyance, jeune fille : l'univers semble plutôt constitué d'atomes, de molécules.

— Nous avons tendance à nous séparer de nous-mêmes, c'est justement dans cette division que s'installent les religions.

— Vous confondez monde subjectif et monde objectif. Nous ne sommes que des souffles dans le temps, mais l'univers, lui, existe depuis des milliards d'années et existera très longtemps après nous.

— Nous nous inventons des mondes objectifs parce que nous avons perdu de vue notre véritable nature. Nous avons l'impression d'avoir été piégés dans un corps mortel, nous cherchons des causes extérieures, nous essayons de trouver le bonheur par des apports objectifs, nous accusons les autres de nos malheurs, mais, tant que nous refuserons de revendiquer nos croyances, nous commettrons toujours les mêmes erreurs, nous serons toujours en quête d'un insaisissable idéal, nous chercherons des vérités là où elles ne sont pas, dans la possession, dans la technologie, dans la religion, dans l'histoire, dans le sang de nos ennemis. L'univers n'existe que parce que nous l'engendrons à cet instant précis. Son passé est mort, son futur n'est pas écrit. »

Le vieil homme écrasa sa cigarette dans le cendrier et, après avoir vidé son verre, en alluma une autre. Les gosses en haillons s'étaient rapprochés de la terrasse afin de mieux observer les personnages qui s'exprimaient dans une langue qu'ils ne comprenaient pas.

« Vous avez raison : rien d'autre n'existe que le moment présent. Un vieux radoteur, une jeune fille au drôle de discours, un adolescent affamé à la terrasse d'une gargote, un temps pourri, une ville dévastée, des gosses crevant de faim, une guerre entre deux civilisations, un monde en ruine… Vous allez où après ? Vous avez un but, dans la vie ? »

Stef joua un petit moment avec le trousseau contenant la clef plate du camion et quelques autres, plus grosses, sans doute les clefs de la ferme du Polonais.

« Le vent nous pousse vers la Roumanie, vers les Carpates orientales.

— Transylvanie ? Le fief de l'archange Michel. Pas étonnant qu'il se soit établi au pays des vampires : c'est le plus grand suceur de sang de toute l'histoire humaine. Je suis allé dans le coin au tout début de la guerre. Une interview dans son premier repaire de Gheorghe. Je crois bien que je n'ai jamais subi autant de fouilles de ma vie. Ses gardes du corps m'ont inspecté de fond en comble. Je n'aurais même pas pu planquer un microbe dans ma salive ou dans mon sang. L'approcher ne sera pas facile.

— Personne n'a dit que nous avions l'intention d'approcher l'archange Michel. »

Le vieil homme se leva, reprit son équilibre en posant les mains à plat sur la table. Sa veste et son pantalon reporter exhalaient une répugnante puanteur de crasse, de vomi et d'urine. Il sortit de l'une de ses multiples poches des pièces de monnaie qu'il sema avec application sur le métal cabossé de la table.

« J'espère que vous avez de quoi payer parce que, finalement, je n'ai pas les moyens de vous inviter. Bonne chance pour la suite. Et si vous voyez l'archange Michel en Transylvanie, n'oubliez surtout pas de lui coller de ma part une balle ou une lame dans le cul. Au fait, comment avez-vous trouvé la viande de rat musqué ? Pas mauvais, hein… »

Le vieil homme les salua d'un sourire avant de s'éloigner d'une démarche chancelante, cerné par une nuée de gosses.

Ils arrivèrent en fin d'après-midi sur les rives du Danube, le fleuve majestueux qui servait de frontière entre la Bulgarie et la Roumanie. Ils avaient roulé sur des routes larges en parfait état après la traversée du massif de Stara Planina et atteint la ville de Pleven au milieu d'un important trafic de camions civils et militaires. Leur intention était de couper par le nord-ouest et la ville roumaine de Craiova, mais la route de Ruse et de Bucarest restait, selon les panneaux rédigés en plusieurs langues, le seul axe praticable dans le secteur. Ils s'étaient fournis en gasoil – deux cents euros les vingt litres – entre Pleven et Ruse, et le camion, malgré des grincements de plus en plus pathétiques, n'avait pas rendu l'âme.

« T'as dit au vieux qu'on se laissait pousser par le vent, avait lancé Pibe. C'est quand même nous qui avons voulu y aller, dans les Carpates. »

Il avait failli dire *tu*, mais, au dernier moment, il s'était associé à cette décision. Après tout, rien ne l'avait obligé à suivre Stef dans les confins orientaux de l'Europe.

« Nous avons seulement émis une intention, avait répondu Stef. Des intentions, on en émet des dizaines par jour. Elles ne se réalisent pas toutes.

— Et celle de flinguer l'archange Michel ?

— Personne ne t'a dit que nous allions tuer l'archange Michel.

— C'est pas ce que t'as raconté aux ousamas l'autre jour ?

— Ce que j'ai raconté ou ce que tu as entendu ? J'ai seulement parlé de vérifier l'existence d'un fantôme.

— D'accord, mais s'il est réel et qu'on arrive à le choper, qu'est-ce qui se passera ?

— On saura si on est au bon endroit au bon moment. »

Le ciel s'était dégagé dans le lointain, et le Danube avait pris une magnifique couleur lapis-lazuli. Pibe baissa la vitre de sa portière pour respirer l'air tiédi par les rayons rasants du soleil. Ils avançaient au pas depuis qu'ils étaient entrés dans les faubourgs de Ruse. L'embouteillage s'étirait jusqu'au pont métallique dont on apercevait les haubans et les pylônes dans le lointain. Une forêt de cheminées expulsait des panaches gris et noirs qui s'agrégeaient en chape sombre au-dessus de la ville. L'activité, de plus en plus soutenue depuis la ville de Pleven, contrastait fortement avec la désertification des régions albanaise et macédonienne. Les camions en provenance de Grèce et des Balkans se bousculaient devant l'unique pont jeté au-dessus du Danube.

« Va falloir qu'on descende, murmura Stef. Et qu'on traverse le fleuve à un autre endroit.

— Pourquoi ? »

Du menton, elle désigna le poste de garde et les barrières régulant l'accès au pont. Des légionnaires fouillaient systématiquement les remorques et les cabines des camions.

« Le premier cercle de protection de l'archange Michel, ajouta-t-elle. Nous n'avons pas les papiers du camion. Ils ne prendront aucun risque. Ils nous arrêteront, nous soumettront à l'interrogatoire, nous laisseront croupir en tôle. Vaut mieux tenter la chance ailleurs.

— À la nage?
— S'il le faut...»

Joignant le geste à la parole, elle gara le camion sur le bas-côté et coupa le contact. Avant de descendre, Pibe vérifia machinalement la présence de son pistolet dans la poche intérieure de son blouson. Le chauffeur du véhicule suivant se pencha par la vitre de sa portière pour hurler des insanités à l'adresse de Stef – pas besoin de parler sa langue pour comprendre. À bout de souffle et des gestes obscènes, les yeux exorbités, il finit par accélérer et combler l'espace vacant.

Ils se rendirent dans le centre de Ruse en parcourant à pied les trois ou quatre kilomètres de friche industrielle bordant la ville. Outre son complexe militaro-industriel – les symboles de la lance et des ailes ornaient les façades de la plupart des usines –, Ruse proposait un port fluvial flambant neuf après la destruction totale de l'ancien par les bombardiers islamistes. La ville n'avait aucun charme, entièrement rebâtie selon des critères pratiques. Un quadrillage de rues droites, des petits immeubles blancs répliqués à l'infini, quelques bacs de fleurs censées égayer l'ensemble, des camions alignés devant les flancs des bacs comme des animaux attroupés devant leur mangeoire, quelques voitures aux moteurs pétaradants et aux carrosseries rouillées, des silhouettes aux couleurs vives devant des vitrines peu garnies, une impression générale de ville factice.

Ils dînèrent sur le pont d'un vieux bateau de pêche transformé en restaurant. La largeur du Danube, plusieurs centaines de mètres, étonna Pibe. Du camion, il l'avait aperçu comme un mince ruban bleu qu'on pouvait franchir d'un simple bond. Il ne se voyait pas, mais pas du tout, traverser le fleuve à la seule force de ses jambes et de ses bras. La violence du courant ne laissait aucune chance à un nageur de son niveau d'atteindre l'autre rive. Un grondement permanent tombait du pont suspendu pris d'assaut par la noria des camions.

« Vous comprenez le français ou l'anglais ? demanda Stef au serveur bulgare, un garçon efflanqué d'une quinzaine d'années.

— Français. Petit peu.

— Vous savez si on peut traverser le fleuve sur un bateau ? »

Le garçon plissa le front, comme s'il n'avait pas saisi la question, puis il se pencha entre Pibe et Stef et murmura, d'une voix à peine audible :

« Barque, oui, minuit, autre côté, pas légionnaires, hein, pas légionnaires, compris ?

— Où ?

— Venir minuit, point Zelev. Point Zelev, compris. Cinq kilomètres par là. »

Il tendit le bras vers la partie droite du fleuve.

« Combien ?

— Cent euros. Chaque. Cent euros. Ça va ?

— Ça va. En Roumanie, on peut trouver un moyen de transport ? »

Il haussa les épaules pour signifier qu'il n'avait pas compris, elle mima la conduite d'un véhicule.

« Oui, oui, là-bas, camion, camion. »

Il scella leur accord d'un sourire, prit la commande – carte unique, poisson, riz et vin blanc pour tout le monde – et disparut dans l'escalier menant à l'intérieur de la coque.

« On sait pas ce qu'il a dans le ventre, ce mec, maugréa Pibe. J'espère qu'il va pas nous dénoncer à la légion.

— Ça m'étonnerait. Il aurait exigé d'être payé à l'avance. »

Ils le virent réapparaître sur le pont quelques minutes plus tard, dévaler la passerelle et s'éloigner en courant en direction du centre-ville. Un gros homme moustachu les servit sans décrocher un sourire ni prononcer un mot. À 10 heures du soir, après un dîner copieux arrosé d'un mauvais vin blanc, ils se mirent en chemin en suivant la rive assombrie du Danube.

La nuit brumeuse autorisait toutes les audaces. On n'y voyait pas à un mètre devant soi. Les jumelles à infrarouge et les autres instruments de surveillance étaient hors d'usage depuis bien longtemps. L'affrontement technologique des premiers temps s'était effacé au profit d'une guerre classique, à l'ancienne, une guerre d'hommes réhabilitant la stratégie et le courage, la tête, le cœur et les couilles. Les défenses antiaériennes et les missiles sol-air avaient dissuadé les avions et les hélicoptères des deux armées de s'aventurer au-dessus du front et les avaient cantonnés aux bombardements méprisables des territoires civils. La profondeur des tranchées interdisait le passage aux chars et aux autres engins militaires. Il revenait donc à l'infanterie de faire le boulot. Les deux grands mouvements du début du conflit, percée fulgurante de l'armée islamiste s'enfonçant comme une pointe de lance dans le Sud-Est européen, contre-attaque terrible des légions de l'archange Michel repoussant les envahisseurs de l'autre côté du Bosphore, s'étaient achevés par une guerre de positions où progresser d'un kilomètre relevait de l'exploit.

Il avait rêvé de grandes chevauchées héroïques lorsqu'il s'était engagé à l'âge de quinze ans, il n'avait rien connu d'autre que ces ingrates batailles de tranchées. Il s'y était pourtant illustré, avec une témérité qui confinait à l'inconscience. Blessé à quatre reprises, promu capitaine – principauté – à l'âge de dix-neuf ans, il s'était vu confier la responsabilité du deuxième d'infanterie, la légion de l'Ours, une phalange de l'armée européenne couverte de gloire. L'état-major l'avait chargé de tenir coûte que coûte la tranchée Saint-André, la position la plus avancée de l'armée européenne sur le front Est, à quelques encablures de l'Ukraine.

Tenir n'était pas trop difficile. Les vagues ousamas, régulières, lancinantes, venaient s'écraser avec une obstination de mouches sur les tirs de barrage des mitrailleuses. Ces gens-là avaient le sens du sacrifice, on devait leur concéder cette qualité. De temps à autre, ils réussissaient à passer entre les grêles de balles, à franchir la borne Saint-Charles, à s'approcher de la tranchée principale, à s'emparer d'une circonvallation ; il fallait alors la leur reprendre le plus tôt possible, quitte à laisser plusieurs milliers d'hommes sur le carreau.

Il était tenté de poursuivre sur sa lancée, de pousser jusqu'aux retranchements ennemis, de conquérir ces quelques kilomètres qui l'auraient hissé parmi les grands stratèges de son temps, mais l'état-major de Piatra, des trônes aussi timorés que sournois, le lui avait formellement interdit : une percée trop rapide et profonde couperait le deuxième d'infanterie du gros des troupes, coûterait la vie à des milliers de soldats, briserait un maillon de la chaîne de défense, mettrait en danger tout le front Est. L'effet domino, mon vieux, l'effet domino. L'état-major lui ordonnait donc de limiter ses ambitions à la défense de la tranchée Saint-André.

Il restait persuadé, malgré tout, qu'il valait mieux enfoncer les lignes adverses lorsque la possibilité se présentait, semer la panique dans les plaines ukrainiennes, puis battre en retraite vers les positions fortifiées. Cette incursion aurait permis de tester l'épaisseur et la capacité de résistance de l'armée adverse, et probablement de lui porter un coup décisif au moral. Comme tous les exaltés, les ousamas se refroidiraient au premier revers. Et puis les hommes auraient contemplé pendant quelque temps un autre paysage que cette boue noirâtre, ces flaques d'eau croupie, ces sacs de sable, ces fortins de pierres, ces palissades délabrées, ces barbelés, ils auraient oublié un instant les hordes de rats et l'humidité glaciale qui les rongeait jusqu'aux cellules. Les huiles basées à Piatra, dans le confortable bunker de l'archange Michel, ne se rendaient pas compte que l'immobilité, l'inertie finissaient par rendre cinglés les fantassins embourbés. Il s'était rendu une fois à Piatra, à l'occasion de sa nomination officielle au grade de capitaine – principauté, il n'arrivait pas à s'y faire. Pendant deux jours il s'était vautré dans un luxe inouï, révoltant en regard des conditions des soldats sur le front, il avait dormi dans des draps de soie, mangé des mets raffinés, bu du bordeaux et du champagne, fumé des cigares en provenance de Cuba, baigné dans un environnement technologique extraordinaire, consulté le réseau informatique relié aux satellites, observé comme il ne les avait jamais vues les tranchées ennemies, assisté à des scènes qui se déroulaient en temps réel sur un autre continent, chié sur une cuvette dorée, baisé la jeune et tendre roumaine que quelqu'un avait eu la délicatesse de mettre dans son lit, bref, il était retourné au front gavé comme une oie, parfumé comme une poule, nanti d'un nouveau grade et de la solde correspondante, aussi nauséeux qu'un lendemain de cuite. Il n'avait pas eu l'honneur de recevoir les félicitations ni de serrer la main de l'archange Michel, ce dernier étant retenu par une importante visioconférence avec les dirigeants européens.

Comment pouvaient-ils comprendre ce que vivaient leurs hommes, les satanés trônes de la légion européenne ? Quel intérêt pour ces gens-là de briser une routine confortable pour eux et désespérante pour les soldats ? Le *statu quo* les arrangeait dans le fond. Tant que durerait la guerre, ils s'étourdiraient sans remords dans des fastes immondes. Voilà pourquoi ils affectaient les SGM, les soldats génétiquement modifiés, au maintien de l'ordre sur le territoire européen. Un trône en état d'ivresse avancée lui avait pourtant vanté, devant un buffet somptueux, les qualités de ces combattants d'un genre nouveau, plus performants sur tous les points que les hommes ordinaires. Ex-cep-tion-nels, mon cher, exceptionnels ! L'archange Michel avait vilipendé les sciences, accusées de favoriser l'athéisme, mais il en avait réservé quelques-unes à son propre usage, comme l'électronique et la biotechnologie. Sans doute le grand homme n'avait-il pas entièrement confiance en Dieu puisqu'il orchestrait lui-même ses miracles, qu'il ne laissait à personne d'autre le soin d'engendrer ses cohortes archangéliques.

« On a fabriqué de sacrés monstres au début, avait ajouté le trône en veine de confidences. Je peux vous montrer, si ça vous intéresse, des archives numériques qui valent leur pesant de cacahouètes. »

Ça ne l'avait pas intéressé : le courage, la détermination, l'obstination, l'habileté, l'intelligence étaient des vertus nobles, exaltantes, pas les bricolages biotechnologiques ni l'ivrognerie des officiers supérieurs. Ça ne l'aurait pas intéressé non plus de commander des créatures issues des laboratoires militaires.

« Vous avez trouvé des volontaires pour ce genre d'expérience ? avait-il demandé au trône.

— Plus qu'il n'en faut, avait répondu son auguste interlocuteur. Qui n'a pas rêvé d'être transformé d'un coup de baguette magique en surhomme ?

— Vous et moi. »

Le trône l'avait enveloppé d'un regard trouble, vaguement torve, puis avait éclaté de rire.

« Vous avez raison, capitaine, pour rien au monde, je n'aurais accepté qu'on m'implante des exogènes. Que voulez-vous, j'ai cette faiblesse de me satisfaire de ce que je suis ! »

Les lueurs de lointaines explosions léchaient la brume posée depuis plus d'un mois sur le front. Les silhouettes des hommes se devinaient à peine dans l'obscurité de la tranchée principale. Une offensive ennemie était peu probable. D'après ses informateurs, le ramadan avait débuté deux jours plus tôt et les ousamas passaient une grande partie de leurs nuits à boire, à manger, à fumer. Les tirs d'obus et de mortiers avaient nettement baissé d'intensité.

Un mois de relative tranquillité. L'opportunité qu'il guettait. L'occasion de démontrer aux planqués des bords de la Siret que certains de leurs officiers savaient encore se battre et pouvaient offrir la victoire aux armées européennes. Sa décision était prise depuis un bon moment déjà. La guerre n'était pas une partie de cache-cache dans un désert de boue, mais un théâtre d'opérations, une scène monumentale où le mouvement et l'audace jouaient les premiers rôles. Les soldats du deuxième d'infanterie n'étaient pas des chiens battus et tenus en laisse par une poignée de jouisseurs sans scrupule. Il voulait voir les visages de ses hommes se métamorphoser en masques guerriers et féroces, les veines de leurs cous saillir comme des cordes, leurs yeux briller de fièvre et de haine.

Il remisa ses jumelles dans leur étui et descendit par une échelle de bois au fond de la tranchée. Les officiers et les hommes s'étaient perchés sur des monticules de sacs de sable pour éviter de patauger en permanence dans cinquante centimètres d'eau. Les rougeoiements de leurs cigarettes effleuraient leurs visages minéraux. De nombreux rats en quête de nourriture dévalaient les pentes de la tranchée ou traçaient des sillons rectilignes et silencieux sur le miroir sombre et frissonnant de l'eau. De temps à autre, les soldats éloignaient d'un coup de gueule, de pied ou de crosse les rongeurs trop hardis. Ils ne recevaient plus de courrier depuis une quinzaine de jours, la recrudescence des bombardements avant le ramadan ayant coupé plusieurs voies de circulation entre l'Europe et son front Est. De graves problèmes de ravitaillement commençaient à se poser ; l'intendance avait recommandé aux officiers d'économiser la nourriture, l'eau et les munitions. Certaines unités, sur la brèche depuis plusieurs mois, étaient au bord de la mutinerie. On avait fusillé les meneurs, les grandes gueules, mais le mécontentement montait à la même allure que l'eau dans les saignées.

La tranchée s'étalait sur cinq kilomètres entre deux collines que les hommes surnommaient les Grands Tétons. Les cinquante canons 155 mm hissés par des hélicoptères aux sommets étaient à tout moment capables de faire pleuvoir une grêle d'obus sur l'intervalle séparant les lignes.

Il appela l'un des troufions chargés des transmissions, un Espagnol, et lui ordonna de convoquer les vingt lieutenants du deuxième dans la grande salle de commandement.

Comme elle était située au milieu de la tranchée, ils arrivèrent en ordre dispersé, les plus éloignés devant parcourir deux kilomètres et demi dans une bouillasse gluante. L'humidité avait gagné les souterrains creusés de part et d'autre de la tranchée, si bien qu'on ne se sentait nulle part au sec dans ces labyrinthes où pourrissaient les cadavres des soldats fauchés par les éclats d'obus et dévorés par les rats. Personne n'aimait d'ailleurs s'aventurer dans les « tripes puantes du diable ». On avait peur de passer en enfer sans s'en rendre compte. Des centaines d'histoires toutes plus inquiétantes les unes que les autres couraient sur les créatures démoniaques qui vous prenaient par les pieds ou par les cheveux et vous tiraient dans les flammes de la géhenne. Et puis, certaines nuits, on y entendait les voix des morts, des complaintes si poignantes qu'elles vous tiraient des larmes de sang.

La salle de commandement, un grand mot pour désigner une excavation creusée dans le flanc de la tranchée, étayée avec des poutres qu'il fallait remplacer tous les deux mois, éclairée par quatre lampes à pétrole, meublée d'une planche posée sur une dizaine de tréteaux et de moellons faisant office de sièges. Les lieutenants n'étaient pas en meilleur état que leurs hommes. Crasseux, dépenaillés, barbus, ils se sentaient eux aussi abandonnés, trahis par cette Europe dont ils gardaient la frontière orientale. Ils ressemblaient à des survivants, à des naufragés en milieu hostile, et non à des légionnaires chargés de défendre les valeurs sacrées de la chrétienté. Venant des différentes régions de l'Europe, ils parlaient et comprenaient tous le français, la langue officielle imposée par l'archange Michel, francophile comme la plupart des Roumains.

Ils s'installèrent, allumèrent une cigarette. Il laissa aux gourdes de gnôle le temps d'effectuer plusieurs tours de table avant de commencer.

« Nous sommes au début du ramadan. Ça veut dire que les ousamas ne lanceront pas d'attaque pendant un mois. Rien ne nous empêche, en revanche, de profiter de la situation et d'essayer d'aller voir ce qui se passe un peu plus loin.

— J'croyais qu'les planqués de Piatra, ils voulaient pas qu'on bouge, objecta un lieutenant.

— J'emmerde les huiles de Piatra ! C'est à moi qu'ils ont confié le deuxième d'infanterie, et j'en ai marre, plus que marre, qu'on oblige l'Ours à croupir dans une putain de tranchée infestée de rats. Est-ce qu'on empêche les fauves de chasser ?

— Vous voulez dire quoi, au juste, mon capitaine ?

— Que nous allons nous dégourdir les jambes et les idées. Cette nuit. Nous allons profiter de leur satané ramadan pour les repousser en mer Noire. J'ai envie de respirer un autre air. De voir Odessa. »

Les visages des officiers se figèrent dans les lueurs chétives des lampes à pétrole. Aucun d'entre eux n'osait croiser le regard des autres. La fumée s'évadait en rubans torsadés de leurs narines et leur donnait des airs de devins en attente de la révélation.

« Tout le deuxième ? finit par demander l'un d'eux.

— Les deux mille hommes présents dans la tranchée.

— Qui assurera les arrières ?

— Nous nous replierons au moindre problème. Et puis l'artillerie nous couvrira en cas de besoin.

— Qu'est-ce qu'ils diront, là-haut, à Piatra ? »

Il alluma à son tour une cigarette. Il ne fumait pas souvent, mais il ressentait de temps à autre le besoin de diffuser de la nicotine et d'autres substances dans son sang. Il n'ignorait pas que les cigarettes fournies par la légion contenaient des produits chimiques aux effets euphorisants – probablement que la plupart des soldats se seraient suicidés s'ils ne s'étaient pas intoxiqués avec ces saloperies.

« Je m'en tape. Si nous réussissons, ils ne nous feront aucun reproche. Si nous échouons, ils ne nous récupéreront pas vivants. »

Les gourdes de gnole circulèrent de nouveau de main en main. L'une d'elles atterrit dans les siennes. Il but une gorgée d'un alcool qui se répandit en traînée incendiaire dans son œsophage et son estomac.

« J'en suis, mon capitaine, fit une voix grave. Plutôt deux fois qu'une !

— Moi aussi !

— Moi aussi ! »

Les vingt lieutenants poussèrent des clameurs enthousiastes. Ils avaient toujours roulé les mêmes pensées que lui, qu'ils préféraient, et leurs hommes aussi sans doute, se jeter dans un ultime brasier plutôt que de continuer à crever à petit feu dans la boue de la tranchée Saint-André.

Il leur avait fallu une heure pour rassembler et informer les hommes. Tous avaient adhéré sans réserve au projet du capitaine – personne n'aurait eu l'idée saugrenue de dire principauté. Consigne avait été passée aux artificiers, planqués là-haut dans leurs blockhaus, de suspendre les tirs jusqu'à nouvel ordre. Huit kilomètres séparaient les deux lignes, parsemés de barbelés, de circonvallations, d'éboulis, de carcasses, de pieux, de mines.

Il avait enfin vu les yeux de ses hommes s'allumer, leurs traits et les veines de leurs cous se tendre, leurs mâchoires se crisper. L'Ours sortait ses crocs et ses griffes. À son signal, les deux mille hommes du deuxième escaladèrent la tranchée et se répandirent comme des spectres sur le terrain plat escamoté par la nuit et la brume. On leur avait conseillé de se servir de leurs poignards pour éliminer les éventuels ennemis surpris dans les circonvallations. Éviter les coups de feu pour ne pas trahir leur approche. Éviter si possible de sauter sur une satanée mine.

Ils atteignirent sans encombre le premier fossé intermédiaire situé à moins de trois cents mètres de la tranchée principale, l'explorèrent rapidement, n'y trouvèrent que des rats affairés à ronger les os des squelettes, se regroupèrent par centuries, grillèrent une cigarette, repartirent au signal donné par les vibreurs des téléphones portables, franchirent une succession de sillons plus ou moins profonds échelonnés tous les deux cents mètres et parfois garnis de pieux métalliques.

L'euphorie le gagnait tandis qu'il entraînait derrière

lui la vague silencieuse. Le souffle de ses hommes le portait, lui redonnait cette vigueur qui n'avait pas battu dans ses veines depuis très longtemps. Il courait et bondissait à nouveau dans les paysages vallonnés de son enfance, ivre de liberté et de sauvagerie. Il lui était arrivé, à l'âge de six ans, de passer trois ou quatre jours dehors. Sa mère, une femme distraite, un peu folle sans doute, avait à peine remarqué ses absences ; elle ne lui avait jamais adressé le moindre reproche en tout cas. Le froid de la nuit lui fouettait le front et les joues. Comme avant.

Pas d'ousamas dans les tranchées suivantes. Ni de mines entre les barbelés. À croire que les salopards s'étaient tous repliés vers leur ligne pour observer leur satané ramadan. Ils dépassèrent sans encombre la borne Saint-Charles, un grand monolithe entouré d'un muret de pierre et planté dans le sol à environ quatre kilomètres de chacune des deux lignes. De multiples obus avaient explosé dans les environs, mais ni les légionnaires ni les islamistes n'avaient eu la volonté de détruire la borne. Les uns et les autres avaient besoin de ce bloc de pierre pour se repérer dans le néant de pierre et de boue.

Ils se regroupèrent dans la tranchée suivante, la première tranchée située en territoire ennemi. Les légionnaires la surnommaient la fosse d'Allah. Creusée et étayée par les islamistes, elle ne présentait que peu de différences avec les fortifications européennes. Le deuxième l'avait prise une cinquantaine de fois depuis le début de la guerre, il en avait été délogé une cinquantaine de fois. Il rôdait dans ce boyau étroit les mêmes odeurs de boue, de poudre, de misère et de mort que dans la tranchée Saint-André. De vagues relents d'épices, coriandre, poivre, cardamome, flânaient cependant dans l'air froid – et laissaient supposer que ces enculés de leur race mangeaient mieux que les soldats de l'archange Michel.

Les lieutenants se resserrèrent autour de lui pour tenir le premier bref.

« Pas de lézard, hein, mon capitaine, murmura l'officier le plus proche de lui. Y a un petit moment qu'on s'était pas invités dans la fosse d'Allah.

— Pas une seule mine ! s'exclama un autre avec un fort accent allemand. À croire que ces bâtards ne sont pas venus dans le coin depuis une éternité.

— Sans doute que les obus les ont fait exploser, avança un troisième.

— Bizarre ce silence, tout de même », ajouta un quatrième.

Ils refirent le plein de tabac et d'alcool. Deux ou trois kilomètres les séparaient dorénavant de la ligne ousama. Leurs yeux brillaient toujours, mais d'inquiétude et de fatigue. Au sortir de la fosse d'Allah, ils foulèrent un sol lunaire, hérissé de cratères et de carcasses de chars à l'abandon.

Tandis qu'il dévalait un mamelon, le pistolet au poing, il discerna des mouvements et des bruits dans la brume. Un pressentiment l'assaillit, dont il se débarrassa d'un haussement d'épaules. Il se retourna. Emporté par son ardeur, il avait distancé ses troupes. Seuls quatre troufions avaient franchi le sommet de l'éminence. Ils avançaient comme un seul homme, liés par un invisible cordon. Ému par leur solidarité, il leur adressa un petit signe amical. Ils lui renvoyèrent des regards terrifiés.

Il en comprit la raison lorsque les centaines de silhouettes émergèrent de la brume et de la nuit.

Des centaines d'ousamas. Des milliers peut-être.

Bordel, ces fils de pute avaient eu la même idée. Le même ras-le-bol de l'inertie, sans doute. Tenter une sortie une nuit de ramadan. Privés toute la journée de nourriture et d'eau. Trop faibles pour se battre.

Le feu de la haine brûlait dans leurs yeux plus fort que la faim, plus fort que tout principe religieux. Une tension magnifique aiguisait leurs traits sous leurs casques. La férocité des fauves.

Il voulut donner le signal de la retraite. Hurler à l'Ours de retourner dans sa tanière. Une balle se ficha dans sa gorge, pulvérisa ses mots et ses derniers rêves de gloire.

Derrière lui, les quatre soldats tombèrent en même temps, enfin lavés de leurs peurs.

Les coups de rames rythmaient le fredonnement du fleuve et le grondement des camions sur le pont. Le vent dispersait les miasmes délétères des produits chimiques rejetés par les cheminées des usines. Assis à l'avant de la barque, le passeur agitait avec énergie ses bras nus, plus noueux que des ceps de vigne. Ses efforts n'empêchaient pas la barque de dériver vers l'aval du Danube.

Pibe avait craint que l'embarcation ne coule comme une pierre sous le nombre et le poids de ses passagers. Une douzaine d'hommes avaient embarqué au point Zelev – un ancien quai désaffecté, mangé par la rouille –, yeux brillants de méfiance, bonnets sur la tête, visages fermés, cols de veste relevés. Ils s'étaient acquittés du montant de la traversée sans dire un mot. Ils n'avaient pas remis leur argent au passeur, mais au jeune serveur du restaurant qui s'était pointé un quart d'heure avant minuit et avait réclamé les deux cents euros convenus à Stef. Il avait semblé à Pibe que les autres donnaient moins, beaucoup moins.

« Camions toutes directions autre côté, avait chuchoté le serveur. Emmener vous où voulez. »

Stef avait désigné les autres passagers.

« Et ceux-là ? Pourquoi ne passent-ils pas par le pont ?

— Eux Roumains, chassés, terroristes, revenir chez eux pour faire guerre aux légionnaires, compris ? »

Affronter les légions de l'archange Michel n'était pas facile dans le reste de l'Europe, les combattre en Roumanie relevait de l'entreprise suicidaire. Autour de Stef et Pibe flottait une ronde de visages graves et déterminés, les masques tragiques de ceux qui franchissent les frontières sans retour. La nostalgie assombrissait leurs regards. Ils regrettaient déjà de quitter cette terre où ils avaient respiré, marché, parlé, aimé, haï.

La guirlande lumineuse et multicolore du pont de Ruse s'éloignait peu à peu. Le passeur cessa de ramer et se figea à l'écoute de l'obscurité. D'un geste péremptoire il fit taire l'un des Roumains qui parlait à voix basse, puis il plaça une rame en travers dans le courant de manière à diriger l'embarcation vers la rive. Elle crissa sur un lit de cailloux avant de s'échouer une trentaine de mètres plus loin sur une grève boueuse. Nerveux, scrutant sans cesse les ténèbres, le passeur se hâta de repartir dans l'autre sens après le débarquement de ses passagers. Les Roumains s'engagèrent dans un étroit sentier taillé dans une végétation touffue.

« Qu'est-ce qu'on fait ? souffla Pibe.

— On les suit. »

Le sentier menait dans une ancienne zone industrielle bombardée et transformée en friche. Les Roumains s'orientèrent sans hésitation dans le dédale des routes défoncées et submergées par les ronces. La lune se dévoilait par intermittences, déposait sa clarté blafarde sur les bâtiments fantomatiques, les structures métalliques dénudées, les vestiges de toits, les collines de décombres, les grues renversées.

Les Roumains longèrent une autre route, à peu près en état celle-ci, s'arrêtèrent près d'un cabanon de chantier, l'une des rares constructions intactes du secteur, s'adossèrent à la cloison métallique, s'assirent sur les marches et allumèrent une cigarette.

« Qu'est-ce qu'ils font ? soupira Pibe.

— Ils attendent. On n'a qu'à faire comme eux.
— On sait même pas ce qu'ils attendent.
— Un camion, je suppose. »

Stef avisa un tas de pierres quelques mètres plus loin et alla s'y asseoir. Pibe la rejoignit. L'attente se prolongea un bon moment, et les Roumains, qui au début ne lui avaient prêté aucune d'attention, décochèrent à Stef des regards de plus en plus fréquents, de plus en plus luisants. Sans doute commençaient-ils à penser qu'ils ne risquaient rien à prendre un peu de bon temps avec cette fille apparemment sans défense. Elle portait des frusques de paysanne bulgare, mais sa peau et ses yeux clairs trahissaient des origines plus lointaines, plus excitantes, l'Europe de l'Ouest probablement. Ils se moquaient bien de savoir ce qu'elle fichait dans ce coin paumé de Roumanie, ils voyaient seulement qu'une occasion unique leur était offerte de concrétiser un vieux fantasme. La mort moissonnait sur les terres de l'archange Michel, ils n'allaient pas cracher sur cet ultime cadeau offert par la vie. Sans s'être consultés, ils convergèrent vers Stef et Pibe. Le désir avait chassé la nostalgie de leurs yeux. L'un d'eux, un homme brun et maigre d'une trentaine d'années, dégrafa la ceinture de son pantalon et, par gestes, ordonna à Stef de retirer ses vêtements. Un autre saisit Pibe par le bras et entreprit de l'écarter du tas de pierres.

Pibe ne ressentit pas la moindre pincée de panique. Il baignait dans un calme étonnant, comme si cette scène ne le concernait pas. La métamorphose de leurs compagnons de clandestinité en prédateurs n'affectait ni ses perceptions ni ses pensées. Il n'opposa aucune résistance à l'homme qui l'entraînait à l'écart. Ne pas éveiller sa méfiance. Du coin de l'œil, il vit les autres former une minuscule arène autour de Stef, un cirque dont ils seraient à la fois les acteurs et les spectateurs. Elle restait impassible, en apparence résignée, indifférente à son sort. Alerté par des éclats de voix, le gardien de Pibe s'arrêta, se retourna, se hissa sur la pointe des pieds. Pibe devina que Stef avait tenté de dégager son Colt et que ses agresseurs le lui avaient arraché.

C'était à lui d'agir.

Il exploita le relâchement de vigilance de son cerbère pour plonger la main dans la poche intérieure de son blouson, agripper son flingue et déverrouiller le cran de sûreté. L'homme se retourna au moment où il dégageait son arme. Pibe lui assena un violent coup de crosse à la pointe du menton. Le Roumain poussa un grognement étouffé, partit en arrière, vacilla, mais ne tomba pas. Il s'effondra au deuxième coup, porté sur l'arrière du crâne. Accaparés par le spectacle au centre de l'arène, les autres n'avaient rien remarqué.

Pibe s'approcha dans leur dos et tira un premier coup en l'air. Ils se retournèrent tous en même temps. Restèrent quelques secondes ébahis à la vue du garçon armé d'un pistolet et, plus loin, du corps inerte de leur compagnon. S'écartèrent ostensiblement pour désigner les fautifs, le maigre au pantalon baissé, ses deux partenaires chargés de dévêtir et d'immobiliser la fille. Pibe vit l'un d'eux lever le Colt de Stef dans sa direction, pressa aussitôt la détente. Touché à l'épaule ou au flanc, l'homme lâcha le flingue et s'affaissa sur les pierres. Les autres s'égaillèrent dans la nuit comme une volée de moineaux. Le type maigre remonta avec maladresse caleçon et pantalon et fila sans demander son reste.

Pibe ramassa le Colt et le tendit à Stef sans un regard pour le blessé. Elle l'accueillit avec un visage détendu, souriant, rajusta ses vêtements avant de glisser son arme dans la ceinture de son pantalon.

«Le capitaine, ceux-là, tout le monde veut te passer dessus, on dirait, grommela Pibe.

— Vouloir n'est pas pouvoir. Et puis j'ai un bon ange gardien. Je savais que tu interviendrais.

— Ouais, mais si…

— Avec tous tes si, Pibe, on finirait par se perdre dans une infinité de possibles.»

Un grondement de moteur enfla dans le silence, les faisceaux de phares balayèrent la route, les buissons, le monticule de pierres, un camion surgit de la nuit, s'arrêta près de la cabane de chantier, puis il en vint un deuxième, et encore cinq ou six autres qui, traînant d'énormes remorques, se garèrent sur le bas-côté. Les chauffeurs coupèrent les moteurs, éteignirent les phares, descendirent et se lancèrent dans une conversation animée avec les Roumains. Pibe comprit, à leurs regards, à leurs gestes, à leur énervement, qu'ils parlaient de Stef et de lui. Un chauffeur se détacha du groupe et fonça vers eux d'une allure de buffle. Un géant, épaules larges, cheveux d'un blond cendré, yeux d'un bleu très clair, presque blanc. Vêtu d'une chemisette claire gonflée par ses muscles, d'un ample pantalon noir à poches multiples, de chaussures de sport aux semelles épaisses.

«Vous parlez français?»

Lui le maniait en tout cas avec un fort accent balte ou nordique.

«Nous cherchons un transport pour les Carpates orientales», répondit Stef.

Le chauffeur pointa l'index sur l'homme blessé qui gisait à présent dans une mare de sang.

«Ça vous arrive souvent de tirer sur les gens?

— Juste s'ils nous embêtent, lâcha Pibe.

— Il vous a embêtés?

— Il a voulu la violer avec ses copains et me tirer dessus. À part ça, c'est un mec super cool!»

Le chauffeur désigna le groupe des Roumains d'un mouvement de tête.

«Ils disent plutôt que c'est une pute et qu'elle réclamait à chacun trente euros pour…

— Ils disent des conneries. Une pute choisirait pas un

coin aussi paumé pour gagner du fric. Et puis elle n'emmènerait pas avec elle son petit frère.

— C'est ta sœur ?

— Ben ouais. »

Le chauffeur se tourna vers les Roumains et ses collègues qui, figés le long de la cabane de chantier, attendaient sans doute qu'il leur traduise cette conversation.

« Pourquoi vous voulez aller dans les Carpates ?

— Il paraît que le coin est joli, dit Stef.

— Combien êtes-vous prêts à payer pour le voyage ?

— Combien en demandez-vous ? »

Le chauffeur réfléchit quelques secondes.

« Trois cents euros chacun. Je vais jusqu'à Roman.

— Vous passez par Piatra ? »

Le chauffeur acquiesça d'un hochement de tête.

« Pourquoi y a tant de camions dans le coin ? demanda Pibe.

— Tous les chauffeurs espèrent se faire un petit extra en embarquant des passagers clandestins. On a moins de chance de se faire repérer dans un camion que dans un bus ou un train. Et puis nous, les routiers, nous sillonnons toute l'Europe. Mieux que les transports en commun. Si vous le vouliez, je pourrais vous déposer à Budapest, à Prague, Berlin, Hambourg, Copenhague.

— Piatra nous suffira.

— Vous avez le fric ? »

Stef tira une liasse d'un repli de sa tunique et compta six cents euros qu'elle tendit au chauffeur. Il vérifia, disposa soigneusement les billets dans un portefeuille en cuir, leur fit signe de le suivre. Les autres chauffeurs l'apostrophèrent dans une langue gutturale. Il leur répondit d'un ton sec en montrant le groupe des Roumains avec une moue dédaigneuse. S'ensuivit une discussion houleuse à laquelle il mit fin en s'éloignant d'un pas rageur en direction de son camion. Il se hissa en souplesse sur le hayon élévateur, ouvrit une petite porte découpée dans l'un des deux vantaux de la remorque.

« Entrez là-dedans. Je vous fournirai de quoi manger et boire à Bucarest. C'est compris dans le prix. »

Pibe grimpa à son tour sur le hayon. Il se sentit minuscule aux côtés du chauffeur qui culminait probablement à une hauteur de deux mètres quinze.

« J'espère que ça ne vous dérange pas de voyager en compagnie des morts. »

Le chauffeur éclata d'un rire fracassant aux éclats teintés de tristesse.

« Qu'est-ce qu'ils vous racontaient, les autres ? s'enquit Stef.

— Que j'ai tort de transporter des tueurs de Roumains. Ils disent que ça se saura, que ça me portera malheur, que plus un seul clandestin n'acceptera de monter dans mon camion.

— Ça vous ennuie ?

— Je m'en tape. C'est mon tout dernier voyage entre le Danemark et la Grèce.

— Vous ne leur avez pas dit ?

— La parole est d'argent, le silence est d'or.

— Dernière question : où avez-vous appris à parler français ? »

Un voile sombre glissa sur les yeux du chauffeur.

« J'ai vécu sept ans en France, j'ai été marié à une Française.

— Pourquoi l'avez-vous quittée ?

— C'est elle qui m'a quitté. Elle faisait partie d'un réseau terroriste. Elle a été arrêtée, puis déportée. Je suis devenu chauffeur pour essayer de la retrouver dans les différents camps d'Europe. J'ai appris il y a deux ans qu'elle était morte. »

Il les poussa à l'intérieur de la remorque et alluma une lampe de poche dont il promena le rayon sur la cargaison, cercueils en bois, pierres tombales et autres articles funéraires.

« Ne craignez rien, les cercueils sont vides, ajouta le chauffeur. Je vous laisse la lampe. J'en ai une autre dans la cabine. Installez-vous confortablement. On ne sera pas à Piatra avant demain en fin d'après-midi. »

Il sortit et referma la porte à clef. Ils dénichèrent dans la remorque des couvertures crasseuses qu'ils étalèrent dans un endroit dégagé entre deux tas de cercueils. De violents éclats de voix transpercèrent les minces cloisons métalliques, puis un claquement de portière retentit, le camion démarra et roula un moment au ralenti sur l'asphalte gondolé.

Comme il l'avait promis, le chauffeur leur apporta des vivres dans les environs de Bucarest. Le camion s'était arrêté depuis une bonne demi-heure déjà, et ils commençaient à se demander s'il n'avait pas eu des ennuis. Proche de la mer Noire, berceau de l'archange Michel, cible privilégiée des premières attaques islamistes, bombardée à treize reprises, Bucarest faisait l'objet d'une surveillance constante. Réputée dans toute l'Europe pour la profusion et la férocité de ses gardiens, la métropole roumaine était devenue la capitale officieuse de l'Europe. Des milliers d'hommes politiques, de hauts fonctionnaires, de chefs d'entreprise, de délégués des groupes de pression, de militaires se croisaient dans les nombreux palaces érigés le long de la Dâmbovita.

« Un vrai nid de frelons, ajouta le chauffeur. Il y a plus d'anges noirs que d'habitants dans le coin.

— Vous avez mangé, vous ?

— Vous inquiétez pas pour moi. Je ne suis pas du genre à me laisser mourir de faim. »

Ils dévorèrent le pain, la charcuterie, le fromage et les gâteaux qu'il avait entassés dans un grand sac plastique. Il y avait ajouté une bouteille d'eau pétillante et une autre d'un vin rosé au vague goût d'hydromel. Il resta un moment en leur compagnie, appréciant visiblement de converser avec ses deux passagers venus de France, une région qu'il n'avait plus visitée depuis l'arrestation de sa femme. Elle ne lui avait pas donné d'enfant, il le regrettait, il aurait gardé d'elle un portrait vivant. Il n'avait rien su, comme un con, de son engagement dans un réseau terroriste. Si elle lui en avait parlé, il aurait lui aussi combattu les pourritures qui avaient transformé ce grand et beau continent en gigantesque tombe. Elle, elle aurait su lui donner l'envie de se battre. Il avait failli se suicider à dix reprises au moins depuis qu'on lui avait annoncé sa mort. Il n'avait jamais eu l'envie d'aller voir une autre femme, n'avait tenu que par l'espoir de la retrouver dans l'un des camps de concentration du territoire européen. Il était vide de désirs, mort à l'intérieur. Après ce voyage, il projetait de partir pour le Grand Nord et de vivre en nomade sur les dernières glaces de la planète. Le désert blanc et silencieux l'aiderait à oublier la folie humaine et sa propre détresse.

Il ajouta, avant de partir :

« Faites gaffe à Piatra. Je ne sais pas ce que vous allez foutre dans ce merdier, mais ne comptez pas trop vous introduire dans le bunker de l'archange Michel. Même une mouche ne pourrait pas passer. Paraît que le coin est truffé de grottes et de souterrains. Paraît aussi que les gamins roms les connaissent comme leur poche. Voyez de ce côté-là. Je vous déposerai à l'entrée de la ville, d'accord ? »

Le camion roula sans interruption jusqu'à l'aube, puis ralentit et s'arrêta dans une station-service à en croire les bruits et l'odeur. Pibe n'avait pratiquement pas dormi de la nuit. Un bouleversement s'était opéré en lui, mais il ne parvenait pas à en saisir la nature, comme s'il ne s'habituait pas à son nouvel intérieur, comme s'il ne s'habitait plus. Il ne lui restait pratiquement rien de ses peurs, rien de ses pensées d'avant, si familières qu'elles avaient paru constituer son être. Il baignait toujours dans le calme ressenti lors de l'agression des Roumains sur Stef, il se demandait s'il n'était pas en train de perdre la tête, si les émotions, les sentiments ne se détachaient pas de lui comme les feuilles d'un arbre crevé, s'il n'était pas lui aussi mort de l'intérieur. La vie lui avait été enseignée comme une succession de hauts et de bas, de frottements tantôt agréables tantôt douloureux, de désirs à satisfaire, à brûler, d'épreuves qui trempaient et aiguisaient le fer de la volonté, et il flottait dans un état stable où rien n'avait vraiment d'importance, où la source coulait sans interruption, empli tout entier de son murmure. Un chant si ravissant qu'il n'osait y prêter attention. S'il l'écoutait, il ne pourrait plus revenir en arrière, il achèverait sa mue, il abandonnerait le Pibe d'hier comme un vêtement trop longtemps porté, il ne pourrait plus se réfugier dans ses vieilles lunes, dans la cave du pavillon de ses parents, dans le cœur de ses ténèbres, il percevrait les jeux incessants et simultanés de l'univers, il parcourrait le chemin étourdissant qui menait à l'homme. Une perspective exaltante, écrasante. La vie ne serait plus jalonnée de repères coutumiers, plus jamais conditionnée par un passé récent ou lointain, plus jamais écrite par les mémoires collective et individuelle, elle exploserait à chaque instant en un somptueux big-bang, elle se bouleverserait et se réinventerait à chaque occasion, elle se rirait des souffrances et des plaisirs, elle bondirait de présent en présent, de roche en roche, de seconde en seconde, elle ne connaîtrait pas de commencement ni de fin, seulement une suite de renaissances, d'éternités.

Allongée sur les couvertures, Stef l'observait avec attention, visiblement heureuse qu'il la rejoigne dans son monde. Elle s'était depuis longtemps engagée sur le sentier étroit et lumineux où très peu d'êtres humains s'aventuraient.

« Nous sommes les nouveaux monstres, Pibe, dit-elle avec un rire joyeux. Des mutants. Les enfants d'une évolution qui ne passe ni par les fantasmes biotechnologiques ni par aucune des chimères poursuivies depuis des millénaires par l'humanité. Nous sommes la négation de la religion, de la science et de l'histoire.

— Qu'est-ce qui fait que ça tombe sur toi ou sur moi ? »

Pibe, réconcilié, parlait d'une seule voix.

« Est-ce important de le savoir ? Les pourquoi, les comment, les causes, les effets forment une chaîne qui nous emprisonne dans des quêtes interminables et absurdes.

— C'est curieux, je… je ne veux plus rien, je n'ai plus d'envies. »

Des larmes étaient venues aux yeux de Pibe. Stef se redressa et lui caressa la joue du revers de la main.

« Déroutant, hein ? Pour la grande majorité des hommes, cesser de vouloir équivaut à cesser de vivre. Pour toi et moi, et pour tous ceux qui nous ont précédés dans cette voie, dans cette non-voie plutôt, c'est exactement le contraire : on commence à vivre quand on cesse de vouloir.

— Ça fait longtemps que tu… »

Sa question se perdit entre les lèvres de Stef.

Il colla son œil à l'identificateur iridien, ressentit la légère vibration provoquée par l'analyse, se recula lorsque les mots « inspection terminée » s'affichèrent sur le minuscule écran, attendit que la porte blindée s'ouvre dans une salve de claquements, s'engouffra dans un premier couloir de béton brut, subit la fouille réglementaire au premier point de contrôle, remit son arme d'ordonnance à l'un des quatre cerbères, désagréable palpation corporelle, ballet du détecteur métallique sur son uniforme, excuses faussement contrites, restitution de son pistolet, autorisation de continuer son chemin, s'engagea dans un autre couloir, tapissé de métal celui-ci, en direction du premier sas où il devrait encore patienter une bonne demi-heure avant de recevoir le feu vert définitif. Un minimum de vigilance était indispensable dans un endroit comme celui-là, mais on avait atteint ces derniers temps des sommets de paranoïa. L'archange Michel prétendait que des terroristes cherchaient à s'introduire dans le bunker. Étrange prophétie : aucun opposant n'avait la moindre chance de passer à travers les mailles d'un filet aussi serré. Mais il entrait et sortait tant de monde dans cette enceinte fortifiée que des espions et des traîtres pouvaient fort bien se glisser dans le flot. Des officiers supérieurs avaient été soupçonnés d'œuvrer pour la Grande Nation de l'Islam ou des mouvements terroristes européens. Un soupçon valait condamnation dans un contexte aussi tendu, condamnation donc exécution. En moins d'un an, on avait fusillé ou décapité plus de deux cents membres des administrations civile et militaire.

Il craignait d'être à son tour frappé par la disgrâce de l'archange ou de ses proches, et, comme il tenait à revoir la jeune femme épousée juste avant son départ pour la Roumanie, à connaître l'enfant qu'elle lui avait donné, il s'arrangeait pour bien faire son travail et ne pas fréquenter les cercles gangrenés par la suspicion. Il ne résidait pas dans le bunker, mais dans un appartement dans le centre de Piatra, la petite ville roumaine de la région de Neamt peuplée d'ambassadeurs plus ou moins officiels, de conseillers plus ou moins officieux, d'hommes politiques plus ou moins véreux, d'affairistes plus ou moins authentiques. Ils provenaient de tous les continents et se rassemblaient dans les cafés ou dans les réceptions des hôtels pour essayer d'obtenir ce qui constituait à Piatra le plus recherché, le plus précieux des trésors : une introduction dans la forteresse en grande partie souterraine où se prenaient la plupart des décisions européennes.

Il n'aurait pas aimé vivre en permanence dans cette enceinte de béton où l'air n'était pas naturel, où quelques plantes anémiques tenaient lieu de végétation, où le moindre déplacement se soldait par trois contrôles et des fouilles corporelles humiliantes. Il ne comptait plus les fois où on lui avait ausculté le rectum avec une maniaquerie perverse. Les cerbères, de simples troufions souvent, ne se privaient pas d'humilier les officiers supérieurs en les foutant à poil et les laissant plus que nécessaire dans une position mortifiante, penché vers l'avant, les jambes écartées, les couilles pendantes, les mains posées sur le mur.

Il l'avait accepté au début, pensant que le salut de

l'Europe passait par ces précautions draconiennes, il le supportait très mal désormais. Il lui semblait que le mal s'était enraciné dans ce lieu clos, qu'il proliférait en l'absence de lumière naturelle, qu'il gagnait peu à peu l'ensemble de la population du bunker coupée des réalités du terrain. Comme si le sang se viciait dans cet air confiné, dans cette atmosphère mal renouvelée, consanguine.

Ses fonctions officielles étaient de maintenir le lien entre le front Est et l'état-major installé à Piatra. Il appartenait au corps des rapporteurs des armées, un titre ambigu équivalant à l'ancien grade de lieutenant-colonel. Son boulot consistait à éplucher les rapports hebdomadaires des officiers sur le terrain, à inspecter au besoin les tranchées, les défenses, les baraquements, à vérifier les conditions d'existence des fantassins et des artilleurs, à rédiger ses propres conclusions et à les remettre à son supérieur, le trône Jean de La Valette. Comme la hiérarchie ne lui renvoyait aucun écho de son travail, il lui arrivait de plus en plus souvent de penser qu'elle n'en tirait aucun bénéfice, ou qu'elle n'en tenait aucun compte, ce qui revenait au même. Il avait annoncé depuis longtemps – il ne s'agissait pas là d'une prophétie, mais d'une étude sérieuse, de statistiques – que les officiers de terrain, de plus en plus jeunes, de plus en plus exaltés, mèneraient des actions suicidaires pour échapper à l'inertie, supportable une coupe de champagne à la main et les pieds au sec, intolérable dans la boue des tranchées et les brumes glaciales de Moldavie, et que leurs hommes, minés par le désespoir, l'angoisse et l'ennui, accepteraient de les suivre dans ces expéditions héroïques et absurdes. On lui avait vaguement rétorqué que l'état-major n'avait pas le choix, que la plupart des officiers de carrière et de valeur avaient trouvé la mort sur le front Est.

Le cercle des proches de l'archange Michel persistait

à prôner cette guerre de positions aussi stérile que coûteuse en hommes. Hier encore, le capitaine du deuxième d'infanterie avait pété les plombs et conduit ses deux mille soldats face à une horde de six ou sept mille ousamas. Deux mille cadavres entre la borne Saint-Charles et la tranchée Saint-André – davantage si on y ajoutait les cadavres ennemis. Le plus souvent achevés au couteau, scalpés, éviscérés, émasculés, décapités. Le lieutenant qui avait conduit la contre-offensive et repoussé la vague islamiste l'avait entraîné sur le terrain gorgé de sang pour qu'il contemple le terrible spectacle et le rapporte, puisque tel était son boulot, aux « planqués de Piatra ».

C'est ce qu'il allait essayer de faire, une fois de plus. Il présenta son badge aux plantons de l'accès au premier sous-sol en leur annonçant qu'il était attendu à la réunion des rapporteurs présidée par le trône Jean de La Valette. L'un des troufions qui tripotait avec nervosité la crosse de son fusil d'assaut lui répondit, d'un ton courtois mais ferme, qu'il devait patienter dans l'un des salons en attendant les vérifications d'usage. Il s'inclina avec une déférence ironique avant de se rendre dans la petite pièce.

Il en avait assez du noir. Des uniformes noirs, des idées noires. Assis sur l'un des inconfortables bancs de la salle d'attente, lunettes en équilibre sur le bout du nez, cheveux roux parsemés de fils blancs, un homme en civil était plongé dans la lecture d'un fascicule gris clair, une publication du bureau de communication de l'archange Michel. Il choisit de s'installer le plus loin possible de cet autre visiteur échoué dans les limbes du bunker. Pas envie de débiter les banalités d'usage.

Peine perdue ; l'autre crut bon d'amorcer la conversation.

« Vous êtes rapporteur, n'est-ce pas ? »

Français académique, léger accent américain. L'homme

se redressa et remonta ses lunettes sur le haut de son nez. Yeux noisette, pétillants.

« Comment le savez-vous ?

— Je n'ai aucun mérite. Je vous ai déjà aperçu au quatrième sous-sol en compagnie du trône Jean de La Valette. J'ai une excellente mémoire visuelle.

— Vous êtes américain ?

— Vous n'avez aucun mérite non plus. Mon accent me trahit des kilomètres à la ronde. »

L'Américain vint s'installer sur le banc qui lui faisait face. De lui émanait une odeur puissante, presque écœurante, de savon. Les mêmes senteurs alcalines se dégageaient de tous les Américains en poste à Piatra et dans le bunker. Ils se croyaient en permanence assaillis par les germes et passaient une grande partie de leur temps à se laver, à s'enduire le corps et le cuir chevelu de produits détergents. On en rencontrait un grand nombre dans les sous-sols, dans les rues et les hôtels ultraprotégés de Piatra Neamt. Ils avaient pourtant, officiellement du moins, rompu les relations diplomatiques avec l'Europe, au prétexte que cette dernière n'avait pas voulu partager leur vision du monde après les conflits éclairs contre l'Iran et la Syrie, et qu'en se figeant dans une politique non interventionniste, elle allait à l'encontre des intérêts du monde démocratique et des siens. Ils avaient en réalité livré leur vieille partenaire à la colère islamiste, menant une guerre totale de l'information qui avait abouti à la dislocation définitive de l'ONU, à l'invasion du Sud-Est européen et à la riposte fulgurante des légions de l'archange Michel.

Il ne comprenait pas le retour en force des Américains près de ceux qu'ils avaient trahis. Que venaient-ils chercher près du sauveur de l'Europe occidentale ? Plusieurs théories s'opposaient : selon certains, les Américains n'avaient pas cru que leurs « frères » européens se défendraient avec une telle efficacité face aux hordes ousamas, et ils rétablissaient des relations diplomatiques et économiques avec l'ancienne alliée qu'ils avaient jetée dans la gueule islamiste. Pour d'autres, leur splendide isolement avait provoqué une telle récession intérieure qu'il leur fallait à tout prix reconquérir leurs anciens marchés. Ou encore, pris de remords, ils offraient – offrir n'était certainement pas le mot juste – les données recueillies par leurs satellites ainsi que leur appui logistique et stratégique. Peut-être n'étaient-ils au fond que de simples vautours attirés par la charogne européenne et se disputant déjà les restes…

« Ça fait si longtemps que je suis parti du Michigan que je me demande s'il existe toujours, poursuivit l'Américain. Je m'appelle Mike, je suis très heureux de vous rencontrer.

— Que faites-vous à Piatra, Mike ? »

L'Américain marqua un temps d'hésitation avant de répondre, à voix basse :

« Version officielle ou version officieuse ?

— Je suppose que vous vous contenterez de la version officielle. »

Mike hocha la tête avec un sourire.

« On m'a expédié dans le coin pour vendre les bombes à fragmentation et d'autres bricoles explosives aux légions de l'archange Michel.

— Vous en avez vendu beaucoup ?

— Aucune. Mais ça me laisse pas mal de temps.

— Ah, la version officieuse… »

L'Américain s'inclina pour saluer la perspicacité de son interlocuteur.

« Nous sommes en réalité dépêchés par le gouvernement américain afin de conseiller les responsables de l'armée européenne. La grande majorité de mes compatriotes en poste à Piatra sont des employés du Pentagone. Nous appartenons presque tous au bon vieux 2POG, le *pro-active pre-emptive operations group*.

— Pourquoi me racontez-vous ça ? Vous ne me connaissez pas. »

Une moue déforma les lèvres sèches et rainurées de Mike. Il paraissait las soudain, voûté, ployant sous un invisible fardeau, aussi gris et sinistre que les murs de cette salle.

« Nous n'avons pas reçu pour consigne de mener nos vieux amis européens à la victoire, surtout pas, mais de faire durer cette satanée guerre le plus longtemps possible.

— Dans quel intérêt ?

— Vous avez sans doute entendu parler de la théorie du chaos fécond. Nous pensons, mes supérieurs pensent que notre nation tire de grands bénéfices du bordel foutu chez les autres. Pour l'instant, je n'en retire personnellement que des emmerdements. J'ai été absent si longtemps que ma femme a perdu patience et s'est tirée avec un de mes amis d'enfance.

— Faire durer cette guerre, disiez-vous. Par quel moyen ?

— La guerre de positions, la stratégie de l'immobilisme, toutes ces conneries expérimentées pendant la guerre 1914-1918. Tout ça se terminera par des millions de morts des deux côtés, des pays exsangues, d'énormes besoins de reconstruction, des marchés gigantesques, un baby-boum, une consommation effrénée, bref un retour aux bonnes vieilles sources du capitalisme. D'autant que nous, les Américains, nous nous débrouillerons pour passer encore une fois pour vos sauveurs.

— Ils vous écoutent, les pontes de l'état-major ? »

Mike alluma une cigarette et se renversa pour souffler un imposant panache de fumée. L'odeur sucrée de la blonde l'écœura, mais réveilla son envie d'en griller une, de sentir l'âpre caresse du tabac brun dans sa gorge.

« Ils nous coûtent assez cher, ces vieux trous du cul !

Il n'y a que ça qui les intéresse, le fric, la satisfaction de leurs désirs. De tous leurs désirs, et il y en a de vraiment dégueulasses.

— Et l'archange Michel ? »

Ils mêlèrent la fumée de leurs cigarettes en silence pendant quelques secondes.

« L'archange reste pour moi un mystère, répondit Mike d'une voix traînante.

— Pour tout le monde, j'ai l'impression.

— Je ne fais partie que des cercles extérieurs, je ne suis qu'un maillon de la chaîne, un simple exécutant. Je me contente de faire mon boulot, je ne suis pas dans le secret des dieux.

— C'est votre groupe, je suppose, qui recommande à l'état-major de réserver les soldats génétiquement modifiés au maintien de l'ordre intérieur. »

L'Américain ricana.

« Nous avons bien failli être baisés sur ce coup-là. Nous avions pourtant débauché les meilleurs chercheurs d'Europe. Nous ne pensions pas que la vieille salope nous devancerait dans le domaine biotechnologique. Ça aurait pu avoir des conséquences néfastes pour notre projet. Nous avons récupéré quelques-uns de ces soldats pour les étudier dans nos laboratoires. Dans moins de cinq ans, vous pouvez en être sûr, les États-Unis auront leur armée de SGM. Des clones presque invincibles. Comme dans le film de George Lucas. Alors il n'y aura plus de limites à la puissance américaine.

— Ça n'a pas l'air de vous réjouir. »

Mike écrasa sa cigarette du bout de sa chaussure.

« J'ai subi un entraînement intensif, mais la nausée est parfois plus forte que le conditionnement. Nous sommes les anges du chaos. Des milliers de gosses meurent chaque jour sur le front à cause de nos conneries.

— Vous pourriez démissionner.

— On ne démissionne pas dans le 2POG. Soit on devient l'un de ses dirigeants, soit on finit avec une bonne dose de poison foudroyant dans le sang. Mais assez parlé de moi. Vous êtes marié ? Vous avez des enfants ? »

La brutalité des questions de l'Américain lui fit l'effet d'un crochet au foie. Il dut prendre une profonde inspiration avant de répondre.

« Je me suis marié juste avant de partir. J'ai eu le temps de faire un gosse à ma femme. Un garçon. Je ne l'ai vu qu'en photo. Il a déjà trois ans et demi.

— Quel est le moral des soldats sur le front ?

— Pas brillant, et vous le savez aussi bien que moi. Ils manquent de tout. Ils sont au bord de la crise de nerfs. Ils en ont plus qu'assez de la guerre des tranchées. De VOTRE guerre de tranchées. Les officiers de terrain obéissent de moins en moins aux ordres de l'état-major. Nous sommes tout près d'une mutinerie générale. »

L'Américain jeta un bref coup d'œil sur la pièce et sur le hall d'accueil avant de se pencher vers l'avant et de dire, d'une voix à peine audible :

« Votre trône, Jean de La Valette, il roule pour le Pentagone. Vous ne le saviez pas, n'est-ce pas ? On lui a promis la place de l'archange Michel quand celui-ci se sera… effacé de la vie publique. La Valette n'a aucune chance de se glisser dans les vêtements de l'archange, bien trop grands pour lui, mais les hommes médiocres et vaniteux sont les plus faciles à corrompre. »

Il jeta sa cigarette aux trois quarts consumée dans un coin de la salle.

« Encore une fois, Mike, pourquoi me dites-vous ça ? Vous êtes en train de me manipuler ? »

L'Américain joignit ses mains à hauteur de son menton et parut s'absorber dans une prière. La vieillesse apparaissait en filigrane sur son visage pâle, transfiguré.

« Je ne crois plus à Dieu ni au diable, mais je n'ai

jamais été aussi sincère de ma vie, pas même avec ma femme. La franchise des hommes qui n'ont plus rien à perdre, je suppose.

— Il vous reste la vie…

— Une vie consacrée à l'intrigue, au mensonge, à la manipulation, est-ce que c'est vraiment une vie ?

— Vous n'avez jamais cru à vos idées, à votre mission ? »

Mike se redressa, posa les coudes sur ses cuisses, se prit le menton dans les mains.

« Je ne me suis pas posé la question jusqu'au jour où j'ai reçu l'ordre de tuer. Une femme. On la soupçonnait d'appartenir à un réseau islamiste que nous ne contrôlions pas.

— Vous contrôliez les réseaux islamistes ?

— Ah, la naïveté de la vieille Europe ! »

Mike leva ses mains l'une contre l'autre et déploya ses doigts en éventail.

« Il a fallu que j'étrangle cette nana de mes propres mains. Il y en a eu d'autres. Chaque membre du 2POG a tué au moins cinq fois. Nous sommes tous liés par un pacte de sang. Ça fait longtemps, bien longtemps, que nous avons perdu de vue nos idéaux. Quels idéaux, d'ailleurs ? Renforcer l'hégémonie des États-Unis d'Amérique ? Empêcher coûte que coûte l'émergence de puissances rivales ? »

Un planton en uniforme noir s'introduisit dans le salon et s'adressa à l'Américain.

« Vous êtes attendu, monsieur. »

Mike tressaillit, comme s'il émergeait d'un rêve, se leva, se dirigea d'une allure vacillante vers le sas d'accès aux sous-sols. Avant de s'engager sur les talons de son guide, il se retourna et l'enveloppa d'un regard à la fois chaleureux et tragique.

« J'ai été content de discuter avec vous, vieux. *See you* dans ce monde ou dans l'autre. »

Il resta un long moment seul dans le salon, immergé dans le flot torrentueux de ses pensées. Il ne parvenait plus à se remémorer le visage de son épouse, une constatation qui le remplit d'épouvante. La vie, la vraie vie, s'épanouissait sans lui loin de ce bunker sinistre.

Tout adulte est, je le répète, un enfant raté.
Voyage au centre de soi.

Stephen Jourdain

Intéresse-toi à l'acte, mais jamais
à ses fruits ; n'agis pas en vue des fruits
de ton acte, ne t'attache pas à l'inaction.

Bhagavad-Gîtâ,
Traduit du sanskrit par J. M. Rivière II-47.

« Bonne chance en Transylvanie. »

Poul grimpa dans la cabine de son camion et démarra. Il avait laissé Stef et Pibe au sommet du mont Carloman d'où ils avaient une vue générale de Piatra. Blottie entre plusieurs collines arrondies et embrumées, la ville flottait comme un immense navire blanc et rouge sur un océan aux vagues vert sombre et figées, se prolongeait en franges ocre ou roses sur les bords des rivières Cuejdi et Bistrita, se hérissait par endroits de flèches effilées couvertes d'ardoises. Un peu plus loin se dressait un relief qu'au premier regard on aurait pu confondre avec les mamelons environnants, mais qui, après une observation plus soutenue, se distinguait par une régularité et un lissage artificiels.

« Le haut du bunker de l'archange Michel », dit Stef.

De nombreuses routes sillonnaient le plateau et

convergeaient vers la construction monumentale ; certaines plongeaient dans le sol pour s'achever en tunnels. D'incessants barrages filtrants dont la densité allait croissant à mesure que les véhicules se rapprochaient des portes du bunker ralentissaient une circulation soutenue, disproportionnée en regard de l'importance de la ville, ralentie. Une multitude de camions militaires et civils, des 4×4 et des minibus frappés de la lance d'argent, des taxis, des voitures individuelles, mais également, détail incongru dans cette procession motorisée, une charrette tirée par des chevaux de trait.

La ville elle-même débordait d'activité. D'interminables bouchons se formaient dans les rues pourtant droites, les trottoirs ne parvenaient pas à canaliser la foule se déversant dans le centre historique dominé par le champignon bleu nuit de la tour Stefan. Les nombreux panneaux indiquaient au voyageur qu'il visitait la Perle de la Moldavie, réputée pour la douceur de son climat, son architecture et ses nombreuses grottes. Ils précisaient également, en roumain et en français, que l'archange Michel, le héros de l'Europe chrétienne, avait choisi d'y établir sa résidence principale. Aucun d'eux, en revanche, ne mentionnait la présence du front Est distant pourtant d'une poignée de kilomètres. Vue des hauteurs, Piatra Neamt se dévoilait comme une oasis industrieuse et paisible au milieu d'un désert de bruit et de fureur.

Stef et Pibe se mêlèrent au flot des piétons. Beaucoup d'uniformes noirs, dont certains armés jusqu'aux dents, beaucoup d'étrangers reconnaissables à leurs vêtements, leurs cheveux, leur teint pâle, quelques Roumains de souche, dont des paysannes des environs portant sur leurs têtes des paniers de fruits ou de légumes, une circulation démentielle, des hurlements, des coups de Klaxon, des discussions dégénérant en disputes, en empoignades.

Hormis quelques coups d'œil dérobés et admiratifs, personne ne prêtait attention à la jeune fille vêtue de frusques bulgares et au garçon qui l'accompagnait.

Mais Pibe n'était plus un garçon.

Stef l'avait changé en homme dans le camion de Poul. Elle l'avait initié aux choses de l'amour avec une sensualité, une tendresse, une douceur qui avaient surpassé, et de très loin, ses pauvres fantasmes d'enfant. Ils s'étaient aimés en silence, avec une lenteur tranquille et suave, et Pibe n'avait pas ressenti la frustration qu'il éprouvait à chaque fois qu'il se masturbait, qui lui donnait envie de recommencer aussitôt, de reprendre très vite de ce plaisir furtif, escamoté. Il s'était abandonné à Stef, totalement, et cette dissolution n'avait rien eu à voir avec les propos égrillards échangés avec les copains d'école. Puis ils s'étaient endormis du sommeil des justes, enlacés, apaisés.

Il avait fallu que ce grand diable de Poul s'engouffre dans la remorque pour les réveiller.

« Eh, on est arrivés à... »

Il les avait contemplés, nus sur les couvertures étalées ; aucune grivoiserie dans son regard, seulement le voile des regrets.

Ils s'enfoncèrent dans le dédale des ruelles assombries du centre historique de Piatra. La nuit n'allait pas tarder à tomber. Ils s'installèrent à la terrasse d'un restaurant sur une petite place à proximité de la tour Stefan. Plusieurs langues se mélangeaient autour des tables voisines, parmi lesquelles l'anglo-américain, l'allemand et le slave. Ils commandèrent un dîner au serveur qui baragouinait quelques mots de français, mais restait incapable de leur expliquer la carte rédigée en roumain.

Quelques jours plus tôt, Pibe se serait inquiété de la suite des événements, de leur avenir immédiat et lointain ; il lui suffisait à présent d'être assis sur cette chaise en paille et d'observer les mouvements du monde. Des liens unissaient tous ceux qui se pressaient sur cette petite place de Piatra, mais ils ne le savaient pas, ils se croyaient tous emmurés dans leurs pensées, ils couraient tous la chimère, ils se gonflaient d'une importance dérisoire et cruelle, ils bruissaient de tant de rumeurs, de tant de peurs, de tant d'émotions, qu'ils vivaient coupés de leur source. C'était si simple pourtant, il suffisait d'éteindre les pensées, de brûler les volontés, de laisser l'univers résonner en soi, d'embrasser l'instant. Pibe serait resté des heures, des jours peut-être, dans la contemplation fascinante du monde si Stef n'avait pas déclaré :

« Il fallait un chrétien aussi fanatique que les intégristes islamistes pour arrêter les armées de la Grande Nation. »

Il ne comprenait pas très bien où elle voulait en venir, ni même pourquoi elle avait abordé ce sujet, mais il s'efforça de s'intéresser à la conversation.

« Tu parles de l'archange Michel ?

— Issu de la tradition fasciste roumaine. Le Mouvement légionnaire créé par Codreanu et rené de ses cendres après l'adhésion de la Roumanie à l'Europe. Une réaction nationaliste observée dans tous les pays de l'Union, mais radicale en Roumanie.

— Comment tu sais tout ça, toi ?

— J'ai rencontré un Roumain réfugié en France. Il cherchait un passage pour les États-Unis. Un ancien chef du Mouvement légionnaire. L'ex-ami intime de l'homme qui allait devenir l'archange Michel. Il m'a raconté que les services secrets américains et leurs alliés ont approché les responsables du Mouvement quelques mois avant les premières attaques islamistes.

— Pourquoi tu me l'as pas dit avant ? »

Stef piqua d'autorité une cigarette dans un paquet traînant sur une table voisine et l'alluma à la flamme d'une bougie sans prêter attention aux regards outrés autour d'elle.

« Ç'aurait servi à quoi de t'encombrer l'esprit ?

— Pourquoi tu me le dis maintenant, alors ? »

Pibe tendit la main pour qu'elle lui passe la cigarette. Une envie brutale de s'essayer au tabac.

« Parce que nous allons sans doute rencontrer l'archange Michel et qu'il me paraît normal que tu saches où tu mets les pieds. »

Il tira sur la cigarette. La fumée lui râpa le palais et la gorge. Il toussa, rendit son bien à Stef, but une gorgée d'eau au goût infect. Il ne chercha pas à combattre le début d'euphorie provoqué par l'afflux de nicotine dans son sang.

« Qu'est-ce que les services secrets américains sont venus fabriquer là-dedans ?

— Une victoire facile de la Grande Nation n'intéressait pas les États-Unis ni leurs alliés. Après avoir soufflé sur la colère des musulmans, ils se sont empressés de soutenir l'opposition fanatique chrétienne. Ils ont engendré le Golem catholique pour combattre le Golem islamiste. Comme ça, ils évitaient de prendre des coups de l'un et de l'autre, ils affaiblissaient l'un et l'autre. D'après mon confident, ils ont armé les légions et les ont aidées à briser l'offensive islamiste.

— Ça servirait à quoi de supprimer l'archange Michel s'il a été installé à la tête de l'Europe par les services secrets américains ? »

Le serveur déposa les entrées sur la table, des crudités variées, une sauce épaisse et rose.

« Une bonne question, répondit Stef. Démonter le mécanisme, peut-être. Montrer à l'Europe que sa colère et sa peur ne reposent que sur des illusions.

— Ils mettront quelqu'un d'autre à sa place.

— Les opposants à l'archange Michel s'engouffreront dans la brèche et ne les laisseront pas faire.

— C'est qui, les alliés des services secrets américains ?

— Européens, Israéliens, Chinois, Indiens… Tous ceux qui, pour une raison ou une autre, ne veulent pas d'une Europe forte ou d'une Grande Nation forte. Ou ne veulent pas des deux. »

Pibe trempa un radis dans la sauce et le croqua. Les épices lui enflammèrent le palais. Il aspira de l'air frais pour atténuer le feu qui lui brûlait la langue et les joues.

« À quoi ça sert d'intervenir ?

— L'Europe et la Grande Nation de l'Islam sont prisonnières d'un cauchemar, Pibe. Il me paraît… humain de les aider à s'en sortir. Aider les gens à dormir d'un sommeil moins douloureux. À faire de beaux rêves. On peut aussi appeler ça de la compassion.

— Tu savais depuis le début, hein ? »

Stef mangea un morceau de chou-fleur et un brocoli. Les exclamations et les rires d'Allemands ivres dominèrent le brouhaha et suspendirent quelques instants les conversations.

« Depuis la rencontre avec ce réfugié roumain. Il ne s'est confié à personne d'autre que moi.

— Il est devenu quoi ?

— On l'a retrouvé mort sur une plage de l'Atlantique. On lui a arraché le cœur. La signature de la légion.

— Pourquoi… »

Pibe s'interrompit. Stef avait déclaré que la chaîne des pourquoi et des comment rivait les hommes dans leurs enfers. Ce fut elle qui compléta la question.

« Je t'ai emmené avec moi ? Tu te déplaçais sur mon fil, Pibe, nous étions liés. Dès que je t'ai vu courir le zizi à l'air derrière le camérhino de la Croix du Sud, j'ai su que nous ferions un bout de chemin ensemble.

— Pourtant je n'étais pas…

— Sorti du rêve ? Aucune importance : chaque être

humain peut se réveiller à chaque instant. Et puis j'ai été très contente de voyager en ta compagnie.

— Tu comptes bientôt partir, hein ? Me plaquer ? »

Il ne chercha pas à lutter contre sa tristesse, il la laissa simplement s'évanouir.

« Quelle importance ? L'absence n'est qu'une expression comme une autre de l'être. »

Les yeux frondeurs des enfants, garçons et filles, brillaient comme des étoiles tombées de la nuit. Ils avaient jailli d'une cour intérieure et s'étaient déployés dans la ruelle. Une autre bande avait surgi derrière Stef et Pibe pour leur interdire toute retraite, les uns armés de couteaux, les autres de lance-pierres.

« Caillera locale », avait chuchoté Stef.

Elle avait saisi la crosse de son Colt sous sa tunique ; Pibe avait à son tour plongé la main dans la poche intérieure de son blouson. Les enfants les observaient en silence. De petits tueurs à sang-froid, d'autant plus efficaces qu'ils évoluaient dans le fief de l'archange Michel, la cité la plus protégée, la plus dangereuse d'Europe occidentale. Le calme inhabituel de leurs proies les incitait à la méfiance. Une fille de treize ou quatorze ans se détacha du groupe, vêtue d'un pantalon et d'une veste de treillis. Un large bandeau blanc autour de la tête, une somptueuse crinière noire, une scarification en forme de croix sur la joue droite, un poignard à large lame en partie enfouie dans sa manche.

« English, Deutsch, Français ?

— Français, murmura Stef.

— Donner nous argent. Argent, compris ? Compris ? »

L'impatience de sa voix trahissait une crainte. Condamnée à justifier sans cesse son autorité, elle jouait les dures tout en devinant que ses deux vis-à-vis n'étaient pas des proies ordinaires. Stef dégagea son Colt et le braqua sur la jeune Roumaine. Sa vitesse d'exécution fascina une nouvelle fois Pibe. La fillette considéra avec un sang-froid étonnant l'arme surgie du néant; les autres enfants ne bougèrent pas, comme s'ils calquaient leurs réactions sur les siennes. La peur pourtant leur agrandissait les yeux.

« Vous êtes roms ? »

La fille opina d'un clignement de cils.

« Vous connaissez les grottes, les souterrains ? »

Nouveau clignement de cils.

« Il y aura beaucoup d'argent pour vous si vous nous montrez un passage pour le bunker de l'archange Michel. »

La fille demeura impassible. Elle avait paru nerveuse quelques instants plus tôt, elle faisait maintenant preuve d'un calme souverain, presque dédaigneux. Combien de souffrances avait-elle endurées ou côtoyées pour maîtriser ainsi ses émotions ?

« Vous aller par route, finit-elle par dire d'une voix fluette.

— Trop de barrages par la route. Nous cherchons un passage… discret. Un chauffeur de camion nous a dit que vous en connaissiez peut-être un. »

La petite Roumaine retira le poignard de sa manche et remisa l'imposante lame dans une poche de son pantalon de treillis.

« Combien donner nous ?

— Il doit me rester environ deux mille euros. »

Aucune expression ne s'afficha sur le visage de la fille, et pourtant, à l'évidence, l'énoncé de la somme l'avait estomaquée.

« Nous, ennemis de l'archange Michel, reprit-elle. Lui vouloir tuer nous. Tuer tous les Roms. Nous vivre dans grottes. Venir la nuit à Piatra pour trouver argent, bois, manger. Connaître passage pour bunker. Montrer vous. Deux mille euros d'accord. Quand ?

— Maintenant. »

La petite Roumaine se concentra quelques instants

sur le grondement décroissant d'un moteur. La ville s'était vidée à une vitesse étonnante à la tombée de la nuit, les lampadaires s'étaient éteints, les restaurants et les cafés avaient fermé, les façades restaient pour la plupart plongées dans le noir. Bien que Piatra, protégée par des défenses antiaériennes et une imposante batterie de missiles antimissiles, n'eût pas subi le moindre bombardement depuis plus de sept ans, elle avait gardé un souvenir traumatisant des premiers raids aériens islamistes – ou bien elle redoutait les petits vautours roms qui rôdaient dans les ténèbres en quête de nourriture.

« D'accord. Mais d'abord donner argent.

— Mille tout de suite. Les mille autres quand vous nous aurez montré le passage. »

La fille acquiesça d'un hochement de tête, puis elle s'adressa à la bande pendant que Stef sortait une liasse de billets et comptait les mille euros convenus.

Elle s'appelait Doriana et avait pris depuis peu le commandement du groupe des petits Roms dont les parents avaient été raflés par les légionnaires et expédiés dans des camps d'extermination. Elle avait défié l'ancien chef de la bande, un garçon de seize ans deux fois plus grand et large qu'elle, un crétin selon elle, et l'avait vaincu d'un coup de couteau dans la gorge. Ainsi le voulaient leurs coutumes : elle n'aurait pas le droit de se débiner si un garçon ou une fille lui lançait un défi, elle devrait tuer ou être tuée. Elle avait appris à parler français en Belgique, où elle avait passé trois mois dans l'espoir de trouver un bateau pour l'Amérique, puis elle était revenue en Roumanie à bord d'un camion parce qu'il n'y avait aucun avenir pour les gens comme elle dans l'Europe de l'Ouest. Comme elle n'avait pas d'argent, elle avait payé le chauffeur du camion en nature, puis elle l'avait égorgé pendant son sommeil juste avant d'arriver à Piatra. Sa mort ne l'avait pas lavée du dégoût, mais, au moins, ce salaud ne ferait plus subir à une autre fille ce qu'elle avait elle-même subi.

Les enfants roms arrivaient en ville par un réseau souterrain dont l'une des ramifications débouchait dans la cave d'une bâtisse abandonnée du cœur historique de Piatra. Ils disposaient de lampes de poche qu'ils alimentaient avec des piles récupérées dans les entrepôts régulièrement pillés. Ils s'étaient orientés sans hésitation dans les premières galeries qui dataient probablement de plusieurs centaines d'années. Par endroits se présentaient des éboulis qu'il fallait franchir en se faufilant dans d'étroits boyaux étayés par de grosses pierres. Les faisceaux des lampes effleuraient des ossements disséminés dans les anfractuosités de la roche.

« Des catacombes », fit Stef. Elle ajouta, devant le regard interrogateur de Pibe : « Un très vieux cimetière.

— Grottes, plus loin », précisa Doriana.

Le silence des profondeurs étouffait les claquements des chaussures sur le sol. Les enfants parlaient peu, ne criaient pas, n'effectuaient aucun geste brusque, comme s'ils craignaient de réveiller les morts.

Ils pénétrèrent plus loin dans une succession de cavités et de passages hérissés de stalactites et de stalagmites qui s'avançaient comme des spectres boudinés dans les faisceaux étincelants. Le labyrinthe résonnait maintenant de grondements sourds et de bruits d'écoulement. On distinguait çà et là les vestiges de murs de pierre ayant servi à consolider les voûtes. Des hommes avaient arpenté les entrailles de leur mère nourricière des siècles, des millénaires plus tôt. Les rayons des lampes glissaient sur les surfaces noires et frissonnantes de nappes d'eau.

Les enfants conduisirent Stef et Pibe dans leur repaire, une véritable caverne aux merveilles où s'entassaient des bûches, des bouteilles, des boîtes de conserve, des sacs de farine et de riz, de l'huile, du sucre, des fruits secs, des vêtements, des couvertures, mais aussi un stock impressionnant de téléviseurs, d'ordinateurs, d'appareils photo, de postes radio, de chaînes hi-fi et d'objets aussi incongrus que des jets dentaires ou des grille-pain. Des matelas posés sur des palettes de bois étaient disposés en éventail autour d'un foyer central délimité par de grosses pierres.

« Qu'est-ce que vous faites de tous ces trucs-là ? » demanda Pibe.

Il désignait les appareils électriques soigneusement empilés les uns sur les autres. Non seulement il n'y avait pas d'électricité dans ces grottes, mais les bombardements et les coupures incessantes du réseau électrique rendaient pratiquement leur usage caduc sur tout le territoire européen.

« Attendre fin de la guerre pour revendre », expliqua Doriana.

Elle s'adressa à la bande, désigna deux garçons d'une dizaine d'années, puis se tourna vers Stef et Pibe.

« Viorel et Roman conduire vous passage bunker. Autres rester ici avec moi. Donner maintenant mille euros. »

Son ton, son attitude n'admettaient aucune réplique. Stef fouilla dans sa tunique et lui remit une liasse de billets qu'elle recompta avec soin à la lueur d'une lampe.

« Pourquoi tu ne nous accompagnes pas ? » demanda Pibe.

Les billets toujours en main, Doriana montra la bande d'un geste circulaire du bras.

« Moi responsable eux. Jamais séparer d'eux. Viorel et Roman connaître passage. Bonne chance. »

Sa voix dérapait dans les aigus et s'envolait comme un oiseau blessé dans l'obscurité de la grotte. Stef s'inclina avec un sourire.

« Merci. Bonne chance à vous. »

Sur un signe de Doriana, les deux garçons s'avancèrent vers la bouche arrondie d'une galerie, qui se découpait sur une paroi de la grotte, précédés des rayons tressautant de leurs lampes.

Il écoutait les rapporteurs d'une oreille distraite. La réunion se tenait comme chaque lundi à l'aube dans une salle du quatrième sous-sol, un bureau lugubre, mal éclairé, dont le seul ornement était le portrait officiel de l'archange Michel, une photographie aux couleurs passées derrière le verre fendillé et poussiéreux, l'incarnation de la sagesse divine avec sa barbe, ses cheveux blancs, ses yeux d'un bleu perçant qui semblaient traquer ses vis-à-vis au fond de l'âme.

Il appartenait depuis sept ans au cercle le plus proche du guide ou du pasteur de l'Europe, le cercle des dix-huit, composé de six séraphins, six chérubins et six trônes.

À cinquante-trois ans, il était le membre le plus jeune du gouvernement légionnaire de l'Europe, le seul à avoir conservé le noir profond de ses cheveux et de sa barbe. Son ascension, jugée rapide, voire fulgurante, devait beaucoup – tout – à l'appui des services secrets infiltrés dans le bunker. Ses adversaires avaient été d'une façon ou d'une autre éliminés. Il ne s'agissait pas de l'un de ces miracles dont se nourrissait la légende de l'archange Michel, mais d'un programme, d'un plan. Pour une raison qu'il n'avait pas encore élucidée, les manipulateurs de l'ombre l'avaient choisi pour succéder à l'homme le plus puissant et le plus mystérieux d'Europe. Les spécialistes de la Kabbale, dont il avait fait partie un temps, affirmaient que passer du statut de trône à celui d'archange signifiait une régression, du chœur supérieur au chœur inférieur, une chute ; les manipulateurs rétorquaient que l'inconscient collectif privilégiait la figure emblématique de l'archange, l'archange Michel domptant le dragon, l'archange Gabriel faisant l'annonce à Marie (on passait sous silence son rôle dans la révélation du Coran à Mahomet), l'archange Raphaël conduisant le jeune Tobie au pays des Mèdes ; la Kabbale s'adressait aux initiés, les manipulateurs s'intéressaient au commun des mortels.

Les seize rapporteurs débitaient leurs horreurs habituelles d'une voix éteinte. Moral des troupes au plus bas, suicides en constante augmentation, folie des officiers, cadavres dévorés par les rats, tranchées inondées, dysenterie, infections galopantes, agonisants en pagaille, manque de nourriture, de médicaments, de munitions, de vêtements, de chaussures, baraquements insalubres et mal chauffés, mutineries, désertions, difficultés grandissantes à former des pelotons d'exécution, le tableau ordinaire d'un front miné par des années d'enlisement, du nord, la baie de Gdansk en Pologne, au sud, le delta du Danube entre Ukraine et Roumanie. Il n'avait rien à leur répondre. Il hochait de temps à autre la tête d'un air grave tout en laissant vagabonder son esprit. Les rapports iraient grossir les archives que personne n'aurait un jour l'idée de consulter. Les états d'âme des soldats déployés sur le front Est ne passionnaient guère les six trônes du cercle qui composaient l'état-major des armées européennes. Conformément aux recommandations de leurs conseillers militaires, ils avaient dressé un barrage infranchissable face aux armées islamistes, pariant sur une guerre d'usure dont, avec l'aide de Dieu, ils sortiraient un jour vainqueurs. Ils ne reviendraient pas sur une stratégie approuvée par l'archange Michel en personne, même si elle leur coûtait chaque année des centaines de milliers de vies, même si elle vidait l'Europe de son sang le plus jeune, le plus vigoureux.

Les rapporteurs ne cherchaient plus à dissimuler leur sympathie pour les hommes de troupe. Il devrait bientôt – lui ou son successeur – les traîner devant un tribunal militaire pour trahison et les remplacer par des hommes dont le cœur n'était pas encore attendri par la fréquentation quotidienne de la misère et de la souffrance. C'étaient pourtant des officiers supérieurs, des gens en principe hermétiques à la sensiblerie. Il gela un instant le cours de ses pensées pour les observer. Leurs traits effleurés par les lumières sales des lampes exprimaient une immense lassitude qui les vieillissait de trente ou quarante ans. Aucun d'eux n'avait sans doute atteint la trentaine et, pourtant, ils avaient l'allure de vieillards, pire, de morts en sursis. Certains d'entre eux avaient espéré récolter la gloire sur les champs de bataille, ils n'avaient glané que la monotonie des allers et retours entre le front et le bunker de Piatra, l'ennui des attentes dans les couloirs et les bureaux, le sentiment d'inutilité accentué par l'indifférence et – il fallait bien le reconnaître – l'incompétence de leurs supérieurs. Ils avaient cru que les guerres se fabriquaient avec des sentiments nobles, ils découvraient qu'elles se passaient fort bien des héros, qu'elles se bâtissaient sur des fondations anonymes, qu'elles étaient seulement une affaire de masse – sept millions de morts selon la version officielle, plus de vingt millions selon les chiffres réels de l'état-major. Pas besoin d'être un stratège avisé quand on disposait d'un réservoir d'un demi-milliard d'individus, quand les femmes européennes, un moment égarées sur les chemins des bonheurs stériles, fabriquaient en moyenne cinq ou six gosses. La Grande Nation tenait certes le même raisonnement – et disposait quant à elle d'un réservoir d'un milliard et deux cents millions de fidèles –, mais on pensait, dans le bunker de Piatra, que les musulmans, de nature inconsistante, se lasseraient de la guerre plus vite que leurs adversaires chrétiens.

Il avait hâte de se débarrasser des rapporteurs, de cette lèpre nauséabonde qui se déversait par leurs bouches. Un rendez-vous de la plus haute importance l'attendait après la réunion. Le responsable des manipulateurs, son partenaire occulte, l'avait convoqué pour, avait-il laissé entendre, donner le coup d'envoi de la dernière étape de leur projet. Il allait donc toucher les dividendes d'une décennie de patience, de dissimulation et de vigilance dans l'entourage de l'archange Michel. Tout au long de ces années, il avait retransmis à ses correspondants l'ensemble des propos tenus lors des assemblées hebdomadaires du cercle des dix-huit, les décisions en principe frappées du sceau du secret, les conversations privées, les flèches empoisonnées, les petites réflexions, les banalités. Coopérez pleinement avec nous, avait proposé le responsable des manipulateurs, et nous nous engageons à faire de vous le nouvel archange de l'Europe, à vous de choisir le nom. Il avait demandé à son interlocuteur pourquoi le Pentagone ne sollicitait pas de l'archange Michel la permission d'assister en direct aux assemblées du cercle. L'autre lui avait répondu, avec son plus beau sourire anglo-américain, papa anglais, maman américaine, que ce « satané Roumain » avait déjà cent fois refusé cette requête, qu'on ne pouvait même plus planquer un foutu micro dans la salle d'assemblée du cercle, ce qui revenait à dire que la créature échappait à ses créateurs, que les créateurs se proposaient donc de la remplacer dans des délais plus ou moins longs par une créature un peu plus… coopérative.

Il était cette créature plus coopérative. Coopérative ne signifiait pas docile. Il n'était pas un satané Roumain, mais un Franco-Serbe élevé par une famille d'adoption en Hongrie, trafiquant d'armes entre quinze et vingt-huit ans, engagé dans la légion roumaine à trente et un ans, et enfin, après les premières offensives islamistes, après les contre-attaques de l'archange Michel, intronisé dans le bunker par un officier supérieur. Opportuniste, doué d'un sens aigu de l'adaptation, il avait su se frayer un chemin dans la jungle touffue et dangereuse de la hiérarchie angélique, s'appuyant d'abord sur le groupe minoritaire et influent des kabbalistes, puis devenant le secrétaire d'un proche de l'archange Michel. Comme tous ses confrères, il avait choisi un pseudonyme lorsqu'il avait reçu sa nomination de trône. Il avait posé au hasard le doigt sur la carte européenne et était tombé sur la ville de La Valette, capitale de l'île de Malte. Il vivait depuis dans une méfiance qui confinait à la paranoïa. Son ascension rapide – une descente en réalité : on ne gravissait pas les barreaux d'une échelle à l'intérieur du bunker, on progressait en profondeur, de sous-sol en sous-sol – avait suscité des jalousies au sein de la légion. On ne reculait devant aucun moyen pour s'introduire dans le saint des saints, le cercle des intimes. Poison, couteau, mutilation, enlèvement, dénonciation, trahison, on se livrait, dans les alcôves et les couloirs de cette ruche impitoyable, des batailles tout aussi dangereuses et sordides que les combats dans la boue et la brume du front Est. Il avait échappé aux nombreux pièges tendus sous ses pas grâce à un instinct de survie très développé, grâce aussi et surtout à la protection efficace de ses partenaires occultes.

Il congédia les rapporteurs en quelques phrases affligeantes de platitude. Ils sortirent l'un après l'autre en lui remettant leurs rapports écrits et en le saluant avec une absence de conviction accablante. Ils changeraient certainement d'attitude lorsqu'il aurait accédé à la fonction suprême, eux qui levaient sur l'archange Michel des regards emplis de crainte et de respect. Le dernier d'entre eux, chargé de l'inspection des tranchées moldaves, garda un moment son carnet de rapport suspendu au-dessus de la table.

« Quelque chose à dire, rapporteur ? »

La colère enflammait les yeux sombres de l'officier.

« À quoi servent ces foutus rapports, Votre Grâce ? »

Il avait mis du temps à s'habituer à cette formule de politesse réservée aux membres du chœur supérieur. Il lui faudrait encore se familiariser avec les Votre Lumière ou Votre Gloire destinés au chef suprême de l'Europe. En tant qu'ancien kabbaliste, il s'arrangerait pour réconcilier la hiérarchie angélique et l'inconscient de la population européenne.

« Ces foutus rapports, selon votre expression, servent à nous tenir informés sur l'état de nos armées, répondit-il d'une voix calme.

— Ça fait plus de trois ans que j'ai été affecté dans le corps des rapporteurs, trois ans que je vous alerte sur la détresse des soldats sur le front, et rien n'a changé. Rien n'a changé. »

Pauvre fou, tu oublies que tu t'adresses à un trône du cercle des dix-huit, tu ne te rends pas compte que tu es en train de te condamner à mort ?

« Vous n'avez pas à juger les décisions de votre hiérarchie, rapporteur.

— Quelles décisions ? »

Il se leva et soutint sans ciller le regard brûlant de son interlocuteur.

« Je n'ai pas le temps ni le désir d'en parler avec vous. Je crois savoir que vous êtes marié et que vous avez un enfant…

— Quel lien avec… »

Il interrompit le rapporteur en frappant le bois de la table du plat de la main.

« Le lien ? Vous ne tenez donc pas à les revoir ? »

L'officier pâlit, serra les poings et les mâchoires, parut

sur le point de se jeter sur son supérieur, expulsa sa fureur d'une longue expiration.

« Vous serez peut-être mort avant moi, Votre Grâce, finit-il par répondre d'une voix tremblante de rage contenue.

— Vous osez me menacer ?

— Moi, non, mais on doit toujours se méfier de ses amis, Votre Grâce. »

L'officier laissa tomber son carnet sur la table, tourna les talons et sortit d'une foulée rageuse de la salle de réunion.

Il consulta sa montre : encore dix minutes avant son prochain rendez-vous. Il se rassit et, machinalement, empila le carnet de rapport par-dessus les autres. Il regretta de ne pas avoir eu le réflexe de retenir l'officier. Qu'avait-il voulu dire par se méfier de ses amis ? Il chassa ses pensées d'un haussement d'épaules spasmodique. Un rapporteur ne pouvait pas savoir ce qui se tramait dans les derniers sous-sols du bunker. Son insolence lui vaudrait en revanche d'être traduit devant un tribunal militaire et condamné à mort. L'ambiance actuelle n'était pas favorable aux éléments qui perdaient leurs nerfs, qui, d'une manière ou d'une autre, sortaient du rang.

L'Anglo-Américain et deux de ses collaborateurs l'attendaient dans la minuscule grotte naturelle desservie par d'anciens tubes d'aération en théorie condamnés. Ils avaient pratiqué une brèche dans le blindage métallique afin de se ménager un lieu de rencontre discret sans être obligés de quitter la gigantesque enceinte du bunker. Personne d'autre qu'eux ne mettait les pieds dans ce recoin perdu. Les pièces et les couloirs des différents sous-sols étant truffés de micros et de caméras de surveillance, c'était sans doute le seul endroit où l'on pouvait tenir une conversation sans crainte d'être entendu.

Il fallait seulement endurer la saleté, l'humidité et l'odeur indéfinissable d'égout à ciel ouvert.

L'Anglo-Américain, un quinquagénaire aux cheveux blond cendré, aux cils blancs et aux yeux d'une clarté saisissante, l'accueillit avec ce pli amer aux lèvres qui lui tenait lieu de sourire. Les deux autres le saluèrent d'un hochement de tête, un homme jeune et baraqué au crâne rasé, une femme brune au visage dur, sanglée dans un tailleur strict. Les rayons de leurs lampes semblaient extraire leurs visages de la roche environnante.

« Notre gouvernement nous a demandé de passer à la dernière phase de notre projet, Votre Grâce », attaqua l'Anglo-Américain sans préambule.

Il s'assit sur la concrétion calcaire qui lui servait de siège à chacune de leurs rencontres.

« Pourquoi si tôt ?

— Parce que nous pensons que les temps sont venus de libérer l'Europe du joug de l'archange Michel. De faire souffler le vent du renouveau après dix années de guerre et de chaos.

— Guerre et chaos dont l'avènement vous est en grande partie imputable, mon cher. »

L'Anglo-Américain lissa sa chevelure blonde du bout des doigts. La femme brune alluma une cigarette et disparut un petit moment derrière un nuage de fumée. Il se méfiait des femmes, et plus encore des fumeuses. C'était en grande partie à cause de créatures comme elles que l'Europe avait sombré dans la décadence.

« Il y a un temps pour tout, Votre Grâce. Un temps pour labourer, un temps pour semer, un temps pour moissonner.

— Et ces moissons, vous les prévoyez quand ?

— Dans six mois. Le délai nécessaire à nos armées pour prendre position en mer Méditerranée.

— En quoi suis-je concerné ? »

Une fugitive expression de stupeur glissa sur le visage

de l'Anglo-Américain. L'homme au crâne rasé gardait les mains enfouies dans les poches de son imperméable. La femme brune fumait en silence, la tête renversée, les yeux mi-clos. Des grondements lointains et réguliers berçaient le silence des profondeurs.

« L'archange Michel est de plus en plus méfiant, de plus en plus protégé, de plus en plus difficile à approcher. Nous comptons sur vous pour nous introduire près de lui au moment opportun. Je croyais que nous avions déjà évoqué votre participation à…

— Évoqué, comme vous le dites, jamais précisé. »

L'Anglo-Américain eut un petit geste d'agacement.

« C'est justement pour vous apporter certaines précisions que nous vous avons convoqué ce matin.

— Convoqué ? Je n'appartiens pas à vos services, je ne suis pas votre valet. »

La femme brune pencha la tête vers l'avant et lui décocha un regard de biais. L'Anglo-Américain passa ses doigts écartés dans sa chevelure et retroussa la lèvre supérieure ; un chien prêt à mordre.

« Bien entendu, Votre Grâce. J'aurais dû employer le mot invité. Je n'oublie pas que je m'adresse en ce moment au futur chef du gouvernement européen.

— Je n'ai toujours pas réussi à comprendre pourquoi vous avez décidé de soutenir ma candidature. »

La femme brune écrasa sa cigarette d'un coup de talon aussi rageur que précis.

« Notre gouvernement désire renouer des relations franches et cordiales avec l'Europe. Et nous pensons que vous êtes l'homme de la situation.

— Ce n'est pas une réponse. »

L'Anglo-Américain se fendit d'un soupir bruyant.

« Disons que vous êtes la personnalité la plus ouverte du cercle des dix-huit.

— La plus ouverte ou la plus manipulable ?

— Vous êtes conscient des intérêts de votre pays ainsi

que de vos intérêts personnels. De tous les membres du cercle, vous seul êtes réellement persuadé que l'Europe doit se réconcilier avec ses anciens alliés, ses alliés naturels.

— La réconciliation n'est pas synonyme de soumission.

— Personne ne dit que… »

Un fracas brisa le silence des ténèbres. La femme brune se saisit aussitôt de sa lampe posée sur une saillie rocheuse et en dirigea le rayon vers la source du bruit. La lumière ne débusqua de l'obscurité que des stalagmites aux tores ventrus. L'homme au crâne rasé tira deux pistolets des poches de son imper, demeura quelques secondes bras tendus et jambes fléchies.

« Un éboulement, je présume, murmura l'Anglo-Américain. Une fois en place, nos troupes vous aideront à refouler les armées islamistes, à libérer l'Ukraine et le sud de la Russie. La Grande Nation mettra des siècles à s'en relever. Et puis les musulmans reprendront leurs bonnes vieilles habitudes, ils se diviseront, se combattront, se déchireront…

— Et leurs ressources ?

— Nous n'avons jamais cessé de les contrôler. En échange de notre neutralité, ils nous ont laissé exploiter leurs réserves. L'Europe était devenue le Grand Satan, l'adversaire privilégié.

— Dites plutôt que vous avez détourné leur colère sur nous. »

L'Anglo-américain leva les bras au ciel.

« On ne fait pas de bonne politique avec des bons sentiments. Vous, les Européens, vous accordez trop d'importance à vos états d'âme. Nous, nous essayons de garder la tête froide en toutes circonstances. Certains appellent ça du cynisme. »

Il se leva et fit quelques mouvements pour se réchauffer. Son uniforme blanc et léger de trône n'était pas adapté à la fraîcheur humide de cette grotte. Comme à chaque fois qu'il se rendait dans cet endroit, il lui tardait de retrouver le confort de ses appartements, de prendre un bain chaud, de s'abandonner aux mains ensorcelantes de son masseur personnel. Les événements se bousculaient, besoin de remettre de l'ordre dans ses pensées.

« Vous êtes bien sûr que la hiérarchie angélique me sera entièrement acquise après la... disparition de l'archange Michel ?

— Nous avons semé les bonnes graines, Votre... »

Une nouvelle salve de bruits sourds interrompit l'Anglo-Américain. La femme brune et l'homme au crâne rasé n'eurent pas le temps cette fois de pivoter sur eux-mêmes. Un premier coup de feu claqua, un éclair troua les ténèbres, la balle atteignit la femme brune juste sous le sourcil, s'engouffra dans son œil. Elle partit en arrière, s'affaissa contre la paroi de la grotte, glissa sur le sol avec la mollesse d'une poupée de chiffons. L'homme au crâne rasé riposta au jugé, puis tenta de se planquer derrière une concrétion calcaire. Fauché par un deuxième coup de feu, il parut buter sur un obstacle invisible, battit des bras pour rétablir un équilibre fuyant, tomba la tête la première sur une excroissance rocheuse. Son crâne éclata comme un fruit mûr.

« Fichons le camp ! hurla l'Anglo-Américain. Par là... »

Un troisième coup de feu brisa la voix du responsable des services secrets. Le ou les tireurs faisaient preuve d'une adresse diabolique, comme s'ils voyaient parfaitement dans les ténèbres.

« Ne bougez pas ! »

L'ordre lui était adressé. Un ordre inutile : paniqué, pétrifié, il n'avait pas bougé d'un millimètre depuis que le premier coup de feu avait retenti. Il comprit, avant que les silhouettes sombres n'émergent des ténèbres, qu'il avait perdu la partie. Il se souvint de l'avertissement lancé par le rapporteur au sortir de leur réunion : *Vous serez peut-être mort avant moi, on doit toujours se méfier de ses amis*. Il ne serait jamais l'archange de l'Europe. Curieusement, l'ancien kabbaliste en lui s'en trouva soulagé.

Trois coups de feu s'étaient succédé dans un intervalle de quatre ou cinq secondes. D'un geste, Stef avait intimé aux Roms d'éteindre leurs lampes et de se planquer derrière les rochers. Des éclats de voix avaient retenti, suivis de cris et de bruits de pas qui avaient peu à peu décru. Le silence était retombé, traversé de battements sourds et réguliers évoquant le grondement des vagues.

Ils étaient arrivés, selon leurs petits guides, aux abords du bunker. Ils avaient marché jusqu'à l'aube, franchissant parfois des parois abruptes ou des boyaux tordus de la largeur d'un homme. Les lueurs du jour se faufilaient par d'invisibles passages et tombaient en colonnes obliques de lumière sale. Pibe comprenait maintenant pourquoi Doriana n'avait pas voulu se séparer de la bande pour les accompagner. Il ne s'agissait pas d'une balade peinarde dans le ventre de la terre, mais d'une expédition fastidieuse, pénible. Les Roms avaient probablement découvert ces passages en jouant. Comme tous les enfants, ils n'avaient pas résisté à la tentation d'explorer ces bouches ténébreuses, ces galeries étroites, ces cavités profondes. Les deux garçons n'avaient jamais marqué une hésitation pour se diriger dans le dédale minéral.

Ils se remirent en marche après quinze ou vingt minutes d'une attente crispante. Ils ne rallumèrent pas leurs lampes et progressèrent dans l'obscurité parfois sabrée par une lame de lumière. Des odeurs piquantes de poudre et de sang dominaient à présent la puanteur – les égouts du bunker se déversaient sans doute dans les entrailles de la terre sans aucun système de filtration ni aucune autre précaution.

Ils pénétrèrent dans une grotte à la voûte dentelée. Viorel, le plus hardi des deux Roms, poussa une exclamation lorsqu'il heurta quelque chose de dur et faillit perdre l'équilibre. Il se redressa, alluma sa lampe, promena le rayon sur le corps d'une femme dont la moitié du visage était couverte de sang. Prostrée contre la paroi, la jupe retroussée sur des bas en accordéon, elle n'avait pas eu le temps de tirer son pistolet de la poche de sa veste. Viorel s'accroupit, écarta les doigts déjà rigides de la morte et dégagea l'arme. Ils découvrirent encore deux cadavres dans la grotte, un homme au crâne rasé touché en plein cœur, un autre aux cheveux blond cendré tué d'une balle dans la gorge. Les Roms fouillèrent les corps, récupérèrent trois armes, cinq chargeurs, deux téléphones portables, environ mille euros, une véritable manne. Ils montrèrent à Stef et à Pibe la brèche étroite dans un blindage qui servait de porte d'entrée au bunker de l'archange Michel. Pibe se demanda qui avait bien pu perforer cette carapace métallique, et dans quel but. À en croire ces trois cadavres, les coups de feu qui avaient éclaté avec la force de coups de tonnerre une demi-heure plus tôt, c'était probablement un recoin où l'on réglait ses comptes en toute tranquillité, loin des yeux et des oreilles indiscrets. Les tueurs en tout cas n'avaient pas jugé nécessaire d'enlever les corps ni de reboucher la brèche.

Butin en poche, les deux garçons serrèrent avec chaleur les mains de Stef et Pibe avant de s'évanouir dans les ténèbres.

« Ils n'ont pas perdu leur temps, dit Stef.

— Tu crois vraiment que ce couloir donne dans le bunker ? »

Elle l'étreignit et l'embrassa sur les lèvres avec une tristesse et une tendresse qui le bouleversèrent.

« À ton avis, quel est le meilleur moyen de le savoir ? »

Elle rit avant de s'avancer d'un pas décidé vers la brèche du blindage. Elle n'eut pas le temps de se jeter en arrière quand la silhouette noire surgit de l'ouverture et lui braqua son fusil d'assaut sur la poitrine.

« Dis à ton copain de rester tranquille. »

Saisi, Pibe garda les bras collés le long du corps. Avant tout ne pas indiquer au nouvel arrivant qu'il dissimulait une arme dans la poche intérieure de son blouson. L'homme portait un uniforme noir frappé des deux L entrecroisés de *Loi & Lance*. On distinguait seulement l'éclat de ses yeux au travers de la visière sombre et convexe de son casque.

« J'ai bien fait de revenir en arrière, grogna l'homme. Il m'avait semblé entendre quelque chose. J'ai voulu en avoir le cœur net. C'est un vrai nid de scorpions, ici ! »

Des traces d'accent polonais ou tchèque parsemaient son français appliqué. Tout en parlant, il donnait de petits coups du canon de son fusil d'assaut sur la poitrine de Stef.

« Vous n'appartenez pas au personnel administratif du bunker, vous deux. Comment êtes-vous arrivés jusqu'ici ?

— Nous nous sommes perdus dans les grottes », répondit Stef.

L'homme remua la tête à deux reprises, comme s'il percevait un nouveau bruit dans le lointain. Pibe guetta le moment propice, mais la vigilance de l'autre ne se relâcha pas.

« Te fous pas de ma gueule ! »

Les éclats de la voix du légionnaire se prolongèrent en échos décroissants dans les grottes environnantes.

« Vous connaissiez ces types des services secrets américains, hein ? C'est eux qui vous ont conduits ici, hein ?

— Je vous jure que non. »

L'homme frappa Stef au visage d'un revers de main. Un filet de sang s'écoula de sa lèvre inférieure. Pibe voulut s'élancer, le légionnaire le coucha en joue, le coupant dans son élan.

« Vous allez me suivre tous les deux. On sera mieux à l'intérieur pour causer. »

Du canon de son arme, il leur ordonna de s'avancer vers la brèche du blindage. Stef écarta les mèches de ses cheveux pour, d'un bref coup d'œil, signifier à Pibe qu'une opportunité se présenterait bientôt, que, même si elle ne se présentait pas, même si leur vie devait s'achever dans ce bunker, ils s'effaceraient de la scène du monde d'un cœur léger, que la mort avait la même importance que la vie, que les deux étaient liées, comme les deux faces d'une même pièce, que la disparition de leur corps ne pourrait affecter leur moi réel, leur essence pure.

Au moment où ils s'engageaient dans la brèche, le légionnaire se retourna avec la vivacité d'un fauve. Pas assez rapidement pour esquiver la balle qui lui frappa la poitrine dans un bruit de souffle. Il leva son fusil d'assaut, pressa la détente, arrosa les parois de la grotte. Au crépitement rageur des rafales succédèrent les cliquetis des douilles dégringolant sur le sol. Stef tira Pibe par le bras derrière un renfoncement de la roche. Une deuxième balle, puis une troisième frappèrent le légionnaire. Elles ne s'accompagnaient d'aucun rugissement, tueuses silencieuses, implacables. Doué d'une résistance hors du commun, titubant, il continua de vider son chargeur. Il fallut deux autres tirs, dont l'un pulvérisa un coin de la visière de son casque, pour qu'il tombe enfin sur le ventre et qu'au bout de quelques secondes ses membres cessent de claquer sur le sol.

Deux silhouettes sortirent de leur cachette et s'introduisirent dans la grotte. Malgré l'obscurité, Pibe reconnut Viorel et Roman, leurs petits guides roms. Viorel brandissait le pistolet qu'il avait récupéré sur le cadavre de l'homme au crâne rasé et dont le canon, anormalement long et renflé, était muni d'un silencieux. Stef s'approcha des deux garçons et s'accroupit devant eux pour les remercier d'un sourire et leur ébouriffer les cheveux. Le filet de sang continuait de s'écouler de sa lèvre inférieure et traçait une ligne sombre sur un côté de son menton.

« Ils ont réussi à viser dans le noir ? s'étonna Pibe.

— Ils vivent en permanence dans l'obscurité, ils sont presque devenus nyctalopes.

— Ils ont appris à tirer où ?

— Ils luttent chaque jour pour leur survie. Je ne connais pas de meilleure école. On leur doit une fière chandelle. »

Pibe se pencha sur le corps inerte du légionnaire.

« Il a fallu cinq balles pour le dégommer.

— Un soldat génétiquement modifié, précisa Stef. Apparemment, il y en a quelques-uns dans le bunker, sans doute chargés du service d'ordre. Il faudra se souvenir qu'on ne peut pas les descendre d'une seule balle. »

Les deux Roms s'évanouirent dans les ténèbres après les avoir salués avec la même chaleur que lors de leur premier départ. Stef suggéra à Pibe de mettre l'uniforme et le casque du légionnaire pendant qu'elle échangerait ses frusques bulgares contre le tailleur de la femme brune. Elle pensait qu'ils augmenteraient leurs chances de passer inaperçus dans ces tenues. Ils entreprirent de retirer leurs vêtements aux cadavres, une tâche ardue étant donné leur poids et leur inertie. Ils conjuguèrent leurs efforts pour déshabiller d'abord la femme brune, puis le légionnaire. Les sous-vêtements avaient par chance épongé tout le sang. Si le tailleur et les chaussures à talon de la femme brune allaient parfaitement à Stef, la combinaison et les bottes du légionnaire se révélèrent nettement trop grandes pour Pibe. Il s'en sortit en tirebouchonnant le bas du pantalon dans les bottes et en retroussant les manches. Il retira les éclats fichés dans la mousse intérieure du casque avant de l'enfiler, planqua son SIG dans une de ses poches, s'empara du fusil d'assaut plaqué argent, lança un coup d'œil par-dessus son épaule pour savoir où en était Stef. Elle se tenait déjà devant la brèche, d'une beauté stupéfiante, rehaussée par l'austérité du tailleur.

Ils franchirent une série de tubes étroits, crasseux, coudés, dont l'un donnait, par une grille en partie descellée, dans un couloir débouchant lui-même sur une salle aux allures de caveau ou de fondation. Un métal uniforme, mat, habillait le sol, les murs, les plafonds et les piliers. Un alliage probablement à l'épreuve des mères des bombes ou des missiles capables de frapper leurs cibles à plusieurs dizaines de mètres de profondeur. L'odeur qui s'en dégageait rappelait celle de la rouille.

Stef se plaqua contre la cloison et pointa l'index sur un œil noir serti dans le plafond.

« Caméra, chuchota-t-elle. Nous arrivons dans la partie surveillée du bunker.

— Qu'est-ce qu'on fait ?

— On reste naturel, on marche normalement.

— Et si on tombe sur un barrage ? »

Stef brandit un rectangle plastifié avec, inséré dans un coin, le portrait holographique de la femme brune. Une certaine Jessica Legler, ressortissante américaine.

« Tu dois en avoir un quelque part dans une poche de ta combinaison. »

Pibe trouva effectivement dans l'une de ses poches le même genre de rectangle plastifié, un badge portant le nom de son propriétaire – Pavel Lakovski –, son numéro d'identification – 3431AP-FL –, son hologramme personnel – blond, teint et yeux clairs –, son grade et sa fonction dans la légion – principauté, responsable de la deuxième phalange du service de sécurité.

« Ouais, mais je lui ressemble pas. Et y a peut-être besoin d'un code pour passer certains barrages.

— On avisera sur place. »

Un nouvel éclat se détacha de la visière du casque de Pibe et tomba sur le sol métallique dans un tintement mélodieux. Ils s'engagèrent dans l'un des trois couloirs qui partaient du côté opposé de la salle. Ils croisèrent leur première silhouette une cinquantaine de mètres plus loin, un homme enfoui dans une ample combinaison blanche semblable à un scaphandre. Affairé à sonder le métal à l'aide d'un appareil plat et grésillant, il ne leur prêta aucune attention. Ils rencontrèrent d'autres hommes en uniforme noir ou en costume civil dans la pièce suivante, éclairée par des appliques murales. Assis sur des bancs fixés au sol, certains tapaient le carton sur des tables rudimentaires. La plupart d'entre eux fumaient et emplissaient la pièce d'un brouillard à couper au couteau. Stef se dirigea sans hésiter vers ce qui semblait être un poste de contrôle, indifférente aux regards admiratifs ou salaces soulevés par son passage. Pibe lui emboîta le pas, s'efforçant de planquer les trous de son uniforme avec le fusil d'assaut.

Debout de chaque côté du passage, les deux sentinelles se contentèrent de vérifier les badges sans même chercher à comparer les visages aux hologrammes. Le vis-à-vis de Pibe, un jeune homme d'à peine seize ou dix-sept ans, se figea même dans un garde-à-vous protocolaire avant de désigner la visière en partie défoncée du casque.

« Des problèmes, principauté ?

— Une… une pierre, répondit Pibe d'une voix aussi grave que possible.

— Plutôt rare de voir des pierres dégringoler dans le bunker… »

Une nuée de pensées affolées se leva dans l'esprit de Pibe. Il les laissa s'envoler avant de répondre :

« Une mission à l'extérieur. Top secret. »

La sentinelle hocha la tête d'un air entendu.

« Chacun son boulot, pas vrai ? Allez-y, principauté. »

Sans se hâter, maîtrisant son souffle et ses gestes, Pibe rattrapa Stef qui marchait d'un pas tranquille un peu plus loin dans le couloir. Les murs et les plafonds étaient maintenant criblés d'yeux sombres de caméras. Ils croisaient des légionnaires qui allaient par petits groupes de trois ou quatre, mais aussi des hommes en bleu de travail ou en costume, des femmes à l'allure furtive et à la mine sombre, de curieux personnages aux vêtements clairs et flottants – des vertus, des puissances, des dominations, des grades intermédiaires de la hiérarchie angélique, précisa Stef à voix basse. Le bunker renfermait une véritable ville dont la population, dense en cette heure matinale, peinait à se déverser dans les couloirs pourtant larges. Une affluence qui arrangeait bien les affaires des intrus : même à l'aide d'une multitude d'yeux, il était impossible de les surveiller en permanence dans un tel flot.

Pibe prit conscience qu'ils étaient arrivés par le fond du bunker, que la surveillance la plus stricte s'exerçait certainement dans les niveaux supérieurs, près des entrées officielles, qu'ils bénéficiaient donc d'un relatif laisser-aller dans les niveaux inférieurs, où, en théorie du moins, n'étaient admis que des visiteurs dûment contrôlés et fouillés. La désinvolture avec laquelle la sentinelle l'avait autorisé à poursuivre son chemin illustrait le sentiment d'inviolabilité, d'immunité, qui régnait dans cette partie du bunker.

Ils atteignirent une vaste place circulaire au plafond haut et criblé de lampes dispensant une lumière blanche pareille à celle du jour. Des vitrines étroites, décorées, surmontées d'enseignes brillantes, se serraient entre les bouches ogivales et sombres des couloirs, épicerie, boulangerie, boucherie, tabac, librairie, restaurant, café, tissus, vêtements, chaussures. Des souffleries projetaient des courants d'air chargés d'une vague odeur d'ozone. Pibe fut étonné que des hommes aient eu l'idée d'ouvrir des boutiques à de telles profondeurs, puis il se dit qu'ils avaient au contraire magnifiquement tiré parti des circonstances: la population du bunker, cloîtrée et probablement bien payée, n'avait pas d'autre activité que de claquer son argent dans les commerces proches.

« On mange un petit quelque chose avant de continuer ? » proposa Stef.

Ils entrèrent dans un débit de boissons où ils commandèrent du café et des croissants. Une foule nombreuse et bruyante se pressait dans la salle exiguë et autour du bar. Ni les systèmes d'aspiration ni les ventilateurs ne suffisaient à disperser l'épaisse fumée. Les consommateurs, hommes et femmes, tiraient sur leurs cigarettes de façon compulsive, presque névrotique.

« Retire ton casque, Pibe.

— T'es ouf... lof! Ils vont s'apercevoir que je n'ai que treize ans...

— Tu as mûri en accéléré depuis notre première rencontre. Certains légionnaires n'ont pas plus de seize ou dix-sept ans. Crois-moi, personne ne fera la différence. »

Pibe s'exécuta, pas fâché de libérer sa tête de sa prison de mousse. Il se reconnut à peine lorsque la vitrine lui renvoya son reflet. Son visage, auréolé de cheveux bouclés et collés par la transpiration, s'était émacié, un embryon de moustache lui ombrait la lèvre supérieure. Coincé entre deux tables, il garda le fusil d'assaut posé sur ses genoux. Il but une gorgée de café et mangea un croissant légèrement rance avant de demander:

« Comment est-ce qu'on remonte jusqu'à l'archange Michel maintenant ? » Il s'assura d'un coup d'œil que personne ne pouvait entendre leur conversation. « M'étonnerait qu'il nous invite chez lui.

— L'ex-ami de l'archange, le Roumain réfugié en France, m'a dit que le dernier sous-sol du bunker est finalement le moins bien protégé.

— Ils s'imaginent pas qu'on peut arriver par le bas.

— Exactement. Ceux qui vivent dans le saint des saints ont dû franchir les fourches Caudines des quatre niveaux supérieurs. À chaque étage, on leur inspecte tous les trous du corps, on les passe à toutes sortes de détecteurs. »

Ils se turent le temps de grignoter un autre croissant et de vider leurs tasses. Le breuvage noir et brûlant avait un vrai goût de café, une rareté dans l'Europe de l'archange Michel, rien à voir avec l'insipidité des poudres noires, des ersatz, qu'on vendait pour du « vrai café » dans les supermarchés ou les épiceries spécialisées.

« C'est quoi des fourches Caudines ? demanda Pibe.

— Des endroits très difficiles à franchir.

— Qui a bien pu creuser cette brèche dans le blindage ?

— Des gens qui ne peuvent pas quitter le bunker, mais qui ont besoin de recoins discrets. Des opposants à l'archange Michel, des espions, des intrigants. D'après mon réfugié roumain, le bunker est une énorme ruche où œuvrent toutes sortes d'abeilles. On a pu constater que le venin de certaines d'entre elles est mortel. Ceux qui ont percé le métal ne pouvaient pas deviner que le couloir communiquait avec un réseau de grottes et de galeries, encore moins que des êtres humains s'aventureraient dans le labyrinthe et trouveraient le passage. Je ne crois pas que cela soit une simple coïncidence, Pibe. Les hommes s'acharnent à contrôler leur destin, mais la vie ouvre des chemins secrets, des portes inattendues. On ne peut pas arrêter l'air ni l'eau ni la lumière, comment pourrait-on arrêter la vie ? »

Un homme assis à la table voisine se pencha vers elle et lui souffla son haleine enfumée au visage.

« Comment se fait-il que je ne vous aie jamais rencontrée, mademoiselle ? »

Aucun accent, yeux bleu marine, cheveux châtains, clairsemés, costume gris parfaitement coupé, chemise immaculée, cravate de soie rouge, soigné de sa personne et de ses mains. Il fumait avec élégance une interminable blonde au filtre doré.

« Sans doute parce que je ne suis pas remarquable, répondit Stef avec un sourire. Ou que vous n'avez pas le sens de l'observation.

— Je ne demande qu'à corriger mes erreurs passées. J'espère que je ne vous importune pas.

— Pas le moins du monde. »

Pibe se demanda pourquoi elle soutenait la conversation avec ce bellâtre – le venin de la jalousie ? –, puis il comprit qu'elle cherchait le chemin secret menant à l'archange Michel et il se coula dans l'instant présent.

« Qu'est-ce qu'une femme comme vous peut fabriquer dans le cinquième sous-sol du bunker ? reprit l'homme.

— Je travaille, je suis secrétaire. »

Il se rapprocha encore de Stef et dit, d'une voix si basse que Pibe peina à l'entendre :

« Il paraît que les anges n'ont pas de sexe. Comment se fait-il en ce cas que la hiérarchie angélique se réserve les plus jolies femmes ? »

Elle eut un rire de gorge que son interlocuteur prit pour un encouragement puisqu'il déplaça sa chaise pour s'installer à leur table. Il s'assura d'un coup d'œil qu'il n'avait rien à craindre de Pibe malgré son uniforme noir et le fusil d'assaut posé sur ses genoux.

« Rémy Martineau, je viens de France. Vous parlez vous-même un français sans accent…

— Mère française, père roumain. Je suis Jessica, et voici mon petit frère Pavel. »

Rémy Martineau serra la main de Pibe avec un sourire enjôleur.

« Je dis toujours que chaque famille d'Europe devrait compter au moins un légionnaire.

— Et vous, que faites-vous dans le bunker ? demanda Stef. Vous êtes de passage ? »

Les yeux bleu marine de Rémy brillèrent et ses traits se gonflèrent d'un orgueil puéril. Des lambeaux d'enfance restaient accrochés à son visage rond, imberbe.

« Je suis venu à Piatra négocier un marché important.

— Quel genre de marché ? »

Rémy se redressa en écartant les bras.

« Du genre très gros et très secret. On m'a envoyé faire du lobbying auprès de la hiérarchie angélique. Ça fait trois mois que je moisis dans les entrailles de l'Europe. Trois mois à me farcir une armée d'interlocuteurs qui ne pensent qu'à leurs petits intérêts. Trois mois sans voir la lumière du jour. Faut se faire sa place au milieu des autres groupes de pression. Mais ça a fini par payer. »

Il revint s'accouder à la table et joua un moment avec une soucoupe avant d'ajouter :

« Je suis reçu tout à l'heure en audience privée par l'archange Michel en personne. »

Stef saisit la verseuse en porcelaine et emplit de café les trois tasses.

« Moi et mon frère, ça fait un moment que nous vivons ici, trois ans pour moi, six mois pour lui, et nous n'avons encore jamais eu la chance de le rencontrer.

— Trois ans ? Vous faites plus jeune que votre âge… »

Rémy but une gorgée de café tout en gardant rivé sur Stef un regard brûlant.

« Ça vous plairait d'assister à l'audience ? »

Elle acquiesça d'un sourire et d'un mouvement de

tête enthousiaste qui ramena ses franges noires sur son front et ses joues.

« Impossible n'est pas français. À force, je commence à connaître pas mal de monde dans le secteur. Je peux peut-être vous faire passer pour ma secrétaire et votre jeune frère, s'il a fini son service, pour un assistant. Il faudrait seulement que vous changiez de vêtements tous les deux. Question de présentation. Vous êtes libres à 14 heures ? »

La mort avait toujours rôdé autour de lui, mais, ces derniers temps, il sentait son souffle glacé sur sa nuque. La meute le cernait, le traquait dans son isolement crépusculaire. Il avait pris la décision, plusieurs fois reportée, de mettre fin au complot ourdi par les services secrets américains et le plus jeune des six trônes, Jean de La Valette. Un traître avait donc réussi à s'infiltrer dans le cercle de ses fidèles, cette garde restreinte, triée sur le volet, au-dessus de tout soupçon. La pourriture gangrenait le refuge souterrain qu'il avait voulu inviolable, imperméable aux germes de la corruption, ce nid d'où, grâce aux réseaux conjugués des satellites et de la fibre optique, il gouvernait l'Europe assiégée par les hordes islamistes. À la fois relié à l'univers et protégé de l'univers et de ses miasmes.

Les intrigues du trône Jean de La Valette montraient qu'il ne pouvait plus avoir confiance en personne en ces bas mondes. Autant il lui était facile de contrôler les services secrets des autres puissances mondiales, tellement prévisibles qu'ils en devenaient risibles, autant il rencontrait des difficultés grandissantes à juguler les ambitions de ses proches.

L'exécution publique de La Valette refroidirait un temps les ardeurs de ceux qui rêvaient plus ou moins secrètement de lui succéder, mais ils reviendraient à la charge, tôt ou tard, parce qu'il n'était pas immortel et que la nature avait horreur du vide. Dieu seul savait avec quelle force, avec quelle énergie il avait combattu la nature, la grande corruptrice, le serpent biblique, la femelle maudite, la mère du chaos, la profanatrice de l'Éden, la tache sur la pureté originelle, mais elle reprenait ses droits et s'emparait de son néant. Le vieillissement s'abattait sur lui avec la voracité d'un Chronos trop longtemps absent de sa table, cortège de maux misérables, déclin inexorable de l'acuité, de la vigilance, de la fermeté, de l'intransigeance. Alors il compensait la défaillance de ses yeux et ses oreilles par la technologie, par la multiplication des caméras, des micros, de ces mouchards implacables, infaillibles, qui lui avaient permis d'éventer la conspiration de Jean de La Valette et bien d'autres conjurations mineures.

Il n'était pas pressé de rencontrer Dieu. Son Dieu, le Dieu des chrétiens, ressemblait sans doute au reflet renvoyé chaque instant par les miroirs de ses appartements. Une face sévère, triangulaire, encadrée de cheveux et d'une barbe à la blancheur cotonneuse, posée déjà sur les nuages. Un regard et un nez d'aigle, des lèvres fines, une absence de lèvres plus exactement, une dentition parfaitement artificielle sur un visage raviné, parcheminé.

Il s'était battu, débattu même, au nom d'un Être suprême à l'existence improbable, il avait torturé, tué, massacré de ses mains, il avait levé des légions de milliers d'hommes en puisant d'abord dans les nids roumains, il en avait jeté des millions d'autres sur le front Est, il avait repoussé la vague islamiste qui, pourtant, lui avait un jour offert de se retirer sans combattre. On ne bâtissait pas un destin divin, un destin glorieux, sans déverser des fleuves de cendres et de sang. Il avait rejeté d'un haussement d'épaules négligent la proposition des émissaires islamistes. Ils avaient organisé une rencontre secrète sur l'île de Chypre et lui avaient soumis un traité de paix entre leurs deux grandes nations que d'autres, les prédicateurs fanatiques venus de l'autre rive de l'Atlantique, voulaient jeter l'une contre l'autre. Des imams aux barbes et aux turbans noirs, membres de cette minorité chiite devenue majoritaire après la chute des anciens tyrans d'Irak, de Syrie et d'Arabie saoudite. Détail étonnant, quelques femmes dans la délégation islamique, visages fins encadrés de voiles noirs, yeux de velours sombre posés sur lui comme des oiseaux vifs, furtifs. Nous n'avons rien à gagner dans un conflit, avaient argumenté les imams. On cherche à nous affaiblir, à nous détruire les uns et les autres, oublions les paroles et les actes imbéciles, renforçons nos liens, sauvons l'Organisation des Nations unies. Que l'Europe s'engage à respecter ses minorités musulmanes, et nous respecterons nos propres minorités.

Formé dans les ligues de défense chrétienne, élevé dans la haine farouche de l'islam, il avait fermé sèchement la porte aux émissaires de la Grande Nation. Il se souvenait avec une précision stupéfiante de leur déception, de la pâleur soudaine de leurs visages, de l'affaissement de leurs épaules. Ils savaient que l'échec de cette démarche marquait le coup d'envoi d'une ère terrible de colère et de souffrance. Au revers des mots succéderaient le fracas des bombes et les pleurs des mères. Avec l'appui de ses alliés américains, ces « autres » évoqués par les plénipotentiaires chiites, il avait pensé, sincèrement pensé, que ses légions triompheraient rapidement d'une armée réputée pour sa désorganisation et sa corruption. Il avait tiré ses certitudes de l'histoire du XXe siècle et du début du XXIe : les différentes guerres entre Israël et ses voisins, les deux guerres américaines contre l'Irak de Saddam Hussein semblaient indiquer que les armées arabes et plus largement musulmanes se délitaient ou battaient en retraite au premier coup de canon. Mais cette guerre-ci, SA guerre, ne s'était pas déroulée selon ses prévisions. Les armées islamiques avaient déferlé quelques jours plus tard en Bulgarie et en Grèce par le détroit du Bosphore et conquis avec une détermination farouche le Sud-Est balkanique. Comme il était hors de question de leur abandonner une tête de pont en Europe, il les avait rejetés en Turquie au prix de contre-offensives acharnées, coûteuses en vies humaines.

Sa première épopée, le début de sa légende.

Il y avait acquis un statut de sauveur, un nom – l'archange Michel terrassant le dragon ousama – et une légitimité qui avait balayé les dernières réticences du gouvernement européen empêtré dans ses mesquineries ordinaires. Remise de ses premières défaites, la Grande Nation avait décidé d'envahir l'Europe par les terres de Géorgie, de Russie, d'Ukraine et de Biélorussie, estimant qu'il serait impossible aux chrétiens de tenir un front de deux mille kilomètres. Elle s'était à son tour trompée. Prévenu par les satellites américains de la progression des troupes ennemies, il avait disposé ses légions, ses chars, ses avions, ses hélicoptères, ses rampes lance-missiles, sur une ligne tracée entre le delta du Danube et la baie de Gdansk. Les deux armées s'étaient neutralisées. Par une sorte d'accord tacite, on s'était enlisé de part et d'autre dans une guerre de tranchées, à l'ancienne et, comme il était impossible aux avions de chasse de survoler la zone sans recevoir aussitôt des missiles à tête chercheuse, on avait réservé les bombardements aux territoires civils. Après tout, il n'y avait aucune raison pour que les populations ne goûtent pas à leur tour aux rigueurs de la guerre.

Il ne dormait presque plus. Une heure ou deux d'assoupissement, dérobées au silence glacial de sa chambre transformée en chambre forte. Chaque matin, il peinait à remuer un corps usé, cimenté par l'arthrite. Les biotechniciens qui avaient conçu le programme d'amélioration des légionnaires lui avaient injecté des produits destinés à enrayer sa décrépitude. Il avait ressenti un léger mieux au début du traitement, mais la nature, un moment repoussée, avait repris sa marche. À l'exemple du pape Jean-Paul II, dont l'Église avait loué le courage longtemps après sa mort, il était condamné à égrener dans la souffrance les dernières années de sa vie. Les chrétiens étaient d'ailleurs de plus en plus nombreux à le considérer comme le chef véritable de l'Église, pas seulement les fidèles mais aussi des évêques et même certains membres de la curie romaine. Un coup de génie des spécialistes du Pentagone, ce titre d'archange. Un fardeau également, une obligation de se conformer, au vu et au su de tous, à l'idéal archangélique, d'oublier son corps, de se figer dans une pureté et une éternité factices. Dans l'intimité de ses appartements, quand il était certain que personne ne le regardait, il revenait à l'état d'enfant, il mangeait avec les mains, il jetait la nourriture sur les murs, il se roulait dans ses propres excréments. Les employés chargés de sa toilette intime et de son ménage étaient tous de jeunes Roumains à qui leurs parents, dans un excès de démence chrétienne, avaient coupé la langue au simple motif qu'ils avaient prononcé un blasphème. Il les surnommait avec une certaine affection sa garde secrète. Ils exécutaient ses ordres et satisfaisaient le moindre de ses caprices avec un zèle jamais démenti. Conscients qu'ils ne sortiraient jamais du bunker, ils essayaient de se prolonger le plus longtemps possible en vie, de profiter du confort offert par les immenses appartements où on leur avait alloué chacun une chambre et une salle de bains. Il leur demandait parfois de coucher dans sa chambre, au pied de son lit ou dans ses draps. Il aimait sentir leur peau jeune, chaude et ferme contre la sienne, fripée et froide. Il les regardait se laver, se frotter et se caresser au travers de la vitre embuée de la douche, il essayait de se nourrir de leur jeunesse, de leur vigueur, de leurs érections. Il les aurait mangés sans aucun scrupule si leur chair avait suffi à le ramener une quinzaine d'années en arrière – il s'était renseigné auprès des biotechniciens ; ils lui avaient expliqué que des hommes et des femmes du XXe siècle avaient essayé de perpétuer leur jeunesse en se nourrissant de cellules d'embryons ou de testicules de jeunes mâles, animaux et humains, mais que l'avènement de la DHEA ou d'autres hormones synthétiques avait rendu ces pratiques obsolètes ; il se contentait donc des gélules qu'il trouvait chaque matin dans une coupelle en argent sur le plateau de son petit déjeuner.

Il prit une douche glacée, enfila le confortable peignoir que lui présentait l'un des jeunes Roumains, passa dans la grande salle tapissée d'écrans à plasma qui lui servait de bureau, s'assit devant la console en grignotant un morceau de cette infecte pâte que ses médecins l'obligeaient à ingurgiter tous les matins. Il joua pendant quelques minutes avec les touches, observa distraitement les images envoyées sur les écrans par les satellites, soldats enlisés dans la boue dispersant leur misère et leur ennui dans les volutes de leurs cigarettes, quartiers entiers de villes en ruine, colonnes de fumée noire et sinistre jaillissant des cheminées des incinérateurs, rues animées et bruyantes, campagnes assoupies sous leurs couettes de brume, et là, sur la rangée d'écrans réservés aux pays étrangers, une multitude de silhouettes blanches tournant autour d'une pierre noire, les pèlerins de La Mecque, une émeute qui se déroulait probablement en Inde et que les policiers essayaient d'enrayer avec des rafales de fusils d'assaut, une fourmilière humaine ordonnée, des processions démentes de voitures et de vélos sur une immense avenue, une mégalopole chinoise… Ce kaléidoscope halluciné était sa planète, le minuscule point bleu englouti dans l'immensité spatiale.

En cet instant, des milliers et des milliers d'hommes et de femmes brûlaient dans les incinérateurs. Les mauvaises herbes islamiques. Il avait éprouvé le besoin obsessionnel de restituer l'Europe à sa pureté originelle, chrétienne. C'était l'empreinte qu'il souhaitait laisser, la mission que lui avaient confiée ses maîtres, les héritiers de Codreanu, les membres du groupe Vacaresti, fondateurs de la première légion de l'archange Michel – les services secrets américains connaissaient parfaitement l'histoire secrète roumaine. Il n'avait pas condamné ces hommes, ces femmes, ces enfants de gaîté de cœur, mais il n'avait pas d'autre choix que de les éliminer sans pitié. De sa Transylvanie natale s'élèverait un arbre aux racines saines, vigoureuses, dont l'ombre protectrice s'étendrait jusqu'aux rives de l'Atlantique, jusqu'au Cap Nord, jusqu'à la pointe de l'Espagne, jusqu'aux plaines de l'Oural. L'Europe, ce géant exténué que l'on avait tenté d'abattre, renaîtrait de ses cendres et s'affirmerait à nouveau comme le territoire sacré du Christ, le nouvel Éden, la terre promise. Comme le Christ, il chassait les vendeurs du temple, les impurs. Avec le Christ, il partageait les souffrances muettes et la terreur de la mort quelques heures avant son agonie. À la différence du Christ, il n'avait pas encore prononcé les mots célèbres : *Père, ta volonté, et non la mienne.*

L'haleine de la mort lui effleura la nuque. Il pivota sur lui-même aussi rapidement que le lui permettaient ses articulations martyrisées. Personne dans la pièce, seulement ces images dont il avait coupé le son, lucarnes autistes d'un monde en perpétuelle explosion.

Père, ma volonté, ne pas mourir.

Il jeta un coup d'œil sur son agenda du jour affiché sur l'écran horizontal serti dans la console. Réunion avec les chérubins à 9 heures, rencontre avec le nonce apostolique à 10 heures, conférence en duplex avec la chambre des régions européennes de Bruxelles à 11 heures, repas léger à 12 h 30, premier bref du jour avec l'état-major à 13 h 30 – songer à nommer un nouveau trône, fixer la date d'exécution de Jean de La Valette –, réception des délégués du groupe des entreprises françaises d'armement à 14 heures dans le petit salon privé, sieste conseillée par les médecins à 15 heures, assemblée du cercle à 16 heures, audience publique à 17 h 30 dans le grand amphithéâtre, entretiens avec les ambassadeurs russe, chinois, indien, américain – deux mots à lui dire, à celui-là – à partir de 19 heures, dîner léger entre 20 h 30 et 21 heures, second bref du jour avec l'état-major à 21 h 30, discussion à bâtons rompus avec les conseillers puissances et dominations, massage aux alentours de 23 heures.

La mort, il le sentait dans ses os, dans ses nerfs, se cachait dans l'un de ces rendez-vous. Mais lequel ?

Le visage rougeaud et jovial du puissance Charles Brucker, un Belge, l'un de ses secrétaires, s'afficha sur l'écran horizontal de la console. Il appuya sur une touche pour établir la communication et autoriser son correspondant à lui adresser la parole.

« Comment allez-vous, ce matin, Votre Gloire ? »

La voix du puissance tombait de l'un des innombrables haut-parleurs incrustés dans les cloisons et le plafond.

« Comme un vieillard perclus de rhumatismes. »

Des micros ultrasensibles captaient le moindre de ses chuchotements et le restituaient à son correspondant aussi clairement que s'il était assis à ses côtés.

« Allons, Votre Gloire, nous savons tous que vous avez une santé de…

— Assez de flatteries ! Que voulez-vous ? »

Comme la plupart des membres des chœurs intermédiaires, Charles Brucker avait appris à ne rien dévoiler de ses sentiments. Dans un environnement aussi aléatoire, l'impassibilité était une qualité fondamentale.

« Vous rappeler que vous êtes attendu à 9 heures par les chérubins, puis à…

— 10 heures par le nonce apostolique, *et cetera, et cetera*. Épargnez-moi ce genre de pensum, voulez-vous.

— Bien, Votre Gloire. J'insiste cependant sur le rendez-vous de 14 heures : nos armées ont un besoin urgent d'un nouveau matériel. Je vous suggère de prêter une oreille attentive aux propositions des entreprises d'armement. Et je me permets de vous rappeler que c'est vous-même qui m'avez demandé de… »

Il coupa la communication d'une pression rageuse sur la touche. Un parfait secrétaire, le puissance Charles Brucker, efficace, précis, affable. On ne lui connaissait qu'un défaut, une consommation excessive d'adolescents des deux sexes. Il montait de temps à autre à la surface pour se fournir dans l'un de ces marchés humains qui se développaient de façon alarmante à Piatra et à Bucarest. Le grand ménage était à faire dans son entourage comme il l'avait été dans les principales villes européennes. L'histoire ne retiendrait pas que l'esclavage, le trafic d'êtres humains, était réapparu sous son règne.

Il pressa une autre touche d'un geste las. Quelques secondes plus tard, un serviteur entrait dans le bureau, portant sur un cintre sa chasuble immaculée frappée des deux L dorés et, enroulés autour de son bras, ses sous-vêtements confectionnés dans une laine soyeuse et chaude. Le jeune Roumain lui retira son peignoir et le laissa nu et frissonnant au beau milieu de la pièce pendant qu'il dépliait les sous-vêtements avec une lenteur exaspérante. Un miroir dissimulé dans une niche du mur lui renvoyait le reflet désespérant d'un squelette habillé d'une peau relâchée, tavelée, criblée de poils rêches et d'excroissances de toutes sortes. Un mort vivant. Comment aurait réagi le peuple européen, le peuple du Christ, si on lui avait jeté en pâture l'image de son chef délabré ? Pourquoi s'accrochait-il avec une telle force au spectre de son existence ? Est-ce que le refus radical de la mort n'était pas le signe d'une vie stérile, manquée ? Une à une, ses facultés lui avaient été retirées, sa sexualité, sa souplesse, son souffle, sa vigueur, sa santé. Il ne lui restait que son intelligence, vive encore malgré ses maux de tête, suffisante en tout cas pour maîtriser son petit monde du cinquième sous-sol du bunker.

À 10 heures 13, il sortit de la réunion avec les chérubins de fort méchante humeur. Comme une bonne partie de la population le croyait mort, ils lui avaient suggéré de se rendre dans les principales villes européennes afin de tordre le cou à la rumeur. Il leur avait rappelé, en termes vifs, qu'il avait décidé de demeurer cloîtré dans son refuge jusqu'à la fin de la guerre. Ils avaient insisté, principalement Fedor Puskas, un Hongrois au visage rond, au verbe chantant et aux manières onctueuses, un homme aussi habile que cruel, le chérubin que certains désignaient comme son successeur le plus crédible. Il s'était demandé si Fedor Puskas n'était pas l'envoyé de la mort et il ne l'avait pas quitté des yeux jusqu'à la fin de la réunion. La salle, contiguë à ses appartements, se prêtait admirablement à une élimination discrète puisque, pour des raisons évidentes de sécurité, elle n'était reliée à aucun instrument de surveillance – les conseillers, puissances et dominations, la surnommaient la Petite Muette.

À 11 heures 27, il parvint à se dépêtrer du nonce apostolique, le cardinal Ottavio Verisi, un prélat maigre et teigneux, l'ambassadeur permanent du Vatican à Piatra. Il l'avait reçu comme toujours dans le hall des réceptions officielles, l'Église exigeant d'être traitée avec tous les égards dus à sa puissance et à son rang. Le souverain pontife Jean-Paul III invitait le pasteur *séculier* – Ottavio Verisi avait bien insisté sur ce mot – de l'Europe au prochain concile qui se tiendrait dans trois mois dans la ville de Prague. L'évolution très rapide de la chrétienté au cours de ces vingt dernières années nécessitait l'établissement de nouvelles règles. Le nonce tenta de lui arracher une réponse ferme, se contenta d'une vague promesse suspendue à l'état de santé de son interlocuteur, se retira après l'avoir assuré de la chaleureuse reconnaissance de l'Église ; elle n'ignorait pas qu'elle devait une grande partie de son renouveau à l'homme qui avait redressé une Europe rongée par ses « vieux démons matérialistes et les termites islamistes ».

À 13 heures 05, il mit fin à la conférence en duplex avec la chambre des régions européennes. Une dizaine de représentants s'étaient exprimés sur des sujets aussi divers que la nécessité de préserver les produits et les traditions des terroirs, l'adoption d'une langue commune européenne, un vieux serpent de mer le plus souvent agité par la coalition anglo-germano-néerlandaise jalouse de la prédominance du français, la réforme de l'impôt, autre vieux serpent de mer, la répartition du budget européen, l'assistance à une agriculture en difficulté malgré l'arrêt des importations, l'inflation galopante de l'euro, l'augmentation préoccupante des sans-abri et des délinquants dans les villes soumises aux bombardements et aux attaques chimiques, l'impossibilité d'entretenir les routes et de maintenir les réseaux de communication. Ils lui avaient simplement rappelé que l'Europe, SON Europe, partait jour après jour en lambeaux. Il leur avait déclaré, d'une voix absente, que le printemps revenait toujours après l'hiver, que l'Europe, LEUR Europe, connaîtrait bientôt des jours meilleurs, qu'elle se reconstruirait, plus belle et pure qu'avant, qu'ils devaient garder confiance, faire preuve de patience et prier Dieu.

À 13 heures 49, après une courte discussion dans un couloir avec le puissance Charles Brucker, il acheva son repas composé de légumes bouillis, de viande grillée de poulet – fourni par un paysan des environs de Piatra qui utilisait le cheval et la charrette pour effectuer ses livraisons hebdomadaires –, d'un morceau de gâteau au goût indéfinissable – semblable cependant à celui de la pâte brune qu'il se forçait à ingurgiter chaque matin – et d'un café léger non sucré. Il déjeunait seul le plus souvent, dans la salle à manger de ses appartements, entouré de la nuée de ses serviteurs muets. Il lui arrivait parfois de perdre la maîtrise de ses gestes et de tacher sa chasuble immaculée ; ils lui en apportaient alors une propre qu'ils lui enfilaient avec des gestes doux et précis.

À 15 heures 16, il conclut le bref avec l'état-major réduit à cinq trônes. Assistaient à la séance plusieurs puissances et dominations – dont le puissance Charles Brucker –, qui, après la destitution de Jean de La Valette, avaient pris connaissance des dossiers rédigés par les rapporteurs du front. Il ressortait de ces écrits rageurs que les légions étaient au bord de la mutinerie et qu'il fallait d'urgence débloquer des fonds pour améliorer leurs conditions. On décida finalement d'intensifier les représailles contre les mutins en attendant le renouvellement du matériel.

« Le front n'est pas un hôtel cinq étoiles, commenta le trône Milos Aker.

— Juste un enfer cinq fourches », lança un domination.

Les éclats de leurs rires restèrent un long moment suspendus dans l'air confiné du poste de commandement.

À 15 heures 29, après un séjour pénible aux toilettes, il traversa les couloirs de ses appartements, escorté par quatre légionnaires génétiquement améliorés, et pénétra dans le salon des réceptions privées.

Rémy Martineau était l'un de ces hommes tenaces et malins qui se débrouillent toujours pour parvenir à leurs fins. Il aurait remué ciel et terre pour plaire à Stef, et plus si affinités, il s'était contenté de magouiller avec les fonctionnaires du quatrième niveau pour obtenir les précieux passes au nom de Jessica Legler et de Pavel Lakovski.

« Je vous croyais frère et sœur, vous deux, avait-il murmuré en leur rendant leurs badges à 13 heures 30 dans le café où ils s'étaient rencontrés.

— Je porte le nom de ma mère, Pavel a gardé celui de son père... »

Martineau n'avait pas pris la précaution pourtant élémentaire de jeter un coup d'œil sur les hologrammes sertis dans les rectangles plastifiés. Il s'était précipité au bureau du quatrième niveau où il avait argumenté pendant plus d'une demi-heure. Il avait fini par présenter le plus convaincant des arguments, quelques billets de cinquante et de vingt euros, que ses interlocuteurs, deux Tchèques, avaient empoché avec une avidité de rapaces.

« Il ne fallait pas dépenser cet argent pour nous », avait protesté Stef.

Rémy avait balayé l'argument d'un revers de main.

« Ne vous inquiétez pas. Je dispose d'une bonne petite réserve pour, disons, ouvrir certaines portes.

— Il doit être vraiment gros, votre marché…

— Quelques dizaines de milliards d'euros. Ça vaut le coup de se défoncer, non ? »

Il avait consulté sa montre.

« On ne va pas tarder à savoir. Au fait, vos vêtements, très bien. »

Stef et Pibe n'étaient pas allés bien loin pour se changer, la boutique de vêtements voisinc où ils avaient acheté, avec leurs derniers euros, une robe classique, un sac, des chaussures à talon pour Stef, un costume clair, une chemise bleue, une cravate grise et des richelieus noirs pour Pibe. La vendeuse, une Hongroise de la région de Bohème, une jolie femme rieuse, ne leur avait posé aucune question. Elle avait rangé leurs anciennes tenues dans de grands sacs plastique qu'ils avaient jetés dans une poubelle, y compris le fusil d'assaut. Ils avaient seulement gardé leurs pistolets dont ils avaient discrètement vérifié les chargeurs et qu'ils avaient glissés, Pibe dans la ceinture de son pantalon, Stef dans son sac à main. Puis ils étaient revenus s'asseoir à la table du café et avaient attendu Rémy en sirotant un café.

« Vous habitez à quel niveau ? » avait demandé Martineau.

Ils venaient de s'engager dans un couloir plus large qu'une avenue où piétinait une multitude bruissante. Une cinquantaine de mètres plus loin se dressait une porte monumentale, une sorte d'arc de triomphe métallique, baroque, surchargé de dorures, l'entrée principale du cœur du bunker. Rémy avait saisi Stef par la main et, la maintenant plaquée contre lui, s'était frayé un passage dans la cohue. Elle avait jeté de fréquents coups d'œil par-dessus son épaule pour s'assurer que Pibe les suivait. Ils s'étaient approchés de la porte et s'étaient placés dans la file des élus – délégués de groupes de pression pour la plupart – reçus par l'archange Michel ou l'un de ses proches. D'un regard tendu, Stef avait désigné à Pibe les légionnaires qui filtraient le flot des visiteurs de chaque côté de la porte : ils divisaient les hommes et les femmes en deux groupes et les répartissaient dans des sas latéraux où ils se livraient sans doute à des fouilles corporelles minutieuses.

Rémy avait une nouvelle fois consulté sa montre.

« Merde, on est en retard. Pas question de manquer le rendez-vous à cause de ces connards. Ça fait plus de trois mois que je rame pour ça. Attendez-moi ici. »

Jouant des coudes, indifférent aux protestations, il avait remonté la file, piqué droit sur l'un des cerbères, engagé une brève conversation, puis il lui avait montré sa convocation, son passe et avait fait signe à Stef et à Pibe de le rejoindre.

« S'ils t'emmènent pour te fouiller, fais semblant de les suivre et cours tout droit devant toi, avait soufflé Stef à l'oreille de Pibe.

— Tu parles ! Aucune chance de sortir d'un merdier pareil.

— La vie est imprévisible. N'oublie pas : cours droit devant toi. Je t'aime, Pibe.

— Je t'aime aussi, Fesse. »

Elle lui avait pressé la main avant de fendre la foule agglutinée devant la porte. À peine étaient-ils arrivés à la hauteur de Rémy qu'il les avait happés par le bras et qu'ils avaient foncé tous les trois vers le légionnaire. Le cerbère les avait observés un petit moment, immobile, impénétrable derrière la visière de son casque, puis, du canon de son fusil d'assaut, il leur avait ordonné de passer.

Pibe avait eu l'impression saisissante de pénétrer dans un autre monde, un monde d'ombre et de silence. Les silhouettes qu'on croisait ici ne parlaient pas, elles s'exprimaient par gestes, par chuchotements, par froissements. Des étoiles sombres criblaient les plafonds tendus d'un voile de lumière tamisée, ambrée, les yeux mobiles et discrets de dizaines de caméras.

« Pourquoi ne nous ont-ils pas fouillés ? avait murmuré Stef.

— Je lui ai dit que l'archange nous attendait pour une affaire de la plus haute importance et qu'il ne serait pas content si nous arrivions en retard au rendez-vous, avait répondu Rémy.

— Ça a suffi ?

— Ça n'aurait peut-être pas marché si le garde n'avait pas été français. Entre compatriotes, on peut se rendre des menus services, non ? Il ne prend pas beaucoup de risques. On est fouillés mille fois par jour quand on met les pieds dans cette fosse du diable. »

Ils s'étaient rendus au bureau du puissance Charles Brucker, l'un des six secrétaires particuliers du pasteur de l'Europe. Le secrétaire avait discuté avec Rémy un petit moment – en tant que Belge, francophone et ami de toujours de la France, il avait appuyé personnellement la requête du groupe des entreprises d'armement françaises, estimant que le renouvellement du matériel de nos soldats apporterait peut-être la victoire définitive aux légions chrétiennes en même temps qu'elle ferait rentrer un bon paquet de devises au gouvernement régional de Paris, une si belle ville – avant de les introduire dans le salon des réceptions privées, une pièce moyenne à la voûte arrondie, meublée de fauteuils de cuir profonds, de tapis moelleux et de tables basses en marqueterie. Deux rampes éclairaient un portrait holographique en pied de l'archange. Pibe reconnaissait le visage entrevu dans le téléviseur de ses parents, ces traits tranchants, ces yeux terrifiants, ces cheveux et cette barbe à la blancheur de neige. Le puissance avait précisé que l'archange aurait un peu de retard, un emploi du temps très chargé, vous comprenez, et qu'il reviendrait lui-même assister à l'entrevue qu'il promettait féconde. Il avait enveloppé Stef et Pibe d'un regard trouble avant de s'éclipser.

Une heure s'était écoulée, Rémy avait commencé à perdre patience.

« Ne vous inquiétez pas, il viendra, l'avait rassuré Stef.

— Comment pouvez-vous en être aussi sûre ?

— Certains rendez-vous sont immanquables.

— Le ciel vous entende. Au fait, vous ne m'avez toujours pas dit à quel niveau vous…

— Évitons de gaspiller notre salive en propos inutiles. »

Elle avait levé la tête, il avait suivi son regard et remarqué à son tour les cercles sombres des caméras disséminées sur le plafond. Ils s'étaient morfondus en silence jusqu'à 15 h 30.

L'irruption silencieuse de l'archange les prit presque au dépourvu. Il fondit sur un fauteuil comme un rapace sur sa proie et s'y installa en réprimant une grimace. Il se présentait seul. Par l'entrebâillement de la porte qu'il venait de pousser, on devinait cependant la présence de légionnaires dans la pénombre du couloir. Il avait conservé la même allure générale, la même maigreur, que sur le portrait en pied, mais ses traits s'étaient creusés, durcis, figés ; les formes de son crâne, les pommettes, les orbites, les mâchoires, les arcades, les tempes, se discernaient avec une netteté dérangeante sous le cuir desséché de la peau. Ses yeux bleus, en revanche, n'avaient rien perdu de leur perçant. Les deux *Loi & Lance* et Loi brodés sur le devant de sa chasuble immaculée lançaient des éclats flamboyants.

Rémy se leva et s'inclina.

« Votre Gloire, nous sommes très… »

L'archange Michel l'interrompit d'un geste de la main.

« Ainsi donc, vous voici, dit-il en fixant tour à tour Stef et Pibe. Vous avez réussi à venir jusqu'à moi.

— La vie nous a ouvert ses chemins secrets, déclara Stef avec un sourire.

— La vie ou la mort ?

— L'une ne va pas sans l'autre.

— Une remarque sensée, ma fille. Si vous intentez à ma vie, vous perdrez la vôtre. »

Le regard ahuri de Rémy vola de l'archange à la jeune femme qui, il en prenait conscience à cet instant, l'avait manipulé comme un gamin.

« Nicolae Dimitrescu, ce nom vous dit quelque chose ? » demanda Stef.

Les yeux clairs de l'archange se troublèrent.

« Ce cher Nicolae, mon vieil ami, nous avons fait de grandes choses ensemble, nous aurions pu en faire d'autres. Dommage qu'il ait choisi la voie des faibles.

— Il m'a chargée d'un cadeau pour vous. »

Elle se leva, sortit son Colt de son sac et le braqua sur son prestigieux vis-à-vis.

« Vous êtes sa fille et vous venez vous venger, n'est-ce pas ? »

L'archange fixait le pistolet avec un détachement apparent que démentait le léger tremblement de sa voix. Pibe devina qu'il s'évertuait seulement à gagner du temps, à permettre à ses gardes du corps, informés par les caméras, de s'organiser. Il glissa la main dans l'entrebâillement de sa veste et referma les doigts sur la crosse de son pistolet.

« Il m'a dit que l'Europe continuerait de souffrir tant que vous seriez à sa tête. Je ne ressens ni haine ni mépris pour vous. Je viens en… »

Fou de rage, Rémy Martineau se précipita sur Stef. Elle l'esquiva d'un pas de recul, heurta le fauteuil, perdit l'équilibre. Elle n'eut pas le temps de se rétablir. Un coup de feu claqua, venant de la porte du couloir, et l'atteignit au front, juste au-dessus de l'œil droit. Elle eut la force de se tourner vers Pibe avant de partir en arrière, de basculer par-dessus l'accoudoir et de s'effondrer sur le tapis. Elle avait toujours su que la mort la cueillerait dans le bunker de l'archange Michel. Dans l'ultime éclair bleu de son regard, elle implorait Pibe de prendre le relais, de continuer la course. Il chassa d'une brève expiration la colère et le chagrin qui lui brouillaient les yeux, se déplaça sur le côté une fraction de seconde avant que n'éclate le deuxième coup de feu. La balle siffla à quelques centimètres de sa tempe. Il dégagea son pistolet dans le même mouvement et visa la tête de l'archange, toujours assis. La silhouette gesticulante de Rémy traversa son champ de vision. Il se concentra sur son tir, pressa la détente, léger choc, onde de chaleur dans sa paume et son poignet. Il vit la petite étoile noire s'ouvrir au milieu du front de l'archange, se nimber de pourpre, l'ombre blanche se recroqueviller sur le fauteuil. Une salve nourrie de coups de feu crépita, des légionnaires se répandirent dans la pièce. Touché de plusieurs balles, Rémy roula entre les fauteuils.

Cours droit devant toi.

Pibe fonça vers la porte par laquelle le secrétaire les avait introduits. Il l'ouvrit d'un coup pied, s'engouffra dans le couloir qu'il franchit en quelques foulées, se précipita dans le bureau du puissance belge en grande conversation avec deux de ses confrères.

« Qu'est-ce que... »

Un rapide coup d'œil à l'écran posé sur son bureau apprit au puissance que, pendant qu'il discutait tranquillement avec ses pairs, un événement inconcevable s'était produit dans le salon des réceptions privées. Plusieurs corps jonchaient le sol, ce Français si poli, cette jeune fille si jolie, et puis, là... Mon Dieu...

Un attentat. On avait tiré sur l'archange Michel.

Cours droit devant toi.

Pibe traversa deux autres pièces en enfilade. Des cris, des bruits retentissaient alentour, tamisés par les cloisons et les plafonds métalliques. Des spectres vêtus de blanc se dressèrent devant lui. Il tira au jugé sans ralentir. La détonation se répercuta sur les cloisons métalliques. Il ne sut pas s'il avait touché sa cible, mais le chemin se dégagea. Il enfila les couloirs et les pièces au hasard, fendit une grappe de silhouettes interdites, pendues au téléphone ou collées devant leurs écrans. Les hurlements et le tapage, inhabituels en ces lieux recueillis, indiquaient qu'un événement extraordinaire s'était produit dans les appartements de l'archange, mais la rumeur de mort ne s'était pas encore répandue.

Pibe s'engagea dans un passage étroit qui, étant donné son délabrement, n'était sans doute jamais utilisé. Il déboucha tout à coup sur un couloir sombre et désert, l'enfila aussitôt vers la gauche, vers les lumières qui brillaient dans le lointain. Se jeter dans un coin fréquenté. Les légionnaires n'oseraient pas ouvrir le feu dans la foule.

Des pas retentissent dans son dos. Il lance un regard en arrière. Quelqu'un court derrière lui. Plus rapidement que lui. Il a beau accélérer l'allure, son poursuivant ne tardera pas à opérer la jonction. Sa nuque et son dos se crispent.

« Attendez ! »

Autre coup d'œil par-dessus son épaule. Son poursuivant n'est plus qu'à cinq mètres. Au second plan, d'autres silhouettes, noires celles-là, se déversent dans le couloir.

« Je ne m'arrêterai pas après vous avoir dépassé, crie l'homme. Si vous voulez vous sortir de cette situation, vous avez intérêt à me suivre. D'accord ? »

Accent américain, cheveux roux parsemés de fils blancs, yeux clairs, petites lunettes rondes cerclées d'argent, costume sombre, allure sportive. Les ombres noires s'encouragent de la voix, mais elles n'ouvrent pas le feu. Pas pour l'instant.

« Je suis Mike, souffle l'homme en le dépassant. Nous allons tourner à droite dans une dizaine de mètres. »

Pibe ne discerne devant lui que la paroi lisse du couloir. Pourtant l'homme tourne brusquement sur sa droite, paraît traverser le métal.

« Vite ! »

Un panneau a coulissé et dégagé une étroite ouverture.

La vie ouvre ses portes secrètes.

Pibe s'y engouffre, plonge dans une obscurité presque totale. Le panneau se referme derrière lui dans un claquement.

« Il leur faudra moins de deux minutes pour percer le blindage, ajoute l'homme d'une voix essoufflée. Nous n'avons pas beaucoup de temps pour les semer. »

Il allume une lampe de poche dont le faisceau révèle des parois resserrées et un plafond bas qui l'oblige à rentrer la tête dans les épaules.

« L'ancien système d'aération. Très pratique pour se promener en toute discrétion dans le bunker. Nous disposons d'un grand nombre d'entrées privées. »

Ils se mirent en chemin à une allure soutenue, ralentissant dans certains passages resserrés et jonchés d'objets poussiéreux. Des coups sourds et répétés ébranlaient la structure métallique. Ils franchirent plusieurs boyaux où régnait une humidité suffocante. Exténué par sa course folle, Pibe reprenait peu à peu son souffle. Le chagrin revenait l'imprégner, le plonger dans une eau amère et froide.

« Nous sommes comme des souris dans une maison, dit encore Mike. Nous nous sommes installés dans les coins sales et abandonnés. Nous avons eu tout le temps de les aménager. »

D'autres panneaux coulissèrent devant Pibe et son guide et se refermèrent sur leur passage.

« À partir de maintenant, ces stupides matous auront beaucoup de mal à nous retrouver. »

Ils déambulèrent longtemps dans des couloirs étranglés, gravirent des échelles aux barreaux rouillés, parfois descellés, pénétrèrent dans une succession de salles enrobées d'un matériau brillant et recelant un arsenal de haute technologie comparable à celui des frangins Gog.

« Notre PC secret, dit Mike. Je ne peux pas te garder ici. J'ai agi de ma propre initiative. Mes patrons ne savent rien de mon intervention. S'ils l'apprenaient, ils ne te laisseraient pas repartir vivant. Ni moi d'ailleurs. »

Il retroussa la manche de sa veste, dégagea un petit écran fixé sur son avant-bras, le plaça devant les yeux de Pibe. On y voyait, avec une précision stupéfiante en regard de la taille de l'écran, l'intérieur du salon des réceptions privées. Une nuée de blouses blanches et vertes s'affairaient autour de la dépouille dénudée de l'archange Michel. Le cœur de Pibe se serra lorsqu'il aperçut, un peu plus loin, le corps de Stef figé sur le tapis.

« Nous avons piraté le système de surveillance de la légion. Je t'ai vu flinguer le vieux monstre. Heureusement que je n'étais pas loin et que j'ai pu intervenir.

— Pourquoi ? »

Un sourire triste flotta sur les lèvres rainurées de Mike.

« Parce que tu as eu les couilles de faire ce que j'aurais dû faire depuis bien longtemps. Comment est-ce que tu as pu entrer avec une arme dans les appartements de l'archange ?

— La chance… »

Pibe se mordit la lèvre inférieure jusqu'au sang pour ne pas éclater en sanglots.

« Qui t'envoie ?

— Personne. »

L'Américain haussa les épaules.

« Peu importe. Tu as le droit de garder tes secrets. Je crois en tout cas que ton coup de feu va changer bien des choses pour l'Europe et pour le monde. J'en ai plus que marre de cette saloperie. Je n'ai plus qu'un désir : rentrer dans mon vieux Michigan et recoller les morceaux de ma vie. Une galerie part de cette salle et débouche une dizaine de kilomètres plus loin en rase campagne. Tu dois partir tout de suite. Désolé pour la fille qui était avec toi. Ravi de t'avoir connu. »

Mike conduisit Pibe à l'entrée de la galerie et lui serra la main.

« Bonne chance. »

Ce n'est qu'après avoir parcouru environ trois kilomètres que Pibe, terrassé par le chagrin, s'effondra et versa toutes les larmes de son corps.

Ce qui fut c'est le présent,
et ce qui sera a déjà été.

L'Ecclésiaste,
Sainte Bible du chanoine Crampon 3-15.

Pibe resta assis sur les rochers pendant trois jours et trois nuits.

Trois jours et trois nuits sans dormir, sans manger, sans boire. Immergé dans ses pensées, dans ses souvenirs. Les larmes jaillissaient régulièrement de ses yeux, lourdes, brûlantes, coulaient parfois pendant des heures. Il s'était installé au sommet d'une montagne d'où il avait une vue splendide de l'océan aux vagues vertes et figées, des monts environnants, du navire lointain de Piatra emprisonnée dans le filet de ses routes. Son pistolet reposait entre ses jambes croisées.

Il parcourut à maintes reprises l'itinéraire de sa vie. Une vie courte et déjà si longue. Une vie illuminée par la présence de Stef. Plus qu'un ange gardien, une sœur, une amante, une mère. Elle n'avait pas pu accomplir son geste ultime, elle l'avait choisi pour le faire à sa place. Était-elle la fille de ce Nicolae Dimitrescu, comme l'avait suggéré l'archange ? Cela n'avait aucune importance dans le fond. Elle n'avait pas ajouté un maillon à l'interminable chaîne des colères, des peurs, des souffrances et des haines. La mort de l'archange changerait la face du monde, comme l'avait certifié Mike : chaque souffle, chaque mouvement, chaque pensée, chaque acte le métamorphosait. La terre se conformait aux rêves de ses occupants. Il n'y avait pas eu un premier jour, un deuxième, un troisième, il n'y avait eu ni genèse ni big-bang, Chronos ne dévorait pas ses enfants, l'univers se régénérait en permanence dans l'esprit des hommes.

Stef lui avait appris à voir au-delà des formes. À contempler l'éternité. Le plus beau des présents. Elle n'était pas morte, naissance et mort ne sont que des rêves, mais son départ avait creusé en lui un vide qui mettrait sans doute du temps à se combler. Il lui faudrait vivre en compagnie du manque, de la souffrance. Des expressions comme d'autres de l'être, des fruits amers du jardin.

Papa, maman, Marie-Anne, les copains de classe, Sol, les Gog, les ousamas clandestins sur le bateau, l'archange Michel n'avaient été que des rêves.

Le plateau, les montagnes, le soleil, les nuages, la tache claire de Piatra, l'Europe à feu et à sang n'étaient que des rêves.

Stef n'était qu'un rêve.

Lui-même n'était qu'un rêve.

« Tu aller où, mon garçon ? »

Cheveux ras, sourcils et moustache en broussaille, sourire débonnaire, épaules rondes et velues, débardeur crasseux, ventre proéminent, le chauffeur lui a parlé dans une langue rocailleuse avant d'essayer l'anglais puis le français.

« Vers le front.

— Tu bien jeune pour être soldat…

— Je ne suis pas soldat.

— Ah… »

Le chauffeur embraye, accélère, le poids lourd s'ébranle sur la route montagneuse, si étroite qu'elle paraît incapable d'accueillir sa gigantesque remorque.

« Archange Michel mort, tu savoir ça ? »

Pibe acquiesce d'une mimique avant de se rencogner sur la banquette.

« Révoltes éclater sur le front, dans bunker archange, dans pays tout entier. Nouveau gouvernement européen se former. Gens dire guerre bientôt finie, cauchemar fini. Tu venir d'où ?

— De France.

— Ah, France. Moi aller Paris avant la guerre. Aimer une femme là-bas. Aller faire quoi sur le front ?

— Passer de l'autre côté.

— Ousama ? »

Pas de mépris ni de haine dans la question du chauffeur, seulement une curiosité bienveillante.

« Non, mais, depuis le temps qu'on en parle, depuis le temps qu'on en a peur, depuis le temps qu'on les combat, j'ai très envie de les connaître. »

Le camion tremble de toute sa carcasse sur la route en grande partie défoncée. Le chauffeur lui jette un regard de biais.

« Toi pas de famille, pas de parents ? Pourquoi tu vouloir connaître ousamas ?

— Pour continuer d'explorer le cœur des hommes. »

Le chauffeur hoche la tête d'un air grave, puis, gagné par la sérénité contagieuse de son passager, il se met à chanter dans sa langue natale en lançant son camion dans une descente périlleuse.

Du même auteur :

LES GUERRIERS DU SILENCE, roman, *L'Atalante*
TERRA MATER, roman, *L'Atalante*
LA CITADELLE HYPONEROS, roman, *L'Atalante*
WANG I, LES PORTES D'OCCIDENT, roman, *L'Atalante*
WANG II, LES AIGLES D'ORIENT, roman, *L'Atalante*
ABZALON, roman, *l'Atalante*
ORCHÉRON, roman, *L'Atalante*
ROHEL LE CONQUÉRANT, şérie, *L'Atalante*
ATLANTIS, roman, *J'ai lu*
LES FABLES DE L'HUMPUR, roman, *J'ai lu*
LES DERNIERS HOMMES, feuilleton, *Librio (J'ai lu)*
GRAINES D'IMMORTELS, roman, *Flammarion*
L'ÉVANGILE DU SERPENT, roman, *Au diable vauvert*
LES GRIOTS CÉLESTES I, QUI-VIENT-DU-BRUIT, roman, *L'Atalante*
LES GRIOTS CÉLESTES II, LE DRAGON AUX PLUMES DE SANG, roman, *L'Atalante*
NUIT-LUMIÈRE, MYSTÈRES EN GUILLESTROIS, roman, *Librio (J'ai lu)*
KAENA, roman jeunesse, *Mango*

Composition réalisée par Chesteroc Ltd

Achevé d'imprimer en septembre 2006 en France sur Presse Offset p

BRODARD & TAUPIN

GROUPE CPI

La Flèche (Sarthe).
N° d'imprimeur : 37602 – N° d'éditeur : 75860
Dépôt légal 1re publication : octobre 2006
LIBRAIRIE GÉNÉRALE FRANÇAISE – 31, rue de Fleurus – 75278 Paris cedex 06.

31/1286/9